Sie möchten keine Neuerscheinung verpassen?
Dann tragen Sie sich jetzt für unseren Newsletter ein!

www.ylva-verlag.de

Von Wendy Hudson außerdem lieferbar

Um uns nichts als das Meer

Übersetzung aus dem Englischen von Vanessa Tockner

GENAU VIER SCHRITTE

WENDY HUDSON

Widmung

Für meine Mum, Sweet Caroline

Prolog

Die Böschung brach ohne Vorwarnung unter dem Gewicht des alten Mannes ein.

Er stolperte, griff nach dem Stacheldrahtzaun und riss sich dabei die Handfläche auf. Auch wenn er am liebsten laut geflucht hätte, unterdrückte er den Schmerz und die Worte, die er am liebsten laut hinausgeschrien hätte. Genauso wie das unangenehme Gefühl, dass das stinkende Wasser des Entwässerungsgrabens, in den er gerutscht war, gerade in seine Stiefel lief.

Er holte ein schmieriges Taschentuch aus seiner Jagdjacke und wickelte es sich um die Hand, um den Blutfluss zu stoppen. Dann grub er die Stahlkappe seines Stiefels in den Boden und hievte sich nach dem zweiten Versuch aus dem Graben. Während er das schmutzige Tuch mit den Zähnen festzog, entließ er vor Schmerzen keuchend eine alkoholische Atemwolke in die ansonsten stille Nacht.

Er sah finster in Richtung seines Sohnes, der etliche Schritte vor ihm lief und nicht gemerkt hatte, was passiert war. Den Pfad neben dem Graben, auf dem man gut und sicher hätte laufen können, durften sie nicht benutzen. Das hätte zu viel Lärm gemacht. Also stapften sie jetzt durch den Schlamm, um sich lautlos nähern zu können.

Leise vor sich hin fluchend, folgte er seinem Sohn. Während sie das letzte Stück durch ein Wäldchen hinter sich brachten, kam der dunkle Umriss des Bauernhauses endlich in Sicht. Eine Glühbirne auf der vorderen Veranda, die fahles Licht verströmte, war das einzige Zeichen, dass jemand zu Hause war.

Sein Sohn hob eine Hand – das Stoppsignal. Sie ließen den Blick auf der Suche nach Hinweisen auf eine Alarmanlage über das Haus schweifen. Als sie überzeugt waren, dass es keine gab, bedeutete ihm sein Sohn, ihm zu folgen.

Kurz drückten sie sich an die Scheunenwand und huschten dann im Schatten des Gebäudes weiter, bis sie sich nach einem kurzen Sprint über die Einfahrt neben der Seitentür des Hauses hinkauerten.

Sein Sohn hob erneut die Hand.

Sie verharrten. Lauschten.

Neben dem Plätschern des nahen Baches war nur das leise Schnauben schlafender Pferde und der Ruf einer Eule zu hören. Keine Autos auf dem Pfad, kein Hundegebell, nur das still daliegende Haus und der dröhnende Puls in ihren Ohren.

Ein breites Lächeln erschien auf den Lippen seines Sohns.

So weit, so gut. Egal, was sein Sohn behauptete, hier ging es nicht nur um Rache. Ja, sie waren hier, um ein wenig Schmuck zu stehlen und irgendeiner hochnäsigen Hexe, die sich für zu gut hielt, einen Schreck einzujagen. Aber, es war deutlich zu spüren, dass er jeden Augenblick genoss.

Sein Sohn grinste breit, als die Untersuchung der kleinen Hasenstatue neben der Seitentür einen versteckten Schlüssel zutage förderte. Seine Augen funkelten triumphierend und er formte tonlos mit den Lippen: »Zu einfach.« Dann legte er seine Waffe ab und atmete tief durch, bevor er langsam den Schlüssel ins Schloss steckte, umdrehte und die Klinke hinunterdrückte.

Im Licht der Stablampe, die er sich zwischen die Zähne geschoben hatte, schlichen sie durch das Haus, immer nur ein paar lautlose Schritte auf einmal, hielten sich geduckt und blieben regelmäßig stehen, um auf andere Bewegungen zu lauschen.

Hinter dem Wohnbereich fanden sie einen langen Gang mit Türen. Quälend langsam drückten sie jede Türklinke hinunter, erwarteten mit angehaltenem Atem ein Quietschen, während sie auf der Suche nach ihrem Ziel die Türen aufschoben.

In den ersten zwei Räumen waren nur leere Betten, bei dem dritten hatten sie Glück: das größte Schlafzimmer.

Der dicke Teppich dämpfte ihre schweren Schritte, als sie sich dem Bett näherten. Der alte Mann trat leise an die Bettseite, die weiter von der Tür entfernt war, zählte stumm bis drei und presste dann die verletzte Hand auf den Mund der schlafenden Frau. Das blutdurchtränkte Taschentuch dämpfte ihren Schrei, als er sie mit der anderen Hand fest am Hals packte und auf das Kissen zurückdrückte.

Sein Sohn zog ein zweischneidiges Messer aus der Scheide an seinem Gürtel. Dann drückte er ein Knie auf die Brust des Mannes und hielt ihm die gezackte Messerklinge an den Hals.

Der Mann erstarrte.

Er wartete einen Moment, bis er sicher war, dass der Mann keinen Ärger machen würde. Dann lehnte er seine Waffe an den Nachttisch und schaltete die Lampe neben dem Bett ein.

In der plötzlichen Helligkeit blinzelte das Paar heftig. Ihre Blicke huschten zwischen den beiden maskierten Männern hin und her, bevor Angst in ihren Gesichtern zu lesen war. Die Frau begann zu weinen.

Jetzt presste sein Sohn die Klinge gegen die Wange des Ehemanns und knurrte ihm ins Ohr: »Keinen verdammten Mucks«, um deutlich zu machen, was passieren würde, wenn sie sich ihnen widersetzten.

Der Schock brachte das Paar schnell zum Schweigen. Sie wehrten sich nicht, als sie auf dem Bett gefesselt und geknebelt wurden.

Der alte Mann zückte sein eigenes Messer und ließ sie nicht aus den Augen, während sein Sohn begann, Kommodenschubladen und Schränke zu durchwühlen. Er selber trug zwar eine Sturmhaube, achtete aber trotzdem darauf, ihnen nicht in die Augen zu sehen. Sie waren ja nicht dumm und würden ihn bestimmt von der Auseinandersetzung vorhin in der Dorfkneipe wiedererkennen.

Der Plan lautete, ihnen nur einen gehörigen Schrecken einzujagen und sie um einige Mäuse zu erleichtern. Laut seinem Sohn würde niemand verletzt werden und das Paar würde so vernünftig sein, die Sache nicht weiter zu verfolgen.

Während sein Sohn die Habseligkeiten durchsuchte, trat ein junges Mädchen in sein Blickfeld.

Ihm stockte der Atem.

Rasch durchquerte sie den Raum und schnappte sich die Schrotflinte, die an der anderen Bettseite lehnte.

Sein Herz schlug schneller.

Keine Sekunde lang ließ sie ihn aus den Augen.

Ihm war die Waffe dort nicht einmal aufgefallen, bis sie sie nahm.

Sie hatte sie aufgehoben und entsichert, bevor sein Sohn, der mit dem Rücken zur Tür stand, sie überhaupt bemerkte.

Ihre Mutter versuchte, sich aufzusetzen, und starrte ihre Tochter heftig kopfschüttelnd an. Sie hörte erst auf, als sein Messer sie auf das Kissen zurückzwang.

Ihr Vater flehte durch den Knebel, dass sie die Waffe weglegen und tun sollte, was die Männer verlangten. Seine Rufe waren gedämpft und fast unverständlich. Schließlich schrie er, sie sollte einfach wegrennen.

Unbeirrt hielt sie die Waffe auf den alten Mann gerichtet, obwohl er ihrer Mutter ein Messer an die Kehle drückte.

Sie rümpfte die Nase.

Durch die Sturmhaube roch er seinen eigenen Schweiß und die saure Alkoholfahne, die er mit jedem schweren Atemzug ausstieß.

Sie spähte zu seinem Sohn hinüber, der zu ihrer Linken erstarrt war, aber die Waffe blieb weiterhin auf ihn selber gerichtet.

Sein Herz raste noch immer. Er hatte schon oft mit Kaliber-Zwölf-Flinten geschossen und überlegte, wie gut sie wirklich damit zurechtkam.

Ihre schlanken Arme zitterten ebenso wie ihre Stimme – eine Mischung aus Angst und dem Gewicht der Waffe. »Weg mit dem Messer oder ich schieße.«

Der alte Mann warf seinem Sohn einen finsteren Blick zu. Hoffentlich würde er nicht in Panik geraten oder sich das Ruder aus der Hand nehmen lassen. Sie war nur ein kleines Mädchen, mit ihr würden sie schon fertigwerden. »Was jetzt?«, bellte er.

Sein Sohn ignorierte ihn, sah ihn nicht einmal an. Er war ganz auf das Mädchen fixiert, taxierte es.

Der alte Mann sah zwischen den beiden hin und her und versuchte abzuschätzen, wie viele Schritte zwischen ihnen lagen, wie lange sein Sohn brauchen würde, um sie zu erreichen. Das Bett verhinderte jegliche Überraschungen von seiner Seite.

Er knirschte mit den Zähnen als er sah, wie sein Sohn die junge Frau von oben bis unten musterte. Wie er den Kopf neigte und ihre sehnigen Beine bewunderte, bevor sein Blick bei den kleinen, festen Brüsten verweilte, die nur von dem dünnen Unterhemd bedeckt waren.

Der alte Mann verzog das Gesicht und schmeckte Galle. Sie war so jung, dass sie seine Enkelin sein könnte, und er wusste, dass sie ernsthafte Probleme bekommen würde, wenn er jetzt nicht einschritt.

»Beth, oder?«, fragte er sacht und zog langsam das Messer von ihrer Mutter zurück, um seinen guten Willen zu beweisen. »Wir wollen hier keinen Ärger. Nimm die Waffe runter und lass uns einfach gehen. Das kann hier und jetzt enden.« Ruhig hob er die Hände und wich ihrem Blick nicht aus, als sie bei seiner Bewegung die großen Augen misstrauisch zu Schlitzen verengte.

»Was zum Teufel soll das, alter Mann?« Sein Sohn setzte sich in Bewegung.

Sie richtete die Waffe auf ihn. »Weg mit dem Messer oder ich schieße«, wiederholte sie.

Er leckte sich die Lippen und schmeckte seinen eigenen salzigen Schweiß. Er ahnte, dass sein Sohn unter der Haube lächelte, die Herausforderung genoss und dabei siegessicher war.

Ihre Eltern blieben reglos. Atmeten schnell und panisch.

Das Brüllen seines Sohnes durchbrach die Stille, als er, mit immer noch gezogenem Messer, vorstürmte.

Ihr Vater versuchte, sich in ihre Richtung zu werfen und fiel vom Bett.

Ihre Mutter kniff die Augen zu und schrie durch den Knebel.

Der alte Mann rief: »Aufhören!«

Vergeblich.

Vier.

So viele Schritte brauchte sein Sohn, um das Mädchen zu erreichen.

Dann hallte ein ohrenbetäubender Schuss durch das Zimmer.

Kapitel 1

Die Scharniere ächzten, als Lori Hunter die dünne Holztür der Schutzhütte aufzog. Sie atmete erleichtert auf, als sie das große Spinnennetz erblickte, das ihr verriet, dass seit einiger Zeit niemand mehr hier gewesen sein konnte. Schnell wischte sie die klebrigen Fäden mit einem ihrer Trekkingstöcke weg, bevor sie sich unter dem niedrigen Türstock hindurchduckte und die kühle, muffige Hütte betrat, die ihr heute Nacht Unterschlupf bieten würde.

Ihre Wanderung durch die Schlucht hatte beinahe eine Stunde länger gedauert, als die Onlinebeschreibung behauptet hatte – was allein ihre Schuld war. Die Natur um sie herum hatte sie so bezaubert, dass sie getrödelt hatte. Es war schlicht unmöglich gewesen, ihre Kamera wegzustecken.

Jetzt saß ihr die Zeit im Nacken. Hastig holte Lori alles Unnötige aus ihrem Rucksack. Wenn sie vor Einbruch der Dunkelheit den Gipfel erreichen und noch zur Schutzhütte zurückkehren wollte, zählte jede Minute Tageslicht.

Sie wischte den Staub notdürftig von der hauchdünnen Matratze und legte eine Isomatte und dann ihren Daunenschlafsack auf die obere Pritsche. Damit war das Bett hoffentlich für die Nacht reserviert. Es war immer von Vorteil, eine leere Schutzhütte zu finden, vor allem eine mit Feldbett oder Pritsche, denn eine Matratze, egal wie dünn, war auf jeden Fall besser, als in einem Zelt auf dem kalten Boden zu liegen. Nachdem sie ihr Kochgeschirr ausgepackt hatte, stopfte sie Ersatzkleidung in ihren Schlafsack und faltete die Kapuze darüber, damit keine Spinnen hineinkrabbelten.

Dann sah sie sich lächelnd in der kleinen Hütte um. Mit ihren ein Meter achtundsiebzig konnte sie mühelos die Decke berühren, wenn sie die Hand über den Kopf hob. Abgesehen von den Metallstockbetten gab es lediglich einen kleinen, quadratischen Tisch in einer Ecke und einen altmodischen, dreibeinigen Melkschemel. Sie kicherte über die absurde Existenz einer Fußmatte, obwohl die Hütte mit drei Schritten durchquert werden konnte.

Irgendjemand hatte an einer Wand eine grüne Gartenschnur gespannt und einige große Nägel neben der Tür eingeschlagen, an denen feuchte Socken und Jacken aufgehängt werden konnten. Das hier war wirklich eine

Rückkehr zum schlichten schottischen Lebensstil. Verglichen mit ihrem hektischen, lauten Alltag in London genoss Lori jede Minute.

Als sie mit dem Ärmel ihrer leuchtend roten Jacke über das dreckige Fenster wischte, bot es ihr einen ungehinderten Blick auf den Berg, den sie gleich besteigen würde: der atemberaubende Maoile Lunndaidh.

Lori betrachtete den Flickenteppich aus saftigem Grün, Braun, dunklem Orange und Gelb, der sich vor ihr ausbreitete. Schnell machte sie die undeutliche Linie eines Pfads aus, den andere Bergsteiger bereits durch Gras und Heidekraut getrampelt hatten. Sie verfolgte ihn mit dem Blick bis zu der Stelle, an der ihr Aufstieg beginnen würde.

Lächelnd zog sie ihren Lieblingshut tiefer über ihre langen kastanienbraunen Locken und überprüfte ein letztes Mal ihre Ausrüstung, bevor sie die Hütte verließ und die Tür hinter sich schloss.

Mit schnellen Schritten folgte sie dem Trampelpfad im Zickzack durch das Sumpfland und erreichte schließlich den Fluss, der sie von dem Berg trennte. Hoffentlich fand sie eine seichte Stelle, um ihren Füßen das eiskalte Wasser zu ersparen. Sie hätte es besser wissen müssen. Nachdem sie einige Minuten lang in beiden Richtungen das Ufer abgesucht hatte, seufzte sie und fand sich mit der einzigen anderen Möglichkeit ab. Lori hockte sich auf einen Stein, um Stiefel und Gamaschen auszuziehen, band die Schnürsenkel zusammen und nutzte ihr Eigengewicht als Schwung, um die Schuhe auf die andere Seite zu schleudern. Dann rollte sie die Hosenbeine hoch, wappnete sich, atmete einige Male kurz durch, um Mut zu sammeln, und tat den ersten Schritt.

Kurz blieb ihr die Luft weg. Das Wasser war eiskalt.

»Kein Zurück mehr«, murmelte sie, während sie ihren Weg plante und langsam in den Fluss watete. Als das eisige Bergwasser bis zu ihren Knien stieg, keuchte sie und konnte einen spitzen Schrei nicht unterdrücken. Sie hielt einen Moment inne, bis das Kribbeln abebbte. Dann biss sie die Zähne zusammen, stützte sich mit den Wanderstöcken ab und arbeitete sich vorsichtig über die glitschigen Steine voran. »Keine Eile. Auf keinen Fall. Ich kann es echt nicht gebrauchen, jetzt auszurutschen und klatschnass auf dem Hintern zu landen.«

Sobald sie den Fluss sicher überquert hatte, rieb sie sich mit ihren dicken Socken hektisch die Füße. »*Merde, il fait froid!*« Kopfschüttelnd erinnerte sie sich daran, wie ihre Tante früher immer gesagt hatte, dass sie nicht fluchen sollte. Auch nicht in einer Fremdsprache.

Lori zog Stiefel und Gamaschen wieder an, hob ihren Rucksack auf, kehrte auf den schmalen Pfad zurück und begann endlich den langersehnten Aufstieg.

Das Gebiet war sumpfig, was ihr das Vorankommen erschwerte, aber schon bald strömte Adrenalin durch ihre Adern und sie schlug ein stetes Marschtempo an. Die erste Stunde verging wie im Flug und brachte sie zu einem natürlichen Rastplatz am Rand einer steilen Kluft. Als sie einen geeigneten Stein fand, ließ Lori den Rucksack fallen und setzte sich, um die beeindruckende Aussicht zu genießen.

Unter ihr war die Schutzhütte fast nahtlos mit den braunen, mit Heidekraut überwucherten Hügeln verschmolzen. Sie erkannte gerade so die Gleise der alten Bahnlinie, die laut des Reiseführers bis zur Achnashellach Station führten.

Lori liebte es, wie klein und unbedeutend alles aus dieser Höhe aussah.

Am meisten genoss sie beim Bergsteigen allerdings die absolute Stille.

Da sie in ihrem Beruf als Dolmetscherin oft und lange reden musste, sehnte sie sich vor allem nach Stille, wenn sie nachts im Bett lag. Leider war sie in ihrem Alltag vom unablässigen Lärm einer nie schlafenden Stadt umgeben. Und jedes Geräusch um sie herum war künstlicher Natur. Gerade eben allerdings war das einzige Geräusch, das an ihre Ohren drang das Rauschen des Wasserfalls, der neben ihr in die Kluft stürzte.

Sie atmete tief ein und aus. Das war genau die Form von Entspannung, die sie so dringend benötigte.

Lori aß eine Banane, trank lauwarmen Tee aus einer kleinen Thermoskanne und hielt sich die Tasse so dicht unter die Nase, dass der Dampf sie kitzelte. Ein Stück Kendal Mint Cake schmolz langsam auf ihrer Zunge. Beinah sofort verspürte sie den dringend benötigten Energieschub. Neu belebt, aber weiterhin mit Zeitdruck im Hinterkopf, setzte sie sich wieder in Bewegung und nahm den steilen, anstrengenden Anstieg in Angriff.

Nach einigen Stunden hielt sie an, um prüfend ein Minenfeld aus Steinen und Felsbrocken zu betrachten. Ein verdrehter Knöchel war das Letzte, was sie allein auf einem Berg gebrauchen konnte. Sie stützte sich wieder mit den Wanderstöcken ab, konzentrierte sich auf ihr Gleichgewicht und suchte sich vorsichtig einen Weg am letzten Hindernis vorbei zum Gipfel.

Eine halbe Stunde später schloss sie die Augen und stieß einen langen Atemzug aus, bevor sie die Augen wieder öffnete und den Steinhaufen am

Gipfel berührte. Der Rausch des Triumphs und Adrenalins durchströmte sie.

Das war es! Sie hatte einen weiteren Berg erobert und konnte ihn von ihrer Liste streichen.

Der Stein unter ihrer Handfläche fühlte sich beruhigend an, war etwas Robustes in der weiten leeren Fläche um sie herum.

Trotz des Temperaturabfalls war ihr vor Erschöpfung heiß und sie lehnte ihren Hut, die Stöcke und den Rucksack an den Steinhaufen bevor sie ihre Jacke öffnete. Als Nächstes nahm sie ihre Kamera zur Hand, ging um den Gipfel herum und genoss diese großartige Aussicht.

Im Nordwesten erkannte sie sofort die ikonischen Torridon Hills und die beeindruckenden Spitzen von Beinn Eighe und Beinn Alligin. Eines Tages wollte sie sich die auch vornehmen; vielleicht konnte sie ihren Bruder ebenfalls dazu überreden. Im Südwesten stand der unverwechselbare steile Gipfel des Bidein a' Choire Sheasgaich, der den wunderschönen Loch Monar im Süden überblickte. Wenn das Wetter und ihre Muskeln es ihr erlaubten, würde sie am nächsten Tag entweder ihn oder den Lurg Mhòr daneben erklimmen.

Sie sprach die Namen laut aus und erinnerte sich daran, wie ihr Dad sie bei ihren gelegentlichen gemeinsamen Bergtouren dazu gebracht hatte, sie zu wiederholen. Sie war immer wieder darüber frustriert, dass sie zwar mehrere Sprachen beherrschte, aber Gälisch ihr anscheinend einfach nicht lag. Bei der Erinnerung an ihren Vater musste sie seufzen.

Ein vertrauter Frieden überkam sie und sie schoss ein Foto nach dem anderen, obwohl sie wusste, dass es ihr nie ganz gelingen würde, die Weite und Schönheit ihrer Umgebung einzufangen. Trotzdem war dieses Hobby befreiend. Es war für sie eine Art von Therapie.

Das Licht schwand schnell und als im Westen drohende Wolken heraufzogen, war das ihr Wink, sich wieder auf den Weg zu machen. Lori beschloss, dass der Abstieg leicht genug sein würde, um dabei Fotos zu machen, stopfte sich die Kamera in die Jackentasche, nahm Hut und Rucksack und machte sich auf den Weg zurück zur Hütte.

Kapitel 2

Lori beschleunigte ihren Schritt, überquerte problemlos und wesentlich entspannter als vorhin das Geröllfeld und beobachtete dann, wie die Wolken am Horizont näher rückten. Von dieser Höhe aus hatte sie einen fast surrealen Blick darauf, wie in der Ferne Regen fiel, während hinter ihr noch die Sonne schien. Sie holte ihre Kamera heraus und schoss Fotos von dem Regenbogen, der sich über das Tal spannte.

Bis zur Kluft brauchte sie nicht lange. Sie hielt kurz an, um ihren Beinen nach diesem Stück bergab eine Pause zu gönnen. Genüsslich trank sie den restlichen gesüßten Tee, um ihrem Körper neue Energie zukommen zu lassen. Nach dieser kurzen Pause folgte sie den Serpentinen weiter, bis sie an einen Punkt gelangte, an dem sie endlich die Schutzhütte ausmachen konnte. Sie hob die Kamera, um diese unglaubliche Weite festzuhalten, und kniff dann fast erschrocken die Augen zusammen, als sie eine Bewegung bemerkte. So königsblau war kein Tier, das sie kannte.

Ein Mensch.

»Verdammt«, fluchte sie laut in Richtung der anderen Person und beobachtete, wie der helle Punkt sich vor den tristen Hügeln gut sichtbar der Schutzhütte näherte. Genau das, was sie nicht wollte: Gesellschaft.

Schnell schlüpfte sie, für den Fall, dass der Regen sie einholen würde, in die wasserdichte Hose und setzte ihren Abstieg fort. Sie kam ziemlich schnell voran. Nach nicht einmal einer halben Stunde stand zwischen ihr und dem Pfad zur Hütte nur noch die letzte vorsichtige Flussüberquerung.

Gerade als sie wohlbehalten auf der anderen Seite angekommen war, öffnete der Himmel seine Schleusen, und es regnete, wie es in Schottland immer wieder regnet.

Heftig.

Die Hütte war nur noch etwa vierhundert Meter entfernt, und der Gedanke an heißes Essen und einen warmen Schlafsack trieb sie trotz der brennenden Unterschenkel zum leichten Joggen an.

Mit aufgesetzter Kapuze und eingezogenem Kopf bemerkte sie den Hund erst, als er ihr bellend vor die Füße lief.

Der Springer Spaniel sprang so aufgeregt an ihr hoch und um sie herum, dass sie das Gleichgewicht verlor und, mit ihrem schweren Rucksack auf dem Rücken, auf den aufgeweichten Pfad fiel. Der Hund leckte ihr begeistert übers Gesicht und Lori konnte gar nicht anders, als zu lachen. Aufstehen konnte sie allerdings nicht.

»Frank!« rief eine weibliche Stimme.

Lori hielt ihr Gesicht gerade lange genug aus der Reichweite der Hundezunge, um zurückzurufen: »Hier drüben!«

Plötzlich schlossen sich zwei blaue gekleidete Arme um seinen Körper, hoben ihn hoch und hievten ihn kurzerhand außer Reichweite. Die Person, die sie vorhin als blauen Punkt in der Ferne wahrgenommen hatte, ragte jetzt über Lori auf und sah mit verschmitzter Miene auf sie herab. Ihre Augen leuchteten, ihre Wangen waren gerötet und so, wie sie sich auf die Unterlippe biss, war sie wohl zwischen Schuldbewusstsein und Belustigung hin- und hergerissen.

Der Blick der Fremden war so fesselnd, dass Lori einen Moment brauchte, um zu realisieren, dass sie noch immer im Schlamm lag, während Regentropfen auf sie herabprasselten. »Also, willst du mir jetzt auch das Gesicht abschlecken oder hilfst du mir auf?«, fragte sie lachend.

Erleichterung machte sich auf dem Gesicht der anderen Frau breit. Sie trat zurück und streckte Lori eine Hand hin.

Lori kam auf die Füße und ihr fiel sofort auf, wie weich und warm die Haut der jungen Frau sich anfühlte.

»Oh nein.« Die Frau untersuchte den Schaden, den Frank angerichtet hatte. Ein panischer Ausdruck huschte über ihre hübschen Züge und verdüsterte ihre atemberaubend grünen Augen. »Das tut mir so leid. Sehen wir mal, was er dir angetan hat. Oh Gott, dein Rucksack ist völlig eingesaut und dein Po…« Sie wischte mit den Jackenärmeln über die Schlammschlieren. »Hast du Wechselkleidung dabei? Dieser tapsige Hund, wirklich, es tut mir so leid …«

Lori wischte eine ihrer dreckigen Hände an ihrer Hose ab und streckte sie dann aus. »Lori Hunter, schön, dich kennenzulernen.«

Sichtlich erleichtert lächelte die Frau wieder, woraufhin in ihrer linken Wange ein geradezu lächerlich süßes Grübchen erschien. Sie zog die Nase kraus und hielt ihre eigenen verdreckten Hände in die Höhe.

Lori zuckte mit den Schultern, ergriff trotzdem eine Hand und schüttelte sie.

»Alex Ryan, ebenso.«

Alex war einen halben Kopf kleiner als Lori und sah zwar zierlich aus, musste aber ziemlich Kraft in den Armen haben, so mühelos, wie sie Lori auf die Beine gezogen hatte. Nach einem Moment erkannte Lori, dass sie immer noch ihre Hand hielt und sie anstarrte. Hastig ließ sie los und sah zu Frank, der jetzt in der Nähe des Flusses irgendetwas Unsichtbarem nachjagte.

Sie nickte in seine Richtung. »Frank, nehme ich an?«

»Wie er leibt und lebt«, antwortete Alex und verzog das Gesicht. »Wie gesagt, es tut mir so leid, was er da angestellt hat. Zu Hause ist er ein ganz Braver, aber sobald er in den Bergen losgelassen wird, sind alle Manieren vergessen und er ist nicht aufzuhalten. Nicht, dass er anderen wehtun würde oder so etwas, er mag es einfach nur, zu jagen und neue Leute kennenzulernen. Hier draußen ist es so abgeschieden, dass ich ihm seinen Spaß lasse.«

Lori winkte ab. »Das ist die Bergluft. Gegen die ist niemand immun.«

Als sie sich beide in Richtung Schutzhütte umdrehten, sah Lori ihre ursprüngliche Vermutung bestätigt. Sie würde heute Nacht nicht allein in der Hütte sein. »Ich nehme an, du bist meine Mitbewohnerin für die Nacht?«

»Oh!« Alex hatte es offenbar gerade erst erkannt. »Aye, ich hoffe, das ist in Ordnung? Und dass du nichts dagegen hast, sie auch mit Frank zu teilen? Er ist ein Freilufthund, aber normalerweise hat er eine Scheune und andere Tiere um sich und da es so regnet und …«

Lori legte beruhigend eine Hand auf Alex' Arm, um ihren Redefluss zu stoppen. »Ich glaube, das schaffe ich schon, solange er nicht mein Bett mit mir teilen will.«

Alex lächelte sie frech an, bevor sie sich zum Fluss umdrehte. »Warum nicht? Ich dachte, er hätte dir schon den Kopf verdreht?« Grinsend sah sie über die Schulter zurück.

Lori erwiderte das Lächeln. »Er weiß auf jeden Fall, wie er mit Damen umzugehen hat.« Sie blickte zum Wasser hinüber, wo sie Frank zuletzt gesehen hatte.

Alex reckte den Kopf, um Ausschau nach ihrem Hund zu halten.

Der Regen hatte nachgelassen, also befreite Lori sich aus der engen Kapuze und nutzte die Gelegenheit, um die Frau, mit der sie den Abend verbringen würde, ausgiebig zu betrachten.

Sie konnte nicht größer als einen Meter fünfundsechzig sein und hielt sich offenbar gut in Form. Außerdem schien sie an ein Outfit aus Sportkleidung und Stiefeln gewöhnt zu sein. Feine schwarze Haarsträhnen waren aus ihrer Kapuze entkommen und klebten an ihrem regenfeuchten Gesicht. Abgesehen von ein paar kleinen Sommersprossen über einem Wangenknochen hatte sie makellose Haut, die jetzt vom Wind leicht gerötet war und zu ihren wirklich schönen Lippen passte. In ihrer linken Wange war noch immer ein Hauch des Grübchens zu sehen, das Lori vorhin entdeckt hatte.

Lori starrte immer noch auf das Grübchen, als Alex sich räusperte.

»Äh, tut mir leid, ich war gerade ganz weit weg«, sagte Lori und blickte schnell zum Fluss, um nach Frank zu schauen, der immer noch nicht wieder aufgetaucht war. Sie fröstelte. Was eigentlich kein Wunder war. Lori war durchnässt und schlammbedeckt. Sie stieß Alex leicht an und deutete mit dem Kopf zur Hütte. »Komm schon. Gehen wir uns aufwärmen.«

»Aye, du musst ja halb erfroren sein! Er weiß, dass er nicht zu weit weglaufen darf, und wenn er hungrig ist, kommt er bestimmt zurück. Das tut er immer.«

Kapitel 3

Lori betrat die Schutzhütte mit einem erleichterten Seufzen.

Alex zögerte noch kurz, betrat die Hütte dann aber ebenfalls und schloss die Tür.

»Wie wir aussehen.« Alex riss sich die Kapuze vom Kopf und schob sich die Haare zurück. Die Strähnen, die zu kurz für den Pferdeschwanz waren umrahmten ihr Gesicht. Sie zog die Überjacke aus und dann auch die wasserfeste Hose und dicke Fleeceweste und hängte alles an den Nägeln neben der Tür auf.

Plötzlich war Lori sich nur allzu bewusst, wie sie selbst aussah. Sie nahm den Hut ab und fuhr sich hastig mit den Fingern durch die Haare – ein vergeblicher Versuch, sie zu ordnen. Als Nächstes schlüpfte sie ebenfalls aus ihrer schlammigen Jacke und wasserfesten Hose, behielt aber das warme Fleece an, weil ihr immer noch kalt war.

»Abendessen?«, erkundigte sich Alex.

Lori kramte bereits in ihrem Rucksack nach etwas Essbarem. »Du kannst Gedanken lesen.«

»Okay, was hast du dabei? Bei mir gibt's *Mince and Tatties* aus der Packung. Entschuldige, Hackfleisch und Kartoffeln«, korrigierte sie sich.

Alex war wohl Loris weicher englischer Akzent aufgefallen, der verriet, dass sie nicht aus Schottland, ja, nicht einmal aus dem Norden Englands stammte. Sie grinste. »Keine Sorge. Ich habe genug Zeit in Schottland verbracht, um zu wissen, was *Tatties* sind. Ich weiß sogar, was *Neeps* sind«, sagte sie und meinte damit das schottische Wort für Rüben.

»Puh«, sagte Alex und wischte sich theatralisch über die Stirn. »Dann muss ich also nicht jedes Wort übersetzen?«

»Nein, keine Sorge«, sagte Lori lachend. »Wenn ich etwas nicht verstehe, sage ich dir Bescheid. Wärst du aus Aberdeen, hätten wir vielleicht ein Problem, aber dein Akzent ist nicht allzu stark, also wird das wohl irgendwie hinhauen.«

Alex kicherte. »Aye, mit den Leuten aus Aberdeen habe selbst ich meine Mühe. Im ersten Jahr an der Uni hab ich neben einem Mädchen aus Mintlaw gesessen. Sagen wir einfach, ich habe sehr viel genickt und gelächelt, wenn sie geredet hat. Ich habe sie erst wirklich verstanden, als wir angefangen haben, zusammen in Pubs zu gehen. Ich finde, Bier wirkt Wunder für gegenseitiges Sprachverständnis.«

Lori winkte Alex mit zwei Miniflaschen zu, die sie aus einer Seitentasche geholt hatte. »Genauso wie Rotwein.«

Alex riss entzückt die Augen auf. »Ich glaube, du bist meine neue beste Freundin. Ich kann ihn fast schon schmecken.«

»Tja, für mich steht eine zweifelhafte Abwandlung von Chicken Tikka Masala auf dem Speiseplan. Ich brauche den Wein, um das runterzuspülen.«

Alex kräuselte die Nase, als sie die silberne Packung auffing, die Lori ihr zuwarf. Sie beäugte das Essen in der Tüte misstrauisch.

»Ich persönlich brauche keinen Grund, um Wein zu trinken, aber der ist auch nicht schlechter als jeder andere.«

Sie bereiteten Töpfe, Gasflaschen, Wasser und Besteck vor, und warteten dann darauf, dass ihre fragwürdigen Essenspackungen im Wasser warm wurden.

Lori fragte schließlich. »Bist du zum ersten Mal hier?«

»Nein, das ist einer meiner Lieblingsorte, den ich vor einigen Jahren mit meiner Ex entdeckt habe. Allerdings bin ich zum ersten Mal allein hier.« Sie steckte den Kopf durch den Kragen des Fleecepullis, den sie sich gerade anzog. »Das letzte Mal ist eine Weile her.«

»Oh, verstehe.« Lori war etwas überrascht, eine so offene Antwort zu bekommen. »Versuchst du, die Geister der Vergangenheit mit neuen Erinnerungen zu vertreiben?«

»Aye, so was in der Art.« Sie stupste die Packungen im Topf an. »Ich habe beschlossen, dass ich schon genug für diese Beziehung aufgegeben habe und dass ein Ort wie dieser viel zu besonders ist, um ihn zu verdrängen.« Dann verstummte Alex und ihre Augen verdunkelten sich wie regendurchnässtes Moos. Sie blies sich in die kalten Hände, den Blick immer noch auf die Tüten in dem sprudelnden Wasser gerichtet.

»Dieser Ort gehörte irgendwie zu uns. Wir sind so oft hergekommen. Es hat als großes Abenteuer angefangen, das wir miteinander bestritten haben, zusammengekuschelt auf einer Pritsche, während wir die ganze Nacht lang geredet und uns geküsst haben, aber dann ist es irgendwann zu einer lästigen Pflicht geworden. Unser letzter Ausflug hierher war in der Endphase unserer Beziehung.«

Als Alex Luft holte, zog Lori die Brauen hoch. »Wow. Ich weiß nicht, was ich sagen soll, außer dass ich richtig froh bin, die Hütte nur mit dir zu teilen und nicht mit einem kichernden, knutschenden Pärchen.« Sie verkniff sich ein Grinsen und hoffte, ihr Humor war nicht unangebracht.

Alex wirkte einen Augenblick lang verblüfft, aber dann schenkte sie Lori ein Lächeln. »Keine Sorge, das ist kein Fettnäpfchen. Es ist schon so lange her, dass ich jetzt darüber lachen kann.«

Lori hoffte, dass das wirklich stimmte. »Also hat es einfach nicht funktioniert oder ist irgendwas vorgefallen?«

Alex schien sie zu mustern, bevor sie weitersprach. »Okay, bringen wir den unangenehmen Teil hinter uns, bevor unser köstliches Essen auf den Tisch kommt. Es ist tatsächlich etwas vorgefallen, und zwar jemand anders. Für meine Ex, nicht für mich.«

Lori stieß ein lang gezogenes »Oh« aus und überließ Alex die Entscheidung, ob sie fortfahren wollte oder nicht. Alex' Blick ging ins Leere, sie stand reglos da und hielt die Hände über den aufsteigenden Wasserdampf. Offensichtlich war sie in Erinnerungen versunken. Lori wollte sie in die Gegenwart zurückholen, wollte fragen, was passiert war, oder irgendetwas Tröstliches sagen. Aber sie bezweifelte, dass sie Alex gerade erreichen würde. Schließlich war sie eine Fremde und sollte sich nicht noch mehr in diese Privatangelegenheit einmischen. Vor allem nicht hier draußen, wo es nicht viel Ablenkung gab, wenn die Stimmung sich verschlechterte.

Plötzlich stieß Alex einen langen Atemzug aus und blinzelte Lori an. Sie hatte offensichtlich vergessen, dass noch jemand da war. »*Oh* trifft es.« Verlegen rieb sie sich die Hände. »Entschuldige, meine Gedanken sind gerade gewandert.«

Lori lächelte. »Seltsam, was Ex-Partner mit uns anstellen können, oder?«

Alex nickte. »Aye. Ich habe gerade gedacht, dass ich seit unserer Trennung weit gekommen bin. Ich habe eine Weile gebraucht, bis ich in der Verfassung war, eine Nacht hier verbringen zu können, ohne Angst zu bekommen und in meinen Whisky zu heulen. Frank hätte daran bestimmt nicht viel Spaß gehabt.«

Lori war dankbar für den Versuch, die Stimmung aufzulockern. Aber der Schmerz stand Alex immer noch deutlich ins Gesicht geschrieben. Lori griff an ihr vorbei und schaltete das Gas ab. Inzwischen war das Essen sicherlich heiß genug. »Also muss ich möglicherweise mit Tränen rechnen?« Sie öffnete die Tüten und begann, den weichen Matsch auf das Campinggeschirr zu löffeln.

Alex zuckte mit den Schultern. »Na, momentan kann ich außer guten Absichten nichts versprechen. Ich gebe zu, es hilft, dass noch jemand hier ist, also bist du wahrscheinlich vor zu vielen Tränen sicher. Frank wird dir sehr dankbar sein.«

Lori nutzte die Gelegenheit, um mehr herauszufinden. »Du wirkst nicht wie eine Person, die schnell Angst bekommt und von jemandem beschützt werden muss. Abgesehen von Frank natürlich, der dich sicher immer beschützt.«

Alex setzte sich auf das untere Bett. »Ah, ja, da hast du mich richtig eingeschätzt. Ihr Name war Rachel und sie war ein größerer Angsthase als ich. Sie hatte Angst vor Spinnen, vor der Dunkelheit und, wie sich herausstellte, auch vor einer festen Bindung.«

Lori erstarrte bei Alex' Worten. Sie war nicht sicher, warum ihr Bauch gerade einen kleinen Salto geschlagen hatte. Zum Glück hatte sie Alex den Rücken zugewandt. Mit leicht zitternden Fingern schenkte sie den Wein in die Metallbecher ein und drehte sich dann lächelnd, mit dem dampfenden Geschirr in den Händen, um. »Das Abendessen ist serviert«, verkündete sie und reichte Alex eine Portion, bevor sie den Wein zu ihren Füßen abstellte.

Sie wollte gerade auf dem wackligen Melkschemel Platz nehmen, als Alex neben sich auf das Bett klopfte. Reflexartig kam sie der Aufforderung nach und setzte sich neben Alex, nah genug, um deren Körperwärme wahrnehmen zu können.

Sie spürte, wie Alex sie von der Seite her ansah und offensichtlich auf eine Reaktion auf ihre Bemerkung zu Rachel wartete. Lori hob ihren Becher zu einem Trinkspruch. »Auf das Teilen von Wein und Geheimnissen mit Fremden.«

Alex' Schultern sackten scheinbar erleichtert nach unten. »Darauf trinke ich.« Sie stieß an und trank einen großen Schluck. »Ich sollte vielleicht hinzufügen, dass ich mich normalerweise nicht so schnell oute, aber ich dachte, die Hütte mit einer Lesbe zu teilen kann ja nicht schlimmer sein, als allein in einem nassen, undichten Zelt zu liegen, oder?« Sie zwinkerte Lori schief lächelnd an.

Lori erwiderte das Lächeln. »Hey, ich bin aus der Großstadt, Alex, du bist nicht die erste Lesbe, die ich treffe. Außerdem scheint Frank ein guter

Menschenkenner zu sein. Ich meine, er mag mich, also vertraue ich seinem Urteil.«

Alex hielt ihrem Blick stand. »Du hast einfach so ein Gesicht.«

»So ein Gesicht? Ich weiß nicht, ob das ein Kompliment ist oder nicht.«

»Ja, ist es. Ein Gesicht, das bewirkt, dass dein Gegenüber dir alle seine Geheimnisse erzählen will.«

Lori spähte über den Rand ihres Bechers zu Alex, die gerade einen weiteren Schluck Wein trank. »Na ja, nach dem heutigen Abend musst du mich nie wiedersehen, was kann es also schaden? Raus damit.«

Alex rutschte auf dem Bett zurück, bis ihr Rücken an der Wand der Hütte lehnte. »Wenn wir das wirklich tun, machst du es dir besser bequem.«

Lori zögerte kurz, nahm aber dann auch Alex' Position ein. »Also, wenn Spinnen kein Problem sind, was würde dir denn dann hier Angst machen?«, fragte sie und drehte sich zu ihr.

Alex starrte in ihren Wein, bevor sie antwortete: »Weil ich allein nur Zeit gehabt hätte, darüber nachzudenken, wie unglücklich ich bin.«

Die Trauer auf Alex' Gesicht weckte in Lori den Wunsch, sie in eine Umarmung zu ziehen. Sie setzte sogar schon dazu an, einen Arm auszustrecken, als ein lauter Aufprall an der Tür sie beide zusammenzucken ließ.

Mit panisch aufgerissenen Augen starrten sie einander an, bis ein hektisches Kratzen verriet, dass es offensichtlich nur Frank war.

Alex stand auf, um den klitschnassen und schlammverdreckten, verrückten Hund hereinzulassen. Er wedelte wie wild mit dem Schwanz, hütete sich glücklicherweise aber davor, sie anzuspringen. Stattdessen wartete er, während Alex eine dünne, gepolsterte Matratze aus ihrem Rucksack zog und ausrollte, die sich als Hundebett herausstellte. Er drehte sich zweimal mitten auf der Matratze um die eigene Achse und ließ sich dann erschöpft darauf plumpsen.

Alex holte ein kleines Handtuch aus einer Tasche und rieb ihn kräftig ab. Dann goss sie Wasser in eine weitere Metallschüssel und versprach ihm, ihn zu füttern, sobald sie ihren eigenen inzwischen lauwarmen Brei aufgegessen hatte. Schließlich kehrte sie zum Bett zurück.

Der Moment, den sie kurz zuvor miteinander gehabt hatten, war vorüber und Lori beschloss, das Thema Ex-Freundin ruhen zu lassen. Sie wollte Alex' Emotionen nicht wieder aufwühlen und ganz sicher am Ende nicht ähnliche Fragen von ihr gestellt bekommen. Schließlich war sie hergekommen, um von der Frage *Ex oder nicht Ex* Abstand zu gewinnen.

Sie aß ihren Teller leer und beschloss, stattdessen bei sicheren Themen zu bleiben. »Und was hast du morgen vor?«

»Meine Güte, wie direkt. Ich bin noch nicht einmal mit diesem köstlichen Essen fertig, das du mir zubereitet hast, und du planst schon unser zweites Date«, sagte Alex grinsend. »Ich meine, ich wollte auf einen Berg steigen, aber weißt du, wenn du mich ausführen willst, könnte ich mich auch dazu überreden lassen.« Sie zwinkerte ihr zu.

Lori war machtlos gegen die Hitze, die bei diesen neckenden Worten und dem Anblick des Grübchens in Alex' Wange in ihr aufstieg. Um ihre Verlegenheit zu verbergen, nahm sie ihr Geschirr und begann aufzuräumen. Ihre Gedanken rasten. Ein Augenzwinkern von einer Frau, die sie erst seit einer Stunde kannte, ein halber Becher Wein und schon fühlte sie sich wie ein hormongesteuerter Teenager. Insgeheim tadelte sie sich: *Das liegt nur daran, dass sie eine Frau ist und du es nicht gewöhnt bist, dass Frauen mit dir flirten, das ist alles. Sie erlaubt sich nur einen Spaß mit dir. Mach dich locker.*

Mit dem Rücken zu Alex lachte sie und beschloss, mitzuspielen. »Wow, na, wer hätte gedacht, dass ich auf einem Soloausflug zu einer Schutzhütte mitten im Nirgendwo ein Date mit einer heißen Einheimischen bekommen würde.« Sie drehte sich um und zwinkerte Alex zu. »Wenn ich das gewusst hätte, hätte ich mir ein bisschen mehr Mühe mit meinen Haaren gegeben.«

Dass Lori sie heiß nannte, war offensichtlich nicht, was Alex erwartet hatte – sie errötete. »Also ist es abgemacht? Falls du dich fragst, was meine Lieblingsessen ist, ich mag Meeresfrüchte.«

Lori lächelte und war froh, dass auch Alex nervös zu sein schien. »So verlockend das auch klingt, ich weiß nicht, ob mein Freund damit einverstanden wäre. Aber vielleicht könnten wir gemeinsam auf einen Berg steigen? Wenn du nichts gegen die Gesellschaft hast?«

»Ah, es gibt doch immer einen Freund.« Alex gab vor, enttäuscht zu sein und schüttelte traurig den Kopf. »Ich hätte wohl wissen sollen, dass eine so hinreißende Frau wie du nicht Single sein kann. Wie heißt er?«

Lori war fest entschlossen, Alex nicht sehen zu lassen, was dieser Kommentar mit ihr machte. Hinreißend war sie schon sehr lange nicht mehr genannt worden. Außerdem wollte sie nicht weiter über ihren Freund reden. Sie begann, ihr Bett und die Kleidung zum Schlafen auf dem oberen Bett zurechtzulegen. »Andrew. Er ist in London geblieben, weil er nicht wirklich der Typ für einen Trip durch die unberührte Wildnis ist, aber das passt mir ganz gut, weil ich diese Zeit gerne für mich habe ...« Sie hoffte, dass damit das Thema abgeschlossen wäre.

Als sie einen Stupser in die Seite bekam, schreckte Lori auf.

Alex blickte sie verschmitzt an. »Tut mir leid. Ich wollte dich mit den Date-Scherzen nicht in Verlegenheit bringen. Ich bekomme oft zu hören, dass ich richtig aufdrehe, wenn ich in Flirtstimmung bin, und ihr Heterofrauen findet das nicht immer gut.«

Lori setzte sich auf einen der Hocker. »Glaub mir, das ist es nicht, obwohl du ein Talent dafür zu haben scheinst, mich erröten zu lassen. Ich habe nur den ganzen Tag lang nicht an ihn gedacht. Der Aufstieg und die Aussicht haben mich abgelenkt, und dann du und Frank.« Vielleicht war es aber gar nicht schlecht, mit einer Fremden über alles zu reden. Stella, ihre beste Freundin, würde nur beteuern, wie langweilig Andrew war, und ihr mehr Wein nachschenken. Und damit hatte sie ja auch recht. »Eigentlich bin ich nicht in bester Stimmung hergekommen. Andrew und ich haben uns darüber gestritten, dass wir schon wieder ein Wochenende getrennt verbringen. Das wird allmählich langweilig und ich habe es satt.«

»Was wird langweilig, das Streiten oder er?«

Lori hätte mitspielen können, denn in Alex' Stimme lag ein verspielter Unterton, doch schließlich entschied sie sich für eine aufrichtige Antwort. »Beides, schätze ich. Als wir gerade frisch zusammengekommen sind, war es toll, dass wir beide gern wandern. Aber wie sich herausstellte, hat er ganz andere Vorstellungen vom Wandern. Wie auch immer, mittlerweile haben wir viel schlimmere Probleme als das und jetzt habe ich wohl endlich den Kopf aus dem Sand gezogen.« Diesmal war es keine kleine Meinungsverschiedenheit gewesen, sondern ein ausgewachsenes Schreiduell, nach dem Lori verkündet hatte, dass es mit ihnen vorbei war. »Ich ertrage seinen Egoismus einfach nicht mehr. Oder dass ihm mein Beruf und meine Hobbys komplett egal sind. Wenn ich jetzt so darüber nachdenke, dass ihm überhaupt alles, was mich glücklich macht, vollkommen egal ist. Andrew will eine Hausfrau, und eine Hausfrau bin ich ganz sicher nicht.«

Alex nickte. »Na, dann ist ja gut, dass du den Kopf nicht mehr im Sand hast. Ich habe drei Jahre gebraucht, bevor ich erkannt habe, dass Rachel sich um niemanden schert außer um ... Rachel. Wie lange hast du gebraucht?«

Lori ließ die Schultern sinken. »Freu dich nicht zu früh. Ich habe ungefähr sieben Jahre an Andrew verschwendet.«

»Wow«, sagte Alex mit hochgezogenen Augenbrauen. »Aber wenn du so lange bei ihm geblieben bist, kann es nicht nur schlecht gewesen sein.«

»Nein, du hast recht. Das wäre nicht fair. Wir hatten auch schöne Momente. Ich kann mich nur nicht mehr so gut an sie erinnern.«

In der Anfangsphase hatte er verstanden, dass Reisen ein Teil ihrer Arbeit waren. Als Dolmetscherin musste sie manchmal im Ausland arbeiten, zum Beispiel im Europäischen Parlament oder um Politiker oder Diplomaten auf Gipfeltreffen oder offizielle Besuche zu begleiten. Normalerweise bedeutete das, dass sie ein paar Tage unterwegs war, manchmal aber auch länger, je nach Veranstaltung. Er war froh gewesen, dass ihr Interesse an internationaler Politik sie davon abgehalten hatte, in einem der vielen Unternehmen anzufangen, die ihr Stellenangebote gemacht hatten. Sonst hätte sie vielleicht in ein anderes Land ziehen müssen. Außerdem fand er es hervorragend, dass sie sich ihre Arbeit selber einteilen konnte und zeitlich flexibel war, da er als Junior Broker in der Stadt lange Arbeitszeiten hatte.

Mit dreiundzwanzig waren sie beide noch jung gewesen und hatten sich zwar einerseits binden, andererseits aber auch ein gewisses Maß an Unabhängigkeit behalten wollten. Dazu gehörten auch getrennte Wohnungen und Freundeskreise.

Oberflächlich gesehen passten sie gut zusammen und Andrew erfüllte alle Vorstellungen, die sie in Bezug auf einen zukünftigen Ehemann gehabt hatte. Er war attraktiv und ehrgeizig, kam aus einer ähnlich wohlhabenden Familie und hatte noch Großes im Leben vor. Sie könnten eine Ehe wie aus dem Bilderbuch führen: Haus, Kinder, Autos, Haustiere. Sie könnten ihren Kindern die Sicherheit einer traditionellen Familie mitgeben. Eine Sicherheit, die Lori nie gehabt hatte.

Nach fünf gemeinsamen Jahren hatte er angefangen, sich allmählich zu verändern. In den letzten zwei Jahren war er dann besitzergreifend und fordernd gewesen, hatte sie getadelt, weil sie ständig weg war und ihn allein ›zurückließ‹, obwohl das Teil ihrer Arbeit war. Ihr gut aussehender und unkomplizierter Freund war plötzlich emotional manipulativ geworden.

Sie wohnten nicht zusammen, aber er hatte auf einmal trotzdem erwartet, dass sie in seiner Wohnung mit Essen auf dem Tisch auf ihn wartete, wenn er nach Hause kam. Dass sie aufmerksam lauschte, wie sein Tag war – egal, ob er ihn auf der Arbeit oder dem Golfplatz verbracht hatte.

Wenn sie nicht da war, nahm er sie ins Kreuzverhör. Wer war bei ihr gewesen? Was hatte sie gemacht? Worüber hatten sie geredet? Einmal hatte sie ihn sogar dabei erwischt, wie er ihre Textnachrichten durchgegangen war, obwohl er das anschließend geleugnet und die lahme Ausrede vorgeschoben hatte, dass er einen Termin in ihrem Kalender hatte nachschlagen wollen. Sie war nicht sicher, ob das das erste Mal war, dass er in ihrem Handy rumgeschnüffelt hatte.

Dann fing er an, ihr ein schlechtes Gewissen zu machen, weil sie mit anderen Leuten Zeit verbringen wollte, ohne, dass er dabei war. Sogar ein Drink nach der Arbeit mit ihrer besten Freundin zog eine Flut an Fragen nach sich. Lori hatte eine Weile gebraucht, um zu erkennen, dass Andrews Verhalten zum Teil daran lag, dass er keinen Freundeskreis hatte. Sicher, da waren Kollegen und Golfkumpel, aber zu allen echten Freunden, die er während des Studiums und in den ersten Jahren bei der Bank gehabt hatte, hatte er keinen Kontakt gehalten oder sie waren weitergezogen. Er bemühte sich nicht, neue zu finden, und hatte sich immer mehr auf sie verlassen. Auf der Suche nach einem Sozialleben, nach Aufmerksamkeit, nach allem. Aber sie konnte nicht alles für ihn sein.

Es war erschöpfend.

Seine Lösung? Heiraten, Kinder bekommen, in eine seelenlose Vorstadt ziehen und Dinnerpartys veranstalten.

Sie hatte jahrelang Sprachen und Politik studiert und ihren Masterabschluss in Konferenzdolmetschen gemacht. Sie hatte lang und hart gearbeitet und als Freelancerin Beziehungen geknüpft und sich einen ausgezeichneten Ruf aufgebaut. So hatte sie schließlich eine Festanstellung im House of Parliament ergattert und sich auch einen Platz auf der Liste gesichert, auf der die Personen standen, die bereit waren, zu reisen. Sie konnte nicht fassen, dass Andrew von ihr erwartete, all das aufzugeben, nur um irgendeine altmodische Fantasie auszuleben, die seine Vorgesetzten, die alten Herren in der Bank, beeindrucken würde. Er hatte eindeutig zu viel *Mad Men* geschaut, eine Serie, die in den Sechzigern spielte.

Sieben Jahre Beziehung waren allerdings eine lange Zeit und die Trennung würde hart werden. Trotz allem vermisste sie ihn. Aber sie war fest entschlossen, es zu beenden, und würde sich nicht schuldig fühlen, weil sie ihr eigenes Leben in die Hand nahm.

»Lass mich raten«, sagte Alex und riss sie aus ihren Gedanken, »seine Art zu wandern hat mit einem Golfplatz zu tun?«

Lori brach in Gelächter aus. »Und mit vier der langweiligsten Männer, die du je getroffen hast. Andrew mit eingeschlossen.«

Alex hielt einen Finger in die Höhe: ein Punkt für sie. »Ich weiß noch, wie mein Opa in meiner Kindheit ganz scharf aufs Golfen war, und meine Oma hat nie verstanden, warum er vier Stunden auf dem Platz herumlief, wenn er in der Zeit genauso gut auf einen Berg steigen könnte.«

»Na, damit ist jetzt Schluss«, erklärte Lori und sprang auf. »Ich hoffe, er ist sehr glücklich mit seinen Golfschlägern. Mögen sie ihm das Bett wärmen.«

»Wow, also ist es wirklich vorbei?«, fragte Alex verwirrt. »Vor einer Minute war er noch dein Freund.«

»Ja. Es ist vorbei.« Mit einem Schlag erkannte Lori, dass sie es diesmal wirklich ernst meinte. In den letzten zwei Jahren hatte sie diese Worte so oft ausgesprochen und dabei doch gewusst, dass Andrew ihr die Entscheidung wieder ausreden würde. Aber diesmal fühlte es sich anders an. Sie griff nach ihrem Rucksack und kramte darin herum, in der Hoffnung, dass sie auch eingepackt hatte, was sie jetzt brauchte.

»Ein feiner Tropfen gegen die Kälte?«, fragte sie und versuchte sich an einem schottischen Akzent, während sie triumphierend einen kleinen Flachmann hochhielt.

Alex' Augen leuchteten auf. »Ah, Wein und Whisky. Ich wusste ja, dass wir uns gut verstehen würden. Das nehme ich als Entschuldigung dafür, dass du mein Angebot wegen eines Mannes abgelehnt hast, der nun auf einmal dein Ex ist.«

Lächelnd setzte sich Lori wieder auf die Pritsche, bevor sie den Deckel des Flachmanns aufschraubte, und zwei kleine silberne Becher in der Hand hielt, die sich im Deckel versteckt hatten. Sie gab Alex einen und schenkte ihnen beiden ein.

Alex wirkte beeindruckt. »Sehr nobel.« Sie schnupperte daran und schloss entzückt die Augen. »Glenlivet?«

Jetzt war Lori beeindruckt. »Wieder richtig, den hat mein Dad am liebsten getrunken.« Sie stieß mit Alex an, sah ihr in die Augen und hob den Becher. »Auf Ex-Partner und darauf, uns endgültig von ihrem Mist zu befreien.«

»Auf Ex-Partner«, wiederholte Alex, bevor sie die bernsteinfarbene Flüssigkeit in einem Schluck hinunterstürzte.

Lori tat es ihr nach und spürte, wie der Whisky eine befriedigende Spur bis zu ihrem Bauch hinunterbrannte. Dann schenkte sie ihnen lächelnd neu ein.

Alex lehnte sich an die Holzwand zurück und zog sich den Schlafsack über die Beine, bevor sie das andere Ende Lori zuwarf. Diese folgte ihrem Beispiel und setzte sich dicht neben sie, damit sie ihre Wärme miteinander teilen konnten. Sie trank einen weiteren Schluck Whisky, der die beruhigende Wirkung des ersten Schlucks noch verstärkte, während sie tiefer in den Schlafsack rutschte.

Beide schwiegen in Gedanken versunken. Das einzige Geräusch war Franks leises Schnarchen.

»Woran denkst du gerade?«, fragte Lori. »Rachel?«

»Ach nein, mit diesem Ausflug wollte ich sie doch vergessen. Die Erinnerung an sie vertreiben, indem ich hier etwas Neues erlebe. Eigentlich habe ich darüber nachgedacht, dass Frank offensichtlich nicht an seinem Futter interessiert ist und dass es bisher noch nie so angenehm war, eine Schutzhütte mit einer Unbekannten zu teilen.«

Lori sah zu Alex hinüber und lächelte. »Ich glaube, du könntest recht damit haben, dass wir gute Freundinnen wären. Wir haben Berge, Whisky und den Hass auf Golf gemeinsam. Was brauchen wir noch?«

»Na ja, im Moment brauche ich mehr Whisky.« Alex hielt ihr zum dritten Mal den Becher hin. »Und während du nachschenkst, habe ich da noch etwas, womit wir dieses spontane Essensdate abrunden können.«

Lori neigte den Kopf und zog eine Augenbraue hoch. »Warum mache ich mir jetzt Sorgen?«

»Entspann dich.« Alex grinste, gab Lori ihren Becher und rutschte dann ans Bettende, um in ihrem Rucksack herumkramen zu können. »Ich bin schon über dich hinweg.« Triumphierend schaute sie über die Schulter. »Ha! Nachtisch.« Sie holte einen Gefrierbeutel heraus, dessen Inhalt aussah wie Franks Abendessen. »Jess' selbst gemachte Brownies. Das Aussehen trügt, versprochen, sie sind in meinem Rucksack nur ein bisschen zerquetscht worden.«

Sie stand auf und holte die Gabeln, bevor sie sich wieder neben Lori auf das Bett setzte und den Schlafsack über sie zog. Dann öffnete sie den Beutel und bot ihn zuerst Lori an. »Los, ich schwöre, sie sind köstlich.«

Lori bediente sich. Schokolade würde sie niemals ablehnen. »Meine Güte, die sind ja hervorragend.« Sie stöhnte. »Okay, mit dem Nachtisch hast du gewonnen. Na ja, oder Jess hat gewonnen, wer auch immer das ist.«

»Beste Freundin«, murmelte Alex mit vollem Mund.

Die Brownies waren schnell verdrückt und bald war auch der Whisky leer.

»Jepp, ich hatte auf jeden Fall recht damit, dass wir gute Freundinnen wären«, murmelte Alex und lehnte den Kopf an Loris Schulter. Der Whisky schien sie schläfrig zu machen. »Ich glaube, es war Schicksal, dass ich dich getroffen habe.«

Vor Überraschung über die vertraute Geste verkrampfte Lori etwas, zwang sich dann aber, sich zu entspannen. Wenig später merkte sie, dass Alex' Atem ebenso gleichmäßig klang wie Franks. Sie war eingeschlafen.

Lori weckte Alex kurz auf, damit diese es sich auf dem Bett etwas gemütlicher machen konnte. Anschließend deckte sie sie mit dem Schlafsack zu. Alex würde hineinkriechen können, wenn ihr kalt wurde.

Loris Atem bildete in dem kleinen Raum mittlerweile Wölkchen. Die Temperatur war dramatisch gefallen. Sie wappnete sich gegen die Kälte im Freien, schob sich an Frank vorbei und verließ die Hütte, um sich in der Natur zu erleichtern.

Der Himmel war klar und die schiere Anzahl und Helligkeit der Sterne, so weit ab von jeglicher Zivilisation, faszinierte sie immer wieder aufs Neue. Sie nahm sich einen Moment, um dieses Bild auf sich wirken zu lassen und den Kopf freizubekommen, bevor sie wieder zurück in die Hütte gehen würde. Irgendwie funktionierte es allerdings nicht richtig und der Grund war zur Abwechslung mal nicht Andrew.

Sie dachte an die ›heiße Einheimische‹, die in der Hütte schlief, und lächelte. Warum? Ja, sie war witzig und frech und eine unkomplizierte Gesprächspartnerin, aber da war noch mehr. Was es genau war ... darüber wollte Lori jetzt nicht nachdenken. Die Erschöpfung des langen Tages legte sich auf sie und schließlich ging sie wieder hinein.

Alex' Hose auf dem Schemel verriet, dass sie sich umgezogen hatte, bevor sie ganz in den Schlafsack gekrochen war. Die Kapuze war gegen die Kälte eng um ihren Kopf gezogen. Lori blieb kurz stehen, um im Licht der Laterne auf dem Tisch ihre entspannte Miene zu betrachten. Sie konnte nicht leugnen, dass Alex schön war.

Leise, um Alex nicht zu stören, schlüpfte Lori in ihre dicke Thermokleidung. Die Leiter knarzte unter ihrem Gewicht, als sie ins obere Bett kletterte und tief in ihren eigenen Schlafsack kroch. Sie schloss die Augen und ließ den Whisky tun, was er am besten konnte.

Bald war sie eingeschlafen.

Kapitel 4

Als Alex früh am nächsten Morgen erwachte, war ihr kalt. Der Whisky hatte sie gestern schnell einschlafen lassen und sie hatte sich nicht mit dem Thermooberteil aufgehalten, bevor sie im Schlafsack verschwunden war. Keine gute Entscheidung.

Als sie von der oberen Pritsche keine Bewegung wahrnahm, stieg sie vorsichtig aus dem quietschenden Bett.

Frank hob den Kopf und wedelte mit dem Schwanz, voller Hoffnung darauf, dass er gleich ins Freie durfte. Alex streckte die Arme über den Kopf und stellte sich auf die Zehenspitzen, wobei ihre Fingerspitzen gerade so die Decke streiften. Nach der gestrigen Wanderung fühlte sie sich gut, zwar steif von der Kälte und der hauchdünnen Matratze, aber die Dehnübungen halfen. Sie holte eine Tüte Hundefutter aus einer Seitentasche ihres Rucksacks und nahm Franks Napf und ihre Zahnbürste, bevor sie die Füße in die kalten Stiefel schob und leise hinausschlich.

Frank schlang sein Frühstück herunter, während sie sich die Zähne putzte. Es nieselte leicht und die Gipfel waren hinter tief hängenden Wolken verborgen. Es war früh am Morgen und sie hatte noch etwas Zeit, um abzuwarten, ob die Sonne die Wolken vertreiben würde. Allerdings konnte sie nicht allzu lange warten, bevor sie sich dafür oder dagegen entschied, heute einen weiteren Berg in Angriff zu nehmen. Im Zweifel würde der Aufstieg allerdings feucht und unangenehm werden.

Sie wanderte zwar auch bei Kälte und Schnee, aber Regen war einfach nur deprimierend und am Gipfel wurde sie dann noch nicht einmal mit atemberaubender Aussicht belohnt. Außerdem kannte sie die Berge der Gegend schon. Bei diesem Wochenende ging es für sie mehr darum, eine weitere Erinnerung an Rachel hinter sich zu lassen und einen ihrer Lieblingsorte wieder neu für sich zu entdecken. Allein. Nun ja, fast allein.

Geräusche aus der Hütte drangen an ihre Ohren. Schell ging sie hinein.

»Guten Morgen.« Lori lächelte fröhlich, als Alex eintrat. »Ist das Bad frei?«, fragte sie und schnappte sich ihre Zahnbürste.

Alex grinste. »Klar, es gehört ganz dir. Das Wetter sieht nicht gerade gut aus. Ich weiß nicht, ob ich so masochistisch bin, heute auf einen Berg zu steigen, aber ...« Sie deutete auf einen schmalen, etwa dreißig Zentimeter langen Zylinder, der seitlich an ihrem Rucksack befestigt war »Das ist eine ausziehbare Angelrute. Ich dachte, vielleicht bleibe ich stattdessen eine Weile am Fluss und gehe dann gemütlich zum Auto zurück.«

Lori blieb in der Tür stehen und sah zu den Gipfeln hinaus, die immer noch in Wolken gehüllt waren. Dann sah sie zu Alex, die sich hingehockt hatte und Franks Bauch kraulte. »Ist das eine Einladung?«

»Nur wenn du zufällig Kaffee mitgebracht hast und vorhast, mir Frühstück zu machen, nachdem du im Bad warst.«

»Du hast schon gehört, dass ich gestern Abend gesagt habe, ich wäre nicht der Hausfrauentyp?«

»Glaub mir, meine Süße, ich habe auch nicht vor, für irgendjemanden den Ehemann zu spielen.« Sie zuckte mit den Schultern und hielt unschuldig die Hände hoch. »Ich will nur Waren und Dienstleistungen mit dir tauschen. Kaffee und Frühstück gegen meine Angelrute und das Vergnügen meiner Gesellschaft. Ich meine, ich kann mir das Frühstück auch selbst machen und allein losziehen ...«

»Okay, okay.« Auch Lori hob jetzt ihre Hände. »Ich wollte nur sichergehen, dass ich nichts falsch verstehe.« Sie lachte mit Alex. »Ich akzeptiere deine Bedingungen und komme gleich zurück, um meinen Teil der Vereinbarung einzuhalten.«

Alex packte ihren Schlafsack und Franks Bett ein, bevor sie Tüten mit Porridge und einige Bananen aus ihrem Rucksack holte. Als Lori zurückkam, setzte Alex sich auf die untere Pritsche und beobachtete, wie sie Wasser kochte und die Kaffeebecher bereitstellte.

»Wäre das Eurer Majestät genehm?«, fragte Lori und holte zwei Päckchen 3-in-1-Instantkaffee aus ihrem Rucksack.

»Ganz großartig, aber du hast nicht zufällig auch eine 2-in-1-Version da drin? Ich bin auch ohne Zucker süß genug.«

Lori lachte. »Ich würde ja Nein sagen, aber das wäre gelogen«, sagte sie, zog ein 2-in-1-Päckchen heraus und hielt es hoch, als hätte sie Gold gefunden.

Alex lächelte. »Ich weiß nicht, was mich glücklicher macht, das Kompliment oder der Kaffee ohne Zucker. Wie hast du geschlafen?« Alex war irgendwann mitten in der Nacht aufgewacht und hatte Probleme gehabt, wieder einzuschlafen. Ihre Gedanken waren zwischen ihrem letzten Besuch in der Hütte mit Rachel und der Frau im Bett über ihr hin- und hergewandert.

Der Gedanke daran, dass Lori sie gestern immer wieder verstohlen beobachtet hatte, wärmte Alex tief im Inneren. Alex war durchaus aufgefallen, wie gut Lori aussah. Als diese die Kapuze abgestreift und darunter einen exzentrischen Hut enthüllt hatte, der ihre Haare bedeckte, die sich später als ebenso kastanienbraun wie ihre Augen herausgestellt hatten, war Alex überwältigt gewesen. Dazu kamen noch einige Sommersprossen auf der Haut, die unfassbar weich aussah, und das breiteste, aufrichtigste Lächeln, das Alex je gesehen hatte. Vermutlich schenkten sowohl Männer als auch Frauen Lori Hunter auch noch einen zweiten Blick.

Vielleicht lag es an der Nähe in der engen Hütte, die sie miteinander teilten. Vielleicht fühlte sie sich verletzlich, weil sie erwartet hatte, allein hier zu sein, aber die Erkenntnis, dass sie Single war und sich von dieser Frau angezogen fühlte, war irgendwie beunruhigend. Sie hielt schon seit langer Zeit alle auf Abstand, die auch nur vages Interesse an ihr zeigten. Dann war gestern Lori aufgetaucht. Und jetzt arbeitete Alex hart daran, um ihre Panik darüber, jemanden wirklich zu mögen, zu beherrschen.

Aber sie musste zugeben, dass sie in der Gegenwart einer anderen Person noch nie so schnell entspannt und gleichzeitig derart nervös gewesen war. Außerdem störte sie sich nicht an Loris Nähe und dem Kribbeln in ihrem Bauch, das damit einherging.

»Erde an Alex.« Lori schnippte mit den Fingern und lachte.

Alex zwang sich ins Hier und Jetzt zurück und wirbelte zu Lori herum. Dabei fühlte sie sich, als wäre sie mit der Hand in der Keksdose erwischt worden. Ihre Reaktion überraschte Lori und erschreckte sie, sodass der wacklige Milchschemel, auf dem sie saß, zur Seite kippte. Bevor Alex es verhindern konnte, landete Lori auf dem Boden.

Alex' herzhaftes Lachen erregte Franks Interesse, denn innerhalb weniger Sekunden war er wieder in der Hütte und stand über Lori, leckte ihr übers Gesicht und schnüffelte begeistert an ihr herum. Das ließ Alex nur noch lauter lachen, bis sie auf dem unteren Bett herumrollte und sich mit tränenden Augen und nach Luft schnappend den Bauch hielt. Lori spielte mit, quietschte und drehte den Kopf hektisch von einer Seite zur anderen, um Franks feuchten Küssen und dem nach Futter riechenden Hundeatem auszuweichen.

»Hilf mir! Lieg nicht einfach da rum, nimm ihn weg! Ich kann nicht atmen! Bitte, Alex, hilf mir!«

Alex erlangte einen Teil ihrer Beherrschung zurück, stand auf, hob ihn hoch und ging mit ihm zur Tür. Dort setzte sie ihn wieder auf den Boden, stupste sein Hinterteil spielerisch mit dem Fuß an, um ihn davonzuschicken, bevor sie die Tür hinter ihm schloss.

Lori lag immer noch auf dem Boden, wischte sich mit einem Ärmel übers Gesicht und versuchte, zu Atem zu kommen.

Alex stellte sich neben sie und streckte beide Arme aus, um sie hochzuziehen. Lori beäugte sie mit vorgetäuschtem Widerwillen, aber dann ergriff sie Alex und zog sie nach unten. Schnell errang Lori die Oberhand und rächte sich, indem sie Alex an den Seiten und am Bauch kitzelte. Alex quietschte überrascht und versuchte, Loris Hände zu erwischen, Luft zu bekommen und »Gnade!« zu rufen – alles gleichzeitig.

Schließlich hörte Lori auf, hielt Alex' Hände über ihrem Kopf fest und beugte sich über sie. »Gibst du auf?«, fragte sie grinsend.

Alex' Brust hob und senkte sich hastig, während sie nach Luft schnappte. »Hmm, vorerst«, sagte sie. »Obwohl es nicht nur furchtbar war.« Unwillkürlich schaute sie Lori direkt in die Augen, die ihr so nahe waren, dass sie kleine gelbe Sprenkel darin entdeckte, wie welke Herbstblätter auf einem Teich.

Ein Moment der Reglosigkeit verstrich, bevor Lori den Blickkontakt abbrach und zu realisieren schien, in welcher Position sie sich befanden. Sie saß breitbeinig auf Alex und hielt ihre Hände immer noch über ihrem Kopf fest, während ihr Gesicht nur wenige Zentimeter über Alex' schwebte. »Oh Mist, das Wasser!«, rief sie und sprang auf.

Alex lag noch einige Sekunden da, um zu Atem zu kommen, allerdings nicht vom Lachen. Oder Kitzeln. Was als unschuldiges Flirten begonnen hatte, fühlte sich plötzlich nicht mehr so unschuldig an. Ihr Herz hatte ihr bis zum Hals geklopft, als sie sich umgedreht und tief in diese wunderschönen Augen geblickt hatte. Ihre Lippen waren ihren so nahe gewesen, dass sie Loris Atem gespürt hatte.

Ja, Lori war hinreißend und witzig, aber sie war auch hetero. Und Alex' Erfahrung nach war *hetero* gleichbedeutend mit *Drama*. Jedenfalls hatte sie Lori offensichtlich verschreckt und tadelte sich jetzt, weil sie es zu weit getrieben hatte. Sie hatte Lori sicherlich verunsichert und die Unbeschwertheit zwischen ihnen ruiniert. Seufzend stand sie auf und klopfte sich den Staub von den Klamotten, während Lori Wasser zum Porridge und in die Kaffeebecher goss und Alex dabei die ganze Zeit den Rücken zuwandte.

Alex setzte sich wieder auf das untere Bett und beschloss, dass etwas oberflächliches Geplauder und ein wenig Humor das verlegene Schweigen, das sich zwischen ihnen breitgemacht hatte, sicher vertreiben könnten. »Also, du hast mich gestern abgefüllt, bevor ich dich zu den üblichen Themen befragen konnte. Du weißt schon: Familie, Freunde, Beruf.«

Lori drehte sich lächelnd um.

Alex spürte förmlich, wie die Verlegenheit, die zwischen ihnen entstanden war, schwand. Dankbar nahm sie den Kaffee entgegen, den Lori ihr anbot. Dann setzte Lori sich zurück auf den Schemel und wartete darauf, dass der Porridge dicker wurde.

»Äh, willst du den wirklich wieder riskieren?« Alex deutete lachend auf den Hocker und klopfte noch einmal neben sich auf das Bett.

Lori schien eine Sekunde zu zögern, aber dann wechselte sie den Platz. Alex fiel allerdings auch auf, dass sie etwas mehr Abstand zwischen ihnen ließ als am vorigen Abend.

»Okay, klar. Was willst du wissen?«

»Hmm.« Alex strich sich nachdenklich über das Kinn.

»Nichts Unvernünftiges«, sagte Lori mit hochgezogener Augenbraue.

Alex hob eine Hand und lachte. »Na gut. Fangen wir mit den Grundlagen an. Erzähl mir was von deiner Familie.«

»Ah, die Familienfrage. Wo soll ich nur anfangen?« Sie tippte sich grüblerisch ans Kinn. »Also, ich habe einen Zwilling. Mein Bruder Scott ist Fotojournalist und hält sich nie lange an einem Ort auf. Allerdings hat er seine Basis in London, also treffen wir uns schon ab und zu, auch wenn wir nur am Abend etwas essen oder trinken gehen, bevor er wieder weg ist.«

»Wow. Es muss cool gewesen sein, als Zwilling aufzuwachsen.«

»In unserer Kindheit nicht besonders. Er hat mich ständig aufgezogen und in Schwierigkeiten gebracht. Er ist acht Minuten älter und reibt mir das auch gern immer wieder unter die Nase. Aber je älter wir wurden, desto besser haben wir uns verstanden. Na ja, so gut, wie wir uns eben verstehen können, wenn wir uns selten mal im selben Land aufhalten. Er ist sehr egoistisch und arrogant, kommt auf jeden Fall nach meinem Dad. Aber für einen Kerl ist er kein schlechter Zuhörer und ich sage ihm immer, dass das seine einzige gute Eigenschaft ist.«

Alex nickte zustimmend. »Definitiv ein seltener Typ. Was ist mit euren Eltern?«

»Mein Dad ist auch Journalist und ständig unterwegs. Er schreibt für einige Zeitungen, aber im Moment stellt er Nachforschungen für sein neuestes Buch an. Ich denke, Scott und ich haben das Reisefieber von ihm geerbt. Unsere Mum ist an Krebs gestorben, als wir erst fünf waren, und Dad ist damit nicht gut klargekommen. Unsere Tante Emily hat mehr oder weniger das Ruder übernommen, bis wir alt genug fürs Internat waren. Anfangs waren wir in der Schweiz und die letzten Schuljahre haben wir in Edinburgh verbracht.«

Alex legte eine Hand leicht auf ihren Arm. »Das tut mir so leid, Lori. Es muss schrecklich für euch beide gewesen sein, eure Mum in so jungen Jahren zu verlieren.«

Lori atmete tief ein und schluckte hörbar, aber Alex hatte mitbekommen, wie ihre Stimme bei der Erwähnung ihrer Mum gestockt hatte. Sie schwieg und ließ ihr Zeit, um in ihrem eigenen Tempo fortzufahren.

»Ach, weißt du, dann waren es Scott und ich gegen den Rest der Welt. Wir haben aufeinander aufgepasst und das Ganze einigermaßen gut überstanden.« Sie lächelte und sah auf Alex' Daumen hinab, der sanft über ihren Arm rieb. »Tut mir leid, ich bin etwas rührselig geworden. Die Frage habe ich wohl lange nicht mehr gestellt bekommen. Mein Freundeskreis ist recht klein. Ich komme nicht oft unter Menschen.«

Alex drückte ihren Arm. Dann stand sie auf, um ihnen Kaffee nachzuschenken und die Bananen in den inzwischen angedickten Porridge zu geben. »Nein, mir tut es leid, dass ich so neugierig bin«, sagte sie, reichte Lori eine der Schüsseln und setzte sich wieder, diesmal etwas näher als zuvor. »Und ich bin der geborene Stubenhocker, also sag das nicht so, als wäre es etwas Schlechtes. Wir können nicht alle extrovertiert sein.«

»Da hast du recht.« Sie lächelte Alex dankbar an. »Ich weiß nicht, warum, Miss Ryan, aber ich verspüre dieses Verlangen, Ihnen alle meine Geheimnisse zu verraten. Eigentlich halte ich mich nur zurück, weil ich mir nicht sicher bin, ob du mich dann noch mögen würdest.«

Alex legte den Kopf schief. »Was? Du meinst, unter dieser süßen und unschuldigen Fassade lauert eine dunkle, vielleicht sogar verdorbene Seite?«

Lori spielte mit. »Das behalte ich für mich, versuch es also gar nicht erst. Du wirst einfach weiter im Dunkeln tappen müssen.«

»Hmm, das ist nicht fair, etwas erst anzudeuten und mir dann nicht mal eine pikante Anekdote zu präsentieren.«

»Das macht mich mysteriös«, antwortete Lori und wackelte mit den Augenbrauen.

»Okay, hier komme ich ganz offensichtlich nicht weiter, also gebe ich mich vorerst geschlagen. Aber warte nur ab, bis ich Gelegenheit habe, dich mal abzufüllen.«

»Ich glaube, damit hast du bereits zweimal an einem Tag aufgegeben.« Lori grinste.

Alex lachte und stieß ihre Schulter an. »Komm schon, Klugscheißerin, iss auf, damit wir angeln gehen können.«

Kapitel 5

Nach dem Essen brauchten sie nicht lange, um ihre Habseligkeiten einzupacken und sich für den lockeren Spaziergang umzuziehen. Mit der Angelrute im Gepäck folgten sie einem Pfad, der sie schließlich an einen tieferen, breiteren Teil des Flusses bringen würde, den Lori am Tag zuvor überquert hatte. Sie wanderten schweigsam nebeneinanderher und Lori genoss die Stille, da ihr nach den Ereignissen in der Hütte immer noch der Kopf schwirrte.

Sie war untypisch verlegen geworden, als sie erkannt hatte, dass sie sich vor Alex ausziehen musste. Lori hatte ihr den Rücken zugewandt und versucht, sich am Fußende der Pritsche zu verstecken, während sie ihre Thermoschlafkleidung durch normale Unterwäsche und leichte, wasserdichte Stoffschichten ersetzt hatte.

Alex hatte ihr Unbehagen wohl bemerkt und sich umgedreht, um sich selber umzuziehen. Das war es nicht, was Lori beschäftigte. Was sie beschäftigte, war, dass sie einen Blick erhascht hatte.

Sie hatte sich heruntergebeugt, um in ihre Socken zu schlüpfen, und gerade in dem Moment aufgesehen, als Alex sich ein hellgrünes T-Shirt über den Kopf gezogen hatte. Dabei waren ihr cremeweiße, glatte Haut und der Umriss einer perfekt geformten, nackten Brust ins Auge gefallen. Auch das war es nicht, was sie verwirrt hatte, sie war schließlich schon oft genug in Damenumkleiden gewesen. Es war das Gefühl, das sich dabei in ihr ausgebreitet hatte, der überwältigende Drang, eine Hand auszustrecken und Alex zu berühren. Ihr mit den Fingerspitzen an den Seiten hinab und über den Bauch zu streichen …

»Lori? Hey!« Alex stieß sie an und holte sie damit in die Gegenwart zurück.

Loris Wangen wurden heiß, dann blieb sie stehen und streifte den Rucksack ab. »Tut mir leid, dass ich ständig abdrifte«, sagte sie und ließ ihn auf den Boden fallen. Sie hockte sich hin und wich dabei Alex' Blick aus. »Mein Rucksack sitzt nicht gut. Gib mir eine Sekunde, ich will ein paar Sachen umschichten.«

Sie atmete einige Male tief durch und packte demonstrativ einige Ausrüstungsgegenstände aus und wieder ein, bevor sie den Rucksack wieder schulterte und die Riemen anpasste. Danach war sie ruhig genug, um Alex in die Augen zu sehen.

»Ist alles in Ordnung?«, fragte Alex mit besorgter Miene.

»Ja, natürlich. Es tut mir leid.« Lori lächelte. »Warum setzt du nicht dein Kreuzverhör fort?«

»Okay, wenn du darauf bestehst. Ich werde versuchen, leichte Fragen zu stellen«, sagte Alex mit einem ermutigenden kleinen Lächeln.

»Okay. Nur zu.«

»Na gut, ich habe eine offensichtliche Frage, die hoffentlich nicht allzu knifflig ist. Mit welchem Job bezahlst du deine Rechnungen?«

»Puh. Das ist leicht.« Lori grinste und wischte sich theatralisch den nicht vorhandenen Schweiß von der Stirn. »Ich bin Dolmetscherin. Ich arbeite für das House of Parliament, aber manchmal habe ich auch Freelance-Aufträge.«

»Cool. Was für Freelance-Aufträge?«

»Na ja, ich habe vor einigen Jahren die Zulassungstests für das Europäische Parlament bestanden, also vor allem in Straßburg, Brüssel und Luxemburg. Ich springe bei Konferenzen und Gipfeltreffen ein und manchmal begleite ich Politiker oder Botschafter zu Meetings, solche Sachen. Eines Tages würde ich gern mit der UNO in Genf oder idealerweise in New York arbeiten. Mir wird ständig gesagt, dass ich bei großen Unternehmen eine Menge Geld verdienen könnte, vor allem in Asien, aber das interessiert mich nicht. Ich will nicht einfach nur dolmetschen. Ich will dort sein, wo Entscheidungen getroffen werden, die so weitreichend sind und sich auf so viele von uns auswirken. Ich will das Thema interessant finden und etwas fühlen, wenn ich die Worte ausspreche, als würde ich das Gespräch führen und als wäre es mir wichtig, anstatt stumpf die Aussage zu wiederholen. Verstehst du, was ich meine?«

Alex nickte. »Ich denke schon. Du willst kein Roboter sein oder nur als Suchmaschine benutzt werden, oder?«

»Genau. Und frag mich gar nicht erst nach den sogenannten Übersetzungstools im Internet. Ein heikles Thema.«

Alex hielt eine Hand hoch. »Verstanden. Also, warum die UNO? Gibt es keine anderen Organisationen oder Wohltätigkeitsvereine, die dich interessieren würden?«

»Ich habe schon Wohltätigkeitsarbeit gemacht. Vor allem in den Sommerferien in Kliniken im Ausland und ich habe Englisch als Zweitsprache unterrichtet. Aber das meiste davon bietet keine langfristigen Karrieremöglichkeiten und man fühlt sich nie so, als wäre man wirklich angekommen. Ich war immer an Politik interessiert und die Arbeit mit der UNO würde das Beste aus beiden Welten bieten. Aber das ist nur ein Wunschtraum. Diese Jobs sind so selten und heißbegehrt und wenn einmal eine Stelle ausgeschrieben wird, scheinen dabei leider vor allem gute Beziehungen den Ausschlag zu geben.«

»Wow, na, egal, wohin es dich verschlägt, das klingt spannend. Ich nehme an, mit dieser Arbeit könntest du überallhin gehen. Und du solltest etwas mehr an diesen Traum glauben. Die Jobs sind vielleicht selten, aber sie wären dämlich, dich abzulehnen.« Sie lächelte ermutigend und Lori freute sich über das Kompliment.

»Wie viele Sprachen sprichst du?«

»*Seis*.«

Alex konnte genug Spanisch, um das zu übersetzen »Sechs!«

»*Oui*«, antwortete Lori auf Französisch und lachte. »Ich spreche alle offiziellen Sprachen der UNO: Französisch, Russisch, Chinesisch, Arabisch und Spanisch und natürlich Englisch, aber Letzteres zähle ich nicht. Außerdem spreche ich Deutsch, was definitiv nützlich ist, und kann mich einigermaßen auf Italienisch verständigen. Das wären also sechseinhalb.«

»Jetzt weiß ich, warum du kein Problem mit meinem schottischen Akzent hast. Du hast wirklich ein Gespür für Sprachen.«

Lori lachte. An diese Reaktion war sie gewöhnt. »Ja, ich schätze, wenn du den schottischen Akzent mitzählst, machst das sieben.«

Alex sah sie einen Moment lang bewundernd an. »Na, Miss Hunter, Sie haben mich gründlich beeindruckt und das ist nicht gerade leicht.«

»Ach, so beeindruckend ist das nicht. Es gibt Leute da draußen, die zehnmal so viele Sprachen sprechen. Manche Gehirne sind einfach für Sprachen geschaffen und ich hatte Glück, dass das bei mir so früh erkannt wurde und meine Familie die Mittel hatte, damit ich diesen Weg weiterverfolgen konnte.« Sie zuckte mit den Schultern. »Wie auch immer, genug von mir. Was machst du, wenn du nicht gerade Berge besteigst?«, fragte sie.

Der Fluss war jetzt tiefer und sie hielten nach einer passenden Stelle Ausschau. Frank war ein kleiner Fleck in der Ferne, mit der Schnauze immer auf dem Boden.

»Hmm, das gebe ich zwar nicht gerne zu, aber ich bin ein ziemlicher Nerd. Gib mir einen Computer und ich bin tagelang beschäftigt. Aber ich bin auch gerne im Freien, wie du dir vielleicht schon gedacht hast. Ich habe unterschiedliche Hobbys, damit ich ein Gleichgewicht finde und keine Langeweile aufkommt.«

»Das klingt interessant, erzähl mir mehr.«

Alex zeigte auf eine kleine Lichtung, deren bereits festgetretener Boden darauf hindeutete, dass sie schon oft als Angelplatz benutzt worden war. »Da drüben ist es ideal.« Dort angekommen, zog Alex die Rute auseinander und befestigte einen der Würmer aus ihrer kleinen Box an dem Haken. Lori holte Franks zusammengerollte Matte heraus, die eine wasserdichte Beschichtung hatte, und legte sie auf einen niedrigen, flachen Fels, damit sie sich darauf setzen konnten. Nachdem sie die Angel ausgeworfen hatte, setzte Alex sich zu ihr auf die Matte, stellte die Rute zwischen ihre Beine und fuhr mit ihrer Erzählung fort. »Also, ich habe Informatik studiert, ohne wirklich eine Ahnung zu haben, was ich nach dem Abschluss damit anfangen sollte. Meine beste Freundin Jess ist Sozialarbeiterin in Glasgow. Eigentlich ist sie eine der untypischsten Sozialarbeiterinnen, die du dir vorstellen kannst. Jedenfalls hat sie mich mit einem Kontakt bei der Polizei zusammengebracht. Die Abteilung, die Internetverbrechen verfolgt. Das hat sofort mein Interesse geweckt. Die Vorstellung, dass ich nur mit meinem Computer die Welt ein bisschen besser machen kann. Deshalb berate ich jetzt die Polizei und National Crime Agency bei verschiedenen Einsätzen und arbeite freiberuflich für Firmen aus der ganzen Welt, die Softwares für den Kinderschutz entwickeln. Ein großer Teil dieser Arbeit hat mit den sozialen Medien zu tun, wie du dir vorstellen kannst, und da geht es vor allem um sicheres Surfen für Kinder, aber ich hatte auch schon mit Menschenhandel, Stalking, Cybermobbing und Betrug zu tun. Mehr oder weniger alles, was illegal ist und digital abläuft.«

»Jetzt bin ich an der Reihe, beeindruckt zu sein. Das klingt so erfüllend. Kannst du die Ergebnisse deiner Arbeit sehen?«

»Aye, ich habe bei der Polizei eine gewisse Sicherheitsfreigabe und meine Kontakte müssen mich über die Ermittlungen auf dem Laufenden halten, damit ich ihnen zuarbeiten kann. Ich weiß Bescheid, wenn sie eine kriminelle Gruppe zerschlagen haben oder eine große Razzia hatten. Und Jess wird natürlich hinzugezogen, wenn Kinder in Gefahr sind, die vielleicht aus unserer Gegend kommen. Also erzählt sie mir, so viel sie kann. Ich bin nur ein kleines Rädchen im gewaltigen Getriebe, aber meine Arbeit hilft immerhin ein wenig.«

»Aber es muss auch schwierig sein, vor allem diese Art von Ermittlungen zu unterstützen.«

»Ehrlich gesagt bin ich rein auf der technischen Seite beteiligt und verfolge die digitale Spur, wobei sich Ermittlungen über mehrere Länder mit verschiedenen Behörden ausdehnen können. Diese Mistkerle wissen, wie sie sich in der digitalen Welt verstecken müssen, aber ja, einiges von dem, was ich finde und höre, ist grässlich. Ich könnte nicht jeden Tag damit arbeiten, wie Jess es tut. Tatsächlich habe ich Glück, dass ich vor allem von zu Hause aus arbeiten kann, weil ich mitten im Nirgendwo wohne und mein Zuhause mir auch sehr am Herzen liegt.«

»Ah, ist das das Gleichgewicht, von dem du geredet hast?«

»Ja, ich wohne auf einer kleinen Farm etwa dreißig Meilen von Glasgow entfernt. Ich mache mir gern die Hände schmutzig, also halte ich ein paar Tiere und ziehe Gemüse. Das reicht gerade, um mich selbst und ein paar Dorfpubs in der Nähe einen Großteil des Jahres über zu versorgen.«

»Das ist bestimmt anstrengend und ich wette, der Dummkopf dort drüben ist keine große Hilfe.« Lori nickte in Franks Richtung, der gerade aufgeregt um einen Kaninchenbau herumschnüffelte und kläffte.

»Es ist gar nicht so schlimm. Ein paar Meilen von mir entfernt wohnt ein Paar mit einem Sohn im Teenageralter. Im Sommer hilft der für ein paar Mäuse beim Graben und bei den Auslieferungen. Außerdem wohnen zwei meiner engsten Freunde auch nicht weit entfernt und haben ein Auge auf die Farm, wenn ich mal einen Abend in der Stadt verbringen will. Ich halte auch ein paar Hühner und eine strohdumme Ziege, die nichts dagegen hat, Frank hin und wieder durch die Gegend zu jagen.«

Lori lachte. »Ich wünschte, du könntest jetzt das Bild in meinem Kopf sehen, wie Frank von einer Ziege abgeschleckt wird.«

»Oh, das habe ich wirklich schon gesehen. Es ist bestimmt genauso lustig, wie du es dir vorstellst.«

»Du hast also immer viel zu tun.«

»Das kann man so sagen, aber ich schaffe es trotzdem, ab und zu in Glasgow Party zu machen. Ich habe eine Menge Platz in meinem Haus und an manchen Wochenenden flüchten meine Freunde zu mir aufs Land, damit wir uns bei Abendessen und Drinks auf den neuesten Stand bringen können. Vor allem an dem einen Sommertag Schottlands, an dem wir hier tatsächlich den Grill rausholen können.«

Lori lachte über den Dauerbrenner der schottischen Witze über das Wetter. »Warst du schon immer ein Landei oder war das ein Traum, den du verwirklicht hast?«

»Ich hab mein ganzes Leben auf dieser Farm verbracht. Sie ist seit Jahren im Familienbesitz. Meine Mutter hat Pferde geliebt und immer mindestens ein halbes Dutzend im Stall gehabt. Im Sommer hat sie für die Kinder aus den umliegenden Dörfern eine kleine Reitschule geführt. Sie hat günstige Preise angeboten und die Kinder konnten reiten, füttern und ausmisten, so viel sie wollten.«

Lori lächelte über Alex' melancholische Miene, während die sich an glückliche Zeiten erinnerte.

»Mein Dad war lieber draußen bei den Kühen und den Schafen. Wir hatten immer einige wirklich laute Schweine und die hatte ich am liebsten, vor allem die kleinen Ferkel. Ich weiß noch, wie aufgewühlt ich war, als ein Junge in der Schule mir verraten hat, dass der Schinken in meinem Sandwich von Schweinen kam. Ich war so sauer auf ihn und dann auf meine Eltern.«

»Ich kann mir gut vorstellen, wie du hochrot im Gesicht empört die Arme verschränkst und mit dem Fuß aufstampfst.«

»Genau so ist es auch abgelaufen. Damals habe ich mir geschworen, nie wieder Schweinefleisch zu essen.«

»Das kann ich total nachvollziehen«, sagte Lori lachend. »Wie lange hast du durchgehalten?«

»Schön, dass es dich so amüsiert, wie ich Penelope das Schwein zu essen bekommen habe«, entgegnete Alex und reckte ungehalten das Kinn in die Höhe. »Und du solltest wissen, dass ich ganze zwei Wochen durchgehalten habe, bevor mir aufgegangen ist, dass Speck auch Schweinefleisch ist.«

»Penelope? Im Ernst? Das ist ein großartiger Name für ein Schwein.«

»Aye, ich habe sie nach einem besonders tyrannischen Mädchen benannt, das mit mir auf der Grundschule war. Das fand ich ganz passend.«

Diesmal fiel sie in Loris Lachen ein.

»Mein Bruder hatte in seiner tiefsinnigen, ernsten Teenagerzeit eine Veggie-Phase, einfach nur weil es cool war. Eines Tages hat meine Tante Emily ihn aufgefordert, er solle ihr seine Lederjacke geben, damit sie sie zum Secondhandladen bringen kann. Wenn er kein Fleisch essen wolle, durfte er konsequenterweise auch keine Tierhaut tragen. Du hättest seine

Miene sehen sollen, während er seine Möglichkeiten abwog. Er stand auf Motorräder und ist nie ohne diese Jacke aus dem Haus gegangen. Seine Veggie-Phase war schnell vorbei.«

»Es überrascht mich, dass ihr Stadtkinder überhaupt wusstet, wie eine Kuh aussieht. An der Uni habe ich mal ein Mädchen aus London getroffen. Außer im Zoo hatte sie noch nie ein Schaf gesehen. Ich glaube, den Schock habe ich immer noch nicht verkraftet.«

»Wie frech.« Lori stieß sie mit dem Ellbogen an. »Wir sind ja drei Jahre in der Schweiz zur Schule gegangen, deshalb bin ich mit dem ein oder anderen Tier vom Bauernhof vertraut.«

Alex grinste. »Ich wollte nur sicher sein.«

»Wenn du auf der Familienfarm wohnst, bedeutet das, deine Familie ist auch noch da?«

Das Lächeln war wie von Alex' Gesicht gewischt und sie starrte aufs Wasser.

Lori wusste, dass sie definitiv die falsche Frage gestellt hatte, als Alex ohne ein weiteres Wort aufstand und die Angelschnur geistesabwesend wieder einholte. Sie ließ sich Zeit damit, sie wieder auszuwerfen, und mied Loris Blick, während sie schlicht antwortete: »Nein.«

Offensichtlich hatte sie ein Tabuthema angesprochen. Sie beschloss, nicht weiter nachzuhaken. Wenn Alex ihr mehr erzählen wollte, würde sie das tun. Es war ihre Geschichte und sie konnte sie teilen, wann und mit wem sie wollte.

Lori stellte sich neben sie, legte eine Hand auf ihre Schulter und drückte sie leicht, um ihr Verständnis zu vermitteln. »Noch nichts angebissen?«, fragte sie und deutete mit einem Kopfnicken auf das Wasser.

»Zum Glück nicht.«

»Ich bin verwirrt.« Lori drehte sich zu ihr und zog eine Braue hoch. »Ich dachte, du wolltest unser Mittagessen fangen?«

»Ich will ehrlich sein. Ich mag bloß die Eintönigkeit am Angeln. Es ist beruhigend und ich kann am besten nachdenken, wenn ich mit ausgeworfener Angelschnur einfach nur dasitze. Die Würmer habe ich eigentlich nur dabei, damit ich nicht wie eine komplette Anfängerin aussehe, wenn andere Leute vorbeikommen. Wenn ich wirklich mal was fange, führe ich mich wie ein Riesenbaby auf.«

Lori schüttelte schmunzelnd den Kopf. »Also gibt es zum Mittagessen wieder nahrhaften Matsch?«

Kapitel 6

Der alte Mann erwachte mit einem Aufschrei. Vor Panik schweißgebadet und schwer atmend sah er sich um. Der schwach beleuchtete Raum drehte sich um ihn. Durch die dünnen Vorhänge fiel Licht von der Straße herein.

Er schloss die Augen und runzelte die Stirn, als dieser seltsame Nebel sich wieder einmal rasch über ihn legte. Er öffnete die Augen einen kleinen Schlitz und stellte fest, dass er jetzt in einem anderen Raum lag. Wie war er so schnell hierhergekommen? Ging es dem Mädchen gut? Er war gegangen, bevor er das hatte herausfinden können. Er musste es wissen.

Er rief nach seinem Sohn, einmal, zweimal, aber der kam nicht. Vielleicht war er noch auf der Farm. Der alte Mann stemmte sich vom Bett hoch. Wo war er? Er sah nur verschwommen.

Brille. Er brauchte seine Brille. Er rutschte an den Bettrand und tastete auf dem Nachttisch danach, während er noch einmal lauter nach seinem Sohn rief. Als er mit der Hand etwas vom Nachttisch fegte, zuckte er zusammen. Etwas knallte laut auf den fadenscheinigen Teppich und bespritzte ihn mit seinem Inhalt. Als er endlich seine Brille fand, sah er auf das verschüttete Wasser hinab. »Scheiße.« Sein Sohn würde wütend sein.

Als er schwere Schritte auf der Treppe hörte, lehnte er sich im Bett zurück. Endlich kam Hilfe. Die Tür schwang auf und die nackte Glühbirne im Gang sprang flackernd an.

»Fuck, alter Mann, was machst du denn jetzt schon wieder für eine Sauerei?« Sein Sohn nahm ein Handtuch von dem Haken an der Tür und warf es auf den Boden. Träge stampfte er darauf herum, damit es das Wasser aufsog.

»Entschuldige, ich hatte meine Brille nicht auf. In diesem komischen Zimmer hab ich sie nicht gefunden. Wo sind wir?«

Sein Sohn ließ die Schultern hängen. »Zum letzten Mal, du Schwachkopf. Das hier ist schon seit vierzig Jahren dein Zimmer.«

Der alte Mann sah sich erneut um, aber der Nebel in seinem Kopf lichtete sich nicht. Nur das Mädchen hatte er plötzlich vor Augen. »Geht es ihr gut? Hast du sie hergebracht?«

»Von wem redest du jetzt wieder?« Er hob das heruntergefallene Glas auf und rieb noch einmal mit dem Handtuch über den dunkelorangen Abklatsch eines Teppichs.

»Von dem Mädchen von der Farm natürlich. Hast du sie hierher mitgebracht? Sie hat unsere Hilfe gebraucht.«

Das Glas flog durch den Raum, zersprang an der Wand und riss ein Bild mit sich hinab. Einen Moment später ragte sein Sohn über ihm auf. Mit aufgerissenen Augen drückte er seine Stirn an die des alten Mannes und zwang ihn dadurch auf das Kissen zurück. Er legte eine Hand an seine Kehle und schrie: »Was hab ich dir darüber gesagt, das beschissene Mädchen zu erwähnen? Was hab ich dir verdammt noch mal gesagt? Hä?« Spucke flog aus seinem Mund und spritzte auf sein Gesicht.

Der alte Mann wand sich und versuchte, den Kopf wegzudrehen, während er an der großen Hand zerrte, aber sein Kopf wurde niedergedrückt und er war vor Angst wie gelähmt. »Ich … ich …« Er keuchte und schnappte nach Luft. Der Druck auf seinen Hals erstickte jede Antwort.

Dann wurde der Griff lockerer und er schaffte einen knappen Atemzug, bevor er einen Schlag verpasst bekam. Sein Kopf schleuderte zur Seite. Die Brille fiel zu Boden. Heiße Tränen brannten in seinen Augen. Er verstand das nicht. Er wollte doch nur helfen.

»Fuck, fängst du jetzt etwa an zu heulen?« Sein Sohn hob die Brille vom Boden auf und warf sie in den Schoß des alten Mannes, bevor er mit hängenden Schultern den Kopf schüttelte. »Was zum Teufel ist nur mit meinem alten Herrn passiert, hä?«

Mit bebenden Fingern setzte der alte Mann seine Brille wieder auf, entschlossen, nicht die Hand an seine Wange zu legen, die schmerzhaft brannte. »Tut mir leid, mein Sohn, das wusste ich nicht.«

»Genau. Du weißt gar nichts. Stell mir keine Fragen mehr. Verstanden?«

»Ja, ja, natürlich. Aber könnte ich bitte etwas Wasser haben?«

Sein Sohn warf einen Blick auf den feuchten Fleck auf dem Teppich. »Hol dir dein verdammtes Wasser selbst. Ich muss los.«

Der alte Mann rührte sich nicht. Stattdessen blieb er still sitzen und lauschte darauf, wie sein Sohn im unteren Stockwerk umherging. Er hörte Schlüssel klimpern und die Haustür zufallen, bevor schließlich ein Auto davonfuhr.

Dann erst rutschte er vom Bett und suchte seine Hausschuhe und seinen Morgenmantel.

Er musste das Mädchen finden.

Kapitel 7

Nachdem glücklicherweise kein Fisch angebissen hatte, packten Alex und Lori ihre Sachen zusammen und wanderten die letzten paar Meilen durch das Tal zum Parkplatz zurück. Loris Stimmung war gedrückt und sie hatte ganz klar den Eindruck, dass sie damit nicht allein war. Alex war mittlerweile sehr still geworden. Wie schade, dass schon Sonntag war. Jetzt mussten sie in die Realität zurückkehren und sich bald voneinander verabschieden.

Der Pfad führte sie schließlich auf eine schmale Landstraße, die sie überqueren, um die Waldlichtung zu erreichen, die als kleiner Parkplatz für Bergsteiger diente. Abgesehen von ihren Autos war die Lichtung leer.

Alex pfiff leise, als sie Loris BMW 3er Cabrio entdeckte. »Dolmetschen bezahlt nicht nur die Rechnungen, wie ich sehe.«

Ja, diesen Luxus hatte Lori sich gegönnt. Die Zeitersparnis bei ihren regelmäßigen Fahrten von London nach Schottland war es wert, ein so luxuriöses Auto zu haben. »Du musst gerade reden«, sagte sie und deutete auf einen fast neuen Land Rover Defender.

»Hey, ich habe eine Farm. Es ist sozusagen gesetzlich vorgeschrieben, dass ich einen Land Rover fahre.«

Sie luden ihre Rucksäcke in die Autos. Dann fing Alex Frank ein und bugsierte ihn auf den Rücksitz des Land Rovers. Sie öffnete das Fenster gerade weit genug, dass er die Nase hinausstrecken konnte. Dann schlenderte sie zum BMW hinüber, wo Lori gerade die festen Wanderstiefel gegen abgetragene Turnschuhe wechselte.

Lori stand vom Fahrersitz auf, lehnte sich an das Auto und betrachtete Alex, die auf ihre Füße hinabsah. Sie hatte es ernst gemeint, dass sie gute Freundinnen abgeben würden, und wollte nicht, dass sie sich hier einfach trennten.

Sie wollte gerade etwas sagen, da schaute Alex von ihren Füßen hoch, als wäre ihr plötzlich etwas eingefallen.

Sie neigte den Kopf, blickte Lori direkt in die Augen und strich sich ebenso verschmitzt über das Kinn, wie sie es am Morgen getan hatte. »Also, was ist mit dieser dunklen und verdorbenen Seite von dir? Ich weiß nicht, ob ich die dir tatsächlich abnehme.«

Lori zog eine Braue hoch und spielte mit. »Und wie kommst du darauf?«

Alex sah sie wissend an und ihr Grübchen trat wieder deutlicher hervor. »Dein Gesicht ist viel zu unschuldig und ehrlich. Ich glaube nicht, dass du es fertigbringst, ein Risiko einzugehen.«

»Oh, ist das so?«

»Ja. Du wirst es mir beweisen müssen.«

»Und was schlägst du dafür vor?«, erwiderte Lori.

Alex trat dicht an sie heran und drückte sie geradezu gegen das Auto.

Lori war völlig verblüfft darüber, dass Alex ihr ohne Vorwarnung so nahe kam. Ihr Herz schlug schneller. Ja, sie konnte sich eingestehen, dass Alex attraktiv war, und hatte das gutmütige Flirten genossen. Aber sie war hetero und noch nicht über ihre Beziehung hinweg. Zwischen ihr und Alex konnte es nicht mehr geben als Freundschaft.

Und doch fühlte sich das zwischen ihnen gar nicht mehr so unschuldig an.

»Ich habe einen ganz einfachen Vorschlag«, flüsterte Alex und hob den Kopf, um Lori wieder eindringlich in die Augen zu sehen.

Lori konnte den Blick nicht von ihr abwenden. Sie nahm die Hitze wahr, die Alex förmlich in Wellen ausstrahlte, hörte ihre eigenen schnellen, kurzen Atemzüge, während sie Lori forschend in die Augen blickte. Suchte sie Bestätigung, dass dies hier, was auch immer es war, nicht nur einseitig war?

Alex hob eine Hand und legte sie leicht auf Loris Brust. Das Lächeln, das auf ihrem Gesicht erschien, verriet Lori, dass Alex die Antwort in Form ihres pochenden Herzens gefunden hatte.

»Was ist einfach?«, flüsterte sie zurück. Mit dem Blick auf Alex' Lippen gerichtet, wartete sie auf eine Reaktion. Diese Lippen waren ihren so nah, weich und rot von der Kälte.

»Das hier ist kein Abschied für immer.«

Die Intensität des Moments und die Gefühle, die damit einhergingen, überwältigten Lori. Sie glitt seitwärts am Auto entlang, weg von Alex, und brach den Bann.

Alex' enttäuschte Miene war kaum zu übersehen.

Hastig griff Lori nach ihrer Hand und versuchte sich an einem ermutigenden Lächeln. »Meinst du das wirklich ernst? Ich meine, nachdem du peinlicherweise diesen Kitzelkampf gegen mich verloren hast, dachte ich, du könntest mich gar nicht schnell genug loswerden.«

»Machst du Witze? Das ist einer der Gründe, warum ich dich wiedersehen will. Ich brauche eine Gelegenheit, dir das heimzuzahlen.« Etwas verlegen senkte sie wieder den Blick. »Und ich muss sagen, ich fühle mich seltsamerweise zu dir hingezogen und will dich wenigstens meine Freundin nennen können. Ich war vielleicht beschwipst, aber mein whiskygetränktes Hirn erinnert sich noch, dass du das gestern Abend vorausgesagt hast.« Sie drückte Loris Hand und die Berührung fühlte sich beruhigend an. »Außerdem«, fuhr sie fort, »ist es lange her, seit ich zuletzt jemand so Interessanten getroffen habe. Obwohl Hühner und Ziegen nicht gerade gute Konkurrenz sind.«

»Hey!« Lori gab ihr einen Klaps auf den Arm. »Vergiss nicht, dass ich stärker bin als du, Kurze.«

»Also ist das ein Ja?«, entgegnete Alex und rieb sich theatralisch den Arm. »Kann ich im Namen der Freundschaft bitte deine Nummer haben?«

Lori beugte sich ins Auto und holte ihr Handy heraus. »Klar. Du kannst sogar meine E-Mail-Adresse haben.«

»Wow, was für ein Privileg«, sagte Alex und holte lachend ihr Handy aus der Tasche.

Sie tauschten Nummern und E-Mail-Adressen aus. Dann lehnten sie sich ans Auto und starrten in den Wald. Lori wollte sich noch nicht von Alex trennen, wusste aber nicht so recht, was sie noch sagen sollte, um das zu verhindern.

Alex' Hand schob sich wieder in ihre.

Lori sah auf ihre Hände hinab. Sie konnte sich nicht erinnern, wann Andrew ihr zum letzten Mal eine so schlichte Geste der Zuneigung entgegengebracht hatte. Außerdem war sie nicht sicher, was genau passiert war, dass Alex und sie innerhalb eines einzigen Tages von zwei Solobergsteigerinnen in einer Schutzhütte zum Händchenhalten übergegangen waren. Aber sie hatte eine lange Fahrt vor sich, während der sie darüber nachdenken konnte, also spielte sie vorerst einfach mit.

Alex brach das Schweigen, als hätte sie ihre Gedanken gelesen. »Ich schätze, du fährst lieber los. Du hast einen langen Weg vor dir.«

»Ja, da hast du wohl recht. Ich muss morgen früh raus.«

Alex trat vom Auto zurück und stellte sich vor sie. Sie lächelte und drückte noch einmal Loris Hand, bevor sie sie widerwillig losließ. »Also …

wir hören wohl bald voneinander?«, fragte sie, während sie rückwärts auf ihr eigenes Auto zuging.

»Warte.« Lori griff noch einmal nach ihrer Hand. »Da, wo ich herkomme, umarmen sich Freundinnen zum Abschied.«

Ohne zu zögern, schloss sie Alex in die Arme. Auch Alex schlang die Arme um ihre Taille und drückte sie sanft. Lori atmete tief durch, um die Schmetterlinge zu beruhigen, die bei der intimen Berührung wieder in ihrem Bauch verrücktspielten, schloss die Augen und hielt sie noch eine Weile fest. Alex schien nichts dagegen zu haben.

Schließlich entzog Lori sich der Umarmung, hielt Alex auf Armeslänge vor sich und sah denselben staunenden Ausdruck in ihrem Gesicht, der bestimmt auch über ihr eigenes gehuscht war.

»Wie mein Dad immer gesagt hat, das ist kein *Lebwohl*, sondern nur *Bis später*. Obwohl er das sicher nicht selbst erfunden hat.«

Alex lächelte und ihre Grübchen zeigten sich wieder.

Ohne ein weiteres Wort stieg sie ins Auto und winkte Alex zu, die immer noch an derselben Stelle stand. Dann trat sie den Heimweg an.

Kapitel 8

Alex sprang aus dem Land Rover, um das Tor zu ihrer Farm zu öffnen. Sie ließ Frank aus dem Wagen, der nach vier Stunden im Auto die letzte halbe Meile zum Haus sicherlich lieber rennen würde. Normalerweise hätte sie auf der Fahrt zurück die Musik laut aufgedreht und aus vollem Hals mitgesungen, während er dazu gejault und geheult hätte. Heute nicht. Sie war nicht in Stimmung gewesen und Frank war schnell eingeschlafen.

Alex seufzte. Sie musste ständig an Lori denken. So einfach war das. Immer wieder schaute sie auf ihre Hand auf dem Lenkrad und hätte schwören können, Loris Daumen noch auf dem Handrücken zu spüren.

Sie schlug auf das Lenkrad ein und fluchte. Lori war hetero und außerdem frisch getrennt. Und die Beziehung hatte sie mit einem Kerl gehabt, der ehrlich gesagt wie ein arroganter Arsch klang. Aber er war immer noch ein Kerl und sie hatte ihn geliebt. Ganz sicher würden die Männer Schlange stehen, um seinen Platz einzunehmen.

Vielleicht hatte es Lori irgendwie verwirrt, dass sie in einer so emotionalen Zeit für sie da gewesen war, ihr einfach nur zugehört und sie getröstet hatte. Alex hatte ihre Freundinnen nach einer Trennung schon oft scherzen gehört, sie wünschten, sie wären Lesben, weil Männer ja solche Arschlöcher wären. Aber dann hatten sie eine Woche später angerufen und ihr von der nächsten großen männlichen Liebe ihres Lebens erzählt.

Alex tadelte sich selbst. Wann hatte sie denn angefangen, andere in so enge Schubladen zu stecken? Anziehung konnte nicht erklärt oder mit Definitionen versehen werden. Und wie gut kannte sie Lori wirklich? Ja, sie hatte nichts von irgendeinem Abenteuer mit einer Frau erzählt. Aber das bedeutete doch nichts. Oder vielleicht bedeutete es einfach nur, dass Alex besser keine voreiligen Schlüsse ziehen sollte.

Sie dachte an Jess und stellte sich vor, wie stolz ihre Freundin auf sie und auf diese Gedanken wäre. Anstatt von Anfang an keine Chance zu sehen und schon Reißaus zu nehmen, noch bevor was auch immer überhaupt begonnen hatte, wie sie es seit Rachel ständig tat, überwand Alex sich zu etwas, das womöglich in einer Katastrophe enden könnte.

Was sagte Jess immer? Dass sie die Sache in ihre einfachsten Bestandteile zerlegen sollte? Alex stellte in Gedanken eine Liste der positiven Punkte auf: Sie war Single. Lori ebenfalls. Sie hatten Nummern ausgetauscht. Da war eindeutig etwas, das sie verband, und sie wusste, dass sie beide etwas gespürt hatten.

Alex dachte daran, wie heftig ihr Körper reagierte, wenn sie Lori nur nahe war. Sie hatte einfach nicht loslassen wollen, so überwältigend war der Drang gewesen, sie zu beschützen und für sie da zu sein. Dazu kam noch die unbestreitbare Tatsache, dass sie wunderschön war. Und unverschämt klug und witzig und mitfühlend, und ihre Berührung brachte Alex' Haut zum Singen.

Das war es. Alex konnte sich das auf keinen Fall entgehen lassen. Sie war jetzt stärker, war selbst für ihr Leben und ihr Glück verantwortlich. Sie konnte es schaffen.

Entschlossen, die Sache selbst in die Hand zu nehmen und den ersten Schritt zu wagen, schloss sie die Vordertür auf, schaltete die Alarmanlage aus und zog ihr Handy hervor.

≫———◇———≪

Einige Stunden vor ihrem Ziel leuchtete Loris Handy auf dem Beifahrersitz auf und vibrierte. Auf dem Display erschien Alex' Name. Sie warf einen Blick auf die Uhr und lächelte. Sechs Stunden. So lange hatte Alex gebraucht, bevor sie anrief. Lori war beeindruckt. Vor allem, da auch sie eine vierstündige Fahrt vor sich gehabt hatte.

Sie ließ die Mailbox anspringen, da sie ihr allererstes Telefongespräch nicht schreiend über eine schreckliche Bluetooth-Verbindung führen wollte. Als ein leises Pingen den Eingang einer Nachricht ankündigte, jagte ein aufgeregtes Prickeln durch ihren Körper. Es war so eine Kleinigkeit. Beängstigend, aber gleichzeitig auch voller Möglichkeiten.

Lori trat aufs Gas und das blinkende Lämpchen an ihrem Handy trieb sie nach Hause.

Kapitel 9

Als sie endlich zu Hause ankam, warf Lori ihren Rucksack in einen der Schränke im Flur. Sie würde ihn später auspacken. Das Lämpchen an ihrem Festnetztelefon blinkte hektisch, also drückte sie auf *Abspielen*, um die Nachrichten abzuhören, während sie sich dabei für die lange überfällige Dusche aus einer Kleiderschicht nach der anderen schälte.

»Sie haben acht neue Nachrichten«, verkündete das Gerät.

Lori stöhnte, denn sie wusste bereits, von wem die meisten sein würden.

»Erste Nachricht: Lori, hier ist Andrew. Hör mal, ich hasse es, wie wir gestern Abend auseinandergegangen sind. Ich weiß, wir haben beide Dinge gesagt, die wir nicht so gemeint haben. Lass uns darüber reden. Bitte ruf mich an.«

Seufzend streifte sie ihre Turnschuhe ab und drückte auf Löschen, sobald ihr die Option angezeigt wurde. Sie hatte jedes Wort ernst gemeint und würde jetzt nichts zurücknehmen, auch nicht Andrew.

»Zweite Nachricht: Lori, ich bin's noch mal. Ich weiß nicht, ob du gerade unterwegs bist. Ich habe es auf deinem Handy versucht, aber das scheint ausgeschaltet zu sein, also bin ich vorbeigekommen, aber du warst nicht zu Hause. Ich hoffe, du gehst mir nicht aus dem Weg. Ich will einfach nur reden. Ruf mich an.«

Sie hatte ihm von ihrem Kurzurlaub erzählt. Das bestätigte also nur ihre Vermutung, dass er ihr nie zuhörte.

»Dritte Nachricht: Lori, bitte sei nicht so. Wir sind doch beide erwachsen, oder? Ich war heute richtig schlecht beim Golfen, so abgelenkt war ich ...«

Löschen. Machte er Witze?

»Vierte Nachricht: Lori, du musst ...« Löschen.

»Fünfte Nachricht: Lori, warum ...« Löschen.

Die nächsten zwei Nachrichten waren ebenfalls von Andrew, der sich immer mehr aufregte, weil sie ihn nicht zurückrief. Sie war ziemlich sicher, dass er bei beiden betrunken gewesen war. Selbst schuld. Wenn er ihr zugehört hätte, hätte er gewusst, dass sie am Wochenende nicht erreichbar sein würde. Dann hätte er sich den kindischen Wutanfall erspart, in dem seine letzte Nachricht schließlich gipfelte.

Wegen ihr konnte er ruhig vor sich hin schmoren. Seine Flut an Nachrichten und der Mangel an Verständnis dafür, dass sie vielleicht etwas Zeit zum Nachdenken brauchen könnte, hatte das Schicksal ihrer Beziehung endgültig besiegelt.

»Achte Nachricht: Hey, Süße, hier ist Stella. Ich weiß, du bist verreist und kannst das erst spät heute Abend abhören, aber ich wollte dir nur sagen, dass ich an dich denke. Hoffentlich bekommst du durch die Bergluft einen klaren Kopf und einen neuen Blick auf alles. Morgen Nachmittag bin ich am Gericht, aber das sollte nicht länger als ein paar Stunden dauern, also erwarte mich so gegen sechs vor deiner Tür. Halt den Wein bereit. Hab dich lieb, bis dann.«

Sie lächelte über die Dreistigkeit ihrer besten Freundin und war gleichzeitig froh, dass wenigstens eine Person ihr tatsächlich zuhörte. Nun ja, jetzt zwei, wenn sie Alex mitzählte.

Alex! Plötzlich fiel ihr die Sprachnachricht wieder ein und sie kramte in den Kleidern, die sie gerade ausgezogen hatte, nach ihrem Handy.

»Sie haben eine neue Nachricht. Erste Nachricht: Hey, Lori. Hier ist Alex. Also, ähm, ich weiß, dass du noch fährst, jedenfalls hoffe ich, dass du fährst und nicht einfach meinen Anruf ignorierst.«

Lori grinste über Alex' nervöses Lachen.

»Oder vielleicht hast du mir auch eine falsche Nummer gegeben. Verdammt, das wäre enttäuschend und ein bisschen peinlich, nachdem ich gerade so verlegen bin. Jedenfalls wollte ich noch einmal sagen, dass ich das Wochenende großartig fand und hoffe, dass du sicher heimkommst. Vielleicht magst du dich diese Woche ja mal bei mir melden? Okay. Also, hoffentlich bis bald. Tschüss.«

Lächelnd hüpfte Lori unter die Dusche. Die Erinnerungen an das Wochenende und Alex begleiteten sie, während der kräftige Strahl ihre müden Muskeln mit heißem Wasser bearbeitete.

Sie wickelte sich dicke Handtücher um Kopf und Körper und schnappte sich auf dem Weg durch den Flur ihr Handy, bevor sie erschöpft auf ihr Bett fiel. Es war nach Mitternacht, also wahrscheinlich zu spät für einen Anruf, und außerdem war sie todmüde.

Sie beschloss, sich ihr erstes Telefongespräch mit Alex für den nächsten Tag aufzuheben, und wollte Stella Bescheid sagen, dass sie gut zu Hause angekommen war, also schickte sie stattdessen Nachrichten, damit die beiden sich keine Sorgen machten.

Hey, Alex, ich bin endlich zu Hause und frei von Schlamm! Ich dachte, ich erlöse dich schnell mal: Du hast die richtige Nummer! Bin aber schon enttäuscht, dass du nach deiner Ankunft ganze zwei Stunden gewartet hast, bevor du angerufen hast ... ha ha! Jedenfalls rufe ich dich morgen an. Schlaf gut. Lori x

Stella, du bist so süß. Danke für die Nachricht. Die hat mich nach den vorherigen sieben von Andrew getröstet. Wie auch immer, wir können das morgen besprechen, wenn du willst, aber ich würde dir lieber von meinem interessanten Wochenende und der Person erzählen, mit der ich es verbracht habe! Bring Essen mit x

Sie stellte ihren Wecker und wollte das Handy gerade auf den Nachttisch legen, als es zweimal kurz hintereinander piepste.

Puh! Gut, dass du wohlbehalten zu Hause bist und diese Nachricht nicht an Jim Smith aus Manchester gegangen ist. Freu mich drauf, morgen mit dir zu plaudern. Träum was Schönes, Alex x P.S. Du hast recht, zwei Stunden lang wählen und wieder auflegen ist offensichtlich zu lange. Ich werde mir Mühe geben, dich nicht wieder zu enttäuschen! X

Oh, jetzt bin ich aber neugierig. Vergiss das Essen, ich bringe noch mehr Wein mit. S x

Lori lachte über beide Nachrichten und ihre Gedanken wanderten zum Wochenende zurück. Die Begegnung mit Alex war unerwartet gewesen, aber sie konnte nicht leugnen, dass der Ausflug durch Alex' Gegenwart viel schöner gewesen war.

Sie dachte an Andrew, die Nachrichten, die er hinterlassen hatte, seine Wut auf sie. Sie versuchte, sich vorzustellen, was er gerade tat, und streckte die Hand aus, um seine Seite des Bettes zu berühren.

Lori seufzte. Sie brauchte kein beleuchtetes Zimmer, um all die Dinge zu sehen, an denen Erinnerungen an die sieben Jahre mit ihm hafteten. Da war das gemeinsame Foto von ihnen mit roten Backen und aufgeregten

Mienen kurz vor ihrer ersten schwarzen Piste in den Alpen. Da war ihr Lieblingsfoto von Andrew aus den Anfängen ihrer Beziehung, seine Haare vom Wind zerzaust, er selber braun gebrannt und einfach gut aussehend. Das Foto war auf ihrem Segeltörn um die griechischen Inseln entstanden. Damals hatte er am Fockschot gezogen und in die Kamera gegrinst.

In einer kleinen geschnitzten Kiste lagen Muscheln und Korallenstücke von jedem Strand, den sie je besucht hatten. Die Lampe auf dem Nachttisch stammte aus einem Antiquitätenladen in Italien. Lori hatte sich damals in die Lampe verliebt und er war extra noch mal zurückgegangen, um sie damit zu überraschen.

Tief in ihrer Magengegend spürte sie den Verlust einer Verbindung, die nicht nur negative Momente gehabt hatte. Ihr war bewusst, dass sie Andrew noch eine Weile vermissen würde. Und Lori freute sich wirklich nicht darauf, sich mit Andrew und den Nachwehen ihrer Beziehung auseinanderzusetzen. Aber sie wusste, dass es besser war, sich all dem zu stellen. Lori war kein grausamer Mensch und es war deutlich, dass Andrew litt. Sie hatten eine gemeinsame Vergangenheit und er hatte ihre Zeit und ihr Verständnis verdient.

Hoffentlich konnten sie gemeinsam einen Weg finden, ihre Beziehung auf eine halbwegs gesunde Art und Weise zu beenden, vielleicht sogar einander beim Verarbeiten zu unterstützen oder es dem jeweils anderen wenigstens nicht schwerer zu machen, als es sein musste.

Lori versuchte, die Trauer abzuschütteln, die sich in ihr breitgemacht hatte, und dachte wieder an Alex. Es gab nur wenige Menschen in ihrem Leben, die ihr wichtig waren, und sie war es ganz sicher nicht gewöhnt, dass neue Leute in ihr Leben traten und sie spontan Gefühle entwickelte. Die Wärme, die in ihr aufstieg, wenn sie sich Alex' lächelndes Gesicht vorstellte, fühlte sich gut an, wenn auch immer noch etwas verwirrend. Im Moment verstand sie noch nicht so ganz, was das alles zu bedeuten hatte.

Lori schloss die Augen. Sie war nicht nur körperlich, sondern auch emotional erschöpft. Lächelnd hielt sie an dem schönen Gefühl fest, das die Erinnerung an Alex ausgelöst hatte. Lori zog noch ein Kissen zu sich heran und schlang Trost suchend die Arme darum.

Mit Alex' Gesicht vor ihrem inneren Auge schlief sie ein.

Schlaf entzog sich Alex hartnäckig, also gab sie es auf. Stöhnend stand sie auf und zog dicke Socken an, bevor sie durch ihr Haus tappte. Frank lag schnarchend neben der ersterbenden Glut im Kamin und regte sich nicht, als sie sich ein Glas Wasser einschenkte.

Die Digitaluhr am Ofen zeigte 2:03 Uhr an.

Sie sah zum Whiskyregal und dachte ernsthaft darüber nach, sich ein Glas zu gönnen. Natürlich würde das nicht gerade hilfreich sein. Seufzend duckte sie sich unter dem niedrigen Türstock hindurch, der in ihr Musikzimmer führte, bevor sie sich doch noch für den Alkohol entscheiden konnte.

Dies war nicht immer nur ihr Zimmer gewesen. Von einem Foto in einem nahen Regal blickte ihr ein wunderschönes, lächelndes Gesicht entgegen. Jedes Mal musste sie zurücklächeln, obwohl daraufhin auch immer direkt Traurigkeit folgte.

Sie nahm das Foto in die Hand und rollte sich dann unter der schottengemusterten Decke zusammen, die sie von der Rückenlehne des Sessels zog. Alex fuhr das Gesicht des lächelnden Mädchens mit der Fingerspitze nach, ein Gesicht, das ihr vertrauter war als ihr eigenes, bevor sie das Foto auf den kleinen Beistelltisch stellte. Beth. Ihre talentierte, schöne und witzige kleine Schwester.

Unzählige Nächte hatte Beth genau in diesem Sessel verbracht – insbesondere, wenn sie tagsüber auf irgendeinem ihrer Instrumente geübt oder bis spät in die Nacht gelesen hatte. Dies war eine weitere in einer Reihe schicksalsträchtiger Entscheidungen gewesen, die zu ihrem Tod geführt hatten.

Alex schloss die Augen, als die Erinnerungen auf sie einprasselten und die unvermeidlichen Gefühle mit sich brachten: Leere, Wut, Tränen. Sie wischte sich verärgert über die Augen, frustriert über ihre eigene Unfähigkeit, diesen Teufelskreis an Emotionen zu durchbrechen. Alex trank ein paar Schluck Wasser und versuchte, ihre Gefühle wieder in den Griff zu bekommen.

Frank trottete herein. Normalerweise hätte sie ihn in die Scheune gescheucht, wo er sich ein Bett mit Pedro teilte, aber er hatte neben dem Feuer so behaglich ausgesehen, dass sie es nicht übers Herz gebracht hatte. Inzwischen war er offensichtlich sicher, dass er auch die restliche Nacht drinnen bleiben durfte.

Frank streckte sich zu ihren Füßen aus. Alex beugte sich hinunter und kraulte ihn sanft hinter den Ohren. Sein leises Schnarchen setzte schnell wieder ein, machte sie schläfrig und ließ ihre Gedanken zu Lori zurückwandern. Sie stellte sich vor, wie es wohl wäre, wenn Beth Lori kennengelernt hätte: Sie würde sofort ihren Akzent nachahmen und insgeheim neidisch darauf sein, dass sie in der »großen Stadt« London lebte. Sie würde darauf bestehen, dass Lori sich ein Duett der Ryan-Schwestern anhörte, und vielleicht sogar versuchen, sie zu beeindrucken und auf Französisch zu singen.

Alex fragte sich, was die beiden voneinander halten würden. Aber eigentlich musste sie gar nicht überlegen. Sie wusste es.

Sie kniff die müden Augen zusammen und lächelte Beths Foto noch einmal an. »Ja, ich weiß, Klugscheißerin. Egal, was da läuft, ich werde versuchen, es nicht zu vermasseln.«

Kapitel 10

Er stand am Ende der Straße und sah sich um. Jede Straße sah für ihn genauso aus wie die nächste, auf beiden Seiten gesäumt von den gleichen Wohnhäusern mit den gleichen Familienautos in den Einfahrten.

Scheinwerfer kamen von rechts heran und zwangen ihn, ihnen den Rücken zuzudrehen und nach links zu gehen. Er war sicher, dass das der richtige Weg war.

Der Regen hatte zwar nachgelassen, aber seine dünnen Hausschuhe waren durch und durch nass. Der alte Mann ignorierte es und schob die Hände tiefer in die Taschen seines Morgenmantels, senkte den Kopf gegen die Kälte. Gelegentlich fuhren Autos an ihm vorbei. Die Fahrer schienen den alten Mann im Schlafanzug auf der Straße nicht zu bemerken. Sie waren sicher in ihren warmen Metallkisten und er lediglich ein Schatten auf dem Bürgersteig.

Er erreichte eine weitere Kreuzung und blieb stehen. Ein Windstoß drückte ihn zur Seite. Er zuckte zusammen, als eine Hecke an seinem Ärmel zerrte. Es fühlte sich an, als ob ihn jemand gepackt hatte. Er machte sich los und zögerte. Die Straßen um ihn herum waren dunkel und still. Er tastete sein Handgelenk ab und ärgerte sich, als er dort keine Uhr fand. Mit geschlossenen Augen versuchte er sich vorzustellen, wo sie wohl sein könnte. Sollte er zurückgehen und sie holen?

Aus der anderen Richtung näherte sich ihm eine Gestalt mit Kapuze, die den Kopf gegen den Wind gesenkt hatte. Sie war zu klein, um sein Sohn zu sein, aber er versteckte sich trotzdem. Er drückte sich gegen ein Gartentor und spähte um die Ecke des tannengesäumten Gartens, bis die Gestalt in eine Gasse abbog.

Etwas berührte sein Bein. Er trat danach und bereute dies sofort, als er realisierte, dass es nur eine Katze war. Sie fauchte ihn an. Etwas blitzte im Laternenlicht auf, erregte seine Aufmerksamkeit. Sein Atem stockte. Eine Erinnerung überwältigte ihn. Am Rand seines Blickfelds hob eine Hand ein Messer. Schnell und lautlos fiel es herab, bis der gedämpfte Aufprall auf einen Körper in seinen Ohren widerhallte. Er schrie auf, hob die Hände schützend über seinen Kopf. Die Katze fauchte erneut und er öffnete die Augen. Da war niemand. Das Messer war verschwunden. Er hörte ein Wimmern und brauchte einen Moment, bis er erkannte, dass er es selber ausgestoßen hatte.

Beth. Er musste weiterkommen, musste zur Farm und ihr helfen.

Bald erreichte er eine heller erleuchtete Gegend. Aus einer gläsernen Ladentür fiel Licht auf den Parkplatz. Er sah wieder nach links und nach rechts, bevor er vorsichtig die Straße überquerte, in der Hoffnung, dass jemand im Laden ihm den Weg zur Farm beschreiben konnte.

Ein junges Mädchen hinter der Theke sah von seiner Zeitschrift auf, als die Tür ein Geräusch von sich gab. Ihre Augenbrauen wanderten hoch, als sie ihn von Kopf bis Fuß musterte. Kälte überkam ihn, als ihm einfiel, wie er gekleidet war.

»Geht's dir gut?«

Er mochte ihr Lächeln. Er war sich sicher, dass sie helfen würde. »Ich suche die Farm. Sie ist bestimmt nicht weit, aber ich hab mich verirrt.«

Sie stand auf und lehnte sich über die Theke zu ihm. »Und welche Farm wäre das? Hier in der Gegend gibt's eine ganze Menge.« Sie griff nach dem Telefon.

Übelkeit kam in ihm auf. Sie rief bestimmt seinen Sohn an. Er wich zurück und stieß gegen ein Regal. Er rieb sich das Handgelenk und wünschte, seine Uhr wäre dort. »Weißt du was, schon gut. Ich finde sie schon selbst. Trotzdem danke.«

Jemand berührte ihn an der Schulter. Er zuckte zusammen und wirbelte zu der Person herum. »John?«

Er wich weiter zurück, schlug panisch um sich, warf einen Aufsteller um und verlor einen Hausschuh. Er musste von der Frau wegkommen, die ihn berührt hatte, aber das Mädchen war jetzt auf seiner Seite der Theke, griff nach seinem Ellbogen und gab beruhigende Laute von sich.

Er funkelte die Frau an, die seinen Namen kannte. Es war diese Nachbarin, die ihm immer nachspionierte, wenn sein Sohn nicht da war.

»John, was treibst du denn im Schlafanzug hier draußen?«

Er ließ den Kopf hängen. Er wusste, dass er heute nicht mehr weiterkommen würde. »Bitte sag ihm nichts. Bitte. Er darf nicht wissen, dass ich draußen war.«

Aber sie führte ihn auf den Parkplatz hinaus, in ihr Auto und schnallte ihn an.

Er sah auf, als das Mädchen aus dem Laden zum Fenster hinausspähte.

Sein Herz pochte heftig, als der Gurt einrastete. Es war dumm von ihm gewesen, haltzumachen.

Jetzt würde er die Konsequenzen tragen müssen.

※ ——— ◇ ——— ※

Er fühlte sich wie ein ungezogener kleiner Junge, der ausgerissen war und nun zu seinen Eltern zurückgebracht wurde. Sein Sohn behielt eine starre Miene bei, damit die Nachbarin die Wut nicht sah, die – wie John wusste – hinter der Fassade köchelte.

John hörte mit gesenktem Kopf zu, während sein Sohn sich dafür ermahnen ließ, ihn aus den Augen gelassen zu haben. »Es geht ihm nicht gut, Mr. Murray. Sie sollten wirklich darüber nachdenken, sich mehr Hilfe zu holen.«

Sein Sohn nickte, sagte aber nichts, abgesehen von einem angespannten »Danke«, nachdem sie ihren Vortrag beendet hatte.

Als die Tür zufiel, schlurfte der alte Mann rückwärts in Richtung Treppe. Unter dem starren Blick seines Sohnes wagte er nicht, ihm den Rücken zuzukehren.

Es brauchte nur drei Schritte, bis eine Pranke ihn am Schlafanzug packte und hochzog, sodass nur noch seine Zehenspitzen den Boden berührten. Seine Brillengläser beschlugen, als sein Sohn ihm schwer ins Gesicht atmete.

»Was zum Teufel glaubst du, was du da machst, alter Mann?«

»Tut mir leid. Tut mir leid. Ich hab meine Uhr verloren. Ich wollte sie suchen gehen.« Eine andere Erklärung fiel ihm nicht ein.

Die Hand wirbelte ihn herum und nahm ihn in den Schwitzkasten. Er würgte überrascht, zerrte vergeblich an der Schulter seines Sohnes, trat mit den Füßen aus und versuchte, irgendwie Halt zu finden, während er die Treppe hinaufgezogen wurde wie eine Puppe. Er schrie auf, als seine Hüfte gegen eine Spindel des Geländers stieß, aber der Griff um seine Kehle zog sich nur noch enger zu.

Weiße Punkte tanzten in seinem Sichtfeld und er schnappte ein letztes Mal nach Luft, bevor er plötzlich wieder frei atmen konnte und sich auf den Knien in der Tür seines Schlafzimmers wiederfand.

Auf allen vieren sog er gierig Luft ein und zwang seine Sicht, sich zu klären, bevor er realisierte, dass er seine Brille in dem Gerangel verloren hatte. Er sah zum dunklen Umriss seines Sohns auf, der in der Tür stand, und wünschte sich verzweifelt, es wäre vorbei.

»Wir zwei sind fertig, alter Mann. Leg dich ins Bett und rühr dich keinen Zentimeter, bis ich sage, dass du dich bewegen darfst.«

Er nickte und kroch zu seinem Bett.

Erst als die Tür zuknallte, wagte er es, wieder aufzusehen.

Kapitel 11

Lori hatte den ganzen Tag vor einer Flut an Dokumenten gesessen, die für eine baldige Konferenz übersetzt werden mussten, und so war ihr Arbeitstag wie im Flug vergangen. Sie vergrub sich den ganzen Tag in ihrem Büro und fand so immer wieder Zeit zum Tagträumen.

Jetzt war sie wieder zu Hause und hatte gerade die Wohnungstür geschlossen und die Schuhe abgestreift, als es klingelte.

Lori öffnete die Tür.

»Süße! Komm her.« Stella zog sie in eine herzliche Umarmung. Weinflaschen klirrten in ihrer großen Handtasche.

»Ich dachte, der zusätzliche Wein wäre ein Witz gewesen«, sagte Lori, während sie zurücktrat und Stella hereinließ.

»Wann habe ich je Witze über Wein gemacht?« Sie bedachte Lori mit einem ihrer strengen Polizistinnenblicke. »Ich habe sowieso vor, das meiste selbst zu trinken. Ehrlich, Lori, dieser Fall bringt mich fast um.«

»Na ja, du könntest dir auch mal einen Tag freinehmen?«, tadelte sie.

»Jetzt machst du Witze. Ich habe vergessen, was Urlaub ist. Immerhin erlaube ich mir morgen früh eine Stunde länger im Bett, um den Rausch auszuschlafen.«

»Willst du darüber reden?«

»Nicht mal ein winziges bisschen. Und jetzt geh voran.«

Sie gingen in die Küche. Stella legte ihre Jacke und Tasche ab, bevor sie auch die Schuhe auszog und es sich auf einem der Hocker an der großen Kücheninsel bequem machte.

Lori nahm zwei Gläser aus dem Schrank und öffnete die erste Flasche. Sie schenkte ihnen großzügig ein. »Hast du Hunger?«, fragte sie und öffnete den Kühlschrank. Bedauernswerterweise befanden sich dort nur ein Glas Marmelade und ein paar unschön gebogene Selleriestangen.

»Keine Panik, die Pizza ist schon unterwegs. Ich habe sie vom Taxi aus bestellt.«

Wie aufs Kommando klingelte es wieder.

»Wenn man vom Teufel spricht«, sagte Lori und ging die Pizza holen. »Wie kommt es, dass du immer bestellst und ich immer bezahle?«, fragte sie, als sie mit einer großen, dampfenden Schachtel in die Küche zurückkehrte.

»Mal sehen«, sagte Stella, »vielleicht, weil du, meine Liebe, stinkreich bist und ich nur eine arme Kriminalbeamtin. Inzwischen solltest du doch wissen, dass ich nur wegen des Geldes mit dir befreundet bin.« Zwinkernd nahm sie beide Weingläser in ihre Hände. »Komm schon, machen wir es uns auf deinem riesigen, teuren Sofa gemütlich. Ich will unbedingt alles über dein Wochenende hören.«

Als sie auf dem Sofa saßen, wusste Lori nicht recht, wo sie anfangen sollte. Den ganzen Tag lang hatte sie versucht, nicht an Alex zu denken, und sich in einem Dokument nach dem anderen vergraben. Aber sie war immer wieder kläglich gescheitert und hatte sich mehr als einmal dabei erwischt, wie sie aus dem Fenster gestarrt und sich gefragt hatte, wo Alex wohl gerade war, was sie machte. Und mit wem.

Es half auch nicht, dass sie zwei Nachrichten von ihr bekommen hatte. Ein freundliches *Guten Morgen, hoffentlich hast du nach dem Wochenende keinen Muskelkater*, und später eine weitere, in der sie mitteilte, dass sie heute nach Glasgow musste und erst nach zehn Uhr abends zurück sein würde, falls Lori anrufen wollte.

Die zweite Nachricht war eine Erleichterung für Alex. Lori wollte gerne zuerst mit Stella reden, bevor sie sich weiter vorwagte. Alex' grinsendes Gesicht kam ihr in den Sinn.

»Also los.« Stella schnippte mit den Fingern vor Loris Nase herum. »Bringen wir das mit Andrew zuerst hinter uns. Was um alles in der Welt ist da passiert?«

Lori trank einen Schluck Wein, bevor sie antwortete: »Ich schätze, ich liebe ihn einfach nicht mehr. Angenommen, ich habe ihn überhaupt jemals geliebt.«

»Na, das war ja offensichtlich«, antwortete Stella mit gerunzelter Stirn. »Ich meine, deine Beziehung mit Andrew schien dir in den Kram zu passen, egal, wie öde sie war. Aber ich muss sagen, es hat schon lange nicht mehr nach Schmetterlingen im Bauch ausgesehen.«

Lori streckte ein Bein aus und stupste sie mit dem Zeh in die Rippen. »Hey! Sei nicht so gemein. Andrew ist ein guter Kerl und hat alles richtig gemacht: Er ist attraktiv, erfolgreich, verantwortungsbewusst, verlässlich …«

»Selbstsüchtig, langweilig, manipulativ, eifersüchtig«, ergänzte Stella für sie und gähnte theatralisch.

Lori schüttelte den Kopf, musste aber gleichzeitig lachen. »Na gut, ja, er war langweilig und besitzergreifend. Trotzdem war da eine Zeit, in der ich eine gemeinsame Zukunft mit ihm geplant habe, und jetzt hängt das alles in der Luft und er ruft ständig an und bettelt mich an, ihn zurückzunehmen.«

Stella, die gerade einen Schluck trank, tat so, als würde sie sich verschlucken. »Sag nicht, du denkst darüber nach, wieder mit ihm zusammenzukommen?«

»Nein. Na ja, vielleicht.« Stella starrte sie finster an. »Okay, nein. Du hast recht. Er war so lange ein so großer Bestandteil meines Lebens. Es ist seltsam, mir vorzustellen, dass er nicht mehr da sein wird, und ich erinnere mich noch an die guten Zeiten und vermisse ihn. Sogar seine selbstsüchtige, überhebliche Seite.«

Stella streckte die freie Hand in die Luft und kicherte. »Endlich sieht sie es auch!«

Lori schnalzte mit der Zunge. »Du bist mir ja eine tolle Freundin. Ich meine, du hättest mir auch früher sagen können, wie er wirklich ist. Das hätte mir etwas Zeit erspart.«

»Ähm, vielleicht erinnerst du dich noch, dass ich dir das bei jeder Gelegenheit gesagt habe. Aber niemand will von den Freundinnen hören, dass der eigene Partner ein erbärmlicher Arsch ist. Also hast du ja nur sieben Jahre gebraucht, um verdammt noch mal auf mich zu hören.« Sie gestikulierte zum Tisch. »Und jetzt bin ich mit Pizza und Wein hier und helfe dir bei der Schadensbegrenzung. Ich bin eine fantastische Freundin.« Sie stand auf, um sich nachzuschenken, und brachte gleich die Flasche aus der Küche mit. »Wie auch immer, allein über Andrew zu reden langweilt mich und ich werde dir nicht erlauben, dich in deinem Leid zu suhlen. Erzähl mir von deinem Wochenende und von dieser geheimnisvollen Person, die du kennengelernt hast.«

Lori seufzte und musste bei dem Gedanken an Alex unwillkürlich lächeln. »Also, der Berg war spektakulär. Die Aussicht vom Gipfel war unglaublich. Ehrlich, du solltest mal mitkommen.«

»Das wird nie passieren, also hör auf, mich aufzuziehen. Du kannst mir ein Foto zeigen. Wer ist er und wie habt ihr euch getroffen? Gib mir wenigstens einen Namen.«

»Alex«, antwortete Lori und war noch nicht bereit, Stellas Annahme des Geschlechts zu korrigieren.

»Und …« Erwartungsvoll machte sie große Augen und wartete auf mehr.

»Okay, also, ich hatte vor, in dieser kleinen Schutzhütte am Fuß des ersten Bergs am Samstag zu übernachten, die im Reiseführer erwähnt wurde. Sie war leer, als ich sie erreichte, aber als ich vom Gipfel zurückkam, hatten Alex und Frank – Frank ist der Hund – das andere Bett beansprucht, also haben wir sie uns in dieser Nacht geteilt.« Lori lächelte wieder, während sie an die letzten paar Tage zurückdachte.

Stella, die offensichtlich den versonnenen Blick bemerkte, rief laut: »Oh mein Gott! Es ist etwas passiert!«

Lori fiel aus allen Wolken. »Was? Nein! Es war einfach ein tolles Wochenende. Wir haben zusammen gelacht und eine Menge geredet und ich glaube, wir werden Freunde. Wir haben Nummern ausgetauscht und vereinbart, dass wir in Kontakt bleiben, aber ich glaube nicht, dass mehr dabei herauskommen wird.«

»Und warum nicht?«

»Na, zuerst einmal ist da die Entfernung. Wir leben vierhundert Meilen voneinander entfernt.«

»Das hält dich ja auch nicht auf, wenn es ums Bergsteigen geht. Wir leben im Zeitalter der Technologie, und eine Menge Leute führen erfolgreiche Fernbeziehungen, bis sie sich gemeinsam ein Leben aufbauen können.«

»Wir sind einfach sehr verschieden, Stella. Ich wohne in der Stadt, Alex wohnt auf einer Farm auf dem Land. Ich reise ständig für die Arbeit, Alex arbeitet von zu Hause. Alex hält eine Menge Haus- und Nutztiere und ich habe nicht mal einen Goldfisch.«

»Wow, eine Farm auf dem Land und Arbeit von zu Hause? In meinen Ohren klingt das großartig. Wie auch immer, ich dachte, du wolltest irgendwann sowieso aus London weg? Ich dachte, das wäre der Grund, warum du bei jeder Gelegenheit nach Schottland fährst und die Ruhe suchst?« Sie bedachte Lori mit einem Blick, den sicher bereits eine Menge Verbrecher in London zu Gesicht bekommen hatten. »Da steckt doch noch mehr dahinter. Komm schon, Lori, glaubst du wirklich, du könntest mir irgendwas verheimlichen?«, fragte sie und zog eine perfekt geformte Braue hoch.

»Ich denke einfach, dass es zu früh nach Andrew ist. Ich meine, ich habe es erst Donnerstagabend beendet. Ich brauche zuerst Zeit, um mit ihm abzuschließen.« Sie sah in ihr Weinglas hinab. »Ich bin nicht bereit dafür. Ich bin nicht auf so was vorbereitet«, schloss sie leise.

Lori spürte Stellas Blick auf sich und wusste, dass sie sich fragte, wo der Haken lag. Warum sie sich zurückhielt.

»Bitte, Lori. Das mit Andrew war schon lange vorbei. Er hat es schon gewusst, was wahrscheinlich erklärt, warum er sich so eifersüchtig verhalten, auf deinem Handy rumgeschnüffelt und ständig grundlos angerufen hat, wenn du mit anderen Leuten außer ihm unterwegs warst. Wenn er ehrlich ist, hat er nur auf den Tag gewartet, an dem du ihn verlassen würdest. Die Frage war, wann ihr euch trennt, nicht ob. Aber Scherz beiseite, er wird wahrscheinlich jemand anderen sehr glücklich machen und du hast recht, dass er ein guter Kerl ist, aber eben nicht der Kerl für dich. Also vergiss ihn erst mal, hier geht es um dich.« Stella lehnte sich vor und nahm ihre Hand. »Lori, du verdienst es, glücklich zu sein. Du verdienst es, geborgen und geliebt und umsorgt und aufgeregt zu sein. Wenn du jemanden gefunden hast und glaubst, du könntest das alles mit ihm haben, dann lass dich dabei nicht von Andrew aufhalten. Schieb keine Ausreden vor, warum es nicht funktionieren könnte, bevor du der Sache auch nur eine Chance gegeben hast. Klar, das Timing ist nicht das beste, aber ich schlage ja nicht vor, dass du mit dem ersten Kerl, den du triffst, ins Bett springst, nur dass du dir wenigstens selbst erlaubst, es in Betracht zu ziehen.«

»So einfach ist das nicht«, entgegnete Lori, stand auf und ging vor dem großen Kamin auf und ab. Nachdenklich nagte sie an ihrer Unterlippe. Dann blieb sie stehen, um nach der Flasche zu greifen und ihr Glas aufzufüllen. »Ich habe noch nie jemanden wie Alex getroffen, Stella. Ich kann nicht erklären, was ich empfunden habe, als wir nur dicht nebeneinander gesessen haben, ganz zu schweigen von den Berührungen.«

»Also habt ihr euch doch berührt«, sagte Stella mit einem wissenden Grinsen.

Lori sah finster auf sie hinunter. »Nicht so.«

»Na gut, na gut.« Stella hob ergeben die Hände. »Fahr fort, oh ernste Freundin.«

»Nach all den Jahren in einer Beziehung mit einer klaren Richtung und Zukunft ist es jetzt, als würde ich ziellos umhertreiben. So vieles hängt jetzt in der Schwebe. Zum ersten Mal, seit ich Andrew getroffen habe, bin ich mir nicht mehr sicher, wer ich bin und wohin die Reise geht.«

»Jemand sorgt bei dir endlich für diese Schmetterlinge im Bauch und du willst dem nicht mal eine Chance geben?« Stella setzte sich auf dem Sofa auf und leerte den letzten Rest Wein in ihr Glas, bevor sie sich das größte verbliebene Pizzastück schnappte.

»Ich habe Angst, Stella.« Lori hasste es, sich verletzlich zu zeigen, aber wenn sie dies nicht vor Stella tun konnte, vor wem dann?

Die Pizza blieb in der Luft hängen. Dann ließ Stella sie in den Karton zurückfallen und lächelte ermutigend. »Ich weiß, Darling. Es ist eine große, böse Welt da draußen. Glaub mir, ich sehe sie jeden Tag. Niemand von uns weiß, wer oder was als Nächstes um die Ecke kommt. Ich weiß nur, wenn ich das Glück hätte, jemanden kennenzulernen, über den ich nach nur einem Wochenende so rede wie du, dann würde ich zugreifen und nie wieder loslassen.«

»Aber was, wenn ich mich irre?«

»So darfst du nicht denken. Was, wenn du dich nicht irrst, aber die Gelegenheit verstreichen lässt, nur weil du zu große Angst davor hast, dich zu irren? Erzähl mir mehr über Alex. Hattet ihr Kontakt, seit du wieder hier bist?«

Lori lächelte und setzte sich auf die Armlehne des Sessels, während sie an die Sprachnachricht dachte und daran, wie niedlich Alex klang, wenn sie nervös war. »Ja, ich hatte eine Nachricht auf der Mailbox, als ich gestern Abend nach Hause gekommen bin, und seitdem haben wir ein paarmal geschrieben.«

»Wow, also hat er Interesse. Was noch?«

»Ja, ich schätze schon. Warum habe ich das Gefühl, als würdest du mich verhören?«

»Das ist mein Job, Süße. Ich brauche alle Fakten, bevor ich mir eine sachkundige Meinung bilden kann.« Sie stellte ihren Wein ab und faltete die Finger zu einem Dreieck. »Komm schon, erzähl Detective Roberts alles.«

Lori trank einen großen Schluck Wein und überlegte, wie sie es erklären sollte, ohne zu verraten, dass Alex eine Frau war. Sie wollte nicht, dass das jetzt schon in Stellas Rat einfloss, außerdem musste sie sich erst klar darüber werden, wie es ihr selbst damit ging.

»Okay, also, ich habe dir ja von der Farm erzählt, auf der es Gemüse und Hühner und eine Ziege gibt.«

»Also ist das der Homeoffice-Job? Er ist Farmer?«

»Informatiker«, korrigierte Lori. »Für die Polizei, spezialisiert auf digitale Verbrechen und vor allem zum Schutz von Kindern. Die Farm ist eher ein Hobby und eine Möglichkeit, dabei nicht den Verstand zu verlieren, glaube ich.«

»Wow, also ist er intelligent. Das ist eine großartige Art, diese Fähigkeiten einzusetzen. Ich arbeite mit Leuten wie ihm zusammen und sie bewirken eine Menge Gutes. Aber das ist alles nebensächlich. Was mich interessiert, ist der intime Kram, nicht sein Bankkonto. Komm schon, da muss doch mehr an ihm sein, um dieses Lächeln auf dein Gesicht zu zaubern.«

Lori sank in den Sessel und dachte einen Augenblick lang nach. Sie hatte zwar nur vierundzwanzig Stunden mit Alex verbracht, aber durchaus schon einen Einblick erhalten, was für eine Frau sie war.

»Hmm, mal sehen. Alex ist ... aufrichtig. Labert keinen Mist. Einfach ein ehrlicher, mitfühlender Mensch und zufällig auch hinreißend und mit wunderbarem Sinn für Humor. Oh, und habe ich schon das unverschämte Flirten erwähnt?« Sie lachte über Stellas hochgezogene Augenbrauen. »Was?«

»Lori, so, wie du über diesen Kerl redest, sehe ich da wirklich kein Problem. Ich glaube, ich habe genug Wein getrunken, um ehrlich zu sein. Soll ich dir sagen, was ich wirklich denke?« Sie beugte sich vor.

Lori warf einen Blick auf Stellas leeres Glas. »Nur zu, klär mich auf.« Sie lehnte sich zurück und verschränkte die Arme, ging jetzt schon in die Verteidigung. Sie hatte bereits mehrere von Stellas ehrlichen Statements nach ein paar Gläsern Wein gehört. Allerdings lag Stella normalerweise leider meistens richtig.

»Ich denke, du versteckst dich schon zu lange hinter deinen Bedingungen, die unbedingt erfüllt sein müssen.«

»Meinen wa...«

»Schh!« Stella hielt einen Finger hoch, um sie zum Schweigen zu bringen. »Du weißt, was ich meine. Sie sind oberflächlich und bedeutungslos und völlig irrelevant in der Liebe. Du hast dich schon so lange selbst belogen und unter Wert verkauft und so getan, als würden diese Dinge eine Rolle spielen.« Mit erhobenem Finger fuhr sie fort. »Du bist so lange bei Andrew geblieben und hast deine Zeit verschwendet. Du machst dir Sorgen, dass du wirklich so jemanden findest, wenn du eine Liste echter Eigenschaften hättest, die ein Partner mitbringen muss. Und was noch beängstigender ist: für den du zur Abwechslung mal an oberster Stelle stehst. Wir wissen beide, dass du eigentlich nur Angst davor hast, jemand zu nahe zu kommen, der dir wirklich wichtig ist, weil du glaubst, dass er dich früher oder später verlassen wird genau wie dein nichtsnutziger Vater und dein Bruder.« Sie atmete tief durch und schwieg dann.

Lori sah sie nur an. Stellas Worte dröhnten in ihrem Kopf.

Stella nutzte die Gelegenheit, um die zweite Weinflasche zu holen, und ließ Lori grübelnd zurück.

Lori kaute wieder an ihrer Lippe und sah auf, als Stella in den Raum zurückkam. »Du hast recht.«

»Entschuldige. Kannst du das wiederholen?« Stella grinste, quetschte sich zu ihr auf den Sessel und legte ihr einen Arm um die Schultern.

»Du hast recht. Ich habe eine Liste an Dingen, die ich laut meinem Vater von einem Partner erwarten sollte. Jetzt bin ich vielleicht alt und hässlich genug, um zu erkennen, dass er ein schrecklicher Vater war, aber als ich jung war, habe ich jeden noch so kleinen Ratschlag angenommen, den er mir geben wollte. Und was Andrew mir geboten hat, war mehr oder weniger das genaue Gegenteil von ihm. Sicher. Verlässlich.«

Stella streichelte ihr sanft über die Haare. »Ach, meine süße Lori. So naiv.«

»Ich schätze, ich habe das recht schnell in Andrew gefunden und dann so lange gebraucht, bis ich gemerkt habe, dass immer irgendetwas fehlt.« Sie drehte sich zu Stella. »Und das war wohl wahre Liebe.«

»Die alte Leier.« Stella seufzte wieder. »Für mich klingt es so, als hättest du wenigstens den Anfang von etwas gefunden, das du besser erkunden solltest. Es muss nicht die große Liebe sein, aber lass dich nicht von Andrew oder deinem Vater oder so etwas Lächerlichem wie der Entfernung davon abhalten, es zu erforschen und dabei wenigstens etwas Spaß zu haben.«

»Ich weiß. Ich habe wohl einiges, worüber ich nachdenken muss.«

»Na ja, zuerst einmal: Hast du ihn zurückgerufen?«

»Nein, in der letzten Nachricht stand, ich könnte nach zehn Uhr anrufen.«

Stella sah auf die Uhr. »Perfekt. Dann haben wir noch Zeit für die zweite Flasche Wein.«

Kapitel 12

Alex warf ungefähr zum zwanzigsten Mal einen Blick auf die Uhr des Armaturenbretts, während sie auf der Landstraße dahinholperte. Dabei wusste sie, dass es bald Viertel nach zehn war. Sie hoffte einfach, dass Lori anrufen würde, und wollte das nicht verpassen.

Sie hatte versucht, ihre Nachricht zwanglos klingen zu lassen, da sie Lori nicht unter Druck setzen wollte, an diesem Abend unbedingt noch anzurufen. Wenn Lori nach dem Wochenende mit irgendwelchen Gefühlen für sie nach Hause gefahren war, dann war sie wahrscheinlich ebenso verwirrt wie Alex selbst. Auf gar keinen Fall wollte sie es übereilen und Lori verschrecken. Sie hatte selbst ein wenig Angst und das langsame und zaghafte Tempo passte ihr gut. Einerseits. Andererseits konnte sie einen eventuellen Rückruf von Lori kaum erwarten.

Sie bremste vor einer scharfen Biegung ab und warf durch den Rückspiegel einen Blick auf Frank, der auf dem Rücksitz ausgestreckt schlief. »Heute bist du mir ja eine verdammt große Hilfe, Hund.«

Es war genau Viertel nach zehn, als sie schließlich in ihre Einfahrt fuhr. Ihr Handy klingelte, gerade als sie die Hintertür aufschloss und die Alarmanlage einstellte.

Sie atmete tief durch und lächelte. »Hallo, du«, meldete sie sich.

»*Bonsoir*«, antwortete Lori hörbar glücklich.

»Angeberin.« Alex lachte. »Schön, dass du angerufen hast. Ich dachte, es wäre vielleicht zu spät.«

»Nein, schon in Ordnung. Meine Freundin Stella ist gerade gegangen. Sie hat fast im Alleingang zwei Flaschen Wein und eine große Pizza verdrückt. Und sich dabei die ganze Zeit über Andrew ausgelassen und mich über mein Wochenende ausgefragt. Es hat Spaß gemacht.«

Alex kicherte. »So klingt es auch.« Dann fiel ihr auf, dass Lori ihr Wochenende erwähnt hatte. »Also hast du ihr erzählt, dass du eine umwerfend hübsche Schottin kennengelernt hast?«, fragte sie verschmitzt.

Jetzt war Lori mit Lachen an der Reihe. »Hmm, du wurdest möglicherweise erwähnt. Obwohl ich noch nicht bereit war, ihr alle Details zu offenbaren.«

»Wie etwa das kleine Detail, dass ich eine Frau bin?« Alex versuchte, ihren Ton unverfänglich zu halten, um ihre leichte Enttäuschung zu verbergen.

Lori war still. »Ja, weißt du, dein Name könnte auch zu einem Mann gehören und sie ist einfach davon ausgegangen. Ich wusste einfach nicht, was ich sagen sollte, und mir schwirrt gerade so vieles im Kopf herum. Ich will nicht, dass sie wegen etwas über mich urteilt, das vielleicht nicht ...«

»Hey! Hey! Lori, immer langsam. Atme tief durch, es ist schon in Ordnung.«

»Ist es? Was denn?«, fragte Lori kleinlaut.

»Hör zu. Machen wir gleich reinen Tisch. Ich hatte am Wochenende sehr viel Spaß und würde dich liebend gerne besser kennenlernen. Aber machen wir uns keinen Druck. Ich verstehe, dass du mit Andrew und allem anderen gerade riesige Veränderungen im Leben durchmachst. Das ist ein großes Kapitel, das damit beendet ist. Ich will dir wirklich nicht noch mehr aufbürden. Lieber wäre ich als gute Freundin für dich da. Als unbeteiligte Beobachterin der ganzen Situation, die verspricht, nicht mit ›Ich hab's dir doch gesagt‹ anzukommen. Ich muntere dich auf und lenke dich davon ab, und wir warten ab, wohin uns das führt. Wie klingt das?«

Lori war so lange still, dass Alex dachte, die Verbindung wäre unterbrochen.

»Das klingt perfekt. Danke.«

»Hey, bedank dich nicht bei mir. Das ist reiner Egoismus. Ich würde alles sagen, damit du mich mal wieder besuchst.«

Da lachte Lori und klang schon sehr viel entspannter. »Oh ja, weißt du, du lebst ja dort, wo die Berge sind. Ich schätze, ich könnte vor meinem nächsten Ausflug wohl mal vorbeischauen.«

»Vorbeischauen und mich mitnehmen?«, fragte Alex hoffnungsvoll.

»Nur wenn Frank auch dabei ist. Ich vermisse seine Küsse jetzt schon.«

Alex erinnerte sich, wie Lori nicht nur einmal, sondern zweimal von Frank auf den Boden geworfen wurde. »Ich glaube, das lässt sich einrichten. Allerdings habe ich einen etwas anderen Vorschlag für dich, der nichts mit Bergen und kalten Schutzhütten zu tun hat, wenn du Interesse hast?«

»Ich höre.«

»Meine Freundin Susie kommt dieses Wochenende auf dem Weg nach Norwegen vorbei. Sie ist meine älteste Schulfreundin und manchmal kann sie zwar eine Nervensäge sein, aber wir sind immer in Kontakt geblieben und ich wollte ihr eine kleine Party auf der Farm schmeißen. Einige Leute kommen übers Wochenende aus Glasgow und ich dachte, dir könnte es auch gefallen. Am Sonntag könnten wir vielleicht einen Hügel besteigen?«

Nervosität machte sich in Alex' Bauch breit, während sie auf Loris Antwort wartete. Nicht nur bei dem Gedanken, sie so schnell wiederzusehen, sondern auch dabei, sie ihren Freunden vorzustellen.

»Ja. Ich wäre sehr gerne dabei!«

Erleichtert nahm Alex die Begeisterung in Loris Stimme wahr. »Wirklich? Toll, das ist toll. Es wird großartig.«

Lori kicherte und Alex trat sich insgeheim, weil sie sich fast wieder von ihrer Nervosität hatte überwältigen lassen.

»Ja, es wird bestimmt toll«, versicherte Lori ihr. »Also, wie lautet der Plan? Wann soll ich da sein?«

»Das ist dir überlassen. Wenn du dich früh am Freitag von der Arbeit loseisen kannst, könntest du direkt herkommen, damit du am Samstag fit bist? Ich habe viel Platz. Ansonsten reicht Samstagnachmittag auch noch.«

Alex hoffte, sie würde das Angebot annehmen, früh anzureisen. Bei dem Gedanken, Lori schon am Freitag zu sehen, konnte sie ein Grinsen nicht zurückhalten.

»Ich sehe mal, wann ich Freitag Feierabend machen kann. Kann ich dir später in der Woche Bescheid sagen?«

»Klar, natürlich.« Alex entspannte sich etwas. »Okay, ich schätze, ich sollte dich wohl nicht allzu lange vom Schlafen abhalten, da du ja normale Arbeitszeiten hast.«

»Ja, reib es mir ruhig unter die Nase. Aber sollten Farmer nicht mit der Sonne aufstehen?«

»Nicht diese Farmerin. Was glaubst du, warum ich selbstständig bin? Ich habe Frank so gut abgerichtet, dass er die Eier für mein Frühstück einsammelt und dann die anderen Tiere füttert.«

Lori lachte laut auf. »Weißt du, das kann ich mir sogar vorstellen. Bringt er dir auch die Tageszeitung und Frühstück ans Bett?«

»Was ist daran so lustig? Das meine ich ernst«, scherzte Alex. »Und das ist nur zur Hälfte richtig. Ich lese keine Zeitung. Zu deprimierend.«

»Wow. Ich brauche auch einen Frank. Ich kann mich nicht erinnern, wann jemand mir zum letzten Mal Frühstück ans Bett gebracht hat.«

»Ein Punkt für Frank. Kein Wunder, dass Andrew nicht mithalten konnte.« Die Worte rutschten heraus, bevor Alex sich beherrschen konnte.

»Tut mir leid, das war unangebracht, Lori. Es steht mir nicht zu, solche Sachen zu sagen.«

Lori kicherte.

Alex stieß ein erleichtertes Seufzen aus.

»Du musst dich nicht entschuldigen, Alex, du hast recht. Wenn er sich eine Scheibe von Frank abgeschnitten hätte, wären wir vielleicht noch zusammen. Aber nach dem Vortrag, den ich mir heute von Stella anhören musste, wird mir allmählich klar, dass wohl nichts genug gewesen wäre, um unsere Beziehung zu retten.«

»Puh.« Alex seufzte wieder. »Dann trete ich mal aus dem Fettnäpfchen wieder raus. Falls du möchtest, können wir weiter darüber reden, wenn du hier bist.«

»Klar, vielleicht. Jedenfalls lege ich lieber auf, bevor ich am Ende noch träume, dass Frank mir Frühstück ans Bett bringt. Oh Gott, ist mein Liebesleben etwa so tief gesunken?«

Alex schnalzte mit der Zunge. »Hey, wag es nicht, Frank zu beleidigen. Glaub mir, du könntest auch schlimmere Träume haben.«

»Ach ja? Zum Beispiel?«

»Na ja, ich habe zum Beispiel einen wiederkehrenden Traum, in dem ich in dieser *Tom und Jerry*-Folge an der Kegelbahn bin ...«

Lori lachte los. »Du bist ja irre.«

»Das habe ich schon ein- oder zweimal gehört.«

»Ich mach jetzt Schluss.«

»Okay, gute Nacht, Lori. Schlaf gut.«

»Gute Nacht, Alex. Wünsch Frank auch eine gute Nacht von mir.«

»Mach ich. Ach, und noch etwas, Lori.«

»Ja?«

»Ich freue mich darauf, dich wiederzusehen«, sagte sie leise.

»Geht mir genauso.« Sie ahnte, dass Lori lächelte.

»Süße Träume, Alex.«

Kapitel 13

Er hörte, wie der Schlüssel im Schloss kratzte, bevor die Haustür aufsprang und mit einem heftigen Knall gegen die Wand schlug. Ein weiterer Knall verriet ihm, dass sie mit einem schweren Stiefel zugetreten worden war.

Es war ein Geräuschmuster, das er kannte, und bald darauf folgte das übliche Schimpfen, als sein Sohn den Gang entlang zur Toilette im Erdgeschoss ging. Der alte Mann kauerte sich in sein Bett und zuckte bei jedem Geräusch zusammen.

Sein Sohn war zu Hause. Und er war betrunken.

Nachdem er die Lampe neben dem Bett ausgeschaltet hatte, rutschte er unter die Decke und hoffte, dass seine Schlafzimmertür verschlossen bleiben würde.

Seit er wieder versucht hatte, das Mädchen zu finden, und stattdessen von einer Nachbarin aufgegabelt und zu seinem dankbaren Sohn zurückgebracht worden war, wohnte er im ersten Stock. Er durfte nur hinaus, wenn sein Sohn zu Hause war. Der Nebel im Kopf des alten Mannes lichtete sich oft genug, um zu erkennen, dass sein Sohn ihn eingesperrt hatte. Dass er nicht wollte, dass der alte Mann das Mädchen fand oder dass neugierige Nachbarn sich einmischten.

Schwere Schritte erklangen auf der Treppe und er wappnete sich gegen den Sturm. Es war seine Schuld, weil er das Mädchen erwähnt hatte. Er hätte sie einfach vergessen sollen. So, wie alles andere.

Die Schritte verstummten und er hielt den Atem an. Ein Schatten tauchte im Spalt unter seiner Tür auf. Der alte Mann nahm die Brille ab. Besser, wenn er sein Gesicht nicht sah.

Der Türknopf wackelte. Aber er wurde nicht gedreht. Stattdessen erzitterte die Tür unter einem halbherzigen Schlag und die Schritte gingen weiter den Gang entlang.

Er erlaubte sich, wieder zu atmen, und lag zitternd da.

Dann schloss er die Augen und lauschte, wie sein Sohn wild in seinem Zimmer herumfuhrwerkte, und wünschte den Schlaf herbei.

Er hatte einen Plan und musste sich ausruhen.

Er musste sich erinnern können.

Kapitel 14

Lori hatte sich noch nie in ihrem Leben so sehr nach einer Auszeit gesehnt. Trotz der Nervosität und Unsicherheit freute sie sich auf das Wochenende und darauf, Alex zu sehen.

Andrew hatte jeden Tag angerufen und jede Nachricht war mehr oder weniger gleich gewesen.

Wie kannst du mich so behandeln?
Ich kann gar nicht fassen, dass du das tust.
Das wirst du bereuen, Lori.

Es gab kein »Wie geht es dir?« Kein Verständnis und keine Rücksicht darauf, dass sie vielleicht einfach etwas Zeit brauchte. Es ging immer noch nur um ihn und er forderte Antworten, weil er sie brauchte. Alles drehte sich nur um ihn.

Nun ja, Lori war nicht bereit, seine Fragen zu beantworten. Sie musste zuerst ihre eigenen beantworten. Dann konnte sie ihm vielleicht die Erklärung geben, die er verlangte. Sie hatte ihm in einer Nachricht geschrieben, dass sie sich melden würde, wenn sie dazu bereit war, und dass seine ständigen Nachrichten gar nichts beschleunigen würden. Darauf hatte er nicht reagiert.

Auch Alex hatte sich jeden Tag gemeldet, was wiederum erfreulich gewesen war. Am Dienstag hatte Lori ihr Bescheid gesagt, dass sie am Freitagmittag aufbrechen und bis zum Abendessen da sein würde. Die Reaktion darauf war begeistert gewesen und hatte Lori zum Lächeln gebracht.

Juhuu! Ich lasse Frank kochen! X

Seitdem hatten sie mehrere Textnachrichten und die eine oder andere neckende E-Mail während der Arbeitszeit ausgetauscht. Alex hatte ihr ein Video geschickt, in dem Pedro, die Ziege, Frank jagte, was Lori dazu gebracht hatte, Kaffee über ihren Tisch zu prusten. Lori hatte ein Foto von dem durchnässten Papierstapel zurückgeschickt und sich für den Stimmungsmacher bedankt.

Jetzt war es Donnerstagabend und sie war gerade ins Bett gegangen, nachdem sie mindestens dreimal gepackt und wieder umgepackt hatte, bevor sie sich schließlich entschieden hatte, was sie mitnehmen wollte. Sie hatte mehr als einmal den Kopf über sich selber geschüttelt und einfach akzeptiert, dass sie sich Alex von ihrer besten Seite zeigen wollte und dass etwas, das sie fast jede Woche tat, deshalb plötzlich so schwierig geworden war.

Sie war schon fast eingeschlafen, als das schrille Klingeln ihres Festnetztelefons sie wieder weckte. Sie warf einen Blick auf die Nummer, als sie nach dem zweiten Telefon auf dem Nachttisch griff und abhob. Eine ausländische Vorwahl wurde angezeigt. »Hey, Dad, wie geht's dir?«

»Lori! Mir geht's gut, danke, Süße. Schön, dass du rangegangen bist. Ich weiß, es ist spät. Wie geht es dir?«

Sie seufzte, da sie genau wusste, warum er anrief. »Mir geht's gut, Dad, ich habe wie immer viel zu tun. Wo bist du gerade?«

»In Berlin. Bin gerade vom Abendessen zurück, aber wie auch immer, das ist unwichtig. Deine siebenjährige Beziehung ist vorbei und dir geht es gut?«

»Wow, an meinen Geburtstag kannst du dich nicht erinnern, aber du weißt, wie lange ich mit Andrew zusammen war? Da ist doch was faul, Dad. Komm zur Sache.«

»Na gut, na gut. Ich will ehrlich sein. Du durchschaust mich immer sofort. Andrew hat mich angerufen. Er ist am Boden zerstört, Lori. Er meint, du rufst ihn nicht mal zurück. Was ist da los?«

Lori kochte vor Wut. Unglaublich, dass Andrew die Frechheit gehabt hatte, ihren Dad anzurufen. Sie hatte ihm für Notfälle die Geschäftsnummer ihres Vaters gegeben. Die Anrufe dort wurden auf sein Handy weitergeleitet, egal, wo auf der Welt er sich gerade befand. »Ich habe ihm im Moment nicht mehr zu sagen. Ich habe meine Gefühle klar ausgedrückt und es wäre unsinnig, das alles noch mal durchzukauen. Er wird meine Meinung nicht ändern, warum also? Es wäre nur frustrierend und ich würde Dinge sagen, die ihn bestimmt noch mehr verletzen würden. Also habe ich um etwas Abstand gebeten, damit er sich hoffentlich beruhigt. Dann können wir reden. Wenn ich bereit bin.«

»Also nehme ich an, ich kann deine Meinung auch nicht ändern? Seine Eltern haben mich auch angerufen. Sie sind sehr erschüttert. Sie lieben dich und dachten, ihr wärt perfekt füreinander.«

Lori konnte kaum glauben, was sie gerade gehört hatte. »Na, dann haben sie sich geirrt und offensichtlich kennt ihr uns gar nicht wirklich. Er hat mich erstickt, Dad, ich musste es beenden. Ich weiß, es hat lange gedauert, bis ich erkannt habe, dass er mir nicht geben kann, was ich brauche, und das tut mir aufrichtig leid. Dass ich unsere Zeit verschwendet habe.«

Und das meinte sie wirklich ernst. Sie hatte das Gefühl, den Großteil ihrer Zwanziger für ihre Karriere und eine Beziehung ohne Zukunft aufgegeben zu haben. So würde sie in ihren Dreißigern nicht weitermachen und daran würde sich nichts ändern, egal, wie sehr ihr Vater versuchte, ihr ein schlechtes Gewissen einzureden.

»Na und? Sind gutes Aussehen und Erfolg nicht genug für dich? Er ist ein anständiger Kerl und kann für dich sorgen.«

»Das habe ich bisher auch gedacht, aber der Andrew, den ich jetzt erlebe, ist ein arroganter, selbstsüchtiger Arsch und so einen habe ich schon in meinem Leben. Und wer sagt, dass ich umsorgt werden muss?«

Ihr Dad gluckste. »Es ist nicht gerade nett, so über deinen Bruder zu reden. Das werde ich ihm sagen.«

»Du weißt ganz genau, von wem ich rede, und zwar nicht über ihn.« Dann lachte sie. Und er hütete sich davor, sie noch mehr herauszufordern.

Im Laufe der Jahre hatte er versucht, Teil ihres Lebens zu sein, hatte Interesse an ihrer Karriere, ihren Freunden und ihrer Beziehung gezeigt. Immer, wenn er auf Durchreise in London war, ging er mit ihr und Andrew essen oder mit ihr und Stella, wenn Andrew keine Zeit hatte.

Aber das kam so selten vor, dass er nie auf dem aktuellen Stand zu sein schien, in den wichtigsten Momenten nie wirklich da war. Er versuchte, den fürsorglichen Vater zu spielen, wusste aber auch, dass er kein Recht dazu hatte. Sie respektierte ihn und verstand, dass er nach dem Tod ihrer Mum getan hatte, was er für das Beste gehalten hatte, aber er war auch unfassbar egoistisch und wusste das.

»Also, wann bist du mal wieder in der Stadt?«, fragte sie, um das Thema zu wechseln. »Ich glaube, wir sollten mal wieder essen gehen.«

»Das ist also wirklich erledigt? Du willst nicht mal darüber nachdenken, wieder mit ihm zusammenzukommen?«

Sie schlug denselben trockenen Tonfall an, den sie immer benutzte, wenn sie ein Thema beenden wollte. »Er wollte dein erstes Enkelkind ›Kettle‹ nennen.«

»Okay, lassen wir das ruhen. Ich komme in den nächsten Wochen nach Hause. Ich schreibe dir eine E-Mail, wenn ich weiß, wann genau. Aber denk nicht mal daran, diese Klugscheißerin Stella mitzubringen.« Er lachte.

»Ach, komm, du liebst es doch, mit ihr zu plaudern.« Sie fand es großartig, wie Stella ihn niedermachte und stellvertretend für Lori kritisierte.

»Warte mal.« Er tat schockiert. »Sag mir nicht, sie hat es endlich geschafft, dir den Kopf zu verdrehen! Hast du dich deshalb von Andrew getrennt?«

»Dad. Zum letzten Mal, Stella ist nicht lesbisch.«

Er schnaubte, wie er es bei der Bemerkung immer tat. Es war ein wiederkehrender Witz zwischen ihnen, von dem sie Stella nichts erzählt hatte, da sie wusste, dass Stella ihm das gnadenlos heimzahlen würde.

»Alle erfolgreichen Polizistinnen sind Lesben, Lori. Egal, in welchem Land. Na ja, jedenfalls die, die ich getroffen habe.«

»Nur weil sie klug genug sind, deinen Mist zu durchschauen und sich deshalb hüten, mit dir zu schlafen, macht sie das noch lange nicht zu Lesben, Dad. Du bist vulgär und du irrst dich und das weißt du auch. Wie auch immer, was wäre denn so falsch daran, wenn sie eine wäre?«

Plötzlich dachte sie an Alex und bekam leichte Panik dabei, wie er wohl auf sie reagieren würde. Obwohl es wahrscheinlich etwas ganz anderes war, Stella als Lesbe zu akzeptieren als die eigene Tochter. Oh Gott, was dachte sie sich denn? Sie musste von diesem Thema wegkommen und zwar schnell. »Nein, antworte nicht, ich kenne dich zu gut. Du würdest bestimmt irgendetwas Unangenehmes sagen wie ›Sie ist so attraktiv, das wäre eine Verschwendung‹.«

»Lori, du musst wirklich wenig von mir halten.«

Sie stöhnte und sein Lachen verriet ihr, dass er sich genau das gedacht hatte.

»Jedenfalls war ich am Wochenende in Schottland und hab noch einen Tausender von der Liste gestrichen.«

»Das ist mein Mädchen, wann ist der nächste geplant?«

»Also, tatsächlich fahre ich dieses Wochenende wieder hin. Ich habe in der Schutzhütte letztes Mal eine Frau kennengelernt. Sie heißt Alex und hat mich zu einer kleinen Feier auf ihrer Farm eingeladen. Vielleicht steigen wir am Sonntag auf einen Hügel.« Sie versuchte, die Begeisterung aus ihrer Stimme zu verbannen, und beschrieb es wie eine zwanglose Einladung.

»Ihr müsst euch ja gut verstanden haben, wenn sie dich gleich zu sich nach Hause einlädt. Es wäre toll für dich, wenn du Freunde dort oben hättest. Mit einer Gruppe macht Bergsteigen immer noch mehr Spaß.«

»Oh, du weißt doch, dass die Schotten immer freundlich sind. Keine große Sache. Aber mit der Gruppe hast du recht. Ich liebe die Einsamkeit, aber ich weiß nicht, ob ich die schwierigeren Berge allein anpacken würde.«

»Bald wirst du auf den Cuillin Hills herumlaufen«, sagte er.

Ihr Vater und die Black Cuillin-Bergkette auf der Isle of Skye. Zwölf Kilometer lang mit elf Bergen und über dreißig Gipfeln, für die Loris technisches Geschick noch nicht ausreichte. Sie galt als eine der größten Bergsportherausforderungen in ganz Großbritannien.

»Vielleicht besteigen wir sie eines Tages sogar gemeinsam. Aber im Moment macht mich schon der Gedanke daran müde.«

»Okay, Süße. Ich lasse dich schlafen. Ich vermisse dich.«

»Ich dich auch, Dad. Benimm dich und pass auf dich auf. Gute Nacht.«

»Ich pass doch immer auf, aber gutes Benehmen ist für Langweiler. Gute Nacht.«

Und mit diesen Worten legte er auf.

Lori rollte sich auf die Seite und starrte durch die Rollos des hinteren Fensters hinaus. Der Himmel war dank der Lichtverschmutzung in London orange, kein einziger Stern war in Sicht. Sie wünschte sich den Schlaf zurück, aber stattdessen war es Alex, die ihre Gedanken, wieder einmal, vollkommen einnahm.

Das Zimmer trat in den Hintergrund, während sie sich vorstellte, wie die Farm und Alex' Freunde wohl waren. Sie fragte sich, was Alex gerade machte.

Und mit diesem Gedanken glitt sie in den Schlaf hinüber.

Kapitel 15

Alex schlürfte ihren Kaffee und sah durch das Wohnzimmerfenster nach draußen, wo ein rotes spielzeugähnliches Auto ihre Einfahrt heraufkam. Sie verzog jedes Mal das Gesicht, wenn die Motorhaube nach unten sackte, und wartete nur darauf, dass der Aufprall Beulen hinterließ, während es über die zahlreichen Schlaglöcher hinwegrumpelte.

Sie lachte in sich hinein, als sie sah, wie ihre beste Freundin Jess in dem Auto hin- und hergeworfen wurde wie eine Puppe. Sobald der Wagen in einer Staubwolke zum Stehen gekommen war, sprang die Tür auf und Jess lief zur Hintertür und kam direkt in die Küche.

»Alexandra Ryan, wie sie leibt und lebt!« Sie grinste breit und drückte Alex, als hätten sie sich jahrelang nicht gesehen. Ihr letztes Treffen war drei Wochen her.

»Also wirklich, du vermisst mich jedes Mal mehr, Jess.« Lachend erwiderte sie die Umarmung.

»Das stimmt ja auch. Das ist schlecht für meine Gesundheit, weißt du? Wenn du eine wahre beste Freundin wärst, würdest du mich einfach einziehen lassen, damit ich dich nie wieder vermissen muss.« Sie blickte Alex erwartungsvoll an und gab sich offensichtlich Mühe, ernst zu bleiben.

Alex nahm eine Tasse aus dem Schrank und schenkte ihr Kaffee ein, bevor sie sie musterte, als würde sie es ernsthaft in Betracht ziehen. »Hmm, lass mich drüber nachdenken.«

Jess gab ihr einen Klaps auf die Schulter. »Ich weiß, dass du nicht vorhast, darüber nachzudenken. Außerdem will ich gar nicht hier draußen im Nirgendwo wohnen. Eine von uns muss ja ein Sozialleben haben und etwas Aufregung in unsere Freundschaft bringen.«

»Autsch.« Alex rieb sich die Schulter. »Und damit meine ich nicht die körperliche Gewalt.«

»Du weißt, dass es stimmt, also tu nicht so. Aber komm, auf welchen Bergen hast du dich versteckt und warum sehe ich dich jetzt zum ersten Mal seit drei Wochen?«

Alex zuckte mit den Schultern. »Ach, weißt du, ich war nur auf ein paar von den üblichen und auf einem, den ich eine Weile nicht besucht hab. Aber davon erzähle ich dir später. Ich will mehr von dieser Aufregung wissen, die du erwähnt hast. Was läuft gerade in der großen, bösen Stadt Glasgow?«

Jess hüpfte hin und her und konnte wie üblich den mitgebrachten Klatsch nicht für sich behalten. »Oh mein Gott, Alex, du hättest am Samstag mit uns ins *Mint* mitkommen sollen.«

Das *Mint* war der bekannteste Lesben- und Schwulenklub in der Stadt, und Alex war ziemlich sicher, dass das einer der letzten Orte war, an dem sie sich aufhalten wollte. Sie hatte sich oft genug dort herumgetrieben, aber für jedes halbwegs anständige Date, auf dem sie gewesen war, hatte sie zehn schreckliche gehabt. Sie glaubte einfach nicht, dass sie ausgerechnet in einer Bar finden würde, was sie suchte. Allerdings musste sie auch zugeben, dass sie immer nur halbherzig Ausschau gehalten und alle Begegnungen mit Potenzial schnell verworfen hatte, zu Jess' großem Bedauern. »Das bezweifle ich stark. Du weißt doch, das *Mint* beschert mir nur Katastrophen.«

Jess verdrehte die Augen, bevor sie ihren Kaffee herunterstürzte. »Ach, sei nicht so negativ, du bist nur zu wählerisch.«

Alex hatte immer geglaubt, dass sie schon mit jemandem zusammenkommen würde, wenn das so sein sollte. Es war nicht nötig, irgendetwas zu erzwingen. Dann dachte sie an Lori, und Nervosität breitete sich in ihrem Bauch aus, als ihr wieder einfiel, dass sie in weniger als acht Stunden hier ankommen würde. Alex konnte selbst kaum glauben, dass sie Lori für das Wochenende eingeladen hatte. Aber die Einladung hatte sich richtig angefühlt, was auch immer das bedeutete. Außerdem hatte Lori gleich Ja gesagt. Jetzt musste Alex es nur noch Jess erzählen. »Ich weiß schon, worauf das hinausläuft, und ich bleibe dabei: Du wirst mir keine Dates mehr verschaffen.«

Jess schnaubte und verschränkte die Arme. »Es war doch nur dieses eine, das richtig schlecht gelaufen ist, und ich meine, im Ernst, wie hätte ich wissen können, dass sie auf einem ersten Date auf der Restauranttoilette mit ihrer Menstruationstasse herumwedeln würde …« Sie verstummte und verzog das Gesicht.

Alex lachte los und Jess stimmte ein. Dieses eine Date würde keine von ihnen so schnell vergessen.

»Wir haben ganz offensichtlich verschiedene Auffassungen von ›schlecht‹. Was ist mit der Frau, bei der ich immerhin eine Woche geblieben bin? Die, die ständig in den komischsten Momenten ›Hose‹ und ›Socken‹ gesagt hat?«

»Bitte, das war doch nur, wenn sie Schubladen geöffnet hat. Es war eine liebenswerte Marotte. Damit hättest du leben können.«

»Okay, was ist dann mit der, die ganz besessen von Deutschland war und sogar einen deutschen Akzent vorgetäuscht hat?«

»Ach, komm, das war eine Phase. Sie war noch nicht lange geoutet und hatte eine Identitätskrise. Gib's zu, der Akzent war süß und sie hatte einen guten Musikgeschmack.«

»Ja, kann sein. Oh, warte, jetzt hab ich's. Was ist mit der Erfinderin? Die immer wieder plötzlich etwas Neues erfunden und das ganze Abendessen über auf Servietten gekritzelt hat, bevor ich ihr sagen musste, dass ihre Erfindung schon existiert?«

»Ja, gut, die war komisch. Aber sie hatte einen passablen Sinn für Mode, und die eine Zeichnung, die du mir gezeigt hast, sah wirklich wie ein ganz cooler Regenschirm aus.«

Alex schüttelte den Kopf und gab auf. »Für dich ist eine gute Eigenschaft vielleicht Grund genug, beim ersten Date mit jemandem zu schlafen, aber inzwischen solltest du wissen, dass das nicht auf mich zutrifft.«

»Aye, ich weiß. Dir geht es nur um diese ganze Sache mit der Chemie. Dann hast du also auch kein Interesse an meiner neuesten Kandidatin?«

Alex warf einen Blick auf die Uhr. »Nein, ich habe schon genug Kandidatinnen interviewt. Her mit dem Tratsch aus Glasgow, aber pack mit an, während du redest. Wir müssen noch eine Menge für morgen Abend vorbereiten.« Sie schenkte ihnen beiden Kaffee nach. »Fangen wir draußen an.«

Kapitel 16

Lori wäre beinahe das Brummen ihres Handys entgangen, während sie mit laut aufgedrehtem Radio über die Autobahn raste. Sie drückte auf den Bluetooth-Knopf und drehte die Lautstärke herunter.

»Lori? Bist du da?«, rief ihr Kollege Adam mit seiner tiefen Stimme.

Lori verzog das Gesicht. »Ja, ich bin da, Adam. Hast du meine Nachricht nicht bekommen? Ich bin unterwegs nach Schottland.«

»Doch, doch, aber ich dachte, ich könnte dich vielleicht noch erwischen, bevor du in die Berge verschwindest.«

»Na, dann mach's kurz. Ich nähere mich der Grenze und dahinter ist normalerweise der Empfang weg. Ist alles in Ordnung?«

»Alles gut. Mehr als gut sogar. Rate mal, was passiert ist.«

Sie hörte seltene Begeisterung in seiner Stimme. Adam war generell so entspannt, wie es ein Mensch nur sein konnte. Sie scherzte oft, dass er in einem früheren Leben vielleicht Surfer oder Faultier gewesen war. Nichts was er tat, geschah in Hektik. Nur, als er sie einmal ins Fitnessstudio mitgezerrt hatte, hatte sie ihn tatsächlich schwitzen gesehen.

»Ich habe keine Zeit für Ratespiele. Ich hab dir doch gesagt, dass der Empfang gleich weg ist.«

»Okay, wie wäre es dann, wenn du mal nicht so rast und mir eine Chance gibst, denn das wird dich interessieren.«

Sie lächelte. Adam kannte sie offensichtlich gut genug, um zu wissen, dass sie in ihrer Eile auf dem Weg in die Berge höchstwahrscheinlich das Tempolimit eher als eine Art Empfehlung betrachtete. Er musste nicht wissen, dass ihr Ziel diesmal nicht die Berge waren.

Sie gab auf und nahm den Fuß etwas vom Gaspedal. »Erwischt. Für dich bin ich auf lahmarschige achtzig runtergegangen. Und jetzt spann mich nicht länger auf die Folter.«

Er lachte leise.

Lori stellte sich vor, wie er sich mit irgendeinem zusammengemixten Fitnessgetränk in der Hand gefährlich weit in seinem Schreibtischstuhl zurücklehnte. Es war Freitag und wärmer als die fünfzehn Grad, die er als Grenze betrachtete, um sein Bürooutfit gegen Shorts, Flip-Flops und ein T-Shirt auszutauschen, das seine Bauchmuskeln am besten zur Geltung brachte. Das konnte er sich erlauben, weil die meisten Leute im Büro – auch die Männer – ihn gerne abcheckten und ein Anzug zu viel verbarg.

»Warte, bevor ich es dir erzähle, habe ich richtig gehört, dass du dich von Andrew getrennt hast? Warum hast du mir nichts davon gesagt?«

Sie seufzte. »Gute Nachrichten verbreiten sich wirklich schnell. Woher weißt du das? Ich habe es dir nicht gesagt, weil ich dich die ganze Woche nicht gesehen habe.«

»Na ja, er ist gestern im Büro vorbeigekommen, als du gerade weg warst, anscheinend mit Blumen, aber Jane an der Rezeption hat sich geweigert, sie entgegenzunehmen. Sie hat ihm irgendwas über Sicherheitsvorkehrungen und unangekündigte Lieferungen erzählt.«

Sie lächelte. »Erinnere mich daran, Jane Blumen mitzubringen. Sie hält mir immer den Rücken frei.«

»Also stimmt es? Ist die hinreißende Lori Hunter endlich wieder zurück im Datingspiel?«

Sie sah praktisch vor sich, wie er mit den Augenbrauen wackelte, und wusste bereits, was als Nächstes kommen würde. »Im Datingspiel, ja. Verfügbar, nein.«

»Was? Lass mir doch meinen Spaß!« Er schnaubte in die Leitung. »Wann gibst du endlich zu, dass du mir nicht widerstehen kannst, und lässt dich von mir ausführen?«

Sie spielte mit und schlug einen ernsten Tonfall an. »Du hast recht, Adam. Ich habe so viele Jahre verschwendet, obwohl du die ganze Zeit direkt vor meiner Nase warst. Unglaublich, dass ich das nicht früher gesehen habe.«

»Meinst du das ernst? Warte, du nimmst mich auf den Arm. Warum musst du mich so aufziehen?«

»Ich ziehe dich nicht auf. Wenn du mich zum Abendessen und ein paar Cocktails einladen willst, werde ich mich nicht beschweren.«

»Wirklich?«

»Wirklich. Ist es nicht das, was Freunde füreinander tun, wenn ihr Herz gebrochen wurde und sie aufgemuntert werden müssen?«

»Aah, das gefürchtete F-Wort. Okay, Punkt für dich. Ruf mich an, wenn du zurück bist, dann gehen wir auf ein tequilageschwängertes Tanzdate. Aber tu ja nicht so, als hättest du ein gebrochenes Herz. Eigentlich klingst du sogar ziemlich fröhlich. Spuck's aus, Hunter. Was gibt's Neues?«

»Nichts. Ich fahre nur raus aus der Stadt und denke zur Abwechslung mal an mich selbst.« Sie lächelte sich im Rückspiegel zu. Ja, genau das würde sie dieses Wochenende tun und der Gedanke machte sie glücklich.

»Na, dann merk dir das mal für das, was ich dir gleich erzählen werde.«

»Aha?«

»Bist du bereit? Ich glaube, wenn ich dir das gesagt habe, liebst du mich vielleicht doch.«

»Komm schon, Ad, jetzt ziehst du mich aber auf.« Sie tippte mit ihrem Fingernagel an das Mikro des Handys. »Mach schon.«

»Autsch. Na gut. Mein Gehör ist ziemlich wichtig für meinen Job, weißt du?«

»Adam«, sagte sie langsam und bedacht. »Warum hast du angerufen?« Manchmal trieb es sie in den Wahnsinn, ihm die Dinge aus der Nase ziehen zu müssen.

»Okay, okay! Also, ich habe gerade mit einem alten Kumpel von der Uni in New York telefoniert.«

Als sie New York hörte, beschleunigte sich Loris Puls. »Und?«

»Und er meint, es gäbe bald einige offene Stellen, die uns interessieren könnten.«

Als sie Alex gesagt hatte, dass es ihr Traum war, eine Weile in New York zu wohnen und bei der UNO zu arbeiten, hatte sie nicht gelogen. Es kamen mehr als genug durchaus interessante Übersetzungsaufträge rein, aber oft hatte sie das Gefühl, dass es kaum noch Herausforderungen gab. Und was sie wollte, war genau das – eine neue Herausforderung.

»Welche Stellen? Und was meinst du mit *uns*?«

Er lachte. »Du bist nicht die Einzige mit Ambitionen, weißt du? Er sagt, sie suchen zwei Abteilungsleiter. Eine einjährige Vertretung für Russisch, die für ein Sabbatical einspringen würde, und eine Vollzeitstelle für Spanisch. Was meinst du, sollen wir unsere Namen in den Hut werfen? Mein Kumpel würde uns beide gern mit Empfehlungen versorgen. Er ist seit drei Jahren Abteilungsleiter für Arabisch und war davor fünf Jahre in Nairobi, er hat also einen guten Ruf.«

Lori schwirrte der Kopf. Normalerweise würde sie vor Begeisterung quietschen. Das war genau das, was sie sich erhofft hatte, und die Möglichkeit, es mit einem ihrer engsten Freunde anzugehen, machte es noch besser.

Sie passierte die schottische Grenze. Das große blaue Willkommensschild zog ihre Aufmerksamkeit auf sich. Als ihr wieder einfiel, wohin sie unterwegs war, und sich Alex vorstellte, wusste sie, warum ihre Begeisterung zu wünschen übrig ließ. Innerlich verpasste sie sich einen Tritt.

Alex war eine Freundin, mehr nicht. Das war ihre Chance. Es konnte kein Zufall sein, dass sich diese Gelegenheit gerade zwei Wochen nach der Trennung von Andrew bot. Das war ihr Neuanfang.

Oder war Alex der Neuanfang?

Die Lautsprecher rauschten und Adams Stimme kam nur noch bruchstückhaft bei ihr an.

»Adam, der Empfang ist gleich weg. Wir sehen uns am Montag, dann können wir darüber reden.« Sie hatte ein schlechtes Gewissen, weil sie auflegte, aber nach einer Meile oder so wäre die Verbindung sowieso abgebrochen.

Sie erspähte einen Rastplatz und hielt kurz an. Ihre Konzentration war dahin und der Burgerwagen am Ende des Platzes, der auch Kaffee versprach, war ein willkommener Anblick.

Während sie hinüberging, verkündete ihr Handy piepsend den Eingang einer Nachricht.

Bist du noch weit weg? Das Bier ist kaltgestellt und ich habe eine Köchin für den Abend organisiert, die uns etwas Leckeres zaubert. Und ich meine damit nicht Frank! X

Sie lächelte und rieb mit dem Daumen über das kleine Bild von Alex, das neben der Nachricht zu sehen war. Dann schrieb sie zurück.

Mache gerade eine Kaffeepause. Maximal noch ein, zwei Stunden. Kann es kaum erwarten x

Sie drückte auf *Senden*. Dann piepste ihr Handy gleich noch einmal, diesmal dank einer Nachricht von Adam.

Hab deine Antwort nicht verstanden, aber ich hoffe, du bist genauso begeistert wie ich. Das ist die Chance, Hunter. Du, ich und Big Apple. Die Welt liegt uns zu Füßen. Das wird großartig x

Sie lachte über das Apfel-Emoji, das der Nachricht folgte. Er hatte recht. Sie konnte es spüren.

Egal, was als Nächstes in ihrem Leben geschah, es würde großartig werden.

Kapitel 17

Der Himmel war ziemlich klar, nur eine leichte Brise wehte und das Wetter versprach, das ganze Wochenende hindurch zu halten. Alex beschloss, die Party nach draußen zu verlegen, und Jess ging ihr beim Aufbau zur Hand. Sie hatte mehr als genug Erfahrung damit, ihre zweimonatlichen Zusammenkünfte auf der Farm vorzubereiten.

Beim Arbeiten unterhielt Jess sie mit Anekdoten von ihrem Wochenende im *Mint*. Affären, Trennungen und all das Drama, das damit einherging. Alex verdrehte beim Zuhören mehr als einmal die Augen.

Das gesamte Bauernhaus erstreckte sich über eine Ebene. In der Mitte befand sich ein geräumiger L-förmiger Koch-/Ess-/Wohnbereich, den Alex ein Jahr nach Rachels Auszug renoviert hatte. Es hatte ihr geholfen, das Haus wieder als Zuhause zu sehen anstatt als Museum voller Erinnerungen. Es war nicht länger das Elternhaus, in dem sie aufgewachsen war, jetzt war es einfach ihr Haus. Schweren Herzens hatte sie die antiken Familienmöbel und Bilder an der Wand gespendet oder eingelagert und dann die Wände neu gestrichen, neue Böden verlegt und neue Einrichtung besorgt.

Die ursprünglichen Deckenbalken und das Mauerwerk waren freiliegend und sie hatte alles rustikal, aber auch modern eingerichtet. Im Wohnbereich hatte sie abgenutzte Ledersofas und Sessel für eine gesellige Atmosphäre um einen zerkratzten niedrigen Sofatisch angeordnet. Den kalten Stein hatte sie mit Polstern, Decken und Teppichen aufgelockert. Hohe Stehlampen erhellten die dunklen Ecken.

Ein langer Esstisch, an dem bestimmt zwölf Personen bequem Platz finden könnten, stand mit Stühlen umringt in einer Ecke, zusammen mit einer eigens für sie angefertigten Bar, die immer gut gefüllt war.

Das ländliche Thema setzte sich in der Küche fort, die massive Eichenarbeitsflächen, eine Kücheninsel, einen Herd mit sieben Platten und ein riesiges Spülbecken aufwies.

All das war um einen Kamin mit offener Feuerstelle angeordnet, der stolz in der Mitte thronte.

Eine Doppeltür führte auf eine große Veranda. In Schottland gab es nur selten richtig heiße Tage, also hatte sie ein hohes Holzdach darüber bauen lassen und die Fläche mit einer Außenheizung und Lichterketten versehen.

Zur Rechten, etwas abseits des Hauses gab es eine Stelle, die für Lagerfeuer genutzt werden konnte und zur Sicherheit von großen Steinen umringt war. Abgebrochene Äste und Zaunteile, die sich im Winter angesammelt hatten, wurden zusätzlich mit Scheiten aus dem Schuppen aufgestockt. Wenn es nachts kälter wurde, entzündeten sie ein Feuer und genossen das warme Flackern. Alex konnte den Flammen länger zusehen als jeder noch so fesselnden Fernsehsendung.

Sie holten den zweiten Tisch und Stühle aus der Scheune heraus und stellten sie so unter dem Dach auf, dass alle erwarteten Gäste daran Platz finden würden. Jess zog die Abdeckung vom Gasgrill und überprüfte ihn. Als Köchin war sie für diesen Teil verantwortlich, während Alex sich um die Getränke kümmerte. Sie rollte ein Minifass ihres liebsten Craft-Biers aus der Scheune und stellte es unter dem Tisch auf, den ihr Nachbar speziell für den Bierausschank gezimmert hatte. Am nächsten Morgen würde es angezapft und die Bar im Haus mit einer breiten Auswahl an Spirituosen und Wein ausgestattet werden, die ihre Freunde garantiert bei Laune halten würde.

Alex konnte gerade mal ein Ei und eine Suppe aus ihrem selbst gezogenen Gemüse kochen, daher war sie mit einer Liste, die Jess ihr per Mail geschickt hatte, einkaufen gegangen. Jetzt setzte sie sich mit einem Bier an die Kücheninsel und beobachtete, wie Jess das Fleisch für den Grill vorbereitete. Ihre Freunde würden jeweils ihre liebsten Beilagen und Nachspeisen zur Party mitbringen.

Jess liebte es zu kochen, bekam aber in der engen WG im Glasgower Stadtzentrum, die sie sich mit zwei recht chaotischen Mitbewohnern teilte, nur selten Gelegenheit dazu. Daher hatte Alex ihr ein großzügiges Budget gegeben und ihr erlaubt, die Küche einzurichten, wenn Jess dafür bei jeder Party im Farmhaus kochte.

»Na gut, mehr pikante Geschichten habe ich nicht«, sagte Jess, während sie ihre berühmte Gewürzmischung in die Hühnerschenkel knetete. »Jetzt bist du dran. Wo hast du dich verkrochen?«

Alex seufzte. »Komm mir nicht in dem Ton, Jess. Ich habe mich nicht verkrochen, ich war nur beschäftigt. Ich bin bei einem Programmierprojekt in der Endphase und du weißt ja, wie es mir geht, wenn ich lange Zeit auf den Bildschirm starren musste. Ich musste mal aus dem Haus kommen.«

Jess lächelte ironisch. »Ja, weil das Leben hier draußen so hektisch ist. Ich weiß gar nicht, wie du auch nur eine ruhige Minute bekommst.«

Alex verdrehte die Augen. »Du hältst dich für witzig, aber das bist du nicht. Wenn du es unbedingt wissen musst, ich habe deinen Rat befolgt und bin letztes Wochenende zur Schutzhütte gewandert, die Rachel und ich uns auf unserer ersten gemeinsamen Tour geteilt haben.«

Jess riss überrascht die Augen auf. »Wow, nach drei Jahren endlich ein Fortschritt. Ich bin stolz auf dich.« Sie wedelte mit klebrigen Fingern in Alex' Richtung. »Ich umarme dich später.«

Alex schüttelte den Kopf. »Ich kenne dich schon seit zehn Jahren, aber manchmal weiß ich immer noch nicht, ob du etwas sarkastisch meinst oder nicht.«

»In diesem Fall meine ich es nur halb sarkastisch.«

Alex streckte ihr die Zunge heraus.

Jess lachte. »Im Ernst. Ich bin wirklich stolz auf dich. Ich weiß, es muss komisch gewesen sein, allein hinauszuwandern und dort zu übernachten, auch wenn du Frank dabeihattest. Aber seien wir ehrlich, es war verdammt noch mal höchste Zeit. Sie hat genug schöne Plätze und Erinnerungen für dich verdorben.«

Plötzlich fand Alex das Etikett ihrer Bierflasche sehr interessant und fummelte an den Rändern herum. »Na ja, eigentlich war ich gar nicht allein. Letztendlich habe ich mir die Hütte mit noch jemandem geteilt.«

»Ach, wirklich? Das riecht nach einer guten Geschichte. Mann oder Frau?«

»Frau.«

»Ein guter Anfang. Bitte fahr fort.« Sie sah sie erwartungsvoll an.

»Na ja ...« Alex wich Jess' Blick unwillkürlich aus und zupfte weiterhin am Etikett.

»Komm schon, Alex, lass mich nicht hängen. War sie eine angenehme Gesellschaft? Hat sie geschnarcht? Oder hatte sie Käsefüße? Hat sie oft ›Hose‹ und ›Socken‹ gesagt?« Lachend packte sie den letzten Rest des marinierten Fleischs in luftdichte Behälter und stellte sie in den Kühlschrank. Während sie sich die Hände wusch, warf sie einen Blick über die Schulter und musterte Alex, die weiterhin schwieg. Dann nahm Jess sich ein Bier und setzte sich zu ihr.

Das vordere Etikett von Alex' Bierflasche hatte sich abgelöst. Nachdem sie es so klein gefaltet hatte wie möglich, legte Alex es auf die Arbeitsfläche und machte sich an der Rückseite der Flasche zu schaffen.

»Sie war eine überraschend angenehme Gesellschaft. Soweit ich weiß, hat sie nicht geschnarcht. Es gab keine peinlichen Momente mit Käsefüßen oder Besessenheit mit bestimmten Wörtern. Im Gegenteil, wir haben uns ziemlich gut verstanden.«

Jess' Brauen schossen in die Höhe. »Oh, bitte sag mir, dass jetzt eine heiße Schutzhüttengeschichte kommt?«

Alex lachte. »Träum weiter. Nein, so meine ich es nicht. Na ja, irgendwie schon. Ach, ich weiß nicht, Jess.« Sie seufzte und sackte auf ihrem Hocker zusammen. »Sie hat sich gerade von ihrem Freund getrennt, also ist sie erstens hetero und zweitens ganz frisch Single.«

Jess schüttelte den Kopf und ließ die Schultern sinken. »Was meiner Erfahrung nach drittens Drama bedeutet, oder?«

»Ich weiß, ich weiß. Aber ...« Alex sah wieder auf ihre Flasche hinab, unsicher, wie viel sie verraten sollte.

»Sie ist dir richtig unter die Haut gegangen, oder?«

Alex atmete tief durch und erwiderte Jess' Blick. Ihre beste Freundin konnte sie nicht anlügen. »Ja. Ich glaube, da war etwas zwischen uns, und ich glaube, sie hat es auch gespürt. Ich will mich nicht zu früh freuen, aber es ist so lange her, dass ich auch nur ansatzweise so empfunden habe, Jess. Was, wenn ich komplett falschliege und mich blamiere? Oder schlimmer noch, wenn ich richtigliege, aber die Idiotin in mir bekommt Panik oder zögert so lange, dass ich den richtigen Moment verpasse? Ich will mir das nicht entgehen lassen.«

»Dann darfst du das eben nicht zulassen. Ich meine, mal abgesehen davon, dass sie hetero und frisch Single ist, was ist hier dein echtes Problem?«

Alex blies die Wangen auf, als die Realität hinter Jess' locker dahingesagter Bemerkung den nervösen Druck auf ihrer Brust verstärkte. Was dachte sie sich nur dabei, mehr mit Lori auch nur für möglich zu halten? »Ach, weißt du, das Übliche. Ein Hauch lähmender Angst, dass sie mich abweisen könnte.«

Jess nahm ihre Hand. »Ist das alles? Für mich klingt das wie ein normaler Samstagabend. Das trägt zur Persönlichkeitsentwicklung bei, ehrlich.«

»Jess, ich meine es ernst.« Sie zeichnete die Konturen ihres Gesichts nach. »Das ist mein Panikgesicht. Du musst mir helfen.«

»Hey, schon gut. Es tut mir leid.« Mit gerunzelter Stirn ging Jess noch zwei Bier aus dem Kühlschrank holen.

»Okay, dein Gesichtsausdruck gefällt mir. Das ist die vernünftige Jess. Lass hören.«

Jess setzte sich und öffnete ihre Flaschen. »Okay, na, es gibt keine ideale Situation, also musst du den Ex-/Hetero-Aspekt vergessen. Du solltest dich nur darauf konzentrieren, wie du empfindest, und was noch wichtiger ist, du musst versuchen, ein Gefühl dafür zu bekommen, wie sie empfindet.«

Alex rollte mit den Augen und trank einen Schluck. »Leichter gesagt als getan, aber mit der Situation hast du recht. Ich schätze, daran kann ich nichts ändern.«

»Genau das meine ich. Ich weiß, wie viel Überwindung es dich gekostet hat, Rachel näherzukommen, und dann behandelt sie dich plötzlich wie Dreck, sodass du natürlich misstrauischer wirst, und na ja … Ich werfe dir nicht vor, dass du so denkst oder Angst hast, aber …« Sie lehnte sich in ihrem Stuhl zurück und pustete nachdenklich über die Öffnung der Bierflasche.

»Aber was, Jess? Komm, spuck's aus. Tu nicht so, als würdest du Rücksicht auf meine Gefühle nehmen.«

»Darf ich ehrlich sein?«

»Mir gefällt, wie du das sagst. So, als ob das eine ernst gemeinte Frage ist.«

Sie zuckte mit den Schultern. »Es ist höflich, jemanden vor einer gemeinen Bemerkung wenigstens zu warnen.«

»Bringen sie euch das in der One-Night-Stand-Schule für den Morgen danach bei?«

»Hey, wer ist jetzt gemein?«

Alex hob die Hände. »Gut, tut mir leid. Du weißt doch, dass ich gemein bin, wenn ich das Gefühl habe, in die Defensive gehen zu müssen. Raus damit.«

»Na gut, um ehrlich zu sein, bin ich erleichtert, dass du endlich eine Frau getroffen hast, die die Eiskönigin in dir auftauen könnte. Ich meine, verdammt, du warst in letzter Zeit wirklich kalt und distanziert und keine besonders gute Gesellschaft. Ich dachte, wir hätten diese dunklen Zeiten hinter uns, Alex. Ich hatte mir schon Sorgen gemacht, dass sich das Leben hier draußen, wo du nur mit einem Hund und einer Ziege abhängen kannst, schließlich doch negativ auf dich auswirkt.«

Alex trank einen großen Schluck ihres Biers und wippte leicht auf ihrem Hocker. Sie ließ die Worte ihrer besten Freundin auf sich wirken, bevor sie sagte: »Ich hasse es, wenn du gemein bist und trotzdem recht hast. Aber vergiss die Hühner nicht.«

Sie starrten einander einen Augenblick lang an und brachen dann in Gelächter aus.

Alex verspürte ein wenig Erleichterung. »Also findest du es nicht verrückt, dass ich mir etwas mit einer Heterofrau erhoffe?«

»Bist du sicher, dass sie hetero ist?«

»Na ja, sie hat es nicht gerade auf einem Schild vor sich hergetragen, aber sie war sieben Jahre mit ihrem Freund zusammen.«

»Das hat nichts zu bedeuten, Süße. Du solltest es besser wissen, als solche Dinge einfach anzunehmen. Aber selbst wenn sie bisher hetero war, muss sie sich doch einfach in dich verlieben.«

»Moment mal.« Alex hielt eine Hand hoch. »Erstens einmal Vorsicht mit dem L-Wort und zweitens dachte ich, du wärst die Erste, die mir von einer Situation abraten würde, die so viel Potenzial für Chaos in sich trägt.«

»Normalerweise hättest du auch recht. Wenn du von einem Bett ins nächste hüpfen würdest, würde ich das auch tun. Aber da dies der erste Funke ist, den du seit Rachels Abgang empfindest, und da ich gerade über die Eiskönigin Alex referiert habe, bin ich gewillt, mir deine Geschichte anzuhören, bevor ich dich warne.« Sie zwinkerte und setzte sich übertrieben geschäftsmäßig aufrecht hin. »Also, wenn ich dir helfen soll, eine informierte Entscheidung bezüglich deiner nächsten Schritte zu treffen, brauche ich alle Fakten. Fangen wir mit Name, Beruf, Wohnort und Sexappeal auf einer Skala von Eins bis Zehn an.«

Alex entspannte sich ein wenig. Genau das brauchte sie. Mit einer Person darüber zu reden, die ihr ehrlich sagte, ob sie verrückt war, oder ihr den Schubs gab, den sie brauchte, um es einfach zu versuchen. »Sie heißt Lori und lebt in London. Sie ist Dolmetscherin für das House of Parliament und spricht ungefähr eine Million Sprachen.«

Jess pfiff leise. »Wow, beeindruckend. Aber du hast die Skala vergessen und du weißt, die ist alles, was mich interessiert.«

»Zu schade, mich interessiert sie nicht. Ich versichere dir, dass sie nicht nur klug, sondern auch unglaublich hinreißend und witzig ist.«

»Also eine Zehn in allen Kategorien. Wie gesagt: Wow. Und abgesehen davon: Wo ist der Haken?«

»Es gibt keinen Haken. Jedenfalls keinen, der mir bekannt ist, wenn wir die mögliche Heterosexualität und die Beziehungssache ignorieren. Sie ist nicht arrogant, sie hat einfach diese Art ... ich weiß nicht, wie ich es erklären soll. Es ist eine Selbstsicherheit, die nicht erlernt werden kann. Ich habe sie nur in Wanderkluft gesehen, die ihr übrigens verflucht gut steht, aber ich habe auch das Gefühl, dass sie zu dieser Art Menschen gehört, die sich in Designerkostüm und Mörderabsätzen genauso wohlfühlen. Oh, und sie hat deine Brownies geliebt. Ich habe eine Tüte aufgetaut und mitgenommen.«

Jess lachte. »Tief durchatmen, meine Freundin mit der rosaroten Brille. Bist du sicher, dass es diese Frau wirklich gibt?«

Alex gab Jess einen Klaps auf den Schenkel. »Ich weiß, es ist schon eine Weile her, aber so verzweifelt, dass ich eine Frau erfinde, bin ich noch nicht.«

»Okay, also diese Verbindung ... Wie kommst du darauf, dass sie das auch gespürt hat?«

»Na, zuerst haben wir einfach rumgealbert und Frank hat es geschafft, sie zweimal umzuwerfen, das war zum Totlachen.«

Jess nickte wissend. »Das haben wir alle schon erlebt. Ich bin froh, dass sie es überlebt hat.«

»Ich weiß, was für ein Eisbrecher.« Alex kicherte, als sie sich an Loris Gesichtsausdruck erinnerte. »Wie auch immer, wir sind lange aufgeblieben, haben geredet und Whisky getrunken und ich bin irgendwie an ihrer Schulter eingeschlafen ...«

»Gut gemacht.« Jess nickte anerkennend.

»So war es nicht. Ich war erschöpft von der Wanderung. Dann war da der Whisky und ursprünglich war ich zwar besorgt wegen der Schutzhütte, aber dann hat es mich beruhigt, dass sie da war. Und am Sonntag war das Wetter nicht besonders gut, also sind wir spazieren gegangen und haben geangelt und noch mehr geredet. Es hat sich so unbeschwert angefühlt, mit ihr zusammen zu sein.«

Jess zuckte mit den Schultern. »Also hast du wohl eine neue Freundin gefunden. Ich verspreche, nicht allzu eifersüchtig zu werden.«

»Das dachte ich zuerst auch. Ich war entschlossen, nicht mehr hineinzuinterpretieren, aber dann war es Zeit für den Abschied und ich schwöre, da war dieser Blick ... als wollte sie mich küssen.«

»Hast du?« Jess machte große Augen.

»Nein, natürlich nicht. Ich habe auch einen anderen Blick gesehen, der sehr deutlich gemacht hat, dass dieser Gedanke sie völlig durcheinandergebracht hat. Und genau genommen hätte ich mir das alles auch einbilden können und vielleicht berührt sie einfach nur gerne andere Menschen.«

»Das ist eine Möglichkeit. Aber ich denke, es ist wahrscheinlicher, dass sie sich in deinen himmlisch grünen Augen verloren hat.«

Alex lehnte sich vor, sodass sie nur wenige Zentimeter von Jess trennten. »Die sind auch magisch, weißt du?«

Jess fächelte sich mit der Hand Luft zu und lehnte sich zurück. »Siehst du, wir kennen uns schon so lange und diese Augen haben trotzdem noch eine Wirkung auf mich.«

Alex stieß sie an der Schulter an. »Ach, halt doch die Klappe. Ich glaube, es war eher Dankbarkeit. Wir hatten einen schönen, entspannten Tag und sie hat eine Menge von ihrem Ex und der Trennung erzählt. Am Ende waren wir beide dankbar, dass wir dort Gesellschaft gefunden haben, als wir sie gebraucht haben.«

»Ich tu mal so, als wäre ich nicht verletzt, dass du damit nicht zu mir gekommen bist. Ich will nur sagen, dass diese Erklärung mich nicht gerade überzeugt. Niemand geht dir so unter die Haut, wie sie es offensichtlich geschafft hat.«

»Jess, es tut mir leid, so habe ich das nicht gemeint. So war es nicht.«

Jess winkte ab. »Ich weiß. Ich bin ja schon darüber hinweg. Habt ihr geflirtet?«

»Na, du weißt doch, dass ich manchmal so bin, ohne es zu merken … Ich glaube, ich habe sie mehr als einmal zum Erröten gebracht, aber das hätte auch davon kommen können, dass es ihr peinlich war, weil ich nicht gerade subtil war.«

»Hmm … du hast recht. Das hängt davon ab, wie schlecht du geflirtet hast. Manchmal ist es wirklich nicht sehr elegant.«

»Hey!« Alex schlug wieder auf Jess' Schenkel. »Das ist der zweite Tadel, Collins. Du wolltest doch ernst bleiben.«

»Entschuldige. Na gut, was ist nach dem Nicht-Kuss passiert?«

»Wir haben uns umarmt, Nummern ausgetauscht und versprochen, in Kontakt zu bleiben.« Sie würde nicht genauer darauf eingehen, wie sie sich in der Umarmung gefühlt hatte, denn wenn sie ehrlich war, konnte sie sich das alles selbst nicht erklären.

»Und seid ihr in Kontakt geblieben?«

»Aye, wir haben ein paarmal telefoniert und uns Nachrichten und Mails geschrieben.«

»Na, das ist doch ein gutes Zeichen. Habt ihr schon ein weiteres Treffen vereinbart?«

»Also ... die Sache ist die ...« Sie stand auf und warf ihre abgezupften Etiketten von der Arbeitsfläche in den Müll.

»Spuck's aus, Alex. Was verschweigst du mir?«

»Sie ist auf dem Weg hierher«, murmelte Alex.

»Was? Alex, jetzt lass dich doch nicht ewig bitten und rede mit mir.«

Alex nahm zwei neue Flaschen Bier in die Hand und ließ sich Zeit damit, sie zu öffnen, bevor sie sich wieder zu Jess setzte. »Sie ist auf dem Weg und wird das Wochenende hier verbringen.« Sie warf einen Blick auf die Uhr. »Tatsächlich sollte sie jede Minute hier sein.«

Jess katapultierte sich aus ihrem Stuhl hoch. »Was?« Sie rannte zum Fenster im Essbereich, durch das man die lange Auffahrt sehen konnte. »Ich fass es nicht. Wie mies von dir, mir das nicht sofort zu sagen. Oh, und wenn du sie jetzt schon hierher einlädst, hat es dich offensichtlich schlimmer erwischt, als ich dachte. Ist der Neoprenanzug, den ich kaufen sollte, etwa für sie?«

»Ja, ihr habt ungefähr die gleiche Größe und den gleichen Körperbau, daher dachte ich, wenn er dir passt, passt er ihr auch. Ich habe ihr gesagt, wir würden am Sonntag Bergsteigen gehen, aber dann fand ich ein anderes Abenteuer spannender.« Sie lächelte in sich hinein, seltsam entzückt, dass sie ihre alte Freundin immer noch überraschen konnte.

Jess ließ sich wieder auf den Stuhl fallen. »Ein anderes Abenteuer ...? Ach, Süße, wenn du so geflirtet hast, war es vielleicht doch Fremdscham. Bist du sicher, dass du weißt, was du tust? Die Chancen stehen gut, dass sie nur aus Mitleid herkommt.«

»Das ist der dritte Tadel, Jess, und jetzt bin ich noch nervöser. Ich habe keine Ahnung, was ich tue, und du solltest mich beruhigen.«

»Oh Mist, das also war meine Aufgabe? Ich dachte, ich sollte bloß meine Meinung zum Besten geben und dir sagen, ob du dich idiotisch verhältst oder nicht?«

Alex ließ den Kopf hängen und gab auf. »Im Moment weiß ich nicht mal, warum du meine beste Freundin bist. Bitte sag mir, dass es nichts schaden kann. Sag mir, dass es richtig ist, mir wenigstens eine Chance zu geben und herauszufinden, ob da mehr dahintersteckt, und dass ich im schlimmsten Fall immer noch eine neue Freundin gefunden habe.«

Jess tätschelte ihr den Kopf. »Siehst du, du kanntest die Antwort doch die ganze Zeit. Du brauchst meine Ratschläge doch gar nicht. Ich bin besser mit Spott und brutaler Ehrlichkeit. Deshalb sind wir befreundet.«

Alex schüttelte den Kopf und beugte sich dann vor, um ihre Stirn an Jess' zu lehnen. »Ich hasse dich. Aber du bist alles, was ich habe.«

»Pech für dich. Und jetzt komm her, ich schulde dir eine Umarmung.«

Alex klammerte sich an das tröstliche Gefühl, das die Umarmung mit sich brachte, und nuschelte in Jess' Schulter: »Glaubst du, sie hat Interesse?«

Jess hielt sie auf Armeslänge vor sich. »Meine Hübsche, niemand fährt vierhundert Meilen, um eine neue Bekanntschaft zu treffen, wenn sie kein Interesse hat. Die Frage ist, ob Loris sogenanntes ›Heterohirn‹ das auch weiß. Und ich will nicht, dass du verletzt wirst, während sie sich darüber klar wird.«

»Also ist das der Punkt, an dem du mir davon abrätst? Oder bist du für mich da?«

Jess stieß einen besorgten Seufzer aus. »Wie wäre es, wenn ich sie dieses Wochenende kennenlerne und danach entscheide, ob ich dir davon abrate oder nicht?«

Alex lächelte. »Abgemacht.«

Kapitel 18

Lori bog rechts ab, als das Navi sie dazu aufforderte. Langsam passierte sie ein offenes Lattentor und fuhr den unebenen Weg entlang, der hoffentlich zur Farm führte. Sie ließ die Aussicht der Hügel auf sich wirken und atmete einige Male tief durch, um die Nervosität, die sich in ihrem Magen breitgemacht hatte, zu vertreiben.

Ein geflüstertes ›Wow‹ kam ihr über die Lippen, als das Farmhaus in Sicht kam. Sie hatte sich ein idyllisches kleines Steinhäuschen mit hölzernen Fensterläden und Efeu vorgestellt, nicht das große wunderschöne Gebäude, vor dem sie jetzt anhielt. Es schien riesig zu sein.

Wenn sie zuvor schon nervös gewesen war, rebellierte jetzt ihr Bauch, als Alex mit einer umwerfenden Frau um die Hausecke kam. Die Frau war schlank, hatte gewellte blonde Haare, die ihr bis über die Schultern fielen, und war deutlich größer als Alex. Trotz des kühlen Frühlingswetters trug sie Jeansshorts und Flip-Flops an den langen Beinen, und eine dünne pfirsichfarbene Kapuzenweste betonte die Farbe auf ihren Wangen.

Alex selbst sah in ihrer dunkelroten Stoffhose, die bis zu den Knien hochgekrempelt war, wunderbar lässig aus. Dazu trug sie ein figurbetontes marineblaues T-Shirt. Ihre sockenlosen Füße steckten in abgenutzten grauen Converse-Sneakers. Die Haare waren zu einem lockeren Pferdeschwanz gebunden, einige Strähnen lockten sich um ihre Ohren und mit entspannt in den hinteren Hosentaschen vergrabenen Händen sah sie aus, als wäre das hier der Ort, an den sie gehörte und an dem sie sich wohlfühlte.

Lori stieg aus dem Auto und erwiderte das Lächeln, das Alex ihr schenkte. Insgeheim trat sie sich in den Hintern, weil sie sich nicht umgezogen hatte. Sie war viel zu schick für den Anlass gekleidet. »Bonjour.«

»Selber hey.« Alex blieb vor ihr stehen, offensichtlich unsicher, ob sie sie umarmen sollte oder nicht.

Die Blondine blieb direkt hinter ihr stehen und musterte Lori.

»Da fahre ich den ganzen Weg her und bekomme nicht mehr als ein ›Hey‹?«

Da lachte Alex und trat vor, um sie in die Arme zu ziehen. »Wie unhöflich von mir«, sagte sie und trat wieder zurück, hielt sie aber noch auf Armeslänge von sich. »Wird nicht wieder vorkommen, versprochen.«

Die Blondine hinter ihr hüstelte gekünstelt. »Apropos unhöflich ...«

Alex verdrehte übertrieben die Augen, als sie sich von Lori löste und die Frau ansah. »Da sie anscheinend auf einmal so schüchtern ist, dass sie sich nicht selbst vorstellen kann: Lori, das ist Jess, mein absoluter Lieblingsmensch und Schöpferin der wundervollen Brownies, die wir gegessen haben.«

Jess stieß Alex einen Finger in die Rippen und streckte dann eine Hand aus. »Schön, dich kennenzulernen, Lori. Dein Akzent ist toll.« Lori spürte einen etwas zu festen Händedruck, aber sie hielt Jess' Blick stand, entschlossen, den Test zu bestehen.

»Ich freue mich auch.« Sie schenkte Jess ein herzliches Lächeln. Es fühlte sich wichtig an, dass sie gleich gut mit Alex' bester Freundin zurechtkam.

Das Lächeln wurde erwidert, während Jess ihre Hand wieder losließ.

Offenbar hatte sie Phase eins überstanden und entspannte sich ein wenig.

Alex blickte zwischen ihr und Jess hin und her und schüttelte leicht den Kopf.

Panik kam in Lori auf. Bereute Alex es etwa jetzt schon, sie eingeladen zu haben?

Jess legte beschützerisch einen Arm um Alex' Schultern. »Komm, führen wir die Dame doch mal überall herum.«

Lori entging die Geste nicht. Sie musste sich ein Lachen verkneifen, als sie sich vorstellte, wie Stella in der Situation genau dasselbe tun würde. »Prima. Ich bin gespannt. Da ich ja weiß, wie rückständig ihr Landleute seid, war ich nicht mal sicher, ob es überhaupt eine Toilette im Haus geben würde.«

Alex streckte ihr die Zunge raus. »Weißt du, dein alter Freund Frank wird gleich nach Hause kommen und nachsehen, wer da gerade eingetroffen ist. Wahrscheinlich ist er nass und voller Schlamm ...« Sie musterte Lori von Kopf bis Fuß.

Lori sah stirnrunzelnd an sich herunter. Sie trug immer noch ihr Arbeitsoutfit, eins ihrer liebsten Kostüme, das wunderbar geschnitten und viel zu teuer war, um von Frank ruiniert zu werden.

Alex schien ihre Gedanken zu erraten. »Wenn du in Schwierigkeiten gerätst, rette ich dich vielleicht nicht noch mal.«

»Wie erwachsen.« Lori lachte. »Du weißt aber schon, dass ich dieses wilde Tier bis zum Ende des Wochenendes gezähmt haben werde, sodass du mir nie wieder mit ihm drohen kannst? Vielleicht ziehe ich ihn sogar auf meine Seite.«

»Das kannst du gern versuchen. Der Köter weiß, dass er sein Frauchen nicht verärgern sollte.«

Jess lachte über sie beide. »Ich weiß nicht, Alex. Ich glaube, die Frau hat mich überzeugt, dass sie das schaffen würde.«

Lori holte schnell ihre Tasche aus dem Auto und atmete noch einmal tief durch. Die Vorfreude auf ein Wiedersehen mit Alex hatte sie während der Fahrt nervös gemacht, und jetzt war es die Vorfreude auf das kommende Wochenende, die ihr unter die Haut ging. Sie musste sich zusammenreißen und zwang ihren Bauch, sich zu beruhigen.

Jetzt war es real. Sie war hier. Alex war hier. Die Farm war nicht länger ein Traum und würde sich gleich mit Alex' Freunden füllen. Jess kennenzulernen hatte nicht gerade gegen die Nervosität geholfen. Sie war offensichtlich misstrauisch und das aus gutem Grund, wenn Lori bedachte, dass sie Alex erst seit ein paar Tagen kannte.

Obwohl die »Ich bin Alex' beste Freundin, was sind deine Absichten?«-Behandlung sich auch etwas übertrieben anfühlte, da sie ja nur Freundinnen waren.

Freundinnen. Nichts weiter.

Hatte sie sich wirklich einen Nachmittag freigenommen und war vierhundert Meilen gefahren, um mit ihr befreundet zu sein?

Lori knallte den Kofferraum zu und erinnerte sich an Adams Anruf über den möglichen Umzug nach New York.

Ja. Freundinnen und Spaß. Das war alles, worum sich dieses Wochenende drehen würde.

Sie holte Alex und Jess ein, die schon vorgegangen waren, und folgte ihnen durch eine Seitentür auf eine Veranda, wo sie die Schuhe abstreiften. Nachdem sie auf Strümpfen einen kurzen Gang passiert hatte, betrat sie als Letzte den riesigen Wohnbereich. »Wow, Alex, das ist wunderschön.«

Alex strahlte. »Freut mich, dass es dir gefällt. Ich habe vor ein paar Jahren alles neu eingerichtet, mit ihrer Hilfe.« Sie nickte in Jess' Richtung.

»Aye, ich durfte mich der Küche annehmen, weil sie mich bei jedem Besuch dorthin steckt.«

»Tu nicht so, als würdest du es nicht lieben.« Sie hob eine Hand vor den Mund und sagte aus dem Mundwinkel zu Lori: »Jess wohnt immer noch wie eine Studentin. Ihre Mitbewohner essen nichts, was nicht in der Mikrowelle zubereitet werden kann.«

»Hey, das ist nicht fair. Hör nicht auf sie, Lori. Eigentlich hebe ich mir meine Pennys für den Tag auf, an dem ich endlich auf mein großes Reiseabenteuer gehen und die hier zurücklassen kann.« Sie streckte Alex die Zunge raus.

»Aye, na klar. Du weißt, dass du mich nie verlassen würdest.«

Lori beobachtete den Schlagabtausch lächelnd. »Okay, beruhigt euch wieder. Ich warte immer noch auf eine Führung, oh, und auf ein Bier, wenn du so freundlich wärst. Es war eine lange Woche.«

Alex schüttelte lachend den Kopf. »Verdammt, ich vernachlässige jetzt schon meine Pflichten als Gastgeberin. Jess, meine liebe Küchenmagd, bitte stell uns drei kalte Bierflaschen und deine feinsten Knabbereien für zwei bereit, während ich unserem Gast ihr Zimmer zeige.«

Jess stand stramm. »Ja, Mistress.« Sie nickte Lori zu und hob einen Daumen. »Direkt zum Bier, ich mag dich jetzt schon.«

Lori lächelte und folgte Alex dann durch den Wohnbereich in einen anderen Korridor, der viel länger zu sein schien als der andere.

Im Gehen öffnete Alex eine Tür nach der anderen. Alle bis auf eine. »Alle Schlaf- und Badezimmer sind in diesem Gang. Das hier ist der einzige ungenutzte Raum.« Sie deutete auf die ungeöffnete Tür und Lori fragte nicht nach. »Auf der anderen Seite der Küche gibt es eine kleine Bibliothek, ein Büro und ein Musikzimmer, die zeige ich dir später.«

»Das ist ein riesiges Haus, Alex. Deine Freunde müssen es lieben, hier draußen Zeit mit dir zu verbringen und mal eine Auszeit zu bekommen.«

»Ja, vor allem Jess. Es ist irgendwie ihr zweites Zuhause geworden. Ein Ort, der ihr eine echte Pause von der Stadt und ihrem Job ermöglicht. Sie reißt ständig Witze darüber, dass sie hier draußen bei mir wohnen würde, wenn ich sie nur endlich fragen würde, aber sie könnte ihr Sozialleben und alle Annehmlichkeiten Glasgows nicht zurücklassen.«

Alex ging um eine Ecke und an zwei weiteren Türen vorbei, bevor sie vor einer der letzten am anderen Ende des Gangs stehen blieb. »Glaub mir, unsere aktuelle Regelung funktioniert wunderbar. Wie auch immer, hier wären wir.« Sie schob die Tür auf und machte Platz, damit Lori zuerst eintreten konnte.

Lori wackelte mit den Zehen, als ihre Füße in den dicken Teppich eines weiteren Wohnzimmers sanken, und betrachtete den Raum. Er war weit kleiner als der Hauptbereich, schlicht aber gemütlich eingerichtet und ein Hauch von Vanille hing in der Luft. Ein abgenutztes tiefrotes Chesterfieldsofa stand vor dem Steinkamin und einem Holzofen, der auf beiden Seiten von Holzstapeln eingerahmt wurde. Ein Eichenregal voller Taschenbücher und Brettspiele nahm eine ganze Wand ein und an der anderen hingen zwei kleine Gemälde über einer alten Reisetruhe.

Die Frühstücksbar teilte den Wohnbereich vom Koch-/Essbereich, bevor der Raum mit gläsernen Doppeltüren abschloss, hinter denen sich ein unglaubliches Panorama erstreckte. Es gab eine Veranda für zwei, komplett mit Gasofen, Gartentisch und Stühlen.

»Alex, das ist atemberaubend.«

»Aye.« Alex stellte sich hinter sie und lugte ihr über die Schulter. »Ich habe die Türen und die Veranda eingebaut, als ich erkannt habe, wie die Aussicht von diesem Hausende aus ist. An der Seite gibt es eine größere Veranda, aber hier scheint morgens die Sonne drauf, daher ist es der perfekte Ort zum Frühstücken. Komm, ich zeige dir dein Zimmer.«

Lori drehte sich um und bemerkte die andere Tür. »Da durch?«

Alex nickte. »Du hast ein eigenes Badezimmer, damit du dich nicht mit den anderen darum schlagen musst. Sie brauchen immer Ewigkeiten, also glaub mir, das ist etwas Gutes.«

Lori musste an den Herbst denken, als sie das in warmen Farben eingerichtete Schlafzimmer betraten. »Okay, wer schläft normalerweise im offensichtlich besten Gästezimmer Schottlands und wird er oder sie sauer sein, wenn auf einmal ich mich hier breitgemacht habe?«

Alex lachte. »Deine Sorgen sind berechtigt, aber du kannst dich beruhigen. Eigentlich wohnt Jess immer hier, aber sie hat zugestimmt, dass du dieses Wochenende die Fünfsternebehandlung bekommen solltest, da du ja zum ersten Mal hier bist.«

»Hat sie zugestimmt oder hast du das einfach beschlossen?«

»Okay, ich habe es beschlossen und dann hat sie zugestimmt. So läuft das meistens in unserer Beziehung.«

Lori schüttelte den Kopf und seufzte. »Du weißt schon, dass ich will, dass deine Freunde mich mögen? Das hier ist nicht gerade hilfreich.«

Alex' Lächeln wurde von den herrlichen Grübchen begleitet. »Glaub mir, Jess mag dich jetzt schon.«

Innerlich reckte Lori die Faust in die Höhe. Nach außen hin versuchte sie, cool zu bleiben. »Natürlich tut sie das. Ich bin bezaubernd. Ich habe mir keine Sekunde lang Sorgen gemacht.«

»Ja, klar. Ich meine, ich war auch nicht nervös, warum solltest du es also sein?« Alex zog verschmitzt die Brauen hoch, und sie lachten gemeinsam über die unverhohlene Lüge.

Loris Bauch kam zur Ruhe und die Anspannung wich aus ihren Schultern. Natürlich würde sie nicht die Einzige sein, die nervös war, und es war dumm von ihr gewesen, von etwas anderem auszugehen. »Na, dann erinnere mich, dass ich mich später bei ihr bedanke.«

»Oh, das solltest du. Ich habe ihr erst vor einer halben Stunde gesagt, dass du kommst, und sie kurz darauf aus dem Zimmer hier rausgeworfen.«

Lori lachte. »Ich weiß das zu schätzen. Ich überlege mal, wie ich mich angemessen bei ihr bedanken könnte.«

Alex ging in den Wohnbereich zurück. »Die kleine Küche ist mit dem Nötigsten ausgestattet, aber ich würde dir empfehlen, dir morgen von Jess Frühstück machen zu lassen.«

»Das ist toll, Alex. Danke.«

»Gar kein Problem. Nimm dir etwas Zeit, falls du dich nach der Fahrt umziehen und frisch machen willst. Ich sorge dafür, dass dein Bier auf dich wartet.«

※ —— ◇ —— ※

Alex schlenderte zum Hauptteil des Hauses zurück, zwar lächelnd, aber auch leicht benommen, als wäre ihr alles Blut aus dem Kopf gewichen. Lori war bei ihr zu Hause und würde das ganze Wochenende bleiben. Sie musste sich wirklich zusammenreißen.

»Und?«, fragte Jess, als Alex sich an die Kücheninsel setzte.

»Sie ist vollauf begeistert und dir ewig dankbar, weil du das Luxuszimmer dieses Wochenende aufgegeben hast.«

»Solange sie weiß, dass es eine einmalige Sache ist?«

»Keine Sorge«, sagte sie und zwinkerte Jess zu. »Wenn sie nach diesem Wochenende noch mal übernachten will, dann hoffentlich in einem anderen Zimmer.«

Jess setzte sich neben sie und tätschelte ihr leicht den Kopf. »Oh, Alex. Glaubst du wirklich, dass du mich nach zehn Jahren und allem, was wir durchgemacht haben, mit diesem Zwinkern und den Grübchen hinters Licht führen kannst? Du musst doch wissen, dass ich dich sofort durchschaue.«

»Du hast recht. Ich bin ein richtiges Nervenbündel. Magst du sie? Sie ist nett, oder?«

»Sie ist wundervoll. Und du hättest mich vor diesen unglaublichen Augen warnen können. Wie um alles in der Welt soll ich bei diesen Augen denn neutral bleiben?«

Alex musste lächeln; auch sie hatten diese Augen sofort in den Bann gezogen. »Sag mir, dass alles gut wird, Jess.«

»Alex.« Sie drehte sich zu ihr um und schob ihr ein Bier in die Hand, bevor sie mit beiden Händen ihre Schultern ergriff. »Es wird alles gut.«

Kapitel 19

Lori ließ ihre Tasche fallen und sank auf das Fußende des Betts. Sie sah sich im Zimmer um und bemerkte einige persönliche Fotos und Kosmetikartikel, die von Jess stammen mussten. Es fühlte sich immer noch surreal an, hier zu sein, aber ihre Nervosität hatte nachgelassen, ersetzt durch Aufregung und Vorfreude auf das kommende Wochenende.

Mit ihrem ersten Eindruck von Alex hatte sie richtiggelegen. Das hatte sie erkannt, sobald sie sie wieder in ihre Arme geschlossen hatte. Schnell war deutlich geworden, wie wichtig es Alex und Jess war, dass sie sich hier wohl und wie zu Hause fühlte. Das sorgte wiederum dafür, dass Lori sich wie jemand Besonderes fühlte, und sie war froh, die Einladung angenommen zu haben.

Sie zog ihr Kostüm aus und schlenderte ins Badezimmer, um sich schnell die Zähne zu putzen und das Gesicht zu waschen. Nachdem sie sich abgeschminkt hatte, fühlte sie sich frisch und frei. Sie zog eine nicht enge Jeans und einen dunkelgrünen Wollpulli an und öffnete dann auf der Suche nach Kleiderbügeln für ihr Kostüm den Schrank. Darin entdeckte sie noch mehr Gegenstände, die Jess zu gehören schienen, und außerdem einen brandneuen Neoprenanzug. Da sie ziemlich weit vom Meer entfernt waren, wunderte sie sich, welchen Sport Jess damit betreiben könnte.

Schließlich band sie ihre Haare zu einem Pferdeschwanz zurück und warf einen prüfenden Blick in den Spiegel. »Du siehst gut aus, Lori. Entspannt, beherrscht und ruhig.«

Als Nächstes kramte sie dicke, gemütliche Socken heraus, zog sie an und tappte dann über den Korridor zurück in Richtung Küche.

Alex stand an der Kücheninsel, während Jess Gemüse schnitt.

»Das riecht ja köstlich.«

Alex reichte ihr ein kaltes Bier aus dem Kühlschrank. »Das ist Jess' berühmtes Chorizo-Gemüse-Risotto. Ich hab dir ja gesagt, dass sie dieses Wochenende einen guten Eindruck machen will.« Sie zwinkerte Lori zu.

»Ja, jetzt siehst du, wie das läuft, Lori. Ich mache die Arbeit, Alex heimst die Lorbeeren ein.«

»Sie verdient sich nur ihren Aufenthalt. Ich habe ja gesagt, dass du dich nicht täuschen lassen darfst, sie kocht für ihr Leben gern.«

»Na, vielleicht darf ich dir Frühstück machen, Jess, damit du wenigstens eine freie Schicht bekommst, und als Dankeschön dafür, dass du dein Zimmer aufgegeben hast?«, bot Lori an.

»Mir Frühstück machen, hm? Wenn Alex mir nicht verraten hätte, dass du hetero bist, würde ich bei dem Spruch wirklich den falschen Eindruck bekommen.« Sie lachte und wackelte mit den Augenbrauen.

Als Lori erkannte, was sie meinte, kroch Hitze ihren Nacken hinauf und in ihre Wangen.

Alex funkelte Jess einfach nur an.

Jess sah zwischen ihnen hin und her. »Was?« Sie hob unschuldig die Hände und wandte sich wieder der Pfanne zu.

»Ignorier sie, Lori. Sie ist nur mürrisch, weil sie sich morgen Abend das Zimmer mit Susie teilen muss. Von den Jungs erträgt keiner ihr Schnarchen und mit den anderen Frauen ist ihr nicht zu trauen.«

»Oh, Jess, du solltest einfach dein übliches Zimmer nehmen. Ich habe nichts dagegen, zu teilen.«

»Schon gut, ehrlich.« Jess deutete mit ihrem Holzlöffel auf Alex. »Krieg dich wieder ein und sei nicht so gemein. Ich ziehe sie doch nur auf. Außerdem willst du dir wirklich kein Zimmer mit Susie teilen. Ich weiß wenigstens, wie ich mit ihr umgehen muss.«

»Das klingt unheilvoll«, sagte Lori.

»Sie bellt, aber sie beißt nicht. Warte, eigentlich …«

Alex wedelte mit einem Finger. »Jess. Sei nett.«

»Verzeihung, Mistress. Bitte vergebt mir.« Jess verbeugte sich. »Im Ernst, das ist kein Problem. Ich muss sie einfach so sehr abfüllen, dass sie sofort einschläft und ich ihr nicht zuhören muss.«

Mit einem Mal war Lori wieder besorgt, wie Loris Freunde sie aufnehmen würden. »Solange du sicher bist, Jess?«

»Das bin ich, ehrlich. Aber das Frühstücksangebot nehme ich gern an. Warum zeigst du ihr nicht den Rest vom Haus, Alex, während ich das Abendessen fertig mache?«

»Aye, gute Idee. Nimm dein Bier mit.«

Sie gingen zurück zu dem Gang, durch den sie hereingekommen waren. »Du hast also die Schlafzimmer am anderen Hausende gesehen, davon gibt es insgesamt sechs. Eins gehört mir und das hat auch ein eigenes

Badezimmer, dann gibt es noch das große Badezimmer, das die anderen sich teilen. In allen Zimmern stehen Doppelbetten und in einigen auch Schlafsofas für die Tage, wenn das Haus richtig voll ist. Ein Zimmer ist leer.« Einen Moment lang wirkte sie nachdenklich.

Lori wollte gerade nachfragen, als Alex sagte: »Ich habe noch nicht entschieden, was ich mit dem mache.«

»Ist das Haus dieses Wochenende voll?«

»Normalerweise sage ich das so, wenn alle ihre Partner mitbringen. Wenn es ein paar neue Gesichter gibt, kann es manchmal interessant werden.«

Lori zwang sich zu einem Lachen. »Sollte ich also damit rechnen, dass es interessant wird?«

Alex lächelte. »Keine Panik, dieses Wochenende bist du das einzige neue Gesicht und wirst daher die ganze Aufmerksamkeit bekommen.«

»Oh, wunderbar. Genau das wollte ich hören.«

»War nur ein Scherz. Schau nicht so besorgt drein. Sie sind eine tolle Truppe und Jess wird dir den Rücken freihalten, was Susie betrifft. Es ist ihre Lieblingsbeschäftigung, sich gegenseitig anzukeifen. Sie werden es genießen.«

Sie stiegen einige Stufen hinab und Lori musste sich unter einem niedrigen Durchgang hindurchducken, hinter dem ein heller, weitläufiger Raum lag, der eine ganz andere Atmosphäre als das restliche Haus hatte. Die Wände waren weiß gestrichen. Überall hingen Schallplatten. Eine Wand war mit gerahmten Konzertpostern, Setlisten und Eintrittskarten geschmückt und am Rand des Raums standen mehrere Instrumente und bunt zusammengewürfelte Stühle. Ein runder Kaffeetisch in der Mitte war voll mit Büchern, Zeitschriften, Spielkarten und Pokerchips und von großen Kissen umgeben. »Wie ich schon gesagt habe, wow. Spielst du all diese Instrumente?«

»Schön wär's. Ich spiele mehr schlecht als recht Gitarre und Schlagzeug und etwas anständiger Klavier. Meine Schwester Beth war die wahre Musikerin. Man konnte ihr in die Hand geben, was man wollte, sie konnte es spielen. Sie hat großartig Violine, verschiedene Gitarren und Klavier beherrscht. Sie war fünf Jahre jünger als ich, aber musikalisch hatte sie mich schon in der Grundschule überflügelt.«

»Du hast nie erwähnt, dass du eine Schwester hast. Kommt sie auch zur Party?«

»Habe ich auch nicht. Ich meine, ich hatte eine, aber jetzt nicht mehr. Sie ist vor acht Jahren verstorben. Da war sie vierzehn.«

»Oh, Alex, das ist ja schrecklich. Das tut mir so leid. Was ist passiert?«

»Das ist eine lange Geschichte, die ich jetzt nicht erzählen möchte. Das da drüben ist sie.« Sie deutete zu einem Bild auf einem Regalbrett.

»Sie ist wunderschön, Alex. Sie sieht genauso aus wie du.«

Bei der Bemerkung erschien das Grübchen wieder. »Ich schätze, ich lasse dieses Zimmer nur für sie so eingerichtet. Meinen Freunden gefällt es auch. Als Beth und ich jünger waren, war es unser Spielzimmer, aber mit der Zeit ist es zum Musikzimmer geworden. Dad hat die Tür nicht höher gemacht und wir hatten diese Regel, dass alle, die sich beim Eintreten ducken mussten, zu groß waren, um hier zu sein.« Sie lachte. »In einem Sommer mussten wir einen Cousin daraus verbannen, weil er in die Pubertät gekommen war und einen Wachstumsschub hatte.« Sie schlenderte weiter durch den Raum und zeigte Lori verschiedene Dinge. »Einige aus der Truppe spielen oder versuchen sich daran und alle halten sich hier gern auf.« Sie zeigte auf den Kaffeetisch. »Wie du siehst, spielen wir vor allem Poker.«

Lori lächelte und stellte sich die Szene vor. Sie war sicher, dass Alex über Beth reden würde, wenn sie wollte, und beschloss, nicht nachzuhaken. Sie nahm ein Kartendeck auf und mischte es geschickt. »Dann trifft es sich ja gut, dass ich Poker spielen kann, denn ich könnte nicht einen Ton auf einem Instrument spielen.«

»Dann sind wir das perfekte Team. Ich kann ums Verrecken nicht bluffen. Du kannst mir später helfen, die anderen auszunehmen. Komm, ich zeige dir die Bibliothek.«

»Nimmt diese Tour je ein Ende? Wie groß ist dieses Haus?«

Alex lachte. »Abgesehen von meinem Arbeitszimmer ist das der letzte Raum. Draußen führe ich dich morgen früh herum, bevor die anderen kommen.« Sie zog eine schwere Holztür auf, die aussah, als sei sie wirklich richtig alt, und hielt sie für Lori auf.

»Okay, das ist eindeutig mein Lieblingszimmer.« Lori drehte sich einmal um die eigene Achse und betrachtete die deckenhoch gestapelten Bücher. »Hast du die alle gelesen?«

»Die meisten. Die Stapel dort drüben stehen ganz oben auf meiner Liste ungelesener Bücher.«

Lori nahm einen Roman von Sarah Waters von dem Stapel. »Von ihr habe ich noch nichts gelesen, aber ich habe gesehen, dass BBC einige ihrer Bücher verfilmt hat. Sind sie gut?«

»Oh ja, sie sind großartig. Wunderbar lebendige Geschichten und mit Sicherheit sehr lehrreich für eine Heterofrau wie dich.«

»Lehrreich?«

»Schau mich nicht so unschuldig an. Hier.« Alex zog ein anderes Buch der Autorin aus dem Regal. Grinsend hielt sie es Lori hin. »Versuch es mit dem hier.«

»Warum habe ich das Gefühl, als wolltest du mich verkuppeln?«

»Vielleicht weil es stimmt. Lies es einfach und sag mir dann, was du davon hältst.«

»Und übrigens, warum gehst du einfach so davon aus, dass ich hetero bin?« Jetzt war es Lori, die ihr Grinsen unterdrückte, als leichte Überraschung über Alex' Gesicht huschte.

»Tut mir leid, das war mir nicht bewusst. Ich dachte nur, mit Andrew und so … Entschuldige. Ich nehme dich nur ein bisschen auf den Arm.«

Alex schien es aufrichtig zu bereuen und sich ein wenig über sich selbst zu ärgern. Lori wedelte spielerisch mit einem Finger vor ihr herum. »Zieh niemals voreilige Schlüsse, Alex, sonst könntest du noch etwas verpassen.« Lori wandte sich ab, aber erst nachdem sie gesehen hatte, wie Alex' Augen groß wurden.

Sie sah sich weitere Bücher in den Regalen an, erstaunt von ihrem eigenen Mut, von dem, wie sie Alex gerade geneckt hatte. Aber irgendetwas an dem, wie sowohl Alex' als auch Jess' Bemerkungen über ihre Heterosexualität gemacht hatten, hatte an ihr genagt.

Sie drehte sich wieder zu Alex, die sich schweigend an einen der Bücherstapel gelehnt hatte und offensichtlich tief in Gedanken versunken war. Lori nahm ihr das Buch aus der Hand, um sie wieder zurück in die Gegenwart zu holen. »Okay, ich vertraue dir nicht, aber du hast meine Neugier geweckt. Ich muss bald ein paar Geschäftsreisen machen und werde Zeit zum Lesen haben.«

Alex richtete sich auf und nickte. Das Lächeln kehrte auf ihre Lippen zurück. »Perfekt. Und jetzt sollten wir fürs Essen zurück, bevor Jess noch ungehalten wird.«

Kapitel 20

Lori sank in ihrem Stuhl zurück. »Jess, das war wirklich köstlich. Ich bin so voll. Danke.«

»Gern geschehen. Ich bin froh, dass wenigstens eine Person hier meine Mühe zu schätzen weiß«, sagte sie mit einem vielsagenden Blick zu Alex.

»Was? Du weißt, dass ich dein Essen liebe. Ich habe dir sogar eine neue Küche gekauft, damit du für mich kochen kannst. Was willst du mehr?«

Jess legte einen Finger ans Kinn, als würde sie ihre Möglichkeiten abwägen. »Was meinst du, Lori? Soll sie den Tisch abräumen und das Geschirr abwaschen, während wir den Wein austrinken?«

»Ich halte das für eine perfekte Idee.« Lori sah zu Alex.

»Hey, ich dachte, du bist gekommen, um mich zu sehen?«, protestierte Alex.

»Das stimmt, aber ich kann mir die Gelegenheit nicht entgehen lassen, von deiner besten Freundin ein paar schmutzige kleine Geheimnisse über dich zu erfahren.« Sie zwinkerte Jess zu.

Alex stand auf und schnaubte theatralisch. »Na gut, na gut. Ich sehe schon, dass ich hier unerwünscht bin.« Sie sammelte die Teller ein und beugte sich dann dicht zu Jess hinab, um sie auf den Scheitel zu küssen und gerade laut genug zu flüstern, dass Lori sie auch hörte: »Erzähl nette Sachen über mich.«

Jess stand ebenfalls auf und lachte, während sie ihr Glas und die halb volle Weinflasche vom Tisch nahm. »Komm, Lori, gehen wir raus, wo sie uns nicht hören kann.« Alex schaute ihr finster hinterher und Jess drehte sich um, um ihr die Zunge herauszustrecken, bevor sie auf die Veranda hinausging.

»Ich nehme an, hier spielt sich morgen Abend der Spaß ab?« Lori ließ den Blick über die Sitzgelegenheiten und den Grill schweifen.

»Ganz genau. Mach's dir bequem.« Jess deutete auf eins der Sofas und drückte dann auf einen Knopf, um die Lichterketten und Heizung über ihnen einzuschalten.

»Wie ich sehe, ist schon alles vorbereitet. Das ist fantastisch.«

»Aye, Alex weiß auf jeden Fall, wie Frau eine Party schmeißt und ihre Freunde bei Laune hält. Sie hat eine Menge Arbeit in dieses Haus gesteckt und dabei an uns alle gedacht.«

»Also genießt sie es, die Gastgeberin zu spielen?«

»Ehrlich gesagt tut sie das nicht wirklich. Sobald alles vorbereitet ist, kommen wir und erledigen den Rest selbst. Wir stehen uns sehr nahe und fühlen uns hier wie zu Hause. Sie ist keine Frau, die im Mittelpunkt stehen muss. Ich glaube, ab und zu genießt sie die Gesellschaft und sieht es gerne, wenn das Haus voll ist. Alex mag es, andere glücklich zu machen.«

»Ich schätze, hier draußen kann es schon mal einsam werden. Es ist ein großes Haus für eine Person.«

»Das ist es und sie würde es nie verlassen, nicht einmal nach allem, was hier passiert ist.«

»Was meinst du damit?« Lori fragte sich, ob sie auf Beth anspielte.

Jess winkte ab. »Glaub mir, Alex tut nichts lieber, als sich hier draußen zu verkriechen. Am Sonntag wird sie sich freuen, wenn wir erst einmal weg sind.«

Lori würde offensichtlich nicht mehr aus Jess herausbekommen und beschloss, sie nicht zu drängen. Stattdessen blickte sie sich in dem wunderschönen Heim um, das Alex geschaffen hatte, und war sich selbst nicht sicher, ob irgendetwas sie zum Gehen bewegen könnte.

»Also …« sagte Jess. »Alex hat gesagt, du wärst Dolmetscherin?«

»Oui.« Sie lächelte. »Tut mir leid, manchmal kann ich nicht anders.«

»Nein, bitte, ich höre gern verschiedene Sprachen und Akzente. Ich kann es kaum erwarten, zu reisen: durch Europa, Asien und Südamerika …«

»Ach ja, das hast du vorhin erwähnt. Wann soll das große Abenteuer denn losgehen?«

»Das weiß ich noch nicht genau. Das Geld habe ich tatsächlich schon gespart und meine Arbeit hat zugestimmt, dass ich ein Jahr aussetzen darf. Sie brauchen so verzweifelt Sozialarbeiter, sie freuen sich einfach nur, dass ich zurückkommen will.«

»Wo liegt dann das Problem?«

Jess warf einen Blick zur Küchentür und sah dann wieder zu ihr, überlegte offenbar, wie viel sie sagen sollte. Sie trank einen Schluck Wein und schien eine Entscheidung zu treffen. »Ich kann Alex gerade nicht allein lassen.«

»Oh.« Lori war nicht sicher, was sie sagen sollte. Sie wusste nichts über ihre Freundschaft, ob es je mehr als Freundschaft gewesen war. Ihr Gespräch mit Adam kam Lori in den Sinn. Darüber, dass sie jetzt Dinge für sich selbst und ihr eigenes Glück unternahm. »Aber Alex will bestimmt, dass du tust, was dich glücklich macht, und erwartet schon, dass du früher oder später auf die Reise gehst?«

»Ich weiß es nicht. Ich rede schon so lange darüber, ich glaube, sie denkt, dass es wirklich nur Gerede ist. Ich glaube, sie zweifelt daran, dass ich es in die Tat umsetze.«

»Hast du mit ihr gesprochen? Ich meine, Alex ist ein großes Mädchen und es ist nur ein Jahr. Ich bin sicher, sie kommt schon …«

»Hör mal, du kennst Alex noch kaum, du weißt nicht, was sie durchgemacht hat. Die längste Zeit, die ich sie nicht gesehen habe, war drei Wochen in über zehn Jahren. Und das waren diese letzten drei Wochen.«

»Okay, tut mir leid.« Lori hob die Hände, besorgt, dass sie die Person verärgert hatte, die Alex am nächsten stand. »Du hast recht, ich kenne sie nicht. Ich weiß nicht, was ihr gemeinsam durchgemacht habt. Ich wollte nicht respektlos sein.«

Jess atmete tief durch und ließ sich auf das Sofa zurücksinken. »Nein, mir tut es leid. Das ist unfair von mir. Wenn ich ehrlich bin, geht es dabei nicht nur um sie. Ich schätze, es wird auch für mich schwierig sein. Ich werde sie vermissen. Ich habe versucht, sie zum Mitkommen zu überreden, aber sie will die Farm nicht so lange verlassen.«

»Jess, sind du und Alex … ich meine, haben du und Alex …«

»Oh, nein. Ich habe nie mit Alex … du weißt schon … So ist es nicht. Abgesehen von ein paar betrunkenen Küssen in der Disco als Teenager, aber wer hat nicht irgendwann mal betrunken mit der besten Freundin rumgeknutscht, oder?« Sie lachte.

Lori dachte an Stella. »Ähm, na ja …«

»Im Ernst? Wow.« Sie flüsterte verschwörerisch: »Ist deine beste Freundin hässlich? Keine Sorge, du kannst es mir ruhig sagen.«

Da lachte Lori laut auf. »Eigentlich ist sie umwerfend, aber ich war wohl fast die ganze Zeit, seit ich sie kenne, mit Andrew zusammen und habe Frauen nie wirklich so gesehen, also …«

»Umwerfend, hast du gesagt?«

»Ja. Und hetero, fürchte ich.«

»Hey, kennst du das Sprichwort etwa nicht?«

»Nein, klär mich auf.«

»Du bist nur so lange hetero, bis du es nicht mehr bist.« Dann zwinkerte Jess ihr mit wissender Miene zu.

Lori trank einen Schluck Wein, während ihre Wangen heiß wurden. »Warum klingt das wie ein Seitenhieb?«

Jetzt war Jess an der Reihe, die Hände zu heben. »Hey, es ist nur ein Sprichwort. Wie auch immer, heißt das, du warst bisher immer nur mit Männern zusammen?«

Lori gefiel nicht so richtig, in welche Richtung dieses Gespräch sich entwickelte, und füllte ihre Gläser auf, um sich etwas Zeit zu verschaffen. »Eigentlich nur mit einem Mann.«

»Nicht zu fassen.« Jess riss die Augen auf. »Du warst nur mit einem Kerl zusammen?« Sie quietschte geradezu ungläubig.

»Schh. Ja. Ich meine, ich war vor Andrew schon mit anderen aus, aber da hat es nie wirklich gefunkt und an der Uni habe ich viel gelernt, da gab es nicht viel Zeit für Beziehungen. Ich schätze, ich hatte nicht wirklich Interesse.«

»Moment mal.« Jess lehnte sich vor, um Loris volle Aufmerksamkeit zu bekommen. »Beantworte mir eine Frage. Wie alt warst du bei deinem ersten Mal?«

»Meine Güte, du nimmst wirklich kein Blatt vor den Mund, oder? Hat Alex dich darauf angesetzt?«

»Nein, Ehrenwort. Los, sag schon. Ich schwöre, das bleibt unter uns.«

Lori hustete »Dreiundzwanzig«, hinter vorgehaltener Hand »«, bevor sie ihr Glas zur Hälfte leer trank.

»Dreiundzwanzig! Heilige Scheiße, Lori!«

Da musste Lori lachen. »Ich weiß, ich weiß. Es ist tragisch. Was soll ich sagen?«

»Wow. Ich glaube, ich habe noch nie eine Person getroffen, die es ohne Nacht der Reue durch die Uni geschafft hat. Oder, wie in meinem Fall, ein halbes Dutzend solcher Nächte.«

Alex trat mit ihrem Weinglas in der Hand auf die Veranda, gerade als sie gemeinsam einen Lachanfall bekamen. »Ich hoffe, ihr lacht hier nicht auf meine Kosten?«

»Oh bitte, Süße, wir haben weit interessantere Gesprächsthemen als dich.« Jess zwinkerte Lori zu.

»Okay, was habe ich verpasst?«

»Ich wollte Lori gerade kurz erzählen, wer morgen Abend noch dabei ist.«

»Ah, ja. Jess liebt es, über ihre Freunde zu tratschen.«

»Hey, du hast gesagt, ich könnte dir vertrauen«, protestierte Lori.

»Keine Sorge, meine unschuldige kleine englische Schönheit. Das mache ich lieber hinter deinem Rücken, du wirst es also gar nicht merken.«

»Oh, das beruhigt mich aber. Na gut, dann macht mich mal für morgen fit. Wer kommt und was muss ich über die Leute wissen? Ich brauche Hintergründe und Tabus. Ich bin so ungeschickt, dass ich oft in Fettnäpfchen trete.«

Alex und Jess tauschten einen Blick, dann stieß Alex einen Seufzer aus, stand auf und ging wieder hinein, wobei sie über die Schulter rief: »Ich glaube, dafür brauchen wir noch eine Flasche Wein.«

Kapitel 21

Das Essen, der Wein und die Gespräche hatten Lori erschöpft und sie hatte die ganze Nacht wie ein Stein geschlafen, während Frank ihr die Füße wärmte. Er war irgendwann an der Verandatür aufgetaucht, und trotz Alex' Protest, dass er ein Freilandhund war, der bei Pedro in der Scheune ein gemütliches Zuhause hatte, hatte Lori ihn zur Schlafenszeit heimlich hereingelassen, damit er ihr Gesellschaft leistete.

Jetzt, ausgeschlafen und wach, nahm sie leise Musik wahr, die sie aus dem Bett lockte. Mit einem großen Kapuzenpulli über dem Schlafanzug und Frank im Schlepptau steuerte sie die Küche an.

Jess stand zum Radio summend am Herd und wendete gerade geschickt einen Pancake.

»Hey, ich hätte dir heute doch Frühstück machen sollen.«

Jess zuckte zusammen und beugte sich vor, um das Radio leiser zu drehen. »Na, wenn du nicht so eine Schlafmütze wärst, hätte mein Magen mich nicht dazu gezwungen.«

»Tut mir leid, ich schätze, nach der Fahrt und dem Wein habe ich den Schlaf gebraucht. Ich mache es wieder gut. Versprochen.«

»Oh, keine Sorge. Morgen früh werden alle einen Kater haben und Eier mit Speck verlangen, dann darfst du meine Küchensklavin sein.«

»Abgemacht. Wo ist Alex?«

»Draußen in der Scheune. Es ist Fütterungszeit. Sie sollte nicht mehr lange brauchen.«

Wie aufs Stichwort knallte die Verandatür zu und Alex erschien auf der Schwelle.

Lori musterte die enge Jeans, die Gummistiefel und den weiten Wollpulli unter der leuchtend grünen Barbour-Jacke. Alex gab von Kopf bis Fuß die moderne Farmerin ab, lässig und entspannt mit pinken Wangen. Der Look passte zu ihr, und Lori musste zugeben, dass sie niedlich aussah.

»Was lächelst du so? Was hat Jess dir jetzt wieder über mich erzählt?«

Lori grinste. »Ach, nichts. Es ist nur dein Farmeroutfit. Ich habe gerade gedacht, dass es dir sehr gut steht.«

»Hmm ... okay. Ich glaube dir.« Sie zog die Gummistiefel von den Füßen, streifte die große Jacke ab und ließ beides auf einem Stuhl neben der Tür liegen, bevor sie sich zu Lori an die Kücheninsel setzte. »Was gibt's zum Frühstück, Küchenchefin?«

Lori betrachtete Alex' Profil, als die sich über die Arbeitsfläche lehnte, um einen Blick in Jess' Pfanne werfen zu können. Alex hatte kühle Luft von draußen mitgebracht, zusammen mit dem frischen Duft von Heu und Waschmittel.

»Pancakes, Wurst und Rührei. Damit solltet ihr für euren Ritt heute gut gerüstet sein.«

Das reichte, um Loris Aufmerksamkeit auf etwas anderes zu lenken. »Ritt? Moment mal, als du gesagt hast, du würdest mich draußen herumführen, hast du doch nicht etwa einen Ausritt gemeint?«

»Schon gut, keine Panik.« Alex lächelte beruhigend. »Ich habe keine Zeit mehr, um Pferde zu halten. Wie klingt ein Quad für dich?«

Lori grinste erleichtert. »Das ist eher mein Ding. Ich bin ziemlich sicher kein Pferdemensch.«

Alex rieb sich die Hände. »Keine Pferde. Verstanden. Lass uns was essen und dann los. Die anderen kommen bald.«

Alex war froh, dass Lori ihren Rat befolgt und sich für die Quadfahrt warm angezogen hatte. Lange Socken und Gummistiefel hatte sie sich von Jess ausgeliehen, die dieselbe Schuhgröße hatte. Auf dem Weg zur Scheune folgte Frank ihnen. Offensichtlich voller Hoffnung, ebenfalls an der Action beteiligt zu werden.

»Du hast ihn in deinem Zimmer schlafen lassen, oder?«

»Vielleicht. Woher weißt du das?«

»Er folgt dir wie ein Schoßhund, anstatt dich anzuspringen. Ganz offensichtlich hofft er, dass die nächste Nacht genauso läuft.«

»Ich habe ja gesagt, dass ich ihn zähmen werde, oder?«

Alex lachte. »Das ist unfair, aber ein Punkt für dich, denke ich.« Sie reckte einen Finger in die Höhe.

»Jepp.« Lori nickte. »Wurde auch Zeit, dass ich mir mal einen zurückhole.«

»Ja, ja, genug der Schadenfreude. Sehen wir mal, ob wir den Kleinen abhängen können.«

Alex schob das Quad heraus und gab Lori einen Helm, bevor sie ihren eigenen aufsetzte. »Ich bringe uns zum höchsten Feld, damit du dich etwas orientieren kannst, und du kannst dann zurückfahren, wenn du willst?«

»Klingt gut. Auf geht's.«

Lori stieg hinten auf. Alex stellte den Motor an und ließ ihn einige Male aufheulen, um das Fahrzeug aufzuwärmen, bevor sie sich umdrehte und nachsah, ob Lori startklar war. Sie schüttelte den Kopf darüber, dass Lori sich an den Griffen hinten am Quad festhielt. Stattdessen nahm sie Loris Arme und zog sie fest um ihre eigene Taille. »Sicherer«, rief sie über die Schulter und spürte glücklich, wie Lori sich dichter an sie drängte.

Mit durchdrehenden Reifen fuhren sie los in Richtung eines kleinen Wäldchens und der dahinterliegenden Hügel. Alex kannte die Waldpfade gut und steuerte das Quad eng um die Kurven und über Buckel, genoss den Rausch der Geschwindigkeit zusammen mit der hinreißenden Frau, die sich an ihr festhielt.

Im kalten Wind tränten ihr die Augen, aber Alex wurde nicht langsamer, bis sie auf der anderen Seite aus dem Wald herauskamen und ein Feld hoch über der Farm erreichten. Langsam fuhr sie zum Hügelkamm, was Lori Zeit gab, die Aussicht zu bewundern.

Oben hielten sie an und Alex drehte den Motor ab. Als Lori abstieg vermisste Alex sofort die körperliche Nähe.

Beide Frauen nahmen ihre Helme ab und schwiegen einige Minuten lang. Alex entdeckte nur einen Teil der Farm hinter den Bäumen unter ihnen, während sie nebeneinanderstanden und über die Hügel blickten. Sie spürte, wie Lori eine kalte Hand in ihre schob, und wandte sich ihr zu.

»Danke, dass du mich hierher eingeladen hast. Ich finde es ziemlich perfekt.«

Alex erwiderte ihr Lächeln, hielt ihre Hand fest und zog sie in Richtung einer bröckelnden Mauer weiter oben am Hügel. »Komm. Da oben ist es noch besser.« Sie erreichten die Mauer und Alex hüpfte hinauf, wie sie es bereits unzählbare Male vorher getan hatte.

Sie griff wieder nach Loris Hand. Auch nachdem sie Lori hinaufgeholfen und nach dem kurzen Anstieg durchgeatmet hatte, ließ sie sie nicht los. Lächelnd machte sie mit dem anderen Arm eine ausladende Geste.

Die einzigen Geräusche, die an ihre Ohren drangen, waren Vogelgezwitscher und raschelnde Blätter. Auf dem Kamm eines nahen Hügels drehten sich Windräder, und spielzeughaft aussehende Autos fuhren lautlos über die Straße, über die Lori am Tag zuvor gekommen war.

»Siehst du? Ich hab's ja gesagt.«

Lori betrachtete das Panorama und drehte sich dann zu Alex. Ihr Lächeln war verschwunden. Alex erwiderte ihren Blick und war dabei nicht sicher, was sie sagen oder tun sollte. Da lag Trauer in Loris Augen und sie wusste nicht, woher sie gekommen war oder was Lori gerade dachte. Sie hob Loris Arm über ihre Schultern, legte selbst einen Arm um ihre Taille und zog sie dichter an sich.

Lori widersprach nicht und Alex konnte nicht anders, als sie in eine richtige Umarmung zu ziehen. Sie schmiegte den Kopf unter Loris Kinn und so blickten sie auf die Landschaft hinaus, vollkommen zufrieden in diesem Moment. Sie versuchte, nicht zu viel in Loris kleine Bemerkungen während ihrer Telefongespräche hineinzulesen. Flirtete sie oder wollte Alex nur hoffen, dass sie es tat? Es war so lange her, seit sie zuletzt Aufmerksamkeit von jemandem gewollt hatte. So lange her, seit sie sich nach einer Berührung oder einem Blick von einer bestimmten Person gesehnt hatte. Das allein überzeugte sie schon, dass sie sich diese Verbindung nicht nur einbildete. Und jetzt waren sie hier und hatten die Arme umeinander geschlungen. Alex hielt sich an dem Moment fest und erkannte, dass sie sich seit Langem nicht mehr so friedlich gefühlt hatte.

»Danke, dass du gekommen bist, Lori. Es ist wirklich schön, dass du da bist.« Sie sah auf und merkte, dass Lori lächelte, spürte, wie sie sie ein wenig fester drückte, bevor sie zurückwich und von der Mauer sprang.

Sie ging in Richtung Quad, dann hielt sie inne und drehte sich mit ausgestreckter Hand zu Alex um. »Her damit. Jetzt darf ich mal ein bisschen Spaß haben.«

»Bist du sicher, dass du mit einem dieser großen Jungs umgehen kannst?«

»Du solltest diese Städterin nicht unterschätzen. Ich bin mit einem Bruder in den Schweizer Bergen aufgewachsen, schon vergessen? Du musst keine Angst haben.«

»Aye, na gut, du Überfliegerin. So leicht macht man mir keine Angst. Der Schlüssel steckt noch.«

Sie tauschten die Plätze auf dem Quad und Alex brauchte keine Einladung, bevor sie die Arme um Loris Taille schlang. »Dann mal los, Kutscherin. Zeig mir, was du draufhast.«

Kapitel 22

Zurück im warmen Farmhaus ging Lori in ihr Zimmer, um die schlammbespritzten Klamotten gegen frische Kleidung auszutauschen. Das dauerte nicht lange und als sie anschließend zur Küche gingen, hörte Lori eine ihr unbekannte Stimme. Das musste dann wohl Susie sein, da die anderen Gäste erst später am Nachmittag kommen sollten. Nach den Geschichten, die sie am vorherigen Abend vor allem von Jess gehört hatte, war sie entschlossen, wachsam zu sein und bei keinem Köder anzubeißen, den Susie ihr eventuell hinwarf.

Alex hatte ihr versichert, dass Susie das Herz am rechten Fleck hatte. Aber Lori kannte Frauen von Susies Sorte. Frauen, die nur so lange beste Freundinnen waren, bis sie etwas Bestimmtes wollten. Im Internat hatte sie viele Susies getroffen.

Sie setzte ihr hoffentlich freundlichstes Lächeln auf, betrat den Hauptraum und fand die anderen drei Frauen auf den Sofas. Ihre Nervosität musste offensichtlich sein, denn Alex stand schnell auf und kam mit einem beruhigenden Lächeln zu ihr. »Lori, das ist Susie.«

Lori streckte eine Hand aus. »Schön, dich kennenzulernen. Ich habe schon viel von dir gehört.«

Susie warf Jess einen gereizten Blick zu, bevor sie sich vom Sofa erhob und Lori die Hand schüttelte. »Das bezweifle ich nicht.«

Jess sah schuldbewusst weg und sprang von ihrem Platz neben Alex auf. »Hier, Lori, setz dich auf meinen Platz. Ich hole dir etwas zu trinken.«

»Oh klar, danke, Jess.« Sie fing Alex' Blick auf und versuchte, nicht über Jess' hastigen Rückzug zu lachen. Da hatte wohl jemand Angst vor Ärger.

»Also, Lori, Alex hat gesagt, du wärst Dolmetscherin und könntest ungefähr eine Million Sprachen? Das waren ihre Worte, nicht meine.«

So, wie Susie es sagte, klang es eher nach einem Vorwurf als nach einer Frage. Trotzdem antwortete Lori ruhig: »Ja, das ist richtig, aber eine Million sind es nicht. Ich habe schon jung mit dem Lernen angefangen, dann ist es einfacher, weißt du? Gar keine so große Sache.«

Lori hatte eine ernste und professionell wirkende Person erwartet, die Jess' Beschreibung nach vielleicht etwas älter war als sie. Groß und zu dünn, mit spitzen Zügen, Bobfrisur und einem strengen Pony. Okay, ihre Fantasie hatte vielleicht eine Art moderne Hexe geschaffen, aber die Frau vor ihr war eher Fee als Hexe. Sie sah aus, als wäre sie ungefähr so alt und so groß wie Alex, aber mit dem Körperbau eines Teenagers und kurz geschnittenen, struppig wirkenden blonden Haaren. Sie hatte ein hübsches, zartes Gesicht und makellose Haut, obwohl die Nasen- und Lippenpiercings ihr eine gewisse Härte verliehen. Sie trug lockere Jeans und ein offenes kariertes Hemd über einem Blondie-T-Shirt. Lori nahm an, dass Jess sie deshalb ›Baby Butch‹ genannt hatte, obwohl sie etwas zu alt für den Look zu sein schien.

»Ah, du warst also auf einer dieser schicken Schulen? Bei dem Akzent hätte ich es wissen sollen. Lass mich raten ...« Sie nahm einen falschen britischen Akzent an und richtete sich ordentlich auf. »Die Jungs haben anständiges Rugby diesem scheußlichen Fußball vorgezogen und du hast Tennis und Lacrosse gespielt?« Sie lachte abfällig.

Lori versuchte, mit ihr zu lachen und ihren Ärger zu verbergen. Dann beschloss sie, mitzuspielen, und verstärkte ihren eigenen Upper-Class-Akzent. »Ja, Daaahling ... Schuldig im Sinne der Anklage.« Sie neigte herausfordernd den Kopf. »Außerdem habe ich mir ein Zimmer mit einer Prinzessin geteilt, mein korrekter Titel lautet Lady Hunter. Ich hatte eine Zofe, die mich morgens angekleidet hat, und wir haben nur mit Silberbesteck gegessen. Oh, und nicht zu vergessen die Sommer im Jachtklub.«

Alex brach in Gelächter aus und verschluckte sich an ihrem Bier, während Jess aus der Küche brüllte: »Lady Hunter. Das ist genial.«

Jetzt musste sogar Susie lachen.

Aber Lori verstand den Witz nicht, der inzwischen auf ihre Kosten zu gehen schien.

Susie verdrehte die Augen. »Lady Hunter, also eine Frau, die andere Frauen jagt? Eine Lesbe?«

»Oh!« Sie rutschte verlegen herum und konnte wohl keine Hilfe von Alex erwarten, die gerade ihr Bier aufwischte. »Witzig. Verstehe.« Sie musste dieses Gespräch zurück in sichere Gewässer lenken. »Also kennst du Alex aus der Schule? Sie hat erzählt, du reist oft beruflich herum. Sprichst du irgendwelche anderen Sprachen?«

»Aye, wir kennen uns seit der Grundschule, und nein, ich habe in der Schule nie eingesehen, wozu Sprachen nützlich sein sollen. Es ist ja nicht so, als konnten wir es uns leisten, ins Ausland zu reisen. Jetzt kann ich wahrscheinlich ›Bier‹ und ›Danke‹ in ungefähr zehn Sprachen sagen. Mehr als das brauchst du heutzutage ohnehin nicht, oder?«

Lori biss nicht an. Mit einem Vortrag darüber, wie wertvoll es war, Sprachen zu lernen, würde sie Susie sicherlich nicht für sich gewinnen.

Jess rollte mit den Augen, als sie mit weiteren Getränken aus der Küche zurückkam. »Okay, Susie, das reicht. Du bist erst fünf Minuten hier. Trink wenigstens noch etwas, bevor du zickig wirst. Dann kannst du morgen früh den Alkohol als Entschuldigung vorschieben.«

»Was?« Susie war entrüstet. »Ich will doch nur Alex' neue ›Freundin‹ hier kennenlernen.«

Lori entging nicht, wie sie das Wort *Freundin* betonte.

Susie lehnte sich süffisant auf ihrem Sofa zurück und war offenbar erfreut, dass Jess' Tadel ihren Treffer ins Schwarze bestätigte.

»Hier.« Jess schob ihr ein frisches Bier in die Hand. »Trink das und mach mal Pause, ja? Ich weiß, du hast Probleme mit deinen zwei Persönlichkeiten, aber für diesen einen Abend hätten wir wirklich lieber deinen netten Zwilling hier bei uns.« Sie zwinkerte Lori solidarisch zu.

»Oh, du bist so witzig wie immer, Jess, wirklich. Ich habe dich so vermisst.«

»Na gut, ihr zwei, das reicht.« Alex streckte die Hände nach vorne. »Benehmt euch, sonst werfe ich euch raus. Heute wollen wir uns entspannen, den einen Abend genießen, den wir alle gemeinsam hier verbringen können, und Lori auf der Farm willkommen heißen. Verstanden?« Sie blickte zwischen den beiden hin und her.

»Klar und deutlich«, murmelten sie gleichzeitig.

»Okay, wer ist dafür, dass wir den Grill anwerfen? Die Jungs haben gerade geschrieben, dass sie in einer Stunde hier sein werden, und die Mädels kommen bestimmt auch nicht viel später.«

»Aye, gut, der Wink ist angekommen.« Jess stand wieder auf, zog sich Turnschuhe an und hielt auf die Verandatüren zu.

»Was für eine brave Ehefrau du da hast, Alex. Du weißt schon, dass das deine Konkurrenz ist, Lori?« Susie grinste.

Alex funkelte zurück. »Ich sagte, das reicht. Hol etwas Fleisch aus dem Kühlschrank und bring es zu ihr raus.«

Susie schnaubte, aber sie erhob sich und Alex tat es ihr gleich. Sie legte ihr einen Arm um die Schulter und gab ihr einen kleinen Schmatzer auf die Wange. »Komm schon, sei nett, Susie.«

Da wirkte Susie schuldbewusst und ein Hauch Pink trat auf ihre Wangen. »Aye. Okay, entschuldige.«

Alex sah zu Lori zurück und formte mit den Lippen »Entschuldige«, bevor sie in Richtung Bar nickte. »Willst du mir mit der Bar helfen?«

Lori lächelte und stieß den Atem aus, den sie unwillkürlich angehalten hatte, während Alex und Susie geredet hatten. »Nur wenn ich was trinken darf, während wir arbeiten.«

Da lachte Alex, schlang einen Arm um ihren Hals und zog auch sie für einen schnellen Schmatzer auf die Wange zu sich. »Alles, was du willst, weil du so ein guter Mensch bist.«

Bald kamen die Jungs in einem Wirbelwind aus Umarmungen, Wangenküssen, Vorstellungen und guter Laune an. Sie freuten sich, dass auf dem Grill bereits Leckerbissen brutzelten und die Bar eröffnet war.

Neal und Mike luden schnell Tüten und Alkohol aus dem Auto, bevor sie sich ein Bier nahmen, sich zu Jess und Susie stellten und ihre männliche Meinung dazu abgaben, wie die Steaks gegrillt werden sollten.

Es war Tradition, dass Alex allen den ersten Drink an der Bar servierte und sie sich dann selbst bedienen mussten. »Hast du Lust, mir mit einer Runde Cocktails zu helfen?«

»Klar. Ich liebe Cocktails.« Lori trat zu ihr hinter die Bar, als Chris und Danny erschienen und sich auf die zwei Hocker davor setzten.

»Also, woher kennt ihr euch alle? Ich bin bei den Verbindungen nicht mitgekommen, als Jess versucht hat, sie mir gestern Abend zu erklären.« Lori begann, Limetten in Gläsern auszupressen, und fügte Alex' Anweisungen folgend Zuckersirup hinzu.

»Na ja, die zwei sind meine Computernerdfreunde aus der Uni. Wir haben viele gemeinsame Nächte durchgemacht und ich meine nicht die lustige Sorte.«

Chris lachte. »Hey, wir hatten auch ein paar Partynächte. Und vergiss nicht unsere nächtlichen Red-Bull-und-Käsechips-Marathons vor den Abgabeterminen. Die waren ziemlich episch.«

Danny meldete sich zu Wort: »Lass dich nicht verarschen, Lori. Wir haben gefeiert, was das Zeug hält, wenn wir in Stimmung waren.«

»Red-Bull- und-Käsechips-Marathons?« Lori sah Alex mit hochgezogener Braue an.

»Hey, das musst du erst mal probieren. All das Koffein im Getränk und die Konservierungsmittel im Essen waren die Hauptquelle unserer Kreativität.«

»Darauf wette ich. Ich würde glatt abheben.« Lori mischte die letzte Limette mit Zucker, wischte sich die Hände ab und nahm eine Flasche Havana-Rum vom Regal, die sie Alex reichte.

»Was ist mit Neal und Mike?«

»Neal und Mike sind Zwillinge, natürlich keine eineiigen«, antwortete Chris, während er sie durch die Verandatüren musterte. »Neal ist meine bessere Hälfte, aber sie sind mehr oder weniger unzertrennlich. Wo der eine ist, wirst du garantiert auch den anderen finden.«

Lori betrachtete beide. »Hübscher Fang, Chris. Er sieht sehr gut aus. Mike ist auch nicht zu verachten. Hat er eine bessere Hälfte?«

Bei der Bemerkung sah Alex ruckartig hoch und verschüttete den Rum, den sie gerade abmaß.

Lori schien nichts davon zu bemerken, Danny dagegen leider schon. Mit einem Grinsen sagte er: »Oh, er ist so was von Single und wäre ein großartiger Fang für die richtige Frau.« Er zwinkerte Lori zu.

Alex beobachtete, wie Lori errötete. Hatte sie Mike abgecheckt?

Lori sah sie an. Schlagartig wurden ihre Wangen rot. »Oh! Ich meine nicht für mich, nicht, dass irgendetwas mit Mike nicht stimmt. Ich bin sicher, dass eine Menge Frauen glücklich mit ihm wären, aber weißt du, ich habe mich gerade von meinem Freund getrennt und …«

Danny hob ergeben die Hände. »Hey, Lori, tut mir leid. Ich habe dich nur aufgezogen.«

Chris wirkte nicht überzeugt, als er sagte: »Ich dachte, Alex hätte dich vielleicht mit Mike im Hinterkopf hierher eingeladen?«

Alex spürte Loris misstrauischen Blick förmlich. Sie lächelte, ignorierte den Blick und machte mit den Cocktails weiter. Zufrieden, dass Mike Lori nicht wirklich interessierte, beschloss sie, sich selbst einen kleinen Spaß zu erlauben. »Na, weißt du, er ist wirklich ein großartiger Kerl: attraktiv, klug und witzig …« Sie grinste Lori an.

Die schubste sie leicht. »Das reicht. Und dasselbe gilt für dich.« Sie funkelte Danny scherzhaft an.

»Habe ich hier was verpasst?« Chris sah zwischen ihnen hin und her.

»Ach, Chris, so begriffsstutzig wie immer.« Danny legte ihm einen Arm um die Schultern. »Wie wäre es, wenn wir eine Weile auf das Schlagzeug einhauen gehen, bevor Mike dazukommt?«

In diesem Moment erschien Neal und schnappte sich einen der Caipirinhas, die Alex gerade mit Crushed Ice abgerundet hatte. »Klingt nach einer tollen Idee. Er hält Susie gerade einen Vortrag darüber, wie wichtig die Altersvorsorge ist.«

»Ich bin dafür«, stimmte Chris zu, nahm sich ebenfalls einen Cocktail und musterte Neal von Kopf bis Fuß. »Aber nur, wenn du beim Spielen dein Shirt auszieht.«

Danny stöhnte. »Wisst ihr was? Ich bleibe einfach hier. Geht ihr nur und tobt euch aus.«

Chris und Neal verschwanden kichernd wie ungezogene Schuljungen in Richtung Musikzimmer.

Lori stellte vier der Cocktails auf ein Tablett. »Ich bringe die zu den anderen raus und sage Hallo. Dann könnt ihr zwei einander auf den neuesten Stand bringen.« Bevor Alex protestieren konnte, lief Lori bereits auf die Veranda hinaus und ließ sie mit Danny an der Bar zurück.

Alex setzte sich auf Chris' frei gewordenen Hocker, bevor sie die letzten zwei Cocktails zu ihnen heranzog. »Na, dann los. Ich weiß, du willst mich unbedingt dazu ausfragen, was gerade passiert ist.«

»Was ist gerade passiert? Läuft da was zwischen euch? Ich dachte, sie wäre nur ein neuer Bergsteigerkumpel. Und wie war das mit der Trennung? Von einem Kerl, wie ich noch hinzufügen möchte.«

»Da läuft nichts. Das ist sie auch. Ja, sie hat sich gerade getrennt. Das stimmt. Aber ich glaube trotzdem, dass da etwas ist, Danny.«

»Oh, da ist ganz bestimmt etwas, aber ob sie das auch weiß, ist eine andere Frage.«

»Ich weiß, ich weiß. Wir sind Freundinnen und ich bin auch glücklich, wenn das alles ist. Wir haben schon ein bisschen telefoniert. Sie hat meine Einladung hierher falsch verstanden. Na ja, eigentlich hat sie sie richtig verstanden, aber letztendlich ist es mir lieber, dass sie als Freundin hier ist anstatt gar nicht, also habe ich sie beruhigt.«

»Und bist du wirklich glücklich, wenn das alles ist?«

Alex trank einen Schluck des Cocktails und nahm sich etwas Zeit, über die Frage nachzudenken. Danny war der ehrlichste Mensch, den sie je kennengelernt hatte. Er war ein rundum anständiger Kerl und sie zögerte nie, ihm die Wahrheit zu sagen. Mit seiner Art, aufmerksam zuzuhören und unverhohlen zu sagen, was er dachte, hatte er ihr durch einige sehr düstere Momente in ihrer Vergangenheit geholfen. Seitdem war sie nie einer Frage von ihm ausgewichen.

Sie trank noch einen Schluck und sah an seinen weichen braunen Haaren vorbei zu seinen Augen unter den dichten Brauen und der gerunzelten Stirn. Es war auch unmöglich, ihn anzulügen. »Nein, ich glaube nicht. Ich finde sie großartig, Danny. Sie ist wunderschön und klug. Wir können so gut miteinander reden und sie ist witzig und aufrichtig. Bei ihr fühle ich mich wohl und habe diesen Drang, immer in ihrer Nähe zu sein, sie zu berühren, sie zu beschützen. Wir haben wahrscheinlich insgesamt drei Tage miteinander verbracht, aber ich bin ihr jetzt schon verfallen. Was ich aber nicht weiß, ist, ob es nur eine Schwärmerei ist. Ich meine, sieh sie dir an.«

Danny sah auf die Veranda hinaus, wo Lori mit Jess lachte. »Das kann ich nicht leugnen, sie ist hinreißend und wirkt ziemlich aufrichtig, wie du schon gesagt hast. Was meint Jess?«

»Sie macht sich Sorgen, weil Lori hetero ist und sich gerade erst getrennt hat, weshalb sie nach sieben Jahren Langeweile jetzt wahrscheinlich nach ein wenig Aufregung sucht.«

»Sieben Jahre. Wow. Da könnte sie recht haben.«

Alex ließ die Schultern hängen. »Ich weiß, aber ich meine, es ist ja nicht so, als hätte sie irgendetwas versucht. Wenn sie nur eine Affäre gewollt hätte, hätte sie sich doch in der Schutzhütte an mich ranschmeißen können und wir hätten uns danach nie wiedersehen müssen. Wir haben ein bisschen was getrunken und ich war definitiv empfänglich.«

»Kann sein. Oder vielleicht liegt es einfach daran, dass sie hetero ist und dich nur als gute Freundin sieht.«

Alex vergrub das Gesicht in den Händen und dachte an Loris Bemerkung in der Bibliothek, fragte sich, ob sie tatsächlich so unschuldig gemeint gewesen war. Zuerst war Alex überrascht gewesen und hatte sich möglicherweise etwas Hoffnung gemacht. Aber jetzt? Sie rieb sich das Gesicht und sah niedergeschlagen auf. »Wahrscheinlich hast du recht. Wem mache ich etwas vor? Meinst du wirklich, dass das alles ist?«

Danny zuckte mit den Schultern. »Hör mal, Alex, ich weiß nur, dass ich dich schon lange nicht mehr so über jemanden reden gehört habe, nicht einmal damals über Rachel. Und so, wie Lori – ich weiß nicht – nervös geworden ist, als ich ihr unterstellt habe, sie hätte ein Auge auf Mike geworfen ... ich glaube, sie fühlt auch etwas. Vielleicht ist es einfach noch nicht richtig bei ihr angekommen und sie braucht mehr Zeit.«

»Oder vielleicht bilde ich mir alles nur ein und habe aus einer Fliege einen Elefanten gemacht. Es ist so lange her, dass ich so empfunden habe.

Ich mache mir Sorgen, dass die guten Aspekte meinen Blick trüben, sodass ich die schlechten übersehe.«

»Warum machst du das jedes Mal?« Plötzlich war Dannys Miene streng.

»Was denn?« Sie lehnte sich von ihm weg und verschränkte die Arme.

»Warum suchst du immer das Schlechte an einer Sache? Es ist, als wärst du fest entschlossen, nie glücklich zu sein. Jess hat recht, wenn sie sagt, dass du jede Chance auf eine Beziehung sabotierst.«

»Was? Ich sabotiere doch nicht. Ich verschwende nur nicht unnötig Zeit, das ist alles.«

»Du lässt der Sache nie genug Zeit. Und wenn du dich auf etwas einlässt und dabei schon an das Ende denkst, wird nie mehr daraus.«

»Was ich meine, ist: Ich sehe nicht, wie mehr daraus werden kann. Ich weiß nicht einmal, ob sie so denkt, ganz zu schweigen davon, ob sie bereit ist, gleich wieder etwas Neues einzugehen.«

Dannys Züge wurden weicher und er drückte ihre Schulter mit seiner Hand. »Na, du weißt doch, dass nicht alles von dir abhängen muss. Wie wäre es, wenn du mal etwas Neues versuchst und dir nicht so viele Sorgen machst? Lass den Dingen ihren Lauf.«

»Du meinst, ich soll warten? Und sie den ersten Schritt machen lassen, wenn sie mehr will?«

»Na ja, entweder das oder du versuchst, mit der Frau zu reden.«

»Was ... aber ... ich kann doch nicht ...«

Danny lachte. »Du siehst aus wie ein Goldfisch.«

»Mistkerl.«

Er drückte noch einmal ihre Schulter und bemühte sich um Ernsthaftigkeit. »Du liebst mich trotzdem.«

»Ich weiß gar nicht, warum.«

»Weil ich die besten Ratschläge gebe.«

»Und welchen Rat gibst du mir jetzt?«

»Sei weiterhin so bezaubernd, wunderbar und schön wie immer, dann wird sie bald sehen, was wir anderen auch sehen, und dir nicht widerstehen können.«

Ihre Wangen brannten. »Danke, Danny. Du bist so gut für mein Selbstbewusstsein. Deshalb habe ich dich am liebsten.«

Da lachte er wieder und nahm sie in den Arm. »Lass das ja nicht Jess hören, sonst wirft sie mich auf den Grill. Und jetzt komm, gehen wir feiern.«

Kapitel 23

Der restliche Tag verging wie im Flug für Lori. Alle fragten sie abwechselnd zu allen möglichen Themen aus, von Internaten und Politikern bis hin zu ihrem liebsten Elton-John-Song, *Crystal*.

Es gab Vergleiche mit Mike und Neal über ihre Erfahrungen als Zwillinge, Gelächter über ihre Liebe für Lady Gaga, Zustimmung dazu, dass sie Eier am liebsten pochiert aß, aber auch Bestürzung darüber, dass sie noch nie einen Sambuca-Shot getrunken oder eine ganze Nacht bis zum Frühstück in einem Casino verbracht hatte. Jess und Alex schienen beides in ihrer Studienzeit oft getan zu haben.

Lola und Gail, zwei weitere Freundinnen von der Uni, kamen gerade rechtzeitig für Steaks und die zweite Runde Cocktails. Jules und Katy, ein Pärchen aus der Gegend, trafen bald darauf ein. Alex erzählte Lori, dass die beiden immer auf die Farm aufpassten, wenn sie mal nicht da war. Sie erzählten von ihrer eigenen Farm einige Meilen weiter. Sie hatten Jurten und Hütten auf ihrem Grundstück gebaut und vermieteten sie an Urlauber, vor allem Wanderer, aber auch an junge Paare, die für ein Wochenende mal aus der Stadt rauskommen wollten.

Als sie gerade drinnen mehr Getränke geholt hatte, hatte Lori beobachten können, wie die beiden auf einem Tandemfahrrad den holprigen Weg heraufgekommen waren, und hatte schnell die anderen gerufen, um ebenfalls das Lustigste zu beobachten, das sie seit Langem gesehen hatte. Allerdings nur, bis Chris und Neal versuchten, damit eine Runde durch den Garten zu drehen.

Jetzt saß sie auf einem der Outdoor-Sofas und ihr Glas und ihr Teller blieben nie lange leer, während sie unzählige witzige Anekdoten zu hören bekam, angefangen bei Lolas und Alex' erster Begegnung.

Jess hatte die beiden zu einer Runde Shot-Schach herausgefordert. Ein Spiel, das Alex spektakulär verloren hatte, bevor sie abrupt in einer Tequilawolke ins Bett verschwunden war. Lola hatte das offenbar niedlich gefunden, denn am nächsten Tag hatte sie sie zu einem Date eingeladen.

Lori sah zwischen Lola und Alex hin und her und versuchte, sie sich als Paar vorzustellen. Sie verspürte einen Stich der Eifersucht, als die beiden beim Erzählen der Geschichte einen Blick getauscht hatten, der deutlich machte, dass da mehr zwischen ihnen gewesen war. Lori fragte sich, wie lange sie zusammen gewesen waren und ob sie noch Gefühle füreinander hatten.

Darauf folgte trotz Alex' Protest das Spiel ›Wer kann Lori die witzigste oder peinlichste Geschichte über Alex erzählen‹. Lori hörte davon, wie sie Nächte durchgefeiert und ganze Wochenenden in Hüpfburgen geschlafen hatte. Es gab zahlreiche Anekdoten von Schabernack auf Musikfestivals und von all den Momenten, in denen Alex bei Livekonzerten rausgeworfen worden war. Lori wusste nicht, ob sie loslachen oder Mitgefühl zeigen sollte, als Neal ihr erzählte, wie Alex und Danny einmal versehentlich inmitten einer Totenwache in einer Schwulenbar gelandet waren.

Die Kostümpartys klangen grandios und sie wünschte sich, sie selbst miterlebt zu haben. Sie lachte über ihr peinliches Scheitern in einem französischen Surfcamp und die unglücklichen Abenteuer mit einem Schlauchboot auf Loch Tay. Nach so vielen Jahren gemeinsamen Feierns gab es natürlich auch eine Runde ›Wer hat wen geküsst‹.

Es war offensichtlich, dass alle Alex liebten und gerne Zeit in ihrem Heim verbrachten. Sie standen einander nahe und hatten vieles zusammen erlebt. Lori wurde ganz warm ums Herz, weil sie mit Alex eine Person getroffen hatte, die einer Menge Leuten so wichtig war, und die sie, Lori, in diese Gruppe eingeladen hatte. Alle hatten ihr das Gefühl gegeben, dazuzugehören, auch wenn es nur für ein Wochenende war.

Das Essen war köstlich. Jess hatte sich wahrhaftig selbst übertroffen und Chris hatte Lori ununterbrochen mit Cocktails versorgt, deren Namen immer vulgärer geworden waren. Der letzte schließlich hatte fast wie Schlamm ausgesehen und danach hatte Chris ihn auch benannt, bevor er anschließend Feierabend gemacht hatte.

Neben Jess war er definitiv der größte Komiker der Gruppe. Beide hatten Lori mehr als einmal vor Susie gerettet, die sehr darauf zu achten schien, Lori nicht in die Bredouille zu bringen, wenn Alex in der Nähe war. Aber nur dann. Wie auch immer, in einer Gruppe von zehn Freunden kam Lori mit einer bissigen Person schon zurecht.

Sie hatten im Musikzimmer gesessen und dort hatte sich herausgestellt, dass hinter Mikes vernünftiger Buchhalterfassade ein Rockstar steckte, der gar nicht schnell genug herauskommen konnte. Er und Neal hatten einige Songs rausgehauen und sich am Ende die Shirts vom Leib gerissen, zur allgemeinen Belustigung und Chris' Entzücken.

Danny hatte zu Jules' Begleitung auf dem Klavier einige ruhige Songs auf der Gitarre gezupft. Dann hatte Jules sie kurz zur Ruhe gebracht, indem sie *Caledonia* gesungen hatte, während die anderen ihr gebannt gelauscht hatten. Beim Pokern hatte Lori ihr Versprechen eingelöst und den anderen für Alex das Geld aus der Tasche gezogen.

Als der Abend voranschritt und es draußen kühler wurde, zogen das restliche Essen, der Wein und ein knisterndes Lagerfeuer alle auf die Veranda hinaus. Frank war den Großteil des Tages an der frischen Luft über die Farm gestreunt, aber sobald das Lagerfeuer entzündet war, rollte er sich zufrieden zu Loris Füßen zusammen und sie festigte seine Treue zu ihr, indem sie ihm heimlich Wurststückchen zuschusterte.

Die Jungs hatten sich übernommen und als das Feuer hinuntergebrannt war, gingen sie bald ins Bett. Lori hatte seit ihrem Quadausflug am Morgen keinen Moment allein mit Alex verbracht und deshalb geplant, am Ende des Abends als Letzte mit ihr aufzubleiben.

Aber nachdem Jess und die anderen Frauen den Jungs ins Bett gefolgt waren, wollte Susie nicht gehen, was nicht gerade überraschend war. Obwohl ihr Kopf immer wieder kurzzeitig nach unten sackte und ihr in betrunkener Erschöpfung die Augen zufielen, rutschte sie einfach tiefer in ihren Stuhl, machte es sich bequem und schien ihnen keine Zeit zu zweit geben zu wollen.

Lori hatte bald erkannt, dass Susies Problem mit ihr und auch Jess darin bestand, dass sie offensichtlich seit Langem Gefühle für Alex hatte und es einfach nicht mochte, andere Frauen in ihrem Leben zu sehen. Lori tröstete sich mit dem Wissen, dass Susie als Technikerin auf einer Bohrinsel arbeitete. Wenn Lori und Alex also befreundet blieben, würde sie Susie wenigstens nur ein- oder zweimal im Jahr aushalten müssen.

Die Nacht wurde stiller und die drei Frauen ebenfalls. Lori sah von Susie zu Alex, die an ihrem Rotwein nippte und in den Sternenhimmel hochblickte. Lori stützte das Kinn in die Hand und einen Ellbogen auf die Armlehne ihres Stuhls. Sie war zufrieden, geradezu unbeschwert.

Als sie den Blick vom Feuer abwandte, merkte sie, dass Alex zu ihr sah, und erwiderte ihren Blick. »Ich liebe es hier, Alex.«

Alex lächelte träge zurück. »Ich liebe es, dich hier zu haben.«

Ihr Lächeln und die Bemerkung schickten Wärme durch Loris ganzen Körper.

Susie nickte wieder müde mit dem Kopf und Alex wurde direkt. »Susie, du musst nicht aufbleiben und beim Aufräumen helfen. Lori und ich sammeln das Geschirr ein und der Rest kann bis morgen warten.«

Susie kam zu sich und schüttelte reflexartig den Kopf. Aber sie verstand den Wink mit dem Zaunpfahl und begriff wohl, dass sie keine andere Wahl hatte. Sie zog Alex demonstrativ in eine lange Umarmung, bevor sie Lori lediglich zunickte und schnaubend hineinging.

Alex seufzte und Lori fasste es als Erleichterung auf. »Vergiss das Geschirr. Ich brauche mehr Wein und einen gemütlichen Sessel. Was ist mit dir? Bleibst du noch eine Weile mit mir auf?«

Lori lächelte, glücklich darüber, dass Alex sich offenbar auch nach etwas Zweisamkeit sehnte. »Nach der ganzen Aufregung heute könnte ich etwas Ruhe vor dem Schlafengehen gebrauchen.«

Sie nahmen ihre Gläser in den Wohnbereich mit und Alex hielt auf das große, geschwungene Zweiersofa zu. Sie gab Lori ihr Glas und zog an einem kleinen Hebel seitlich am Sitz. »Sieh dir das an.« Langsam drehte sie das Sofa um, bis es zur Raummitte und dem Holzofen zeigte, in dem noch die letzte Glut glomm.

»Und wieder bin ich beeindruckt. Du hast hier wirklich an alles gedacht.«

Alex strahlte. »Es freut mich so, dass du gerne auf der Farm bist.« Sie gab ein weiteres Scheit auf das Feuer und öffnete ein Luftloch, um es wieder zu schüren, bevor sie sich neben Lori auf dem Sofa zusammenrollte. »Also hast du meine Freunde gut überlebt? Niemand hat dir noch mehr Ärger gemacht? Und damit meine ich Susie.«

»Es war nichts, womit ich nicht fertiggeworden wäre. Es ist offensichtlich, dass alle dich sehr gernhaben und nur sichergehen wollen, dass ich nicht aus schlechten Absichten hier bin.«

»Hast du gestern Abend den typischen Beste-Freundin-Vortrag von Jess bekommen?«

»Sie war überraschend nachsichtig mit mir, aber eine kleine Warnung war auf jeden Fall auch dabei. Aber das habe ich erwartet und du hast Stella noch nicht kennengelernt, schon vergessen? Ich garantiere dir, dass du mehr oder weniger dasselbe von ihr zu hören bekommen wirst.«

»Von einer Polizistin ins Kreuzverhör genommen werden? Das könnte heiß werden.«

»Hey.« Lori schlug sie leicht auf den Arm. »Dafür sage ich ihr, sie soll dich besonders hart rannehmen!«

»Oh, unbedingt«, scherzte Alex.

»Das reicht jetzt.« Lori starrte sie finster an. »Ich meine es ernst, das ist nicht witzig.«

»Ah, du weißt doch, dass das nicht stimmt, aber gut, es tut mir leid. Vergibst du mir?«

»Dieses eine Mal. Solange du mir versprichst, dich nicht an meine beste Freundin heranzumachen, wenn du sie triffst.«

»Also willst du, dass ich deine Freunde treffe, ja? Irgendetwas muss ich wohl richtig machen.«

»Bilde dir mal nichts darauf ein. Vergiss nicht, ich bin eine feine Dame, die mit einer Prinzessin auf dem Internat war. Du hast mich eingeladen, also lade ich dich ein. Das macht man so. Du kannst gerne ebenso höflich ablehnen.«

Da lachte Alex, und Lori stimmte mit ein. »Gut gekontert, ein Punkt für dich.«

»Weißt du, ich glaube, mit dem Punkt bin ich jetzt in Führung.«

»Und weißt du, das Wochenende ist noch nicht vorbei. Wir haben noch Zeit.«

»Stimmt. Ich hebe mir die Selbstgefälligkeit noch auf.« Lori trank einen Schluck Wein und entschied sich, direkt zu sein. »Darf ich fragen, was Susies Problem ist? Ich kann nicht gerade behaupten, dass sie so nachsichtig mit mir war wie Jess.«

»Ach, das mit Susie ist eine lange Geschichte. Wie gesagt, wir haben eine gemeinsame Vergangenheit, die bis zur Highschool zurückreicht und sie scheint das einfach nicht hinter sich lassen zu können. Wir waren beide verwirrt und verletzlich, wussten noch nicht, dass wir lesbisch waren oder was es für uns bedeuten würde, anders als unsere Freunde zu sein. Wir wussten nur, dass wir uns ähnlich waren, und haben uns aneinander gehalten. Als wir vierzehn waren, habe ich den Fehler begangen, sie zu küssen, und sie hat Gefühle für mich entwickelt, aus denen aber nie mehr geworden ist. Jetzt sind wir schon so lange befreundet, dass ich sie nicht einfach aus meinem Leben verbannen kann. Außerdem hat sie unter der harten Fassade doch ein gutes Herz.«

»Na ja, du kennst sie natürlich am besten, aber bist du dir da sicher? Leute ändern sich. Manchmal passieren Dinge, die sie verändern.«

Alex zuckte mit den Schultern. »Aye, ich weiß. Egal, wen wir mitbringen, sie kann niemanden leiden, vor allem Frauen nicht. Du hättest sie sehen sollen, als ich an der Uni mit Lola ausgegangen bin, und dann mit Rachel ... Zicke beschreibt es nicht mal ansatzweise. Aber ich kenne auch ihre andere Seite, also wirst du mir einfach vertrauen und sie ignorieren müssen.«

»Ich gebe zu, ich war etwas erleichtert, als sie Jess und dann Lola genauso behandelt hat. Dann wusste ich wenigstens, dass es nicht an mir liegt.«

»Oh, keine Sorge, es liegt nicht an dir. Ich meine, Lola und ich waren achtzehn und es hat nur ein Jahr gehalten, aber Susie hat so getan, als würden wir heiraten oder so. Als ich mit Lola zusammengekommen bin, hatte ich Susie gerade wieder abgewiesen und gemeint, dass ich zu viel für die Uni zu tun hätte, um etwas mit jemandem anzufangen. Ich wollte nur nett sein, aber dann habe ich Lola getroffen und sie war fuchsteufelswild. Darüber ist sie nie ganz hinweggekommen.«

»Aber inzwischen muss ihr doch klar sein, dass zwischen euch nie etwas laufen wird.«

»Ja, natürlich weiß sie das. Eines Tages wird sie sich sicherlich endlich beruhigen und einen Job auf dem Festland finden und die Frau kennenlernen, die alles ändert.«

»Ich hoffe, du hast recht.«

»Ich bin mir sicher. Und bis dahin ist sie so selten hier, dass es keinen Zweck hat, sich darüber den Kopf zu zerbrechen. Aber es tut mir leid, wenn sie und auch Jess es ein wenig übertrieben haben.«

»Jess war ehrlich gesagt in Ordnung. Sie ist recht leidenschaftlich, was dich betrifft, aber wie gesagt, das erwarte ich auch von einer besten Freundin. Tatsächlich hat sie mich herzlich aufgenommen.«

»Aye, sie ist wunderbar und sieht sich irgendwie als meine Beschützerin, seit, na ja, seit vor langer Zeit gewisse Dinge passiert sind und ich unerwartet jemanden gebraucht habe.«

»Meinst du damit Beth? Oder anderen Familienkram? Ist das, was mit ihr geschehen ist, der Grund, warum deine Familie nicht hier ist?«

»Sagen wir einfach, Jess ist während der schlimmsten Zeit meines Lebens bei mir geblieben. Ich habe ihr eine Menge zu verdanken.«

Lori sah wieder diesen Schatten über Alex' Gesicht huschen. Wie schon in der Schutzhütte. Sie beschloss, diesmal wenigstens einen Einstieg anzubieten. »Willst du darüber reden?«

Alex wandte sich vom Feuer ab und blickte Lori in die Augen.

Lori war nicht sicher, wonach sie suchte, hoffte aber, dass Alex es fand. Sie wollte, dass Alex sich ihr öffnete, ihr vertraute.

Stattdessen griff Alex nach ihrer Hand und verschränkte ihre Finger miteinander. »Ein andermal?«

Lori drückte verständnisvoll ihre Hand und lächelte. »Klar.«

»Also, erzähl mir mehr von deinem Dad. Seht ihr euch oft?«

»Nicht wirklich. Er versucht, ein paarmal pro Jahr heimzukommen, aber auch dann kommen wir meistens nur zu einem Abendessen zusammen. Aber das ist in Ordnung, so war es schon immer und ich habe meinen Frieden damit geschlossen.«

»Es kann trotzdem nicht leicht gewesen sein, vor allem da deine Mum nicht da war.«

Lori stieß einen langen Seufzer aus. »Kann sein, aber nachdem meine Tante Emily übernommen hat, waren wir gut versorgt. Und ich hatte immer noch Scott.«

»Entschuldige, Lori. Ich wollte nur das Thema wechseln. Wir müssen nicht darüber reden.«

»Nein, nein. Wie gesagt, ich habe meinen Frieden damit geschlossen. Es stört mich nicht.«

Alex stand auf und ging zur Bar. »Whisky?«

»Ich schätze, wenn ich dir gleich das Herz ausschütte, ja, bitte. Einen großen.«

Alex kicherte. »Zwei große Whiskys, kommen sofort.«

»Oh, warte. Steigen wir nicht morgen auf einen Berg? Ich hasse es, verkatert zu wandern.«

»Äh, eigentlich nicht. Ich hatte etwas anderes im Sinn. Das hat eher mit Wasser zu tun. Ich verspreche dir, dabei kriegst du einen klaren Kopf und es wird jeden eventuellen Kater vertreiben.«

»Erklärt das etwa den Neoprenanzug, der in meinem Zimmer hängt?«

»Ah, den hast du gesehen? Ich habe Jess darauf angesetzt, ihn für dich auszusuchen. Ich dachte, ihr ähnelt euch in Größe und Körperbau.«

»Jetzt bin ich wirklich neugierig und freue mich, dass ich mehr Whisky trinken kann. Mach ruhig einen großen.«

Alex reichte ihr lächelnd den Drink, bevor sie es sich wieder auf dem Sofa bequem machte.

Lori betrachtete ihr Profil im orangefarbenen Feuerschein und verspürte plötzlich den Drang, mit einem Finger über ihre Wange zu streichen.

Stattdessen nahm sie einen großen Schluck Whisky, der eine brennende Spur bis hinab in ihren Magen hinterließ.

Alex sah sie an. »Also, wie bist du im Internat gelandet?«

»Willst du die lange oder die kurze Geschichte?«

»Die lange. Es gibt noch mehr Whisky, falls wir ihn brauchen.«

»Gut zu wissen.« Lori starrte wieder ins Feuer, dachte an jene einsamen Jahre zurück und fragte sich, wo sie anfangen sollte. »Nach Mums Tod wurden Scott und ich eine Weile herumgeschoben. Die Lösung meines Dads war es, zu verschwinden und sich in so vielen verschiedenen Ländern wie möglich volllaufen zu lassen. Zuerst haben wir das nicht verstanden. Wir dachten, er wäre für immer verschwunden, genau wie Mum.«

Alex sagte nichts, griff nur wieder nach Loris Hand.

»Unsere Tante Emily hat uns getröstet und gesagt, er würde zurückkommen, wenn er ›sich erholt und Vernunft angenommen‹ hätte. Ich glaube, er wollte sich uns nicht so gebrochen zeigen. Er wollte unser Bild von ihm als dem großen, starken, abenteuerlustigen Dad, der auf der Suche nach magischen Geschichten und exotischen Geschenken für uns in ferne Lande reiste, nicht ruinieren.«

»Also hat er euch stattdessen im Stich gelassen?«

»Ich weiß, ich weiß. Es hat ein Jahr gedauert, aber schließlich ist er nüchtern genug geworden, um sich wieder zu fangen, sich an seine zwei Kinder zu erinnern und nach Hause zu kommen. Aber er war nie wieder derselbe. Ich glaube, er hat zu viel von unserer Mum in uns gesehen und es hat ihn täglich daran erinnert, was er verloren hat.«

»Also war seine Reaktion darauf, auch seine Kinder zu verlieren?«

»Ja, das begreife ich auch immer noch nicht und ich weiß nicht, ob er es jetzt erklären könnte. Er war immer noch jung und egoistisch und glaubte nicht daran, dass er ohne Mum gut für uns wäre. Er meinte, sie hätte ihn zu einem Vater gemacht und allein könnte er das nicht.«

»Und dann hat er euch ins Internat gesteckt?«

»Nicht sofort. Letztendlich ist er nach Hause gekommen und hat uns zu sich genommen. Es folgte eine Reihe erfolgloser Kindermädchen, die nicht darauf vorbereitet waren, dass er mehrere Tage hintereinander zu seinen Trinkgelagen verschwand. Dann kamen wir wieder zu Tante Emily, bis wir elf und in seinen Augen alt genug waren, um aufs Internat zu gehen.«

»Hat eure Tante nichts dagegen gehabt?«

»Doch, natürlich, aber eigentlich war sie die Tante meiner Mum und schon in Rente mit eigenen erwachsenen Kindern. Sie hat protestiert, aber sie wusste auch, dass es nicht leicht für sie wäre, wieder zwei Teenager im Haus zu haben, und außerdem hat Dad für alles bezahlt und daher das letzte Wort in der Sache gehabt.«

»Ich schätze, wenigstens hattest du Scott.«

»Das hat auf jeden Fall geholfen, obwohl es komisch war, in ein Wohnheim zu kommen und ihn nachts nicht im Nebenzimmer zu wissen. Aber wenn ich Heimweh hatte oder Rat brauchte, konnte ich immer Tante Emily anrufen. Sie ist wohl zum Anker in meinem Leben geworden. Leider ist sie vor zwei Jahren verstorben. Ich glaube, da habe ich auch allmählich erkannt, dass Andrew und ich Probleme hatten. Immer waren es Scott oder Stella, die für mich da waren, wenn ich jemanden zum Reden brauchte, nicht er.«

»Wenn du so etwas durchmachst, findest du immer heraus, wem du wirklich wichtig bist.«

»Sprichst du aus eigener Erfahrung?«

»Aye.« Alex trank ihren Whisky aus und stand auf, um ihre Gläser aufzufüllen. »Du hast also keine besonders enge Beziehung zu deinem Dad?«

»Nein. Ich weiß, dass er mich liebt, und ich liebe ihn. Wir sind eine Familie, das steht also außer Frage. Aber er kennt mich nicht.«

Immerhin hatte er sie gut versorgt, sodass ihnen nie etwas gefehlt hatte. James Hunter stammte aus einer reichen Familie, obwohl sein Lebensstil es nicht vermuten ließ: wie er von einem Land ins andere zog, immer der nächsten Sensation hinterher. Sein Motto war: ›Was nicht ins Handgepäck passt, ist unnötig.‹ Anscheinend betraf dieses Motto auch seine Kinder.

Dank ihrer wohlhabenden Großeltern besaßen Scott und Lori gut gefüllte Bankkonten und Treuhandfonds. Ihre Wohnorte in London wurden direkt gekauft und sie mussten keine Studienkredite abbezahlen. Das verschaffte ihnen Unabhängigkeit und Freiheit. Aber keine Familie.

»Wie auch immer, ich glaube, das sind genug düstere Geschichten aus meinem Leben für einen Abend. Können wir einfach hier sitzen und beim letzten Whisky zusehen, wie das Feuer runterbrennt?«

»Klar.« Alex lächelte und strich Lori eine Haarsträhne hinters Ohr. »Ich bin froh, dass du mit mir reden kannst.«

Lori legte eine Hand über Alex', drückte sie an ihre Wange und schloss die Augen. Mit einer kleinen, zärtlichen Geste hatte Alex den Schmerz vertrieben und Lori wollte diesen Moment genießen.

»Oh, ich wusste nicht, dass ihr noch wach seid.« Jess stand in der Tür und brach den Bann. »Entschuldigt die Störung. Ich wollte mir nur Wasser holen.«

Alex ließ ihre Hand hastig sinken und lehnte sich zurück. »Kein Problem, das Feuer ist sowieso fast aus. Wir wollten gerade schlafen gehen.« Sie stand auf, nahm ihre Gläser und brachte sie zum Spülbecken, wo Jess stand und ihr Wasserglas füllte.

Der Moment war vorbei und Lori wusste nicht, ob es der Whisky oder der Alex-Effekt war, aber plötzlich war ihr schwindlig und sie fand, dass es wahrscheinlich das Beste wäre, jetzt schlafen zu gehen. »Gute Idee. Ich glaube, der letzte Whisky hat mich ziemlich erwischt.«

»Aye.« Jess grinste. »Das war bestimmt der Whisky.«

Jess bekam einen Ellbogen von Alex in die Rippen, bevor diese Lori anlächelte. »Komm, ich will nachsehen, ob Frank sich nicht wieder reingeschlichen und sein Lager in deinem Zimmer aufgeschlagen hat.«

Sie folgte Lori den langen Gang entlang in den Wohnbereich des Nebenappartements und steckte den Kopf ins Schlafzimmer, um dort nachzusehen. »Keine Spur von ihm. Wie es aussieht, hast du das Zimmer für dich.«

»Du weißt schon, dass ich ihn gestern Abend selbst reingelassen habe, oder?«

Alex senkte schuldbewusst den Blick. »Erwischt. Ich schätze, ich wollte eine Ausrede, um Jess' Verhör zu entgehen, und dich vielleicht auch zu deinem Zimmer begleiten.«

Lori lächelte über die Geste. »Ich hatte heute wirklich viel Spaß, Alex. Deine Freunde sind toll und ich verstehe, warum du es hier so liebst.«

Alex grinste und ihre Grübchen traten deutlich hervor, was Lori immer gern sah. »Na, es ist noch nicht vorbei, morgen gehen wir ja noch auf ein Abenteuer.«

»Ich kann es kaum erwarten.« Lori erwiderte ihren Blick, plötzlich unsicher, was sie als Nächstes tun sollte. Nach einem Blick zu Boden wusste sie es. Sie beugte sich vor und drückte einen sanften Kuss auf das linke Grübchen, bevor sie ihr ins Ohr flüsterte: »*Bonne nuit et dors bien*, Alex.«

Einige Augenblicke, nachdem die Schlafzimmertür zugefallen war, stand Alex noch wie angewurzelt da. Jede Faser in ihrem Körper flehte sie an, zu klopfen und Lori nicht so leicht mit einem harmlosen Kuss auf die Wange davonkommen zu lassen.

Stattdessen atmete sie einige Male tief durch und konzentrierte sich auf eins der Landschaftsgemälde ihr gegenüber, während ihr Herzschlag sich wieder beruhigte. Sie hörte Dannys Stimme der Vernunft im Kopf, die ihr sagte, sich einfach treiben zu lassen, es nicht zu überstürzen und Lori führen zu lassen. Wenn Lori mehr wollte, würde sie es ihr schon sagen.

Leise schloss Alex die Appartementtür hinter sich und wanderte benommen den Gang entlang. Dort traf sie Susie, die auf dem Weg zum Badezimmer war.

Susie deutete mit einem Kopfnicken auf Loris Schlafzimmer. »Hast wohl einen Marschbefehl bekommen, hm?«

»Ah, Susie, du brauchst gar nicht so zufrieden zu gucken. Ich weiß alles, was ich wissen muss.«

Kapitel 24

Sean zertrat eine weitere Zigarette mit dem Stiefel und lehnte sich tiefer in die Schatten zurück, als im ersten Stock des gegenüberliegenden Hauses das Licht anging. Eine Gestalt, die er gut kannte, zog die Vorhänge zu und verdeckte ihm die Sicht mit Stoff, auf den Raumschiffe und Astronauten gedruckt waren.

Sein Blick huschte zum Wohnzimmerfenster, wo eine weitere Gestalt stand, aus einer Tasse trank und auf die Straße hinaussah. Diese war weniger vertraut. Sean richtete sich auf und knirschte mit den Zähnen, um das Brüllen zu unterdrücken, das herauswollte.

»Hexe«, murmelte er in sich hinein und zog eine weitere Zigarette aus der zerknautschten Packung. Es war der dritte Abend diese Woche, dass er das Familienglück beobachtete. Ihre Rückkehr von der Schule, ein flüchtiger Blick auf seine Söhne, als sie ins Haus stürzten, Lichter, das Flackern des Fernsehers. Die Heimkehr des anderen von der Arbeit in dem schicken Wagen, ein Kuss an der Haustür und zweifellos ein gemütliches Abendessen mit banalem Geplauder über ihre langweiligen Tage. Dann ging im Zimmer seines jüngsten Sohnes das Licht an und der Hochstapler stellte sich im Wohnzimmer ans Fenster.

Sean fragte sich, ob der Mann ihn sah oder vielleicht nur seine Gegenwart erahnte. Ganz sicher wusste der Mann, dass er nicht in dieses Haus gehörte. Er spielte lediglich eine Rolle. Er würde nie ihr echter Vater sein.

Die Raumschiffe und Astronauten verschwanden, als das Licht ausging. Nur der schwache Schein in einer Fensterecke verriet, dass sein Sohn mit einem Nachtlicht schlief. Das ärgerte ihn. Also wirklich, er war schließlich schon zehn.

Einen Moment später beobachtete er, wie sie dem Hochstapler am Fenster die Arme um die Taille legte. Das geschah zum ersten Mal. Abgesehen von dem Schmatzer an der Tür hatte er sie nie zusammen gesehen. Die Welle der Wut, die ihn bei dem Anblick überrollte, trieb ihn fast über die Straße, um beiden das selbstgefällige Lächeln von den Gesichtern zu schlagen.

Er zog an der Zigarette und stellte es sich stattdessen vor. Er stellte sich ihre verängstigten Mienen vor, wenn er zur Tür hereinstürzte, und wie er den arroganten Mistkerl am Fenster zusehen ließ, während er seiner lügenden, betrügerischen Ex-Frau das Lächeln aus dem Gesicht vertrieb. Bevor er dem Wichser mit der Teetasse den Kopf einschlug.

Das beruhigte ihn.

Alles zu seiner Zeit, dachte er. Eines Tages würde er seine Rache bekommen.

Er sah zum Lichtschein am Fenster hoch und rief sich in Erinnerung, was ihn davon abhielt, seinen Traum zu verwirklichen und endlich die Frau zu vernichten, die ihn so schnell fallen gelassen hatte, als er sie am meisten gebraucht hatte. Die Frau, die ihm seine Söhne und mit ihnen sein Leben gestohlen hatte.

Er fuhr alle paar Monate nach Süden. Im Winter war es immer am besten, denn in der Dunkelheit konnte er näher heran und musste sich nicht im Auto verstecken. Es nieselte und er stellte den Kragen gegen den Wind auf, der hinter ihm durch die Gasse wehte.

Die beiden lösten sich voneinander und der Hochstapler ging davon, während sie nach den Vorhängen griff. Sean beobachtete, wie sie kurz zögerte und zu beiden Seiten die Straße entlangsah, als suchte sie etwas.

Fast hätte er sich in Bewegung gesetzt, oh, wie gerne er aus den Schatten getreten wäre. Er wollte den Schock auf ihrem Gesicht sehen, wenn sie erkannte, dass ihr Gespür sie nicht getrogen hatte. Er wollte, dass sie die Angst empfand, die er mit Sicherheit in ihr auslösen konnte, auch nach all den Jahren noch. Aber seine Füße regten sich nicht. Es war noch nicht an der Zeit. Solange seine Söhne in diesem Haus waren, war sie sicher. Er fragte sich, ob sie wusste, dass sie einzig aus diesem Grund noch am Leben war.

Noch ein Moment, dann war sie weg. Seine Familie blieb ihm eine weitere Nacht verwehrt.

Der Adrenalinrausch der Fantasievorstellung hielt noch an, durchströmte ihn und er spürte, wie er bei dem Gedanken hart wurde. Er atmete durch und erlaubte sich noch einen Blick auf das Haus, bevor er in die Gasse zurückging. Zusehen war nicht gerade befriedigend, aber bis die Zeit gekommen war, würde er sich mit irgendeiner anderen Hure dort draußen begnügen müssen, die es geradezu herausforderte.

Er musste sich die Erleichterung gönnen. Er brauchte sie.

Die Zeit verstrich und die Situation machte ihn allmählich ungeduldig. Aber er war klug und gut ausgebildet worden. Er würde keine impulsiven Fehler begehen.

Heute würde jemand anderes dafür bezahlen, was sie getan hatte. Wahrscheinlich würde er irgendeinem anderen armen Mistkerl einen Gefallen tun. Mit gesenktem Kopf marschierte er zu seinem Auto.

Heute Abend würde er seinen Spaß haben und verschwunden sein, bevor seine Söhne sich morgen an den Frühstückstisch setzten.

Kapitel 25

Nach dem Frühstück am Sonntag waren Jules und Katy heimgefahren, um ihre Tiere zu füttern. Die vier Jungs hatten abgelehnt, auf den Ausflug mitzukommen, und gemeint, dass sie das Abenteuer ja schon kannten. In Wahrheit waren sie wieder ins Bett gegangen, um ihren Kater auszuschlafen.

Lori hatte mit Frank, der neben ihr saß, zugesehen, wie Alex Neoprenanzüge, Handtücher, Schwimmwesten und Helme eingepackt hatte. Verraten, wohin sie wollten, hatte ihr Alex bis dahin immer noch nicht.

Susie war noch frostiger zu ihr gewesen, falls das überhaupt möglich war, und hatte beim Frühstück nur leise Guten Morgen gemurmelt. Danach hatte sie die Küche verlassen, um sich fertig zu machen, und war erst wieder aufgetaucht, als alle bereit zum Aufbruch gewesen waren.

Weil sie die kleinste der Gruppe war, musste Susie auf den kleinen Sitz ganz hinten im Wagen, was ihre Stimmung noch mehr gedrückt hatte. Sie sprach nur, wenn sich die Gelegenheit für einen Seitenhieb auf Lori oder Jess bot. Falls Alex es bemerkte, sagte sie nichts dazu.

Inzwischen waren sie zu Fuß unterwegs und Alex führte sie über Zäune und eine Weide voller Schafe, die allmählich zu einem breiten, seichten Fluss abfiel. Das Wasser war kristallklar und kaum knöcheltief und Lori war unsicher, was für Wasserabenteuer sie hier erleben würden.

Sie trat auf ein paar Steine, die in dem Rinnsal lagen, und machte ihrer Verwirrung Luft. »Bist du sicher, dass die Neoprenanzüge nötig sind? Ich meine, wohin gehen wir genau?«

»Nur Geduld, Lori.« Alex hielt ihr die Ausrüstung hin. »Du musst mir einfach vertrauen.«

Als sie erkannte, dass sie sich vor allen umziehen musste, schnappte sie sich die Ausrüstung und suchte zu Jess' Belustigung etwas Privatsphäre hinter einem großen Baum.

»Unglaublich, dass du auf dem Internat warst und dich immer noch nicht vor anderen Damen umziehen willst.«

Lori streckte den Kopf hinter dem Baum hervor. »Na ja, mein Problem ist, nach gestern Abend weiß ich leider, dass ihr keine Damen seid.«

Alle außer Susie lachten.

»Moment mal. Du meinst, wir würden gaffen, nur weil wir alle Lesben sind? Oh bitte. Krieg dich wieder ein«, sagte Susie höhnisch.

Gail hob eine Hand. »Äh, wie oft muss ich euch daran erinnern? Es gibt hier noch eine Heterofrau.«

Lori zog den Neoprenanzug hoch und trat hinter dem Baum hervor, entschlossen, nicht bissig zu werden. »Eigentlich habe ich mir nur Sorgen gemacht, dass Jess nicht widerstehen kann, aber wenn ich so darüber nachdenke …« Sie zwinkerte Jess zu, bevor sie Gail den Rücken zudrehte. »Heterofrau, könntest du bitte meinen Reißverschluss zuziehen? Er scheint festzustecken und ich bin nicht sicher, ob ich diese Lesben in meiner Nähe haben will, solange ich halb nackt bin.«

Wieder kicherten alle außer Susie. Die warf einen Blick in die Runde, packte ihren eigenen Neoprenanzug und stürmte ohne ein weiteres Wort hinter den Baum.

Lori nahm die Stiefel ihres Anzugs und die Schwimmweste und ging zu einem Felsen am Wasser, um sich beides anzuziehen. Sie drehte den anderen den Rücken zu, um ihnen etwas Privatsphäre zu geben. Nach dem Vorfall in der Schutzhütte, bei dem sie so hochrot angelaufen war, wollte sie keinen Blick auf Alex riskieren und Susie noch mehr Angriffsfläche bieten.

»Okay, also, worin besteht dieses große Abenteuer? Ich sehe nicht gerade viel Wasser.«

Alex trat vorsichtig in den eiskalten Fluss und sog scharf Luft ein. »Mir nach.«

Zuerst war die Kälte ein Schock, aber doch erträglich mit den Neoprenstiefeln. Die Frauen arbeiteten sich langsam voran und achteten auf die Steine in dem seichten Wasser. Bald wurden die Ufer zu beiden Seiten steiler und formten einen schmalen Pfad flussaufwärts.

Alex ging voran, als das Wasser knietief wurde, und blieb vor zwei großen Felsbrocken stehen, die als Durchgang zu dienen schienen und die Sicht nach vorn blockierten.

Lori wusste nicht, was dahinterlag, aber sie vermutete, dass dort etwas Besonderes auf sie wartete.

»Willkommen am Devil's Pool Pit«, verkündete Alex, als Susie als Letzte zu ihnen aufschloss.

»Im Ernst?« Lori war entzückt. Sie hatte schon von diesem Ort gehört, ihn aber nie besucht, da sie nach den Wanderungen nie Zeit gehabt hatte oder schnell hatte zurückfahren wollen.

»Im Ernst. Ich nehme an, du hast davon gehört?«

»Natürlich. Ich habe auf Websites davon gelesen, aber nie gedacht, dass ich ihn mal mit eigenen Augen sehen könnte. Das ist so cool. Gibt es wirklich Wasserfälle?«

Alex lächelte. »Aye, die sind ganz am Ende. Es hat in letzter Zeit nicht viel geregnet, das Wasser sollte also flach genug sein, dass wir problemlos durchkommen. Wir waren alle schon mal hier und sollten den Weg leicht wiederfinden.«

»Cool.« Lori grinste. »Na, was stehen wir noch herum? Auf geht's.«

Ihre Begeisterung schien ansteckend zu sein und die anderen wirkten ebenso aufgeregt wie sie, obwohl sie die Umgebung bereits kannten.

Susie runzelte die Stirn. »Unfassbar, dass ihr mich wieder hier rausgezerrt habt.«

Jess stieß sie spielerisch an. »Niemand hat dich gezerrt, Susie. Im Gegenteil, wenn du die ganze Zeit so eine Miene ziehst, kannst du auch genauso gut zum Auto zurückgehen.«

Sie zog eine Grimasse und schob sich an allen vorbei. »Kommt schon, gehen wir endlich.«

Bald schon liefen sie im Zickzack durch die Felsen. Das Wasser wurde so tief, dass es beinahe schwarz wirkte, und lediglich das dunkle Rot der glatten Felsvorsprünge unter der Oberfläche bildete einen sichtbaren Weg. Der Wasserspiegel stieg schnell auf Hüfthöhe für Lori und Jess und auf Brusthöhe für alle anderen an.

Lori tastete sich vorsichtig voran, um nicht auszurutschen. Sie wollte nicht unbedingt komplett untertauchen, egal, wie verkatert sie war. Immer wieder hielten sie an, um die kalten, steifen Finger zu dehnen und zu strecken, die ungeschützt im eisigen Wasser waren, während Jess mit einer wasserfesten Kompaktkamera Fotos schoss.

Schließlich wich das tiefere Wasser einem natürlichen Damm. Der Bewuchs an den Wänden der Schlucht wurde dichter und hing zu ihnen herab. Es schirmte Geräusche ab und schuf eine gedämpfte Stille in der Klamm, wie sie sonst auf Berggipfeln zu finden war.

Lori atmete durch und setzte sich zu den anderen auf einen der größeren Baumstämme im Damm. Staunend ließ sie einfach alles auf sich wirken, während Lola und Gail unter Jess' Anweisung und zur Belustigung der anderen die Baumstammszene aus *Dirty Dancing* nachspielten.

Alex zeigte auf einen rauen Pfad, der in die Felswand gehauen war. »Das ist so was wie eine Treppe. Von hier aus gehen wir weiter zu den Wasserfällen, aber auf dem Rückweg klettern wir da hoch und folgen dem Pfad zu unserem Ausgangspunkt zurück, um uns alles von oben anzusehen.«

»Klingt nach einem guten Plan.« Jess hüpfte vom Stamm ins Wasser zurück. »Wollen wir weiter?«

»Klar.« Alex sprang hinter ihr herab und hielt Lori dann eine Hand hin.

Susies dramatisches Seufzen bei Alex' Geste war nicht zu überhören. So kleinlich es auch war, Lori hielt Alex' Hand noch etwas länger fest und ließ sich von ihr ins tiefere Wasser zurückführen.

Alex lächelte Lori an und war offensichtlich glücklich, dass sie ihre Hand nicht gleich wieder losgelassen hatte. Während sie weiterwanderten, wuchs Loris Vorfreude auf die Wasserfälle. Sie warf einen Blick zu den anderen zurück: Jess strahlte und zwinkerte ihr zu, aber ein Blick auf Susie verdarb den Moment.

Plötzlich rutschte ihr Fuß unter ihr weg und sie schrie auf, bevor das Wasser über ihr zusammenschlug und ihr Alex' Hand entglitt.

Ihre Schwimmweste holte sie schnell an die Oberfläche zurück, aber als sie aufstehen wollte, zuckte sie vor Schmerz zusammen, verlor wieder den Halt und tauchte noch einmal unter. Das eiskalte Wasser ließ ihr Gesicht schmerzhaft prickeln. Sie schnappte nach Luft, als jemand sie vorn an der Schwimmweste packte und wieder hochzog.

Es war Alex und sie versuchte, Lori auf den Beinen zu halten und ihr gleichzeitig das Wasser aus dem Gesicht zu wischen. »Schh, es ist alles gut. Ich hab dich.«

Die anderen wateten zu ihr herüber, abgesehen von Susie, die gar keine Anstalten machte, zu helfen. Sie lehnte sich nur an die Felswand und beobachtete den Aufruhr.

»Was ist passiert, geht's dir gut?« Alex schlang einen Arm um ihre Taille, um sie zu stützen, und legte sich Loris Arm über die Schultern. Gail nahm ihre andere Hand.

»Ich weiß es nicht.« Sie versuchte, ihren linken Fuß zu belasten, und verzog wieder das Gesicht. »Mein Knöchel ist irgendwo hängen geblieben und dann bin ich mit dem anderen Fuß ausgerutscht und gegen einen Stein geprallt. Es tut auch trotz der Kälte weh. Gibt es irgendwo eine seichtere Stelle, damit ich mir den Fuß ansehen kann?«

»Wahrscheinlich sollten wir einfach zurückgehen, beim Damm kurz einen Blick darauf werfen und dich dann die Stufen hoch und zum Auto zurückbringen.«

»Nein, nein«, protestierte Lori. »Ich würde so gern die Wasserfälle sehen. Das schaffe ich noch.« Sie versuchte, einen Schritt zu gehen. Schmerz schoss durch ihren Körper und ihre Miene musste sie wohl verraten haben.

»Oh nein, das wirst du nicht. Egal, was da kaputtgegangen ist, du wirst es nicht noch schlimmer machen. Wir gehen nirgendwohin außer zurück. Die Wasserfälle können wir uns beim nächsten Mal ansehen.«

Lori lächelte auf sie herab. »Nächstes Mal? Heißt das, ich werde wieder eingeladen?«

»Klar, ich hab gestern Abend mit Frank geredet. Er hat es erlaubt.«

Jess kicherte. »Kommt schon, ihr zwei. Brechen wir auf, bevor wir alle erfrieren und gar nichts mehr schaffen.« Sie warf einen vielsagenden Blick zu Susie, die immer noch keinerlei Sorge oder Hilfsbereitschaft zeigte.

Lori sah, wie sie Jess abfällig musterte, bevor sie seufzte und sich umdrehte.

Trotz der Schmerzen musste Lori bei der Aussicht auf ein weiteres Wochenende auf der Farm mit Alex und Frank lächeln. Sie biss die Zähne zusammen und trat mit jeweils einem Arm um Alex und Gail langsam den Rückweg zum Auto an.

Kapitel 26

Der alte Mann schob sein Abendessen von sich, als die Haustür ins Schloss fiel. Warum war das Kartoffelpüree immer kalt? Die Nachbarin, die es vor ihn hingestellt hatte, war zwar freundlich, aber er traute ihr nicht. Sie erschien nur, wenn sein Sohn weg war, und er war sicher, dass sie ihn ausspionieren wollte. Außerdem hatte sie ihn schon einmal in Schwierigkeiten gebracht. Er wusste, sie würde nicht zögern, es wieder zu tun.

Wenigstens war sie jetzt weg und er konnte sich frei im Haus bewegen. Sein Sohn gab ihr keinen Schlüssel zu seinem Zimmer, stattdessen bekam er nur eine Warnung, sich zu benehmen, sonst würde es Konsequenzen geben. Er hatte den Fehler begangen, zu fragen, ob sein Sohn losging, um dem Mädchen zu helfen. Als Antwort hatte er eine Ohrfeige mit dem Handrücken bekommen. Jetzt sah er jedes Mal, wenn er in den Spiegel blickte, den dunkelblauen Fleck und ermahnte sich selber, das Mädchen nie wieder zu erwähnen. Immer, wenn er den Mund öffnete, schmerzte sein Kiefer. Er musste es selbst tun. Er musste ihr helfen. Sich vergewissern, dass es ihr gut ging.

Er zog einen Zettel aus der Tasche seines Morgenmantels und sah zur Küchenuhr. Er lauschte auf das Ticken und notierte sich die Zeit neben den anderen Zahlen, die er schon aufgeschrieben hatte. Dann las er die erste Zeile.

Mein Name ist John Murray. Ich muss dem Mädchen namens Beth helfen.

Er wusste, dass die Nachbarin nicht zurückkommen würde. Die Uhrzeiten der letzten Tage stimmten mit denen überein, die er heute notiert hatte. Er war jetzt allein und hatte mehrere Stunden, um sie zu finden. Er stand vom Tisch auf und stellte seinen Teller neben die Spüle, wie die Nachbarin ihn angewiesen hatte. Dann nahm John sein Glas und schenkte sich mehr Wasser ein, wie sie es vorhin getan hatte. Er trank, schaute in den ungepflegten Garten hinaus und erinnerte sich an die Zeit, als seine Frau sich darum gekümmert hatte, ein Meer aus üppigem grünen Gras und bunter Farbenvielfalt daraus zu machen.

Im Radio lief ein vertrauter Song und er nahm sich einen Moment, um in der Erinnerung zu schwelgen, die in ihm aufstieg. Damals hatte er draußen auf einem Stuhl gesessen, das Radio hatte wacklig auf der Fensterbank zur Küche gestanden und zu seinen Füßen hatte ein Kleinkind in einem Buddelkasten gesessen. Sean war so ein pflegeleichtes Kind gewesen, hatte sich stundenlang selbst beschäftigt und war seiner Mutter überallhin gefolgt.

John hielt eine Zeitung in Händen, ohne sie zu lesen. Stattdessen beobachtete er, wie seine Frau Pflanzen stutzte und jätete, während die Sonne auf sie herabschien und ihr blondes Haar zum Leuchten brachte wie einen Heiligenschein. Damals war er glücklich und zufrieden gewesen. Nur wenige Jahre später war ihm alles weggenommen worden.

Er hatte eine neue Bindung zu Sean aufgebaut, als dem dasselbe zugestoßen war. Gemeinsam hatten sie ihr Leid in Alkohol ertränkt, waren gereist, hatten gearbeitet und gejagt. Sie hatten überlebt. John hatte seine Situation letztendlich akzeptiert, Sean dagegen hatte sich der Dunkelheit ergeben. Seit jenem ersten Mal auf der Farm hatte er sie in den Augen seines Sohnes gesehen und sie war nie wirklich wieder verschwunden. Wieder fragte John sich, wohin Sean auf seinen Reisen verschwand.

Die Farm.

Er sah zu seinen Pantoffeln hinab und lauschte, wie der Regen gegen die dreckverschmierten Küchenfenster prasselte und die glückliche Erinnerung wegwusch. Nein, seine Pantoffeln würden nicht reichen. Er brauchte richtige Kleider und Schuhe. Er hielt auf die Treppe zu und war überzeugt, dass der Abend gekommen war. Er wusste genau, was zu tun war.

Ein Fehltritt und sein Kinn prallte hart auf die Treppe. Er schmeckte Blut und brach auf dem kalten Fliesenboden des Gangs zusammen. Schmerz durchzuckte seinen linken Arm und er wimmerte, auch über seine eigene Dummheit. Er kämpfte gegen die Sterne an, die vor seinen Augen tanzten, aber es hatte keinen Zweck, die Dunkelheit überwältigte ihn trotzdem.

Er erwachte mit einem Ruck. Der dumpfe Schmerz in seinem Arm war immer noch da. Auch sein Nacken schmerzte. Er drehte langsam den Kopf zur Seite. Das Licht einer Straßenlaterne fiel durch das kleine Fenster in der Haustür und er entdeckte einen Pantoffel neben einem kleinen, gefalteten

Zettel. Er wischte sich über den Mund, das getrocknete Blut auf seinen Lippen brach auf und seine Zunge pochte an der wunden Wange. Unter dem Kinn ertastete er noch mehr getrocknetes Blut und erinnerte sich, wie er sich das Kinn auf der Treppe angestoßen hatte.

Mit dem unverletzten Arm stemmte er sich an der Wand hoch, wappnete sich gegen den Schmerz und zog den Zettel zu sich heran. Der war wichtig, das wusste er. Er faltete ihn auf und sah sich nach einer Uhr um, lauschte auf das Ticken. Er hatte keine Ahnung, wie lange er da gelegen hatte, schätzte aber, dass er keine Zeit verschwenden sollte. Er blickte an der Treppe nach oben, die ihm unfassbar hoch erschien, dann wieder zur Haustür. Er las die oberste Zeile der Notiz.

Mein Name ist John Murray. Ich muss dem Mädchen namens Beth helfen.

John musste sich auf den Weg machen. Den Rest würde er sich unterwegs überlegen. Er wappnete sich und streckte den Arm aus. Der Schmerz strahlte an seiner Seite hinab, war aber erträglich. Bestimmt hatte er sich nicht mehr als blaue Flecken eingehandelt. Er stützte sich auf dem Geländer ab und schob den Fuß in den verlorenen Pantoffel.

Er verstaute die Notiz sicher in der Tasche und dachte an das arme Mädchen. Sie brauchte dringender Hilfe als er.

Und mit diesem Gedanken war John zur Haustür hinaus und unterwegs.

Kapitel 27

Einige Stunden nach dem abgebrochenen Ausflug hatte Lori gepackt und war bereit zum Aufbruch. Die Jungs, Lola und Gail waren bereits weg und nur Jess und Susie waren noch da. Die beiden räumten nach dem späten Mittagessen auf, während Alex vor allem ein großes Theater um Lori veranstaltete.

Lori hatte versucht, zu helfen, aber es war schwierig gewesen, mit einem schwarz und blau verfärbten großen Zeh hin und her zu hinken, und Alex hatte sie schnell wieder auf das Sofa bugsiert, damit sie sich ausruhte.

Jetzt hinkte sie zum Auto. Die Dämmerung würde bald einsetzen und bei dem Gedanken an die lange Rückfahrt in ihre einsame Wohnung legte sich ein schweres Gewicht auf ihre Schultern.

»Lori, es war großartig, dich kennenzulernen«, sagte Jess und zog sie in eine feste Umarmung. »Wir sehen dich sicher bald wieder hier, aber vergiss nicht, mich mal zum Big Ben einzuladen.«

Susie stand daneben und sagte: »Aye, ich erwarte jedenfalls keine Einladung.«

Jess schlug ihr auf den Arm. »Du kannst einfach nicht aus deiner Haut, oder?« Sie packte Susie an den Schultern und schubste sie in Richtung Haus. »Komm, es wird Zeit, dass auch wir packen und von hier verschwinden.«

Alex schüttelte den Kopf und lächelte Lori an. »Also, wie hat dir dein erster Besuch auf der verrückten Farm gefallen?«

Lori lächelte ebenfalls. Sie hatte das Wochenende wirklich genossen. Trotz des kleinen Unfalls. »Er war wundervoll, Alex. Ich hatte schon lange nicht mehr so viel Spaß.«

Alex grinste. »Also meinst du, du kommst zurück?«

»Ich glaube nicht, dass ich groß überzeugt werden muss. Aber was ist mit dir? Meinst du, das Landei könnte ein Wochenende in der Großstadt überleben?«

»Oh, ich glaube, wenn Lady Hunter auf mich aufpasst, könnte ich das schaffen.«

»Hey.« Lori gab ihr einen Klaps auf den Arm. »Das war nicht witzig.«

»Du hast recht. Es war zum Totlachen.«

Lori schmollte. »Na gut. Ich habe mir genug schnippische Bemerkungen von Susie anhören müssen. Bring mich nicht dazu, schlecht gelaunt wegzufahren.«

Bei ihren Worten verblasste Alex' Lächeln. »Bist du sicher, dass du mit dem Zeh Auto fahren solltest? Ich meine, deine Arbeit hat bestimmt Verständnis dafür, wenn du dir einen Tag freinimmst, und du kannst gerne noch eine Nacht bleiben.«

Lori lächelte und ergriff ihre Hände. »Ich wünschte auch, dass ich noch nicht fahren müsste.«

Alex deutete zum Haus, wo man gerade noch die Köpfe von Jess und Susie sehen konnte, bevor sie sich wegduckten. »Wie es aussieht, haben wir Publikum.«

Beide lachten und die Spannung verflog.

»Okay, na ja, wir können wohl nicht den ganzen Abend hier rumstehen.« Alex zog sie in eine feste Umarmung.

Lori spürte sofort ein Ziehen im Bauch, als sie sich in ihre Arme sinken ließ. Sie schloss die Augen und schmiegte sich an Alex, während sie noch einen leichten Hauch von Kokos-Shampoo einatmete.

Es ist nur eine Umarmung, eine unschuldige Geste der Zuneigung zwischen Freundinnen. Aber die Hitze, die sich in ihr aufbaute, strafte ihre Gedanken Lügen. Es war eben nicht nur eine Umarmung.

Alex kam ein kleiner Seufzer über die Lippen.

Während sich die Hitze bis zu Loris Zehen ausbreitete, verschwanden alle Fragen darüber, was gerade geschah, aus ihrem Kopf. Sie hatte immer noch nicht alle Antworten, aber in diesem Moment wusste sie, dass sie Alex nicht loslassen wollte, und sie hatte eine Ahnung, dass dies ihr Leben verändern würde.

Gänsehaut prickelte auf ihren Armen, als Alex eine Hand über ihren Rücken nach oben in den Nacken schob und sie dann mit dem Daumen sanft hinter dem Ohr streichelte. Das Pochen in ihrer Brust würde sie sicher gleich verraten. Loris Wangen wurden heiß und sie drückte Alex noch ein letztes Mal, bevor sie zurücktrat und Distanz zwischen ihnen schaffte.

Sie sahen einander mit einer Verbundenheit an, die vorher noch nicht da gewesen war. Etwas hatte sie beide gepackt.

Lächelnd hob Alex die Hand und strich eine Haarlocke aus Loris Gesicht zurück. »Bis bald.«

Lori stieg ins Auto, ließ das Fenster herunter und drückte Alex ein letztes Mal die Hand. »*Adiós*, Alex.«

Kapitel 28

Seine Pantoffeln waren ihm lästig und hatten sich mit Regenwasser vollgesogen. Sie schlurften über die unebene Landstraße, als John sich weiter antrieb, um die Farm zu finden. Der Wind peitschte über die Felder, aber er spürte ihn gar nicht mehr. Er hatte den Kopf gesenkt und zuckte zusammen, als die Dornensträucher am Straßenrand an ihm zerrten.

Äste wippten überall um ihn herum und er rechnete jederzeit damit, dass einer ihn packte. Zu seiner Linken bewegte sich ein Schatten. Er wich aus und erhöhte das Tempo, als ein Tier sich aus der Dunkelheit löste und in die Hecke gegenüber huschte.

Als er um eine Ecke bog, wurde er von Scheinwerfern geblendet. John erstarrte, in der Hoffnung, nicht entdeckt zu werden. Das Auto bremste ab, fuhr aber vorbei und er setzte sich wieder in Bewegung, erfreut, dass ihn diesmal niemand aufhielt. Sein Sohn war auf einer seiner Reisen. Normalerweise kam er gut gelaunt davon zurück, aber John konnte sich nicht erinnern, wann er zuletzt gut gelaunt gewesen war, nur daran, wie der Schlüssel im Schloss seiner Schlafzimmertür gedreht wurde, und an das Pochen seiner Wange nach weiteren Schlägen. Die vergaß er nicht.

Er hörte, wie das Auto wendete. John erstarrte kurz, ohne jedoch zurückzusehen. »Verdammt.« Er lief weiter, ignorierte das langsam näher kommende Auto und konzentrierte sich auf die nächste Ecke. Er musste in der Nähe sein. Die Farm war nicht mehr weit, da war er sicher.

Das Auto fuhr neben ihm her, aber er blendete es aus, auch als die Stimme einer jungen Frau nach ihm rief. Sie würde ihn nicht aufhalten.

»Sir, ist alles in Ordnung?«

Er ging weiter und wagte es nicht, zum Fenster zu blicken. Der Wind heulte lauter und auch der Regen setzte wieder ein und durchnässte schnell seinen dünnen Bademantel und Schlafanzug. Er hörte sie fluchen, bevor sie ihn wieder ansprach.

»Sir, brauchen Sie Hilfe? Ich bin Polizistin.«

Da hielt er inne. Vielleicht konnte sie wirklich helfen. Er griff nach dem Zettel in seiner Tasche, aber der war klitschnass. Er sah sich um und versuchte, sich zu erinnern, aus welcher Richtung er gekommen war. Lag die Farm nicht gleich hinter der nächsten Ecke?

»Wie heißen Sie, Sir? Wohin wollen Sie?«, rief die Frau wieder.

Er sah auf den Papierbrei in seiner Hand hinunter. Die Antwort war direkt in Reichweite, sie lag ihm auf der Zunge. Er ließ niedergeschlagen den Kopf hängen. Er hatte wieder verloren.

Dann beugte er sich zum Fenster und sah die besorgte Miene der Frau. »Kennen Sie den Weg zur Farm? Ich war gestern dort, aber ich weiß den Weg zurück nicht mehr.«

»Welche Farm denn, Sir? In dieser Richtung gibt es einige. Auf welcher wohnen Sie denn?«

Er rieb sich über die Stoppeln auf seinem Gesicht und zupfte gereizt an seinen Haaren. »Bitte, Sie müssen mir helfen, sie zu finden.«

Die Sonne war längst untergegangen. Der Mond war hinter den schweren Regenwolken verborgen.

Er spürte, wie die Frau ihn musterte, und mied ihren Blick.

»Ist schon gut. Wie gesagt, ich bin Polizistin.« Er beobachtete, wie sie ihren Ausweis aus ihrer Tasche nahm und hochhielt. »Möchten Sie ins Auto steigen? Dann kann ich Ihnen vielleicht bei der Suche helfen.«

Seine Schultern sackten herab und er blickte sich verzweifelt um, bevor er sie zum ersten Mal richtig ansah. Er glaubte ihr, dass sie helfen konnte. Sie war jung und hatte eine sanfte Ausstrahlung. Mit den hellblonden Haaren und rosigen Wangen sah sie genauso aus wie seine Schwester als Teenager. Er schaute auf sein ungepflegtes Äußeres hinab und bemerkte zum ersten Mal, dass sein Bademantel aufklaffte und seine Haut bläulich angelaufen war. Er erkannte sich selbst, seinen eigenen Körper nicht mehr. Der gehörte nicht zu dem Mann, der er mal war. »Ich weiß nicht, wo ich bin.«

Die Frau sprang aus dem Auto, joggte zur Beifahrerseite herüber und öffnete die Tür. Eine sanfte Hand legte sich auf seine Schulter und er wehrte sich nicht, als sie ihn ins Auto bugsierte. »Ich kann Ihnen helfen, es herauszufinden.«

Er stieg ein und fummelte mit dem Gürtel seines Bademantels herum, während die Polizistin ihn anschnallte und eine Decke vom Rücksitz über seine Beine zog.

»Ich heiße Hannah, Constable Hannah Wallace. Ich rufe nur schnell meine Freunde bei der Polizei an und frage, ob sie auch helfen können. Ist das in Ordnung?«

Er zappelte weiter herum, ohne sie anzusehen, und zog die Decke enger um sich. »Bitte bringen Sie mich nicht in Schwierigkeiten. Er wird sehr wütend sein.«

Sie erstarrte. »Warum sollten Sie Schwierigkeiten bekommen? Mit wem? Haben Sie irgendetwas Falsches getan?«

Er versuchte, den Gurt zu lösen, aber sie legte die Hand auf seine.

»Sie können mit mir reden. Erzählen Sie mir, was los ist. Was haben Sie getan?«

Er begann, vor- und zurückzuwippen, wieder an seinen Haaren zu zerren. Es war dumm von ihm gewesen, ihr zu vertrauen. Sie würde ihn zu seinem Sohn zurückbringen. Oh, diesmal würde er dafür bezahlen. Er war so lange weg gewesen, diesmal würde die Tür bestimmt für immer verschlossen bleiben. »Ich weiß nicht. Ich erinnere mich nicht. Er hat gesagt, ich soll mich nicht erinnern, aber ich muss helfen. Ich weiß, dass ich helfen muss. Bitte bringen Sie mich nicht zurück, bitte.«

»Okay, okay. Beruhigen Sie sich, Sir.« Sie strich ihm beschwichtigend über den Rücken. »Ich rufe meinen Freund an und dann fahren wir an einen Ort, wo Ihnen geholfen wird. Ist das in Ordnung?«

Er sank resigniert in den Sitz zurück. Tränen traten ihm in die Augen und er sah sie wieder an. »Bitte helfen Sie ihr. Sie müssen ihr helfen.«

»Wem helfen? Wer steckt in Schwierigkeiten? Ist jemand verletzt?«

»Sie müssen nur die Farm finden. Wenn wir die Farm finden, können wir helfen.«

Er hörte sie seufzen und etwas von einem heißen Bad und einem Glas Wein murmeln. Sie griff wieder nach ihrem Telefon und er protestierte nicht, wartete auf die Stimme seines Sohnes. Stattdessen erklang eine, die er nicht erkannte, gedämpft zu ihm.

»Das war nur die Leitstelle«, sagte sie.

Er glaubte ihr. Ihr Lächeln gefiel ihm.

Sie wendete und er hielt sich am Türgriff fest. Warum fuhr sie in diese Richtung? Er sah zu ihr hinüber und sie lächelte wieder. Er entspannte sich etwas und sie tätschelte seinen Arm.

»Keine Sorge, Sir. Ich bin hier, um zu helfen.«

Kapitel 29

»Wer war das?«

Stella legte den Telefonhörer auf die Gabel, während starke Arme sich von hinten um ihre Taille legten und freche Lippen an ihrem Ohrläppchen knabberten. Sie wand sich, als Bartstoppeln an ihrem Hals kratzten, wirbelte in der Umarmung herum und stahl sich einen Kuss, bevor sie antwortete: »Lori. Sie hat gefragt, ob wir am Freitagabend essen gehen.«

»Na, ich hoffe, du hast abgesagt, denn du hast ja schon ein heißes Date.«

Sie sah in diese verschmitzten braunen Augen und wünschte, sie könnte sich das ganze Wochenende lang in ihrer Wohnung einschließen und alle möglichen unanständigen Dinge im Schlafzimmer anstellen. Aber egal, wie verlockend das Angebot war, sie kannte ihre Prioritäten.

»Tut mir leid, mein Lieber, du bist vielleicht ein Hunter, aber deine Schwester wird immer meine Nummer eins sein.«

Scott ließ die Schultern hängen und schob die Unterlippe vor. »Ich fliege Tausende Meilen und denke dabei nur an dich und du ziehst meine Schwester vor? Das ist ja richtig charmant.« Er stapfte ins Wohnzimmer und ließ sich wie ein Fünfjähriger auf das Sofa fallen. »Du kannst Lori doch jederzeit treffen. Kannst du sie nicht auf ein paar Tage später vertrösten?«

Stella folgte ihm zum Sofa und setzte sich auf seinen Schoß. »Du weißt doch, wie sehr ich mich darauf gefreut habe, dass du dieses Wochenende hier bist, aber sie hat gesagt, es wäre wichtig, und hat irgendwie nervös geklungen, geradezu zappelig. Ich habe sie seit fast zwei Wochen nicht gesehen. Ich glaube, sie ist mir sogar aus dem Weg gegangen und das nach allem, was gerade mit Andrew passiert ist. Und dann ist da ja auch noch dieser neue Kerl namens Alex, der einfach aus dem Nichts aufgetaucht ist …«

»Alex? Du hast gar nicht erwähnt, dass sie jemanden kennengelernt hat.« Scott lehnte sich vor, um aufzustehen, offensichtlich genervt, weil sie ihn nicht eingeweiht hatte.

Stella schob ihn zurück, legte die Arme um seinen Hals und gab ihm einen Schmatzer auf die Lippen. »Hat sie auch nicht. Jedenfalls nicht so. Na ja, vielleicht doch so und das ist der Grund, warum sie mich meidet. Ich weiß nicht genau, was da los ist, nur dass sie aufgeregt gewirkt hat und bei unserem letzten Treffen richtig von ihm geschwärmt hat.«

»Und dir ist nicht eingefallen, dass ich das vielleicht wissen wollen würde? Andrew hat mich so oft angerufen, aber sie ist jetzt schon über ihn hinweg?«

Sie runzelte die Stirn und lehnte sich zurück. »Ich habe nicht behauptet, dass sie über ihn hinweg wäre. Ich habe gesagt, es gibt da einen Kerl und sie scheint an ihm interessiert zu sein. Wenn du ein besserer Bruder wärst und sie ab und zu anrufen würdest, hätte sie dir vielleicht selbst von ihm erzählt.«

Er schnaubte wieder. »Ich rufe sie ja an, aber unterwegs ist das schwierig. Der Zeitunterschied, der Empfang ...«

Stella hielt eine Hand hoch. »Lass es. Ich will deine Ausreden nicht hören, schließlich weiß ich, dass sie Bullshit sind. Ich sage nur, sie braucht gerade mehr als mich im Leben. Etwas zusätzliche Mühe von dir wäre also nicht verkehrt.«

Er ließ sich ins Polster zurücksinken und gab sich geschlagen. »Ich weiß, du hast recht. Ich sollte ihr Bescheid sagen, dass ich in der Stadt bin, und versuchen, ein Treffen zu vereinbaren. Aber ich erinnere dich noch einmal daran, dass es deine Entscheidung war, ihr unsere heiße Romanze zu verschweigen. Sonst würde ich zu eurem Abendessen mitkommen.«

Stella seufzte. »Scott, wir waren uns einig. Warum sollten wir andere da mit reinziehen und die Situation verkomplizieren, solange wir selbst noch nicht wissen, was wir tun? Glaubst du wirklich, es gefällt mir, das vor Lori geheim zu halten?«

»Nein, natürlich nicht und ich hasse es auch.« Er legte die Hände um ihre Taille und zog sie dichter an sich.

»Wenn wir schon dabei sind, was genau tun wir denn eigentlich, Scott? Abgesehen von dem vielen Sex.«

»Du meinst den heißen, leidenschaftlichen, denkwürdigen Sex.«

»Hmm ... über die Adjektive lässt sich streiten, aber ich stimme dir darin zu, dass wir Sex haben.«

Er kitzelte ihre Seite. »Du bist grausam.«

»Und du lenkst von der Frage ab.«

Er hob ergeben die Hände. »Stella, was soll ich sagen? Du kennst mich. Du weißt über meinen Job und meinen Lebensstil Bescheid. Das wusstest du schon, bevor wir was miteinander angefangen haben.«

Sie kletterte von ihm runter und rutschte auf dem Sofa von ihm weg. »Ja, ›bevor‹ wir was miteinander angefangen haben. Jetzt haben wir was miteinander, Scott. Weckt das nicht den Wunsch in dir, irgendwas daran zu ändern? Oder geht es dir nur um Sex?«

»Du hast heiß, leidenschaftlich und denkwürdig vergessen.« Er versuchte sich an einem frechen Grinsen.

Sie funkelte ihn an.

Er rückte wieder näher. »Entschuldige. Natürlich nicht, Süße. Glaubst du wirklich, dass du mir nach all den Jahren, die ich dich schon kenne, so wenig bedeutest?«

»Das ist das Problem, Scott. Ich weiß überhaupt nicht, was ich dir bedeute.«

Er bedachte sie mit demselben Blick, den Lori immer aufsetzte, wenn sie schlecht auf sie zu sprechen war. Und verdammt, der funktionierte einfach immer. Sie spürte, wie ihr Ärger verflog, wollte Scott aber nicht so schnell vom Haken lassen.

»Stella, ich finde dich wundervoll und witzig und wunderschön und die Aussicht darauf, dich zu sehen, hat meinen erbärmlichen Hintern in den letzten sechs Monaten öfter nach London zurückgetrieben als in den letzten sechs Jahren davor.« Er strich ihr sanft einige Locken aus dem Gesicht und hielt ihren Blick fest. »Aber ich lebe schon sehr lange so sorglos vor mich hin und bitte nur um etwas mehr Zeit, um mir über alles klar zu werden.«

Sie schmiegte die Wange in seine Hand und schloss die Augen, um über seine Worte nachzudenken. Vor sechs Monaten hatten sie nach zu vielen Cocktails betrunken rumgemacht. Scott hatte angeboten, sie nach Hause zu bringen, und im Gegenzug hatte sie ihm ihr Sofa angeboten.

Am nächsten Morgen war er nicht mehr da, als sie wach wurde. Sie hatte beschlossen, die Sache zu vergessen, wie er es offensichtlich wollte. Aber drei Wochen später war er vor ihrer Tür aufgetaucht, was seitdem ein paarmal passiert war.

Sie hatten ihrer gemeinsamen Zeit keine Bezeichnung gegeben, sondern sich nur geeinigt, dass Lori erst einmal nichts davon wissen musste. Es war nicht nur Scott, der sich bedeckt hielt, auch Stella war ihre eigene Karriere und Unabhängigkeit wichtig. Beides würde sie nicht für jeden aufgeben. Sie musste sicher sein, dass Scott es ernst meinte.

Sie wollte die kostbare Zeit, die sie hatten, nicht mit Streiten verbringen, also glaubte sie ihm, dass er nur Zeit brauchte und das zwischen ihnen keine bedeutungslose Affäre für ihn war. Er hatte nichts getan, um ihr Misstrauen zu wecken.

Sie rutschte wieder näher und lächelte, bevor sie ihn zärtlich auf die Lippen küsste. »Ich schätze, du bist auch gar nicht so übel, aber für Freitagabend ziehe ich trotzdem deine Schwester vor.«

»Verdammt.« Aber er lächelte dabei. »Okay, ich habe vor, auf deine Rückkehr zu warten, also schau nicht zu tief ins Weinglas.« Er stand auf und ging zum Kühlschrank, um zwei Bierflaschen zu holen. Dann ließ er sich wieder aufs Sofa fallen und gab ihr eine. »Und jetzt erzähl mir alles, was du über diesen Alex weißt.«

Kapitel 30

Frauenstimmen drangen durch den Nebel und John glaubte, eine davon zu erkennen. War das seine Schwester? Er öffnete die Augen und versuchte, sich zu bewegen, aber bei dem scharfen Schmerz in seiner Seite stockte ihm der Atem und er musste innehalten, bis die Welle abgeebbt war.

Er zog den weißen Kittel auf und strich mit einer Hand über den festen Verband um seinen Brustkorb, fuhr die violetten und grünen Flecken nach, die sich darum herum gebildet hatten. Eine Erinnerung flackerte vor seinem inneren Auge auf: sein Sohn, der an ihm zerrte und ihn trat, das Klicken des Schlüssels im Schloss seiner Schlafzimmertür.

Wo war er? Die Tür zu seinem Zimmer stand halb offen und er hörte wieder die Stimmen. Er schloss die Augen, versuchte sich zu konzentrieren und zu erinnern, wie er hierhergekommen war. Ganz offensichtlich lag er in einem Krankenhausbett und war medizinisch versorgt worden. Er erinnerte sich, dass ihm kalt gewesen war, so kalt. Da war eine junge Frau gewesen, die vertraut ausgesehen hatte. War sie ein Cop gewesen? Und war das ihre Stimme, die er hörte? Ja, das war sie, nicht seine Schwester.

Die Stimmen wurden lauter. Eine Männerstimme kam dazu und näherte sich seiner Tür. Kurz zuckte er zurück, erwartete seinen Sohn, aber die Stimme war tiefer, weicher und klang besorgt.

»Ich dachte mir schon, dass ich dich hier finde.«

Die Stimme der Frau ergriff wieder das Wort. »Guten Abend, Sergeant, ich wollte nur nach ihm sehen.«

»Da ich weiß, dass du eigentlich nicht im Dienst bist, und es nach Mitternacht ist, können wir die Formalitäten doch weglassen.«

John hörte sie lachen. »Heißt das, ich darf meinen Lieblingsonkel umarmen, weil heute ein beschissener Tag war?«

Einen Moment lang herrschte Stille und John nahm an, dass die Frau ihre Umarmung bekam. »Ach, Hannah, warum habe ich dir je erlaubt, bei der Polizei anzufangen, hm?«

»Das frage ich mich selbst jeden Tag.«

John lächelte in sich hinein. Hannah. Das war ihr Name. Er erinnerte sich, wie sie ihm eine Decke umgelegt und Hilfe versprochen hatte. Jetzt wusste er es wieder. Sie würde die Farm finden.

»Also, hat sich sein Zustand irgendwie verändert? Ist er aufgewacht?«

Er hörte sie seufzen und wollte rufen, dass er hier und wach war, aber sie fuhren fort, bevor er etwas sagen konnte. Seine Stimme versagte, seine Kehle war trocken und kratzig vor Durst. Langsam griff er nach dem Wasserglas neben seinem Bett und hörte dem Gespräch weiterhin zu.

»Soweit ich weiß, nicht. Ich warte nur darauf, dass jemand kommt und seine Werte prüft, bevor ich gehe. Aber er hat geschlafen, als ich vorhin rausgegangen bin, und da er ständig Schmerzmittel bekommt, habe ich ihn noch gar nicht wach erlebt.«

»Irgendwelche Vermisstenmeldungen?«

»Ich habe heute Nachmittag noch mal nachgesehen, aber immer noch nichts, das auf seine Beschreibung passt. Es ist jetzt schon einige Tage her, also hat er entweder allein gelebt und keine Verwandten in der Nähe oder sie finden es nicht schade, dass er verschwunden ist. Das macht mich traurig.«

»Na, wenn es Verwandte gibt, würde ich die zu den blauen Flecken befragen. Irgendjemand ist diesem alten Mann gegenüber gewalttätig geworden und nachdem er so lange draußen in der Kälte war, hättest du genauso gut auf eine Leiche stoßen können.«

»Ich weiß. Es macht mich so wütend, ihn so zu sehen. Ich musste ständig an Opa denken.«

Bei der Güte in ihrer Stimme wurde John warm ums Herz. Es war so lange her, seit jemand sich um ihn gesorgt hatte. Jetzt wusste er ganz sicher, dass diese Frau ihm helfen würde, die Farm zu finden. Sie würde helfen und sie würde nicht seinen Sohn anrufen.

»Ich will ihn jetzt nicht aufwecken, also komme ich morgen vor meiner Schicht noch mal vorbei. In der Zwischenzeit versuche ich, all die kleinen Infos zusammenzusetzen, die er von sich gibt, wenn er doch mal einen klaren Moment hat. Ich habe das Pflegepersonal gebeten, sie aufzuschreiben.«

»Zum Beispiel?«

»Na ja, sie haben einige Tests durchgeführt und die Ärztin hat leider mehrere Tumore in seinem Gehirn gefunden. Wir müssen bis morgen warten, wenn der Spezialist die Diagnose bestätigen kann, aber sie meinte, das würde seine Verwirrung erklären. Es kann sein, dass er zwischen

Gegenwart und Vergangenheit springt, Dinge träumt, die sich real anfühlen, und das wäre auch der Grund für seinen Gedächtnisverlust. Die Farm und das Mädchen, von dem er redet, das ist wahrscheinlich etwas aus seiner Vergangenheit. Er sagt immer wieder, dass er ihr helfen muss. Vielleicht gab es vor langer Zeit einen Vorfall, der ihm im Gedächtnis geblieben ist? Und er glaubt immer noch, dass er etwas unternehmen kann? Vielleicht eine Tochter oder Enkelin?«

»Das ergibt Sinn und könnte es wert sein, genauer nachzuforschen. Aber ich will nicht, dass du zu viel Zeit damit verbringst. Du hast andere Pflichten, weißt du?«

»Ja, ich weiß, aber ich will den alten Mann nicht im Stich lassen. Und mein Bauchgefühl sagt mir, dass da mehr dahintersteckt und wir dranbleiben sollten, bis wir ihn wenigstens identifiziert haben.«

Eine Pflegerin kam herein, um seine Werte zu prüfen, und die Tür blieb offen.

Er deutete auf das Wasser und sie zog einen Strohhalm hervor, damit er etwas trinken konnte. Er rief nach der Frau. »Hannah?«

Hannah erschien in der Tür und die Pflegerin zog sich zurück. Sie lächelte ihn an und fragte, ob sie hereinkommen durfte. Wieder erkannte er seine Schwester in ihr.

Er winkte sie ans Bett heran und eine zweite Gestalt trat in die Tür, ein Bär von einem Mann, der ebenfalls freundlich lächelte.

»Schön, dass Sie wach sind.« Sie setzte sich auf die Bettkante und nahm seine Hand. »Können Sie mir Ihren Namen sagen, Sir?«

Er tätschelte ihre Hand. »Du kannst mich John nennen, junge Dame. Also, wann helfen wir Beth?«

Kapitel 31

Lori war nervös.

Sie hatte sich eine Dreiviertelstunde zu früh fertig gemacht und daher jetzt mehr Zeit, um darüber nachzudenken, wie nervös sie war. Da half nur eins: Wein. Sie ging an den Kühlschrank und schenkte sich zittrig ein Glas Weißwein ein. Dann zwang sie sich dazu, sich an die Kücheninsel zu setzen und tief durchzuatmen.

Gut, Zeit für ein paar aufmunternde Worte. Sie sprach zu ihrem Spiegelbild im dunklen Küchenfenster: »Sie ist deine beste Freundin, Lori, sie liebt dich, sie wird dich unterstützen, sie wird dich nicht hassen, sie ist eine tolerante, fürsorgliche Person und sie wird dich nicht verurteilen.«

Ja, viel besser.

Oh Gott, aber was, wenn doch?

Sie stöhnte, stürzte den Wein herunter und lief rastlos auf und ab. Ihr piepsendes Handy lockte sie ins Wohnzimmer.

Alex.

Allein bei der Vorfreude, eine Nachricht von Alex zu öffnen, wurde sie ganz ausgelassen.

Lächelnd rief sie die Nachricht auf.

Was trägst du gerade? x

Sie lachte über den kitschigen Spruch. Es war beinahe zu einem Wettbewerb zwischen ihnen geworden, wer sich den schlimmsten einfallen ließ. Zu ihrer großen Überraschung und Alex' Belustigung konnte Lori ebenfalls unverschämt flirten. Diese gefühlt längsten zwei Wochen in Loris Leben waren mit zahlreichen Textnachrichten, Anrufen, E-Mails und einigen Skype-Videochats angefüllt gewesen.

Natürlich hatte sie Alex noch nicht gebeichtet, dass diese zwei Wochen ihr wie eine kleine Ewigkeit vorgekommen waren. Jedes Gespräch zwischen ihnen war locker und entspannt, nun ja, jedenfalls bis es das nicht mehr war.

Sie konnte nie genau sagen, wann die Stimmung umschlug, aber dann fühlten sich vierhundert Meilen plötzlich viel zu weit entfernt an und Worte halfen nicht, die Distanz zu überwinden.

Sie tippte eine Antwort und spürte, wie der Alex-Effekt sie beruhigte.

Einen rot karierten Onesie und Weihnachtssocken mit Zuckerstangen drauf x

Es klingelte an der Tür. Lorie sah auf die Uhr. Stella sollte doch erst in einer halben Stunde kommen. Offenbar hatte sie eine schlechte Woche gehabt und wollte früher mit dem Trinken anfangen.

Lori drückte *Senden* auf ihrem Handy, während sie in den Flur lief und die große Wohnungstür aufzog. Anstelle von Stella stand dort eine Frau mit grünen Augen und Grübchen.

Alex.

»Lügnerin.« Sie hielt ihr Handy hoch und lachte, bevor sie sich Lori aufgeregt kichernd in die Arme warf.

Danach wich Lori zurück und hielt sie auf Armeslänge vor sich. Sie konnte es nicht glauben. Alex stand hier auf ihrer Schwelle, in London, und sie sah atemberaubend aus.

Verschwunden waren Wollpulli und Stiefel, stattdessen stand eine hinreißende Frau vor ihr, die für einen Abend in der Stadt gekleidet war: in eine graue, enge Hose, Lederstiefel, die sie ein, zwei Zentimeter größer machten, ein schlichtes schwarzes Top mit rundem Ausschnitt und eine zu den Stiefeln passende Jacke. Das elegante Outfit hatte sie unaufdringlich mit einer zarten Silberkette und Diamantohrsteckern abgerundet und die Haare fielen ihr in sanften Wellen über die Schultern.

Lori trat beiseite und bat sie herein. »Was machst du denn hier?«

Alex ließ ihre Tasche im Flur zu Boden fallen und grinste von einem Ohr zum anderen. »Für eine Dame sind deine Manieren etwas dürftig. Bekomme ich nicht mal ein Hallo?«

»Entschuldige, ich bin nur so überrascht. Zweiter Versuch.« Sie lächelte breit. »Hey, Alex.«

»Hey, Lori.« Sie grinste. »Viel besser.«

»Okay, damit wären die Höflichkeiten abgehakt. Was tust du hier?«

Alex musterte sie von Kopf bis Fuß und pfiff leise. »Wenn ich es nicht besser wüsste, würde ich vermuten, du hättest dich für ein Date aufgetakelt?« Sie zog fragend eine Braue hoch und wartete auf die Antwort, ohne selbst auf Loris Frage einzugehen.

»Nein, kein Date.« Lori sah unruhig auf ihre Uhr. Insgeheim geriet sie langsam in Panik.

Alex musste ihre Miene bemerkt haben. »Oh Scheiße, tut mir leid, Lori. Bin ich wirklich in ein Date reingeplatzt?«

Sie wirkte am Boden zerstört und Lori schüttelte den Kopf, wollte sie beruhigen, aber Alex fuhr nervös fort: »Gestern Abend hast du gesagt, du hättest für heute nichts Besonderes geplant. Dann ist mein Grund, warum ich dieses Wochenende nicht kommen konnte, weggefallen und ich dachte, ich könnte dich überraschen und mich von dir zum Essen ausführen lassen. Wir hätten einen noblen Abend in der Stadt und ...«

»Alex.« Lori legte ihr beschwichtigend die Hände auf die Schultern, um ihr besorgtes Geplapper zu unterbrechen. »Bitte entschuldige dich nicht dafür, dass du gekommen bist. Es ist eine großartige Überraschung. Du bist eine großartige Überraschung und ich würde nichts lieber tun, als mit dir essen zu gehen. Aber im Moment bin ich es, die gleich durchdreht, weil meine beste Freundin in ungefähr fünfundzwanzig Minuten hier sein wird und dich immer noch für einen Kerl hält.«

Alex riss die Augen auf und Lori hasste es, dass sie sich leider nicht nur über ihre Anwesenheit freuen konnte. »Genau. So habe ich mir dieses erste Treffen nicht vorgestellt und ich bin nicht sicher, wie glücklich sie darüber sein wird, einfach damit überfallen zu werden, dass du eben kein Mann bist. Ich will wirklich, dass sie dich mag, Alex.«

Alex setzte eine nachdenkliche Miene auf. »Darf ich fragen, warum es so wichtig ist, dass Stella mich mag? Und warum sie immer noch glaubt, dass ich ein Kerl bin? Ich meine, wir sind doch nur Freundinnen, oder? Nicht alle Freundinnen müssen gut miteinander auskommen.«

Lori hielt ihrem Blick stand – so schnell hatte sie diesen Moment nicht erwartet. Diese Frage. Aber jetzt stand Alex damit vor ihr und sie konnte nicht lügen. »Ist Freundschaft alles, was du willst?«

»Oh nein.« Alex schüttelte den Kopf. »Das ist nicht fair. Du kannst mir nicht mit einer Gegenfrage kommen.«

Lori zuckte mit den Schultern und versuchte, sich gelassen zu geben. »Es war einen Versuch wert.«

Alex nahm ihre Hand und zog sie näher zu sich. »Ich könnte dich dasselbe fragen. Ist Freundschaft alles, was du willst, Lori?«

Lori hielt ihren Blick fest und die Spannung zwischen ihnen war geradezu greifbar. Ihre Kehle wurde eng, und sie fuhr sich mit der Zunge über die inzwischen trockenen Lippen. Die Antwort erforderte nur ein Wort. Mehr war für diese Frage nicht nötig. Ein Wort. Das ihr Leben verändern würde. »Nein.«

Alex' Lächeln ließ etwas auf sich warten, erreichte dann aber schnell ihre Augen. »Gute Antwort.« Dann machte sie einen Schritt zurück und der Moment war vorbei.

Lori war auf einmal wieder in der Lage, zu atmen.

Alex lächelte immer noch. »Okay, was soll ich tun? Sag mir, was ich tun soll. Wieder gehen? Mich im Schrank verstecken? Unters Bett kriechen? Was?«

Lori lachte, als Alex in die Hocke ging und sich mit gespieltem Ernst umsah, als suchte sie nach dem besten Fluchtweg.

Dann verebbte die Panik, als sie erkannte, dass sie sich absolut keine Sorgen darum machen musste, Alex und Stella einander vorzustellen. Es gefiel ihr nicht, Stella so zu überrumpeln, aber wenn sie Alex nicht wegschicken wollte, blieb ihr keine andere Wahl. »Wie wäre es, wenn du mich in die Küche begleitest, wo ich uns beiden großzügig Wein einschenke?«

Alex hob den Blick zum Himmel. »Oh Gott, danke für die Franzosen und ihren Wein. Geht voran, Lady Hunter.«

Gerade als sie sich aufs Sofa gesetzt hatten, klingelte es erneut.

Lori atmete tief durch. »Okay, los geht's.« Sie schnitt eine Grimasse, bevor sie zur Tür ging.

Alex und sie hatten besprochen, dass sie Stella in die Küche bringen und ihr Wein in die Hand drücken würde. Dadurch hatte Lori einige Minuten Zeit, um ihr irgendeine Erklärung zu geben, bevor sie Alex traf. Während sie genau diesen Plan umsetzte, bemerkte sie, dass Alex' Jacke noch über einer Stuhllehne lag. Ein Fehler.

»Wow, schicke Jacke«, rief Stella, hielt sie hoch und strich über das weiche Leder. »Ich hätte nie gedacht, dass du etwas für Leder übrighättest. Mag Alex seine Frauen etwas wilder?« Sie zwinkerte Lori vielsagend zu.

Loris Wangen wurden heiß.

In dem Wissen, dass Alex jedes Wort hörte, räusperte sie sich laut und hielt auf den Kühlschrank zu. »Im Ernst, Stella, versuch doch mal, gelegentlich nicht nur an ein einziges Thema zu denken.« Sie hörte die Schärfe in ihrem Tonfall und bereute sofort, so mit ihrer Freundin zu reden.

»Hey, schau mich mal bitte an. Was ist los? Und warum bist du mir aus dem Weg gegangen?«

»Bin ich nicht. Ich musste nur viel arbeiten, eine große Konferenz vorbereiten. Und eigentlich ist gar nichts los. Es ist nur, na ja, mir ist vorhin eine kleine Überraschung dazwischengekommen.«

»Okay, eine gute oder eine schlechte?« Stella inspizierte immer noch neugierig die stylische Lederjacke, als wäre etwas verkehrt daran.

»Eine gute, sogar sehr gut.« Sie spähte in Richtung Wohnzimmer, unsicher, wie sie das hier anpacken sollte. »Okay, eigentlich wollte ich dir das heute beim Essen erzählen, aber es gab eine Planänderung, also sage ich es dir einfach jetzt und hoffe, dass du verstehst, warum ich es dir vorenthalten habe.«

Stella nickte irritiert, während sie versuchte, die Jacke überzustreifen. Aber sie war ihr viel zu klein. »Lori, die kann dir gar nicht passen. Wem gehört sie?«

»Das will ich dir ja gerade sagen. Stella, leg sie weg und hör mir bitte zu. Am Anfang habe ich dir nichts gesagt, weil ich nicht sicher war, was ich selber von der Sache halte, und ehrlich gesagt bin ich etwas ausgeflippt und wollte nicht, dass du auch ausflippst. Ich brauchte einfach einen urteilsfreien Rat und du bist meine beste Freundin und ich weiß, du würdest mich nicht wirklich verurteilen, aber …«

Stella hielt eine Hand hoch. »Lori. Wem gehört diese Jacke?«

Jemand hustete.

Stella drehte sich zur Tür herum.

»Hi.« Alex kam auf Stella zu und streckte ihr eine Hand hin. »Ich bin Alex und das ist meine Jacke.«

Stellas Augen wurden groß und ihr Blick wanderte zwischen ihnen hin und her.

Ihre beste Freundin zu schockieren war wirklich nicht leicht, und ein kleiner Teil von Lori wollte das Kichern einfach herauslassen, das unwillkürlich in ihr aufstieg. Dieser Abend lief überhaupt nicht so wie geplant.

Bis sie Alex die Tür geöffnet hatte, hatte Lori gar nicht erkannt, was für ein wichtiger Bestandteil ihres Lebens sie geworden war. Heute würde sie diese Tatsache noch ein Stück weiter anerkennen. Insgeheim flehte sie Stella an, nicht so zu starren und endlich etwas zu sagen.

Stella sah auf Alex' Hand hinab, gab sich sichtlich einen Ruck und ergriff sie. »Hi, ich bin Stella. Und ich glaube, diesen Wein könnte ich jetzt gebrauchen.«

Kapitel 32

Während sie ihr Dessert aufaß, sah Lori mit einem glücklichen Lächeln zwischen Alex und Stella hin und her. Ihr Magen hatte sich entknotet und sie war in der Lage, ihr Essen zu genießen.

Vorhin hatte das noch ganz anders ausgesehen, als Stella ihr Glas Wein zur Hälfte heruntergestürzt und sie dann beide ins Verhör genommen hatte, wie nur eine Polizistin es konnte. »Ich gebe euch mal einen Vertrauensvorschuss und nehme einfach mal an, dass du mich nicht absichtlich angelogen hast, was das Geschlecht von Alex betrifft.«

Lori hatte verschämt geantwortet: »Natürlich nicht. Ich hatte vor, es dir gleich zu sagen, aber dann bist du einfach davon ausgegangen, dass sie ein Mann ist und ich habe es dabei belassen.« Sie starrten einander an, bis Stella nickte, offenbar überzeugt, dass die Lüge nicht vorsätzlich geschehen war.

Alex hatte sich geräuspert. »Hört mal, ich kann auch gehen. Ich bin unangekündigt aufgetaucht und will hier nicht stören.«

Als sie nach ihrer Jacke greifen wollte, hielt Stella sie am Arm fest. »Oh nein, das wirst du nicht, junge Dame. Ich habe Fragen, die beantwortet werden wollen. Setz dich.«

Lori bemühte sich, nicht über Alex' besorgte Miene zu lächeln, als diese sich folgsam auf einen Hocker an der Kücheninsel setzte.

Stella entging das Lächeln nicht. »Ich weiß gar nicht, worüber du lächelst. Setz dich, Hunter.«

Lori fühlte sich wie eine Schülerin im Büro des Schulleiters, baumelte mit den Beinen und sah überallhin, nur nicht zu Stella.

»Also, Alex, du bist eine Frau.«

»Aye.« Alex warf Lori einen ungläubigen Blick zu.

Lori schüttelte leicht den Kopf und flehte sie mit Blicken an, einfach mitzumachen.

»Und du bist Schottin?«

»Ja, Euer Ehren.« Sie versuchte, ihr Lächeln zu unterdrücken, scheiterte jedoch kläglich.

Das ließ Stella sich nicht gefallen. »Oh, wir sind also ein Scherzkeks? Wenn man deine momentane Lage bedenkt, solltest du dir die schlauen Bemerkungen lieber für später aufheben und einfach nur die Fragen beantworten. Einverstanden?«

Alex nickte und schielte noch einmal zu Lori.

»Lori hat erzählt, du lebst auf einer Farm, arbeitest aber als Informatikerin, vor allem auch für die Polizei?«

»Das ist richtig.« Diesmal blieb Alex' Miene neutral.

»Ist es auch richtig, dass du Hühner und Ziegen und einen begeisterungsfähigen Hund namens Frank hast?«

»Aye, das ist auch richtig.«

Stella presste die Fingerspitzen aneinander und tippte sich damit nachdenklich an die Lippen. Das war ein untrügliches Zeichen dafür, dass sie jetzt ernst machte.

»Und du bist Single?«

»Ja.«

»Bist du lesbisch?«

»Ja.«

»Und du magst meine beste Freundin Lori hier?«

»Ja. Na ja, ich meine, wir sind befreundet, nicht wahr, Lori?« Sie zwinkerte Lori zu.

»Schau nicht zu ihr. Du redest hier mit mir. Und komm mir nicht mit diesem Freundschafts-Mist. Ich habe euch zwei längst durchschaut.«

Stella wirkte streng, aber Lori hatte ein verräterisches Zucken ihrer Oberlippe bemerkt. Sie entspannte sich. Stella spielte nur mit Alex und Lori war gespannt, was sie noch aus ihr herausbekommen würde.

»Was ist mit deiner Familie? Erzähl mir vom Clan Ryan.«

Lori dachte an Beth und hustete laut.

Stella warf ihr einen Blick zu, aber der Wink mit dem Zaunpfahl ging an ihr vorbei. Sie fuhr fort: »Also? Wohnen sie bei dir? Oder in der Nähe?«

Alex schien unbehaglich hin und her zu rutschen. Sie schob die Hände unter die Schenkel und räusperte sich einige Male, bevor sie antwortete: »Meine Freunde sind meine Familie.«

Stella sah mit hochgezogener Braue in Loris Richtung und die konnte nur mit den Schultern zucken. Abgesehen von dem Geständnis, dass Beth gestorben war, dem Gespräch über Rachel in der Schutzhütte und einigen Unigeschichten von ihren Freunden wusste sie auch nicht mehr über Alex' Vergangenheit – was ihr gerade erst richtig klar wurde.

Es war allerdings offensichtlich, dass Alex sich unwohl fühlte, und Stella ihren Spaß gehabt hatte. Lori schritt ein, bevor Stella es noch weitertreiben konnte. »Stella, komm schon. Gehen wir was essen und unterhalten uns wie normale Leute.«

»Was? Ich lerne doch nur deine neue Freundin kennen. So rede ich immer.«

»Ja, aber die Art, wie du redest, unterschiedet sich deutlich von normalen Menschen. Wir haben nicht alle vier Jahre Polizeidienst im Lebenslauf stehen.«

Stella schnaubte. »Na gut. Spielverderberin.« Sie wandte sich an Alex. »Aber im Ernst, Alex: Entschuldige, ich meine es nicht so. Du wirst dich schon daran gewöhnen.«

Alex lächelte und trank einen Schluck. »Schon gut, Stella. Und Lori, keine Sorge. Ich bin es gewöhnt, diese Frage zu beantworten, und Stella wusste es ja nicht.« Alex rieb sich mit den Händen über die Oberschenkel und atmete tief durch. »Meine Eltern und meine kleine Schwester sind gestorben. Ich bin also allein.«

Lori starrte sie an, während Stella die Arme sinken ließ. Alex sah auf den Boden und rieb sich stattdessen weiterhin die Beine, während sie an ihrer Unterlippe kaute.

»Alex, das tut mir so leid.« Lori strich ihr mit einer Hand über den Rücken. »Stella, du bist gemein, immer musst du zu weit gehen.«

Da beruhigte Alex sie erneut. »Lori, schon gut. Sei nicht sauer auf sie. Es war eine unschuldige Frage, die normalerweise leicht zu beantworten ist, und ich hätte dir das sowieso längst erzählen sollen, vor allem nachdem du mir von deiner Mum erzählt hast.«

Stella wirkte aufrichtig zerknirscht. »Nein, Alex, es tut mir wirklich leid. Ich habe mir nur einen Spaß erlaubt. Das ist mein Ding, weißt du, das Verhören. Hier.« Stella schenkte ihr Wein nach und reichte ihr das Glas. »Trink das, ja?«

Alex tat wie geheißen, stürzte den Wein herunter, stand auf und nickte Lori zu. »Ich bin am Verhungern. Führst du mich jetzt zum Essen aus oder was?«

Das hatte der Befragung ein Ende gesetzt.

Lori war froh, dass Alex Stella die Polizeinummer nicht übel genommen hatte, aber es nagte an ihr, dass sie selbst in der Hütte den Tod ihrer Mutter erwähnt und Alex damals nicht dasselbe getan hatte. Sie hatte offensichtlich Nachfragen von Stella meiden wollen und so tappte Lori im Dunkeln.

Und jetzt, drei Stunden später lachten Alex und Stella wie alte Freundinnen. Nach Stellas Verhör hatte Lori ihr Unbehagen abgeschüttelt und sich darauf konzentriert, wie schön es war, dass Alex sich so gut mit ihrer besten Freundin verstand.

Ihr Kellner kam heran, räumte den Tisch ab und bot Kaffee an.

»Ich habe eine bessere Idee«, verkündete Stella. »Wie wäre es, wenn wir zu einer kleinen Cocktailbar in der Nähe gehen? Und uns den Kaffee mit einem Shot Wodka gönnen?«

Lori zog die Brauen hoch. »Espresso Martini? Ich kenne nur einen anderen Menschen, der das Abendessen mit so einem abrunden würde.«

»Wirklich? Wer denn?«

»Mein erbärmlicher Bruder. Hast du gewusst, dass er mich seit fast drei Monaten nicht angerufen hat?«

»Im Ernst?«, fragte Alex. »Wer hat denn eine Schwester und ruft sie dann drei Monate lang nicht an?«

Lori konnte nachvollziehen, warum Alex die Situation nicht verstand, nachdem sie ihre eigene Schwester verloren hatte. »Ich schätze, so ist das nun mal bei uns, mit seinen Reisen und der Arbeit. Aber so lange war die Funkstille bisher noch nie.« Sie spürte, wie Alex unter dem Tisch tröstend eine Hand auf ihr Knie legte und es sanft drückte.

Stella gab sich nicht mit den Entschuldigungen zufrieden. »Wenn ich ihn das nächste Mal sehe, trete ich ihm für dich in den Hintern. Er ist ein Idiot, also verschwenden wir keine Zeit mit Spekulationen.« Sie räusperte sich. »Also halten wir uns damit nicht auf und besorgen uns diese köstlichen Cocktails.«

Lori schüttelte die Enttäuschung über ihren Bruder ab und stand auf. »Ja, worauf warten wir noch? Auf geht's. Ich werde mir den Abend nicht von jemandem ruinieren lassen, der nicht mal hier ist.«

Alex tat es ihr gleich und half Lori in die Jacke. Lori lächelte über die süße Geste und entspannte sich, als Alex sich knapp verneigte und dann kichernd und mit einem Augenzwinkern für Stella zur Seite trat. »Nach Ihnen, meine Damen.«

❦

Nach zwei Cocktails war Alex klar, dass sie bei Stellas vorheriger Befragung noch gut weggekommen war, denn jetzt war Stella gnadenlos und kam dem Tabuthema wieder gefährlich nahe.

»Also, was muss passieren, damit ein junges, hübsches Ding wie du sich auf einer Farm auf dem Land verkriecht?«

Alex verschaffte sich etwas Zeit, indem sie einen Schluck vom French Martini trank, zu dem sie inzwischen übergegangen waren. »Ich verkrieche mich nicht. Ich bin dort aufgewachsen und es ist mein Zuhause.«

»Also ist es die Familienfarm? Es muss hart sein, ohne die Familie dort zu wohnen.«

Lori stieß Stella nicht gerade unauffällig den Ellbogen in die Rippen. »Ich dachte, wir hätten Alex' Verhör abgeschlossen?«

Stella hob unschuldig die Hände. »Was? Ich dachte, wir wären jetzt Freundinnen. Freundinnen reden über solche Dinge, vor allem nach ein paar Drinks.«

Alex war dankbar für das Lächeln, das Stella ihr schenkte – schließlich war das für sie alles nur ein großer Spaß –, aber sie würde den Fragen nicht länger aus dem Weg gehen können. Was auch immer Stella sich vorstellte, konnte der wahren Geschichte nicht einmal nahekommen. Andere, die genauer nachgehakt hatten, hatten sich oft einen tragischen Autounfall ausgemalt oder eine Reihe bedauerlicher Krankheitsfälle. Alex war gut darin, die Leute glauben zu lassen, was sie wollten. Die Wahrheit war zu hart, um sie zu erzählen, und das Mitleid, das sie dann in den Augen ihres Gegenübers entdecken würde, zu schwer zu ertragen.

»Ich glaube, es wäre schwerer, nicht mehr dort zu leben. Ich bin auf der Farm umgeben von Erinnerungen. Ob das nun gut oder schlecht ist, sei dahingestellt, aber die Farm ist die letzte Verbindung zu meiner Familie, daher würde ich sie nie aufgeben.«

Stella sah sie einige Sekunden lang an und kniff dann die Augen zusammen. »Irgendetwas sagt mir, dass du diese Fragen bisher gemieden hast und darin ziemlich gut geworden bist. Sag mir wenigstens, dass ich damit recht habe, wenn du schon nichts anderes verraten willst.«

Da lachte Alex. »Ja, Ma'am.«

Lori stimmte in ihr Lachen mit ein. » Ich glaube, du bist gerade der großen Detective Roberts entkommen.«

»Hmm ...« Stella musterte sie wieder. »Vorerst, schätze ich, aber nur weil ich dich mag. Du solltest allerdings wissen, dass ich nicht so leicht aufgebe.«

Alex beschloss, dass Angriff die beste Verteidigung war, und stellte eine Frage, die ihr ganz sicher eine Atempause verschaffen würde. »Mir ist gerade aufgefallen, dass ihr mir noch gar nicht erzählt habt, wie ihr euch kennengelernt habt. Seid ihr schon lange befreundet?«

»Oh, mal sehen, wie lange ist das jetzt her, Lori? Acht Jahre?«

»Ja, das weißt du doch ganz genau.« Sie funkelte Stella an.

»Hey, was soll der Blick?«

»Du weißt verdammt gut, was der soll. Bitte erzähl die Geschichte nicht!«

»Oh ja. Ich liebe Geschichten, die nicht erzählt werden sollten«, rief Alex und klatschte in die Hände. »Bitte erzähl sie, Stella. Wenn Lori dich verstößt, bin ich deine neue beste Freundin.«

Lori stöhnte und bedeutete dem Barkeeper, noch eine Runde zu bringen. »Whisky für alle, bitte. Doppelte.«

Stella kicherte. »So peinlich ist es jetzt auch nicht.«

Alex gab sich ungeduldig. »Komm schon, fang an.«

»Okay«, sagte Stella und machte es sich bequem. »Ich weiß, mein sehr britischer Akzent sagt etwas anderes, aber mein Dad ist Schotte und ich habe in Edinburgh studiert.«

Der Barkeeper stellte die Whiskys vor ihnen ab und sie stießen an und tranken einen Schluck.

»Nach der Uni bin ich der Polizei in Schottland beigetreten und musste auf meiner ersten Nachtschicht nach einer Beschwerde über laute Musik zu einer Wohnung rausfahren.«

»Sie war nicht laut«, protestierte Lori, aber Stella brachte sie schnell zum Schweigen.

»Na, vielleicht war es eher dein Gesang, über den sie sich beschwert haben. Unterbrichst du mich jetzt ständig?«

Lori schmollte in ihren Whisky. »Na gut, erzähl weiter.«

Stella nickte. »Wir kamen also zu der Wohnung und die Musik war eigentlich gar nicht so laut und wir fanden nur ungefähr zwölf Leute oder so dort vor, die eine Eurovision-Song-Contest-Party veranstaltet haben.«

»Eine was?«

»Eine ESC-Party. Kurz gesagt, die hier«, sagte sie und deutete auf Lori, »war dort, um mit ein paar Freunden den Eurovision Song Contest zu schauen, und als wir ›Nil poi‹ bekamen, hat es sich zu einer Art Karaokeparty entwickelt. Als wir dort aufgetaucht sind, waren sie alle schon ziemlich angeheitert und haben irgendetwas aus Ananasschalen getrunken.«

»Das ist großartig. Unglaublich, dass ich selbst nie auf die Idee gekommen bin, so eine Party zu schmeißen!«

Lori lachte. »Siehst du? Ich habe ja gesagt, dass so eine Party cool ist.«

Stella winkte ab. »Ja, wie du meinst. Du hast in deinem Kostüm trotzdem lächerlich ausgesehen und was auch immer in der Ananas war, ist keine Ausrede dafür, dass du dich an mich rangemacht hast.«

»Moment mal, was?« Alex verschluckte sich an ihrem Whisky. Mit großen Augen brachte sie den Hustenanfall hinter sich. »Du, Lori Hunter, hast auf einer ESC-Party eine Polizistin angebaggert?«

Lori wirkte seltsam zufrieden mit sich selbst. »Ich bin froh, dass ich auf meine alten Tage immer noch schockieren kann. Ja, das stimmt. Eine Freundin von mir war damals verzweifelt auf der Suche nach einer Beziehung und fand sie süß, aber sie war zu schüchtern, also dachte ich, ich zeige ihr mal, wie das geht.«

Stella lachte. »Sie ist kläglich gescheitert.«

Alex hielt sich vor Lachen den Bauch. »Das kann ich mir nicht mal vorstellen. Aber was hättest du getan, wenn sie Ja gesagt hätte?«

»Ich hätte mich wahrscheinlich mit einer Ananas im Badezimmer eingesperrt, bis sie wieder weg gewesen wäre.«

Alle drei mussten lachen.

Alex wischte sich eine Träne weg und schnappte nach Luft. »Wie seid ihr Freundinnen geworden, wenn du sie abgewiesen hast?« Sie blickte zwischen ihnen hin und her.

»Ah, ja, ich bin gegangen und dachte, ich hätte einfach eine witzige Geschichte zu erzählen, aber am nächsten Montag musste ich dann durch die Pflastersteinstraßen der Royal Mile patrouillieren, direkt in Richtung des schottischen Parlamentsgebäudes. Jedenfalls sah ich diese Frau wie angewurzelt dastehen, die sich hektisch umsah und offensichtlich panisch auf ihr Handy einschlug.«

Alex lachte. »Lori panisch? Das kann ich mir gar nicht vorstellen.« Sie grinste, als Lori errötete.

»Glaub mir, so war's. Sie hat mich in Uniform auf sich zukommen gesehen und ist krebsrot angelaufen. Ich hab gefragt, ob sie Hilfe bräuchte, und sie hat ziemlich von oben herab gemeint, es wäre alles in Ordnung und sie hätte nur ein Problem mit ihrem Handy.«

»Von oben herab? Willst du damit höflich ausdrücken, dass sie sich wie eine hochnäsige Zicke verhalten hat?«

»Ganz genau. Diese Frau gefällt mir, Lori. Sie hat dich eindeutig durchschaut.«

»Hey, ihr habt jetzt wirklich genug auf mir herumgehackt. Erzähl einfach die verdammte Geschichte.«

»Okay, okay. Ich wollte also gehen und die feine Prinzessin in Ruhe lassen, als mir plötzlich ein Licht aufging und ich wieder wusste, wer sie war. Ich drehte mich um und wollte einen Ananas-Witz reißen, aber sie hatte mich offensichtlich auch wiedererkannt und ist so hastig geflohen, dass sie irgendwie das Gleichgewicht verloren hat und gestürzt ist. Ich habe sie aufgefangen, aber im Fallen ist ihr Fuß aus dem Schuh gerutscht und mir fiel auf, was das Problem war ...«

»Oh nein ...« Allmählich dämmerte es Alex. »Hat Lori Hunter sich etwa von so einer Kleinigkeit wie einem im Pflaster stecken gebliebenen Stilettoabsatz zu Fall bringen lassen?«

Loris Miene sagte alles.

Alex lachte so sehr, dass ihre Bauchmuskeln anfingen wehzutun.

Schließlich stimmte sogar Lori mit ein. »Ich muss schon sagen, es war ein schrecklicher Tag, bis Stella mir ein großes Glas Wein und ihre Gesellschaft für den Abend angeboten hat, um mich über meinen verpassten Rückflug nach London hinwegzutrösten.«

»Warte, du hast einen Flug verpasst? Wie lange hast du dort rumgestanden?«

»Fast eine Stunde. Ich wollte gerade zu einem Taxi, um mein Gepäck aus dem Hotel zu holen.«

»Hättest du den Schuh nicht einfach zurücklassen können?«

»Machst du Witze?«, hielt Lori ungläubig dagegen. »Diese Schuhe hatten mehr gekostet als mein Flug.«

Als das Gelächter abgeebbt war, bestellten sie eine letzte Runde Drinks. Stella versorgte Alex mit Partygeschichten von Loris Besuchen und erzählte von ihren Erlebnissen in Edinburgh, bevor sie beschlossen hatte, nach London zurückzugehen und als Detective Karriere zu machen.

Alex bemerkte, wie sie einige Anrufe auf ihrem Handy wegdrückte, bevor sie beim vierten Versuch schließlich seufzte und mit einem gemurmelten »Arbeit« hinausging, um den Anruf entgegenzunehmen.

Sie spähte zu Lori, die Stella durch das Fenster der Bar beobachtete. Bei dem Gespräch schien sie aufgewühlt und wütend zu sein. Ein misstrauischer Ausdruck erschien auf Loris Gesicht.

»Ist sie heute nicht außer Dienst oder wird sie oft in die Arbeit gerufen?«

Lori ließ Stella nicht aus den Augen. »Wenn sie in Bereitschaft ist, trinkt sie normalerweise nicht und das ist ihr Privathandy, nicht das von der Arbeit. Ich frage mich, was da los ist.«

»Du siehst besorgt aus.«

Lori drehte sich vom Fenster weg und lächelte. »Alles gut, Süße. Ich bin nur mal wieder zu neugierig. Was meinst du, machen wir Schluss für heute? Ich glaube, ich habe noch nicht so viel getrunken, dass der Kater mich davon abhalten würde, dir morgen ein paar Sehenswürdigkeiten zu zeigen.«

Alex gefiel, wie das Wort »Süße« aus Loris Mund klang. »Ich dachte schon, du fragst nie.« Sie streckte ihre Hand aus. »Bring mich nach Hause.«

Kapitel 33

Als das Taxi vor ihrem Haus vorfuhr, erkannte Lori die vertraute Silhouette, die auf den Stufen vor dem Gebäude saß: Andrew.

Lori seufzte und ihr Magen rumorte.

Alex folgte ihrem Blick, während sie die Fahrt bezahlte, und fragte: »Ist das Andrew?«

»Ja, leider. Aber keine Sorge. Ich werde ihn schon los.«

Als er Lori aus dem Taxi steigen sah, stand er auf und kniff dann die Augen zusammen, als Alex ihr folgte. Er straffte die Schultern. Lori nahm an, dass es nicht so einfach sein würde, ihn wegzuschicken.

»Was tust du hier, Andrew?« Lori kramte nach ihrem Schlüssel. Sie wollte so schnell wie möglich hinein und ihn zurücklassen. Nach dem großartigen Abend wollte sie jetzt keine Szene machen und alles ruinieren.

»Sieben gemeinsame Jahre und jetzt bekomme ich nicht mal ein ›Hallo‹?«

Sie verdrehte die Augen. »Hallo, Andrew. Also, was tust du hier?«

Er schaute zu Alex und es schien ihm ganz offensichtlich nicht zu gefallen, vor einer Fremden so behandelt zu werden. »Wer ist deine Freundin?«

Lori stieß einen frustrierten Seufzer aus. »Alex, das ist Andrew. Mein Ex.« Sie bemerkte seine Grimasse, als sie das Wort Ex betonte, wusste aber auch, dass sie ihm keine Illusionen machen durfte, dass er noch irgendetwas anderes für sie war. »Alex ist eine Freundin von mir und aus Schottland zu Besuch.«

Alex schüttelte seine ausgestreckte Hand und nickte leicht, bevor sie beruhigend lächelnd Loris Schlüssel nahm und an Andrew vorbei die Stufen zur Haustür hinaufstieg. Lori war erleichtert, als Alex zwar die Tür öffnete, aber an der Schwelle stehen blieb und wartete. Sie ließ Lori nicht einfach allein zurück.

»Ich bin also schon der ›Ex‹, ja?« Er spuckte das Wort geradezu aus und stieg eine Stufe zu Lori herab, wo er sie allerdings auch weiterhin überragte.

Sie hatte sich nie von Andrew bedroht gefühlt, aber als sie jetzt zu ihm aufsah, wusste sie einfach nicht, wie sie weiter mit ihm umgehen sollte. Seine zuckenden Kiefermuskeln deuteten darauf hin, dass er sich anstrengte, seine Wut im Zaum zu halten, und seine Augen waren ganz glasig von dem Alkohol, den er ganz sicher vorher getrunken hatte.

Lori stellte sich auf dieselbe Stufe, auf der er stand, hielt aber weiterhin etwas Abstand. Sie sprach sanft, um ihn zu beruhigen, und schenkte ihm ein Lächeln. »Andrew, es ist spät und wir haben beide etwas getrunken. Ich weiß, du willst reden, aber meinst du nicht auch, dass das nicht gerade der beste Zeitpunkt dafür ist?«

Für einen Moment sackte er in sich zusammen.

Trotzdem war sie nach wie vor der Ansicht, dass er auf der Suche nach Streit war. Etwas, was sie ihm heute nicht geben würde.

»Na, was wäre denn deiner Meinung nach ein besserer Zeitpunkt? Ich versuche schon seit Wochen, dich zu erreichen. Ich war in deinem Büro, aber diese Hexe Jane lässt mich nicht zu dir. Du bist nie zu Hause oder gehst zumindest nicht ans Telefon. Ich habe deinen Bruder angerufen ...«

»Warte mal.« Lori hielt eine Hand hoch. Ihr Entschluss, höflich zu bleiben, geriet ins Wanken. »Du hast meinen Bruder angerufen? Es war schon schlimm genug, dass du in mein Büro gekommen bist und meinen Dad angerufen hast. Für wen hältst du dich eigentlich, Andrew?« Sie erhob frustriert die Stimme. »Weißt du, was, ich kann dir das beantworten. Ich weiß, wer du bist. Du bist mein Ex-Freund. *Ex*, also Vergangenheit, nicht mehr, nicht länger. Verstehst du? Wenn du mich auf diese Art und Weise zurückgewinnen willst, dann kann ich dir gleich sagen, dass du es ganz falsch angehst.«

Er funkelte sie von oben herab an, seine Brust hob und senkte sich heftig vor Wut, aber er sagte nichts.

Da sie auch nichts mehr zu sagen hatte, schob sie sich an ihm vorbei und stieg die Stufen zur Tür hoch, die Alex ihr aufhielt. Ohne Vorwarnung wurde sie plötzlich zurückgerissen. Schmerz zuckte durch ihr Handgelenk. Andrew hatte sie gepackt und zog sie die Treppe hinunter.

Alex war innerhalb von Sekundenbruchteilen zwischen ihnen. Einen Arm legte sie schützend um Lori, mit der anderen Hand stieß sie Andrew kräftig gegen die Brust.

Er ließ Loris Handgelenk los und stolperte rückwärts die letzten zwei Stufen hinab.

Die unerwartete Konfrontation hatte Loris Puls in die Höhe getrieben. Sie starrte Andrew fassungslos an. Tränen traten ihr in die Augen.

Andrew richtete sich kläglich taumelnd auf und wischte sich Staub von der Hose, bevor er den Kopf hob und sie finster ansah. »So behandelst du mich also? Nach all der gemeinsamen Zeit bekomme ich nicht mal eine Erklärung.«

Alex sprach für sie. »Ich denke, es ist Zeit, dass du gehst.«

Da richtete er den Blick auf Alex, zeigte mit einem Finger auf sie und zischte durch zusammengebissene Zähne: »Wer zum Teufel bist du, dass du es wagst, mich wegzuschicken? Das hat nichts mit dir zu tun.«

Sie beobachteten, wie er sich auf ein geparktes Auto stützte – der Sturz hatte offensichtlich sein alkoholisiertes Gehirn durcheinandergeschüttelt.

Lori hatte Mitleid mit ihm. Er litt sichtlich. Etwas, das überhaupt nicht zu ihm passte. Trotzdem wollte sie einfach nur in ihre Wohnung. Mit Alex zusammen sein. Die Tür hinter ihnen zumachen.

Alex machte einen Schritt auf ihn zu.

Lori zog besorgt an ihrer Hand.

Alex drückte die Hand und hielt sie weiterhin fest. Ihr Blick war fest auf Andrew gerichtet. »Du hast recht, Andrew.« Sie hielt bestätigend die andere Hand hoch. »Das hat nichts mit mir zu tun, abgesehen davon, dass Lori mir wichtig ist und ich es furchtbar finde, sie so aufgewühlt zu sehen. Ich bin mir sicher, du siehst das auch nicht gerne.«

Sie appellierte an den Teil von Andrew, den Lori so gemocht hatte.

Er lehnte sich an das Auto und nickte kaum merklich. Tränen glitzerten in seinen Augen. Er wischte sich mit beiden Händen über das Gesicht und atmete einige Male tief durch. »Könnt ihr mir ein Taxi rufen?« Er mied ihren Blick, aber die Scham stand ihm deutlich ins Gesicht geschrieben.

Ein Gesicht, das Lori so gut kannte und wirklich nicht hassen wollte. Das war einfach nicht er und am nächsten Morgen würde ihm klar werden, was für einen Fehler er begangen hatte.

»Aye, natürlich, aber du wirst hier draußen darauf warten müssen.«

Er nickte nur, bevor er sich mit dem Rücken zu ihnen auf die unterste Stufe setzte.

Alex drehte sich wieder zu Lori und lächelte.

Lori formte mit den Lippen ein stummes Danke.

Ohne ihre Hand loszulassen, kramte Alex ihr Handy heraus und gab es Lori, damit sie ein Taxi rufen konnte. Sobald der Anruf beendet war, gingen sie die Stufen hinauf und in die Sicherheit von Loris Wohnung.

Erst als sie mit dem Rücken zur verschlossenen Tür in der Wohnung standen, schloss Alex erleichtert die Augen und stieß den Atem aus, den sie angehalten hatte. Direkte Konfrontationen hatte sie bisher immer gemieden, aber als Andrew Lori gepackt hatte, war der leichte Alkoholnebel in ihrem Gehirn sofort verschwunden. In ihr hatte sich ein Schalter umgelegt. Sie hatte sich schneller zwischen die beiden gestellt, als ihr eigenes Gehirn realisiert hatte. Der Drang, Lori zu beschützen, war stärker gewesen als die Angst davor, selbst in die Schusslinie zu geraten.

Sie bezweifelte, dass Andrew mehr getan hätte – es war ein Moment des Frusts über die Situation gewesen und der Alkohol hatte es nur noch schlimmer gemacht. Letztendlich schien er es aufrichtig zu bereuen, und sie hatte Mitleid mit ihm. Er hatte Lori verloren und je besser sie Lori kennenlernte, desto deutlicher erkannte sie, was für ein harter Schlag das für jeden wäre. Nicht, dass das sein Verhalten entschuldigte.

Alex atmete noch einmal tief ein und der süße Duft, den sie inzwischen unweigerlich mit Lori verband, ließ sie lächeln. Sie öffnete die Augen und zuckte kurz zusammen, so nah stand Lori vor ihr.

»Hey. Geht's dir gut?« Sie nahm Loris Hand und streichelte sie beruhigend.

Lori nickte, aber so, wie sie die Unterlippe zwischen die Zähne gezogen hatte, riss sie sich wohl gerade sehr zusammen.

»Hör mal, er ist betrunken und wusste nicht, was er da getan hat. Morgen früh wird er mit dem größten Kater aller Zeiten und voller Reue aufwachen. Das garantiere ich dir.«

»Das ist es nicht ... Ich ...« Sie trat noch näher und hielt Alex' Blick fest.

Alex sah ihr forschend in die Augen. »Lori, was ist es dann? Du siehst verängstigt aus. Ehrlich gesagt glaube ich nicht, dass du dir wegen Andrew noch Sorgen machen musst. Falls er doch zurückkommt, na ja, dann bin ich ja hier, um dich zu beschützen.« Sie plusterte sich ein wenig auf.

Lori stieß ein kleines Lachen aus. »Du warst da draußen echt tapfer. Meine ganz persönliche Heldin.« Sie beugte sich vor und drückte einen kleinen Kuss auf Alex' Wange. »Tatsächlich bin ich nicht sicher, ob schon einmal jemand so für mich eingetreten ist. Er hätte dir wehtun können.« Ihre Miene wurde wieder ernst.

»Hey, sag das doch nicht. Das hätte er nicht getan. Du meintest, dass er im Grunde ein guter Kerl ist, und das glaube ich dir. Er ist nur sauer und weiß nicht, wie er mit der Situation umgehen soll. Jedenfalls ist es jetzt vorbei. Er hat mir nicht wehgetan und es ist alles gut gegangen.«

»Ich weiß. Es ist nur … Ich schätze, das Ganze hat mir Angst eingejagt, das ist alles.«

»Ich nehme an, er hat sich noch nie so verhalten?«

»Nein, ich meine nicht, dass Andrew mir Angst eingejagt hat. Na ja, gut, ein bisschen schon. Ich dachte, ich würde ihn kennen, und als du dann eingeschritten bist und ich dachte, er würde dir wehtun, hat mir das noch mehr Angst gemacht.«

»Natürlich hat es das, Süße. Alle würden so empfinden, wenn eine Freundin …« Bei dem Wort stockte Alex und dachte an ihr vorheriges Gespräch zurück. Das war die Gelegenheit für Lori, es zurückzunehmen.

»Nein, Alex, lass mich ausreden. Es war mehr als das. Du bist mehr als das …«

Alex' Herz pochte. Sie hielt den Mund und den Atem an, damit Lori fortfahren konnte.

»Ich habe ernst gemeint, was ich vorhin gesagt habe. Es ist nur, na ja, das ist alles so neu für mich und so kurz nach Andrew passiert. Ich bin mir nicht sicher …« Ihre Stimme war nur noch ein Flüstern.

Lori sah auf ihre Hand hinab, die noch immer in Alex' lag, und Alex tat es ihr gleich. Sie suchte sich eine der Sommersprossen aus und streichelte beruhigend darüber, damit Lori Zeit hatte, die richtigen Worte zu finden.

Entweder war die Zeit stehen geblieben oder Lori hatte ihre Fähigkeit, zu sprechen, verloren. Sie schwieg weiterhin, hielt den Kopf gesenkt und Alex konnte nicht länger warten. Sie legte einen Finger unter Loris Kinn und hob es an, um ihren Blick wieder einzufangen. Dann strich sie ihr die Haare aus dem Gesicht und wisperte: »Ich schon.«

Diese zwei kurzen Worte gaben Lori die Sicherheit, die sie brauchte. Der Rausch der Erkenntnis, was Alex' Worte bedeuteten, öffnete ihre Schleusen. Ihr Gefühle übernahmen die Führung. Sie überbrückte den Abstand zwischen ihren Lippen und eroberte Alex' Mund.

Sie versank in Alex.

Als der Kuss inniger wurde und Alex' Zunge hauchzart Loris streifte, stöhnte sie. Mehr brauchte es nicht. Ihr Körper reagierte stürmisch und sie wollte mehr. Ihre eigene Zunge wagte sich vor und fand ihr Ziel, was Alex wiederum ein Stöhnen entlockte. Das Geräusch schoss Lori direkt zwischen die Beine und sie drängte sich dichter an Alex.

»Plötzlich löste sich Alex von ihr. »Lippenbalsam mit Honig. Das hat mich also die ganze Zeit in den Wahnsinn getrieben.« Sie war atemlos und lächelte. »Du schmeckst nach Honig.«

»Koste noch mal.« Alex sollte nie mehr aufhören, sie zu küssen.

Ein heißes Kribbeln folgte Alex' Fingerspitzen, als sie damit an Loris Wirbelsäule hinauf und durch ihre Haare strich. Mit den Lippen fuhr sie ungeduldig den Schwung von Loris Kiefer nach, knabberte sich ihren Hals hinab und über ihr Schlüsselbein zum Ohrläppchen.

Ein geflüstertes Wort an Loris Ohr und sie war kurz davor, sich zu verlieren.

»Bett.«

Es war keine Frage.

Sie hielt sich an Alex fest, um ihr weiterhin nahe sein zu können, während sie sie durch den Flur ins Schlafzimmer führte.

Kaum dort angekommen, funkte Loris Gehirn dazwischen. Die Angst kehrte zurück. Sie war in ihrem ganzen Leben nur mit einer Person zusammen gewesen, und zwar mit einem Mann. Jetzt stand sie hier in ihrem Schlafzimmer, mit einer Frau.

Lori war unruhig, fast hysterisch bei dem Gedanken, was als Nächstes kommen würde. Würde es wirklich passieren? »Warte, warte.« Ihr Körper schrie auf, als sie sich von Alex löste, aber ihr Verstand brauchte die Rückversicherung. »Alex, es tut mir leid, ich …« Da brach sie in Gelächter aus und Alex wirkte verdutzt. »Ich habe nicht die geringste Ahnung, was ich hier mache.«

Alex zog sie wieder an sich, schlang die Arme um ihre Taille und küsste sie leicht auf die Lippen, bevor sie murmelte: »Na, weißt du, ich rede mir ein, zumindest ein bisschen Ahnung zu haben, also könnten wir vielleicht damit anfangen und sehen von da aus weiter.«

Lori erwiderte den Kuss und ließ sich wieder in ihre Gefühle fallen. Sie küsste Alex und es fühlte sich an, als sollte sie in diesem Augenblick genau an diesem Ort sein.

Alex wollte sie.

Lori vertraute ihr.

»Aber dazu muss es heute auch gar nicht kommen.« Alex drückte die Stirn an Loris und schaute ihr eindringlich in die Augen. »Ich kann nachvollziehen, dass das eine große Sache ist. Sehe ich ja auch so.«

Lori fuhr ihr durch die langen Haare, strich mit den Fingerspitzen über ihre Wange und streichelte über diese verführerischen Lippen. »Ich will es aber wirklich,« flüsterte sie.

»Bist du sicher?«, murmelte Alex.

Lori antwortete mit einem Kuss, der hoffentlich keinen Zweifel daran ließ, wie sicher sie sich war. Sie gab ihren Gefühlen freie Hand, genoss das, was sie spürte. Und das waren vor allem Alex' Berührungen. Sie gingen es langsam an und die Vorfreude, als eine Kleiderschicht nach der anderen wich, verstärkte nur ihr Verlangen, Alex so nahe zu sein, wie es nur ging.

Ihre Gänsehaut verschwand, als sie sich hinlegte und Alex zwischen ihre Beine glitt. Ihre Körper schmiegten sich heiß aneinander und alles, was geschah, überwältigte Loris Sinne. Jede Liebkosung fachte ihre Sehnsucht nach mehr weiter an.

Lori unterbrach den Kuss, löste sich von ihren Lippen, um Alex zu betrachten. Im Schein der Straßenlaternen war ihr Gesichtsausdruck offen und vertrauensvoll. Diese Frau, diese Nacht würde ihr Leben ändern. Davon war Lori überzeugt.

Sie strich wieder durch Alex' Haare, dann ihren Rücken hinab und mit den Fingerspitzen an ihren Seiten hinauf, nahm sich Zeit, diesen hinreißenden weiblichen Körper vor sich zu erkunden. Alex stockte mehr als einmal der Atem, als Lori empfindliche Stellen entdeckte und sich einprägte, um sie später auch mit den Lippen zu erkunden.

Schließlich legte Lori beide Hände an Alex' Wangen und sie versanken in einen hingebungsvollen Kuss, bevor Alex die Führung übernahm und mit den Lippen Stellen fand und erkundete, die in Lori einen Hunger nach mehr weckten. Einen Hunger, den sie nicht für möglich gehalten hatte.

»Was machst du nur mit mir?« Inzwischen war sie atemlos, da Alex' Gewicht genau auf den richtigen Stellen lag, sodass sie wirklich nicht mehr klar denken konnte und sich nach allem sehnte, was Alex vielleicht, hoffentlich als Nächstes tun würde. »Bitte, lass mich nicht länger warten.«

Alex ergriff Loris Hand und führte sie an ihre eigene, intimste Stelle.

Feuchtigkeit benetzte Loris Finger.

»Das ist es, was du mit mir anstellst«, flüsterte sie.

Glück, Verlangen und Lust steigerten sich in ihr. Nie hätte sie gedacht, dass es möglich war, so viel zu empfinden. Sie stöhnte an Alex' Lippen. Alex, die mit ihren Fingern und Lippen jetzt Stellen an Loris Körper erkundete, die sie bisher noch nicht berührt hatte.

Alles war neu für Lori. Jede Liebkosung, jeder Kuss und jedes Streicheln fachte die Flammen in ihrem Körper weiter an, entlockte ihr die wundervollsten Empfindungen, sodass sie sich verzweifelt und erwartungsvoll wand. Sie wollte nicht, dass das hier aufhörte – aber sie war nicht in der Lage, diese Tsunami an Gefühlen weiter auszuhalten. Sie war kurz davor, zu explodieren oder implodieren oder ...

Dann wurde Alex zu einem Teil von ihr und Lori verlor den letzten Funken Kontrolle, der ihr noch geblieben war. Sie gab sich Alex völlig hin. Das war Intimität, das war es, was sie all die Jahre vermisst hatte.

Alex.

Alle Gedanken flohen aus Loris Kopf, als die Welle sie ohne Vorwarnung durchströmte, immer höher wurde, immer länger anhielt, während Alex alles nahm, was sie zu geben hatte.

Und dann fiel Lori, und Alex fing sie auf.

Als sie, völlig außer Atem, wieder zu sich kam, schloss sie die Augen und bedeckte sie mit einem Arm. Ihr Körper fühlte sich an wie Gummi, es war, als ob ihr kein Muskel mehr gehorchen wollte. Aber sie fühlte sich so gut, war so herrlich befriedigt und griff mit ihrer freien Hand nach Alex, zog sie hoch, bis sie auf ihr lag und den Kopf auf die Stelle über ihrem pochenden Herzen legte.

»Ich habe meine Meinung geändert.« Bei den Worten ruckte Alex' Kopf hoch und Lori lachte.

»Warum lachst du?« Alex runzelte verwirrt die Stirn.

»Schau nicht so besorgt. Ich war mir bloß nicht sicher, ob ich schon bereit dafür bin.«

Da lächelte Alex, eindeutig zufrieden mit sich selbst. »Du bist gemein.« Sie stemmte sich hoch und drückte einen Kuss auf Loris Lippen. »Aber du bist auch wunderschön.«

Kapitel 34

Als Stella die Augen aufschlug, war sie im ersten Moment desorientiert. Es dauerte einige Augenblicke, bevor der Alkoholnebel in ihrem Hirn sich lichtete. Dann wurde ihr klar, dass sie wirklich in ihrem eigenen Bett lag, und es Scotts laute Stimme war, die im Nebenzimmer erklang.

Schmerz und Übelkeit schossen durch ihren Körper, als sie versuchte, den Kopf zu heben. Sie wälzte sich vorsichtig herum, stöhnte ins Kissen und wünschte sich, Scott würde leise sein.

Schließlich griff sie nach der Wasserflasche, die hoffentlich auf ihrem Nachttisch stand, und versuchte erneut, sich aufzusetzen. Sie strich sich die Locken aus dem Gesicht, kniff die Augen zu und atmete tief durch, bevor sie sich endgültig aufrichtete. Sie stürzte etwas Wasser herunter und schaffte es allmählich, die Augen ganz zu öffnen.

Scott schimpfte immer noch im Nebenzimmer ins Telefon. Wenn ihr Zustand es zulassen würde, hätte sie seinen Namen gerufen, sich erkundigt, warum er so laut war. Aber so, wie es ihr gerade ging, wollte sie nur duschen und sich ganz, ganz dringend die Zähne putzen.

Eine halbe Stunde später schlenderte sie mit noch feuchten Haaren und in ihrer bequemsten Jogginghose und einem locker sitzenden Top in die Küche.

Scott, der am Tisch saß, schnaubte. »Hat ja lange genug gedauert.«

Sie hatte sich gerade für einen Kuss zu ihm beugen wollen und hielt in der Bewegung inne. »Dir auch einen guten Morgen, Sonnenschein. Was sollte das Geschrei und das Gemecker am Telefon vorhin?«

»Tu nicht so ahnungslos.«

Sie betrachtete ihn einen Augenblick lang. Diese Stimmung hatte sie noch nie bei ihm erlebt und sie passte nicht zu seinem sonst so attraktiven, fröhlichen Gesicht. »Okay, was habe ich gestern Abend im Suff gesagt, das dich so verstimmt hat?«

»Das ist es ja, Stella. Du hast gar nichts gesagt. Alles, was ich zu hören bekommen habe, war betrunkenes Geplapper darüber, dass Espresso Martinis das Werk des Teufels wären. Oh, und warte, was noch? Wie wundervoll Alex ist.«

Stella war an den Kühlschrank getreten, um dessen Inhalt zu inspizieren, stockte jetzt allerdings und kramte in ihrem Gedächtnis nach Erinnerungen daran, wie sie gestern nach Hause gekommen war. Mist. Hatte sie etwas über Lori und Alex verraten?

»Oh, keine Panik«, sagte er, als hätte er ihre Gedanken gelesen. »Du hast nicht verraten, dass Alex eine verdammte Frau ist. Scheinbar hatte Andrew gestern Abend ebenfalls das Vergnügen, sie kennenzulernen. Hat er mir vorhin am Telefon erzählt.«

Sie knallte die Kühlschranktür zu und wirbelte zu ihm herum. »Warum stößt mir dein Tonfall bloß sauer auf? Ja, Alex ist eine Frau. Na und? Ich habe es dir nicht gesagt, weil Lori selbst mit dir reden wollte. Also, wenn du dir mal die Mühe machen würdest, sie anzurufen.«

»Also beunruhigt es dich gar nicht, dass deine beste Freundin plötzlich eine Lesbe ist?«

»Beunruhigen? Machst du Witze? Was mich beunruhigt, ist deine Reaktion darauf und die Tatsache, dass Andrew dich deswegen angerufen hat, als wäre das irgendwie seine Bürgerpflicht. Das hat überhaupt nichts mit ihm zu tun. Oder mit dir.«

»Er hat mich nicht deswegen angerufen.«

»Ach ja? Du willst mir also weismachen, dass das nicht seine erste Bemerkung war?«

»Tatsächlich nicht. Es war eher die Gesamtsituation. Er dachte, Alex wäre nur eine gute Freundin.«

»Welche Situation? Was hat er angestellt?«

»Er ist gestern Abend betrunken bei Lori aufgekreuzt, um mit ihr zu reden. Offenbar hat er es gründlich vermasselt und ist etwas ... grob geworden. Er wollte mich fragen, ob ich mit ihr geredet hätte. Er ist am Boden zerstört, weil er sich so verhalten hat.«

Stella konnte nicht glauben, was sie da hörte. »Oh mein Gott. Geht es ihr gut? Wenn er sie angerührt hat, ist der Mistkerl so was von dran.«

»Beruhig dich. Er hat gesagt, er hätte sie nur am Arm gepackt. Er war sauer, weil sie nicht mit ihm reden wollte. Dann ist scheinbar Alex eingeschritten.«

Stella war gerade dabei, ihr Handy zu suchen, um Lori anzurufen und zu fragen, ob alles in Ordnung war. Nach Scotts letzten Worten sah sie ihn fassungslos an. »Hörst du dir überhaupt selbst zu?« Sie blickte sich frustriert um und gab die Suche nach ihrem Handy auf. Im Moment war sie ohnehin zu wütend, um für Lori da sein zu können. »Wenn irgendein anderer Kerl sie ›nur gepackt‹ hätte, würdest du jetzt seine Tür eintreten und ich wäre direkt hinter dir. Lori war unglücklich mit ihm und das weißt du auch. Ist es so unbegreiflich für dich, dass sie mit einer Frau zusammen ist? Wäre es dir lieber, wenn sie den Rest ihres Lebens als Andrews traurige, gehorsame Frau verbringt?«

Er sprang von seinem Stuhl hoch und stieß ihn dabei um. »Wage es ja nicht, meine Treue zu meiner Schwester infrage zu stellen. Du weißt, wie viel sie mir bedeutet, und genau deshalb darf ich nicht zulassen, dass sie diesen Fehler begeht.«

Stella war wirklich überrascht von seinem Wutausbruch, würde sich aber auf gar keinen Fall von ihm einschüchtern lassen. Nach außen ruhig durchquerte sie die Küche.

Er streckte seine Arme nach ihr aus.

Sie lief an ihm vorbei und stellte den umgestürzten Stuhl wieder auf, bevor sie auf der Suche nach ihrem Handy die Küche verließ.

Scott folgte ihr ins Wohnzimmer und schlug einen anderen Ton an. »Hör mal, Stella, ich weiß, sie ist deine beste Freundin und wir lieben sie beide. Du musst doch zugeben, dass das alles etwas plötzlich kommt. Das passt nicht zu ihr. Sag mir nicht, dass es dich nicht auch überrascht hat. Ich glaube wirklich, wenn wir uns mit ihr treffen und reden, können wir ihr begreiflich machen, dass diese Sache mit Alex nur eine verfrühte Midlifekrise ist. Das ist Loris Art, zu rebellieren und einmal nicht das brave Mädchen zu sein.«

Stella atmete tief ein und langsam wieder aus, entschlossen, nicht die Fassung zu verlieren. »Weißt du, du und James seid die einzigen Verwandten, die Lori noch lieben und denen sie vertrauen kann. Ich frage mich, was sie davon halten würde, wenn sie dich hören könnte. Wie du diese massive Veränderung in ihrem Leben herunterspielst, ohne auch nur mit ihr darüber gesprochen zu haben.«

Er hob eine Hand, trat auf sie zu und öffnete den Mund. »Aber ...«

Sie knallte die flache Hand auf das Sideboard. »Hör mir zu, verdammt. Sie musste schon mit ihrem Dad telefonieren, der sich mit Andrew verschworen hat, um sie zu überzeugen, zu ihm zurückzukehren. Aber von dir hätte ich mehr erwartet. Ist dir überhaupt bewusst, dass du und dein Vater seit ihrer Trennung nur an Andrews und eure eigenen Gefühle gedacht habt?«

Inzwischen lief er auf und ab, deutlich verärgert von der unbequemen Wahrheit. »Vielleicht liegt das daran, dass Lori dabei keine Gefühle zu haben scheint, jedenfalls nicht laut Andrew. Er sagt, sie war in den letzten Monaten wie ein anderer Mensch. Hat sie sich die ganze Zeit über mit dieser Alex getroffen?«

»Siehst du, du machst dir schon wieder nur Sorgen um Andrew und seine Seite der Situation. Ich sage es gern noch einmal: Wie wäre es, wenn du sie anrufst und es selbst herausfindest?«

»Das ist nicht fair. Du weißt doch, wie besorgt ich um sie bin.«

»Ja, so besorgt, dass du dieses Wochenende nicht mal versucht hast, dich mit ihr zu treffen. Mal ehrlich, Scott. Was ist los? Hat es dein schlechtes Gewissen die letzten Jahre etwas gelindert, dir einzureden, dass Andrew sich um sie kümmert, wenn du sie im Stich lässt? Wenn du nie für sie da bist? Ist das der Grund, warum James und du sie unbedingt wieder zusammenbringen wollen?«

Mit leiser Stimme antwortete er: »Wie kannst du es wagen? Ich habe sie nie im Stich gelassen.«

Sie hob abwehrend beide Hände. Offensichtlich hatte sie einen Nerv getroffen. Aber eigentlich hatte sie kein Interesse, das jetzt auszudiskutieren. »Okay, okay, es tut mir leid. Aber Scott, sie ist immer noch deine Schwester. Dieselbe Lori, die wir kennen und lieben.«

Er hielt inne und funkelte sie wütend an. »Lori, die Lesbe, ist nicht meine Schwester. Diese Person kenne ich nicht. Ich meine, was? Sie hat eine schlechte Beziehung mit einem Kerl und plötzlich sind Frauen ihr Ding?« Er lief weiter auf und ab. »Wie konnte sie so etwas entscheiden und dann lügen und es vor uns geheim halten? Das ist nicht meine Lori.«

Stella seufzte und fand zwischen den Sofakissen endlich ihr Handy. Sie steckte es ein und hockte sich auf die Armlehne. Sie fand Scotts Reaktion offen gestanden unfassbar. Ja, sie war ungefähr zwei Minuten lang sauer auf Lori gewesen, weil sie ihr verheimlicht hatte, dass Alex eine Frau war. Aber nachdem sie die beiden zusammen gesehen hatte, war das alles verflogen. Und ja, es war aus heiterem Himmel gekommen, das musste sie zugeben. Aber wenn Lori Alex wirklich wollte, war es die Aufgabe von Stella und Loris Familie, sie zu unterstützen, anstatt alles schwieriger für sie zu machen. Es war Loris Leben und sie konnte es führen, wie sie wollte. Solange sie glücklich war, würde Stella sie immer unterstützen. Scott hatte sich auf das Wort Lesbe fixiert, aber für sie ging es gar nicht darum. Es ging um Lori und Alex, zwei Menschen, die einander gefunden hatten, und jetzt gerade war ihr nur wichtig, dass ihre beste Freundin glücklich war.

»Es ist ja nicht so, als hätte sie uns vorsätzlich hintergangen. Wir haben einfach unsere Schlüsse gezogen, als wir Alex' Namen gehört haben, und Lori war noch nicht bereit, uns zu korrigieren. Sie versucht immer noch, sich über alles klar zu werden. Gib ihr eine Chance, dir zu erklären, wie sie empfindet. Kannst du dir vorstellen, dich plötzlich zu einem Kerl hingezogen zu fühlen? Direkt nachdem die einzige Beziehung, die du je hattest, in die Brüche gegangen ist? Und wie verwirrend das wäre?«

Scott wirbelte herum und deutete mit dem Finger auf sie. »Sei nicht widerlich, das würde nie passieren.«

»Widerlich?« Sie schoss vom Sofa hoch. »Das kannst du nicht ernst meinen. Nachdem du schon so viel gereist bist und so viel gesehen hast, so viel Schrecken, Armut, Kriege und Hass.« Jetzt deutete sie mit dem Finger auf ihn. »Ich hätte gedacht, du würdest dich freuen, ein wenig mehr Liebe in der Welt zu sehen. Vielleicht sogar in deinem Leben. Stattdessen stehst du da und verurteilst und erniedrigst die Beziehung deiner Schwester, nur weil es dir nicht in den winzigen Kopf geht, dass zwei Frauen ineinander verliebt sein könnten?«

»Verliebt?«, höhnte er. »Mach dich nicht lächerlich. Diese Alex nutzt sie ganz offensichtlich aus. Kaum ist Andrew weg, da ist Lori auch schon eine Lesbe und schmeißt sich der ersten Frau an den Hals, die sie trifft? Oh bitte. Das ist nur eine Phase. Bald wird sie aufwachen und sehen, dass sie sich nur zum Narren macht.«

Stella war so sauer und wütend, wusste aber, dass sie rein gar nichts erreichen würde, solange er sich so dämlich verhielt. Der Scott, der jetzt vor ihr stand, war nicht derselbe Mann, von dem sie erst gestern gedacht hatte, dass sie allmählich dabei war, sich in ihn zu verlieben. Sie beschloss, ihm die Gelegenheit zu geben, sich zu beruhigen und nachzudenken, bevor er noch mehr sagte, das er später bereuen würde. Also stand sie auf und zeigte zur Tür. »Ich möchte, dass du gehst.«

Seine Miene wurde weich. »Stella, komm schon. Sei nicht so.« Er kam auf sie zu.

Sie hielt seinen Blick fest und trat hinter den Sessel, damit der zwischen ihnen stand. »Ich bin dieselbe Person wie immer, Scott. Du bist hier derjenige mit dem Problem. Geh jetzt.«

»Aber du verstehst doch, warum ich sauer bin?«

»Ehrlich gesagt, Scott, nein. Ich finde, du verhältst dich wie ein Arsch. Mir wird gerade klar, dass ich dich vielleicht gar nicht so gut kenne, wie ich dachte. Ich habe dir ja gesagt, dass Lori die wichtigste Hunter in meinem Leben ist. Daran wird sich nichts ändern, egal, was zwischen dir und mir passiert. Ich werde nicht hier stehen und mir deine Hassreden anhören. Du hast Alex nicht mal getroffen, hast die beiden nicht zusammen gesehen. Du hast ihr gar keine Chance gegeben.« Sie zeigte wieder zur Wohnungstür. »Wenn wir das zwischen uns irgendwie retten wollen, musst du jetzt gehen.«

Er schnappte sich seine Jacke und stürmte ohne ein weiteres Wort in den Flur.

»Scott«, rief sie ihm nach, als er die Tür aufriss.

Er blieb stehen, ohne sich zu ihr umzudrehen. »Was?«

»Ich will, dass du über etwas nachdenkst, wenn du nach Hause kommst.«

Seine Schultern verkrampften sich. Er schaute immer noch nicht zu ihr.

»Ich will, dass du überlegst, wie oft du Lori wirklich glücklich erlebt hast.«

Seine Schultern sackten nach unten und sie hörte ihn seufzen.

»Denn ich habe sie noch nie so glücklich gesehen wie gestern Abend und ich lasse nicht zu, dass du ihr das vermasselst.«

Er schwieg weiterhin und hielt nur einige Sekunden inne, bevor er ohne einen weiteren Blick zurück zur Tür hinausging.

Kapitel 35

Lori erwachte mit schmerzendem Nacken, nachdem sie den Großteil der Nacht auf Alex' Arm gelegen hatte. Sie streckte sich träge, stöhnte zufrieden und griff quer über die Matratze, um Alex wieder an sich zu ziehen.

Ihre Hand glitt über das noch warme Laken. Das leere, warme Lacken. Alex war nicht da. Aber sie konnte noch nicht lange weg sein. Lori lächelte und fragte sich, ob sie ihr Frühstück ans Bett bringen würde.

Sie erlaubte sich einige Minuten, um in den Erinnerungen an letzte Nacht zu schwelgen, während sie auf Geräusche aus der Küche lauschte. Als sie keine hörte, entschied sie sich aufzustehen. Der Drang, Alex nahe zu sein, war zu stark. Sie holte eines ihrer Schlabber-T-Shirt aus einer Schublade und zog es sich über. Als sie den Kopf durch die Halsöffnung steckte, sah sie Alex in der Tür stehen.

»Morgen, Hübsche. Ich wollte dich gerade suchen gehen. Wo ist mein Frühstück im Bett?«

Alex kam langsam ins Zimmer, blieb mitten im Raum stehen und schwankte leicht, ohne Lori anzusehen. Sie hatte die Stirn gerunzelt und wirkte in Loris langem Morgenmantel in sich zusammengesunken und klein.

Für den Bruchteil einer Sekunde fragte Lori sich, ob sie etwas falsch gemacht hatte. Ob Alex' Verhalten an ihr lag. Dann wanderte ihr Blick nach unten und sie bemerkte, dass Alex mit weiß verfärbten Knöcheln ihr Handy gepackt hielt. Dann sah sie wieder hoch und ihr Magen verkrampfte sich, als sie Tränen in Alex' Augen entdeckte.

»Alex? Alles in Ordnung?« Lori eilte zu ihr, als die Tränen über Alex' Wangen liefen. »Komm, setz dich hierher. Was ist passiert?«

Sie führte Alex zum Bett, wo diese sich setzte, aber nicht antwortete. Sie schüttelte nur langsam den Kopf und starrte an Lori vorbei. Das Handy hielt sie immer noch fest und machte keine Anstalten, die Tränen wegzuwischen.

»Alex, du machst mir Angst. Was ist los?« Lori packte sie an den Schultern und schüttelte sie leicht. »Alex, rede mit mir.«

Als würde ihr gerade erst auffallen, wo sie war, richtete Alex den Blick auf Lori und sah ihr kurz in die Augen, bevor sie wieder wegschaute. Einige Sekunden lang bewegte sie lautlos die Lippen, bevor sie ein kleines Wort flüsterte: »Beth.«

Lori war verwirrt. »Beth?« Sie nahm Alex' Gesicht in beide Hände und zwang sie, sich wieder auf Lori zu konzentrieren. »Alex, du musst mir sagen, worum es bei dem Anruf ging, wie ich helfen kann.«

Alex' Miene verdunkelte sich und ihre Tränen versiegten abrupt. Mit hartem Blick funkelte sie Lori an. »Fuck, ich konnte ihr nicht helfen, wie zur Hölle willst du das dann machen?«

Lori wich vor der Feindseligkeit in den Worten zurück. »Ich ... ich ...«

Alex brach wieder in Tränen aus, kroch auf das Bett und krümmte sich zusammen. Schluchzer schüttelten ihren Körper.

Obwohl Lori von Alex' Verhalten und ihren Worten geschockt war, konnte Lori nicht ertragen, was sie sah. Sie legte sich neben sie aufs Bett, nahm sie in die Arme und spürte, wie ihr T-Shirt feucht wurde, als Alex den Kopf an ihrer Brust vergrub.

Sie zog die Decke über sie beide und streichelte sanft Alex' Wange.

Alex ließ das Handy los, ergriff stattdessen Loris Hand und drückte sie fest.

Zwischen zärtlichen Küssen auf Alex' Kopf flüsterte Lori beruhigende Worte, die zwar bedeutungslos waren, solange sie nicht wusste, was los war, aber doch tröstlich genug, dass die Schluchzer schließlich verstummten.

Loris Gedanken rasten. Sicher, sie konnte – und würde – auf eine Erklärung warten, die sicherlich käme, sobald Alex wieder in der Lage war, auf vernünftige Art und Weise zu kommunizieren. Aber sie wusste nicht, wann das war, und sie musste wissen, was gerade mit Alex geschah. Was für einen Anruf hatte sie bekommen, der so viele Jahre nach dem Tod ihrer Schwester eine derartige Reaktion verursachte?

Alex' Atmung beruhigte sich allmählich und wurde gleichmäßiger, als sie eindöste. Sie war sicherlich total erschöpft.

Als Lori wirklich sicher war, dass Alex schlief, zog sie den Arm unter Alex hervor und stieg leise aus dem Bett. Dann zog sie die Decke fester um Alex und gab ihr einen sanften Wangenkuss.

Okay, denk nach, Lori. Was hätte passiert sein können?

Sie holte Baumwollshorts aus einer Schublade, zog sie an, schlich in die Küche, fand ihr Handy und rief die eine Person an, auf die sie sich immer verlassen konnte.

»Was?«

Lori zog das Handy wegen des barschen Tonfalls ihrer Freundin von ihrem Ohr weg. »Äh, Stella. Ich bin's, Lori.«

»Meine Güte, entschuldige, Süße. Ich dachte, es wäre die Arbeit. Ich habe den größten Kater aller Zeiten und hatte gerade einen ausgewachsenen Streit mit ...« Sie unterbrach sich. »Ach, egal, das willst du gar nicht hören. Ich freue mich so, dass du anrufst. Wie geht's deinem Kopf? Und der reizenden Alex?«

Lori musste über den vielsagenden Unterton lächeln. Idealerweise hätte sie angerufen, nachdem Alex sich verabschiedet hatte, und ihrer besten Freundin alles darüber erzählt, wie wundervoll ‚die reizende Alex' wirklich war. Aber das würde warten müssen.

»Stella, sie war gerade ganz aufgelöst und ich mache mir ernsthaft Sorgen. Ich bin aufgewacht und sie war nicht mehr im Bett. Dann ist sie ganz verstört und weinend ins Schlafzimmer zurückgekommen, mit ihrem Handy in der Hand und ohne irgendetwas zu sagen. Na ja, abgesehen von dem einen Moment, als sie richtig wütend wurde und mich angeschrien hat, als ich gefragt habe, wie ich helfen kann. Sie hat etwas von ihrer toten Schwester Beth gemurmelt ...«

»Ho. Lori, mach mal langsam. Ich bin verkatert, schon vergessen? Ich höre, dass du aufgebracht bist, also frage ich dich jetzt nicht darüber aus, wie ihr zusammen im Bett gelandet seid. Stattdessen möchte ich, dass du tief durchatmest und dich wieder beruhigst, dann kann ich dir helfen.«

»Okay.« Lori schloss die Augen, atmete tief durch und hörte, wie Stella es ihr gleichtat. »Ich bin ruhig.«

»Gut, wo ist sie jetzt?«

»Sie liegt im Bett. Sie hat so sehr geweint, dass sie irgendwann erschöpft war und eingeschlafen ist.«

»Okay, du hast gesagt, du glaubst, sie wurde von jemandem angerufen. Hast du nachgesehen, von wem? War es vielleicht jemand aus ihrem Freundeskreis, mit denen du dich in Schottland getroffen hast, der schlechte Neuigkeiten für sie hatte?«

»Siehst du, genau deshalb habe ich dich angerufen. Ich habe nicht nachgesehen. Warte kurz, ich hole es.«

Sie kehrte mit dem Handy zurück und schickte ein Dankgebet gen Himmel, dass es nicht mit einem PIN-Code gesperrt war. »Okay, der letzte Anruf war um 10:36 Uhr und die Nummer ist nicht in ihren Kontakten gespeichert. Die Vorwahl ist 0131, ist das nicht Edinburgh?« Sie stellte den Anruf auf Lautsprecher und schenkte sich ein Glas Wasser ein.

»Ja, stimmt. Lies mir mal die ganze Nummer vor. Ich habe meinen Laptop offen, mal sehen, ob ich etwas dazu finde.«

Lori folgte der Anweisung, wartete geduldig und lauschte dem Klackern von Stellas Fingern auf der Tastatur. »Hast du etwas gefunden?«

»Einen Moment, ah, da haben wir sie. Oh ...«

»Was?«

Schweigen in der Leitung.

»Stella? Was ist?«

»Das ist eine Polizeiwache im Süden der Stadt. Warum um alles in der Welt würden die sie wegen ihrer Schwester anrufen? Hast du nicht gesagt, sie wäre vor Jahren gestorben?«

Stella tippte wieder.

Langsam verlor Lori die Geduld. »Ich weiß es nicht, Stella. Du bist hier die Polizistin. Laut Alex' Aussage ist sie vor acht Jahren gestorben. Sie war vierzehn.«

»Wie hieß sie noch mal?«

»Beth. Beth Ryan. Was machst du gerade?«

»Okay, warte kurz, ich kann keine offizielle Suche durchführen, damit würde ich alle möglichen Gesetze brechen, aber wir haben ja das Internet. Ich dachte mir, ich sehe mal nach, ob irgendetwas in den Nachrichten zu finden ist, ein Artikel über einen Unfall oder so.«

»Moment mal, Stella, ich habe kein gutes Gefühl dabei. Ich wollte nur, dass du mich beruhigst, aber wir sollten keine Nachforschungen anstellen. Alex sollte mir selbst erzählen können, was mit Beth passiert ist, wenn sie bereit dazu ist.«

»Und was, wenn sie das nicht tut? Willst du ihr nicht irgendwie helfen?«

»Natürlich, aber es fühlt sich komisch an, zu schnüffeln. Der Abend gestern war so schön und ich will helfen können, aber ich will auch nicht, dass sie wütend auf mich ist, weil ich mich in etwas einmische, von dem sie vielleicht gar nicht möchte, dass ich involviert bin.«

»Hör mal, Lori, du bist jetzt ein Teil ihres Lebens und sie ist dir wichtig. Wir machen es ja nicht aus makabrer Neugier, sondern aus Sorge um sie, weil sie sich gerade in diesem Zustand befindet. Wenn du willst, können wir warten, bis sie aufwacht. Ich dachte nur, es würde helfen, wenn wir wenigstens irgendwelche Infos hätten.«

Lori war Stella dankbar, dass sie direkt den Detektivmodus eingeschaltet hatte. Es war ganz natürlich für sie, Menschen zu helfen, und dafür brauchte sie Fakten. Aber Lori ging es nicht um eine Fremde, sondern um die Frau, die gerade in ihrem Bett schlief. »Ich denke, wir sollten warten, bis sie aufwacht. Worum es auch geht, ich bin sicher, sie wird es mir früher oder später erzählen. Jetzt lasse ich sie erst einmal schlafen.«

Stella seufzte. »Du hast recht. Tut mir leid, Süße. Ich wollte mich nicht so reinsteigern, das passiert ganz automatisch. Rufst du mich später an und …« Sie verstummte.

»Was? Was ist denn? Du recherchierst immer noch, oder? Stella, ehrlich, lass es sein. Ich versuche später noch mal, mit ihr zu reden.«

»Scheiße.«

Das Grauen in Loris Magengrube verdichtete sich zu einem Knoten. Sie ahnte, dass das, was jetzt kommen würde, schlimm war. Mit einer Hand ertastete sie einen Küchenstuhl und setzte sich. »Stella?«

Ihre Freundin stieß lang gezogen den Atem aus.

»Stella, schweig dich jetzt bloß nicht aus. Sag mir, was du gefunden hast.«

»Entschuldige, Süße. Ich wollte dich nicht auf die Folter spannen. Ich hatte den Namen schon eingegeben und als ich den Laptop zuklappen wollte, waren die Ergebnisse schon da. Ich will nicht, dass du in Panik gerätst, aber vielleicht steht es mir nicht zu …«

»Stella, tu mir das nicht an. Du hast es jetzt schon gesehen und als beste Freundin musst du mich informieren. Also, was hast du rausgefunden?«

»Du hast recht. Du bist meine oberste Priorität, deshalb habe ich ja überhaupt recherchiert. Du musst das so oder so erfahren.«

»Was denn, Stella?« Loris Mund war staubtrocken.

»Okay, okay. Es gibt einen ungeklärten Fall zu Alex' Schwester Elizabeth Ryan und ihrem Vater George.«

Sie sog scharf Luft ein.

»Lori, ich kann das nicht beschönigen. Sie wurden vor acht Jahren auf der Farm ermordet. Laut dem Artikel war es ein Raubüberfall, bei dem einiges schieflief. Es gibt auch einen Folgeartikel über ihre Mutter Annabelle. Darin steht, dass sie nicht mal ein Jahr später Selbstmord begangen hat.«

Es war, als wäre der feste Knoten aus ihrem Bauch in ihre Brust gewandert und würde sie jetzt ersticken. Zitternd hielt sie sich mit beiden Händen an der Anrichte fest, um sich irgendwie zu erden.

Ermordet?

Selbstmord?

Wo war Alex in dieser ganzen Sache gewesen?

Stellas Stimme, die ihren Namen rief, holte sie zurück in die Gegenwart. Sie räusperte sich, nahm das Handy wieder zur Hand und schaltete den Lautsprechermodus aus. »Ich bin hier.«

»Lori, das tut mir so, so leid. Ich erinnere mich an den Fall. Damals war ich noch in Edinburgh. Es gab eine monatelange Fahndung im ganzen Land und dann hat es sich einfach im Sand verlaufen.«

»Sag mir, wie es passiert ist. Ich muss alles wissen.«

»Es wird nicht leicht sein, sich das anzuhören, Süße, aber wenn du dir sicher bist.«

Lori hörte zu, während Stella in den Arbeitsmodus wechselte: Sie blieb bei den Fakten und erzählte alles so neutral, wie eine Polizistin es tun würde. »Zwei Männer sind ins Farmhaus eingebrochen. Sie haben ihre Mutter und ihren Vater in ihrem Schlafzimmer geknebelt und gefesselt. Es wird vermutet, dass sie sowohl in Alex' als auch Beths Zimmer nachgesehen haben, aber Beth hat irgendwo anders im Haus geschlafen und Alex war nicht zu Hause. Laut Mrs. Ryans Aussage hat Beth sie überrascht, als die Männer gerade das Schlafzimmer durchsucht haben. Sie meinte, ihre Waffe lehnte neben der Tür an der Wand und Beth hat sie aufgehoben und zuerst auf den Eindringling gerichtet, der Annabelle ein Messer an den Hals drückte, und dann auf den anderen. Der andere Eindringling hat sich mit einem Messer auf Beth gestürzt und sie hat geschossen.«

»Also hat Beth einen der Eindringlinge erschossen?«

»Nein, offenbar kam es zu einem Handgemenge und Mr. Ryan war im Weg, als Beth abgedrückt hat. Er hat die Kugel in die Brust bekommen.« Sie verstummte.

»Stella, wie ist Beth gestorben?«

Stellas Stimme drang als bloßes Flüstern durch die Leitung. »Es tut mir so leid, Lori. Sie wurde niedergestochen. Neunmal.«

Lori war so schockiert, dass sie kein Wort herausbekam. Sie wollte nach weiteren Details fragen, fand aber nicht die Kraft dazu. Sie brachte nur ein ersticktes Schluchzen zustande. Sie konnte sich nicht mal im Ansatz vorstellen, wie Alex die Folgen überstanden hatte.

»Süße, bitte wein nicht. Ich komme sofort zu dir. Gib mir eine halbe Stunde …«

Aber Lori hörte ihr nicht mehr zu. Sie hatte sich umgedreht und Alex in der Tür entdeckt, der neue Tränen über das Gesicht liefen. Lori ging zu ihr und zog sie fest an sich und sie weinten gemeinsam, bis sie auf den kalten Fliesenboden sanken.

Kapitel 36

Alex bekam am Rande mit, dass Stella in die Küche kam, hörte wie schwer es wegen des Regens gewesen war, ein Taxi zu bekommen und dass sie wegen des Alkohols gestern Abend nicht selbst fahren konnte.

War das erst gestern Abend gewesen? Alles fühlte sich so weit entfernt an. Alles außer Beth. Mit der Nachricht am Telefon war Alex direkt wieder zu dem Augenblick zurückkatapultiert worden, als die Polizei ihr damals gesagt hatte, was mit ihrer Familie geschehen war.

Sie war immer noch wie betäubt, saß immer noch auf dem Boden und klammerte sich an Lori fest. Eine Decke wurde ihr umgelegt und sie nahm durch das Dröhnen in ihren Ohren das leise Klappern wahr, als Stella ihnen Tee machte.

Sie ließ sich zum Sofa im Wohnzimmer führen.

Lori wich ihr nicht von der Seite und hielt Alex' Hand fest in ihrer.

Einige Minuten später sah sie hoch.

Stella stand mit dem Tablett voller Tassen in der Tür. Alex erkannte das Mitleid in ihren Augen und wollte sie anschreien, das nicht zu tun, sie nicht so anzusehen. Stattdessen konzentrierte sie sich auf das beruhigende Gefühl von Loris Körper an ihrem.

Stella stellte das Tablett ab und setzte sich dann auf die Kante des Couchtischs. Sie lehnte sich vor und ergriff Alex' freie Hand. »Alex, mein aufrichtiges Beileid.«

Alex nickte, zog aber auch die Hand weg. Sie war nicht bereit, darüber zu reden, auch wenn Stella offensichtlich wollte, dass sie das tat.

Lori zog eine Hand unter der Decke hervor, um eine Tasse vom Tablett zu nehmen. Mit der anderen hielt sie weiterhin Alex' fest.

Alex schüttelte nur den Kopf, als ihr eine Tasse angeboten wurde, zog aber ein Taschentuch aus der Schachtel auf dem Tisch.

»Ich weiß, du kennst mich nicht sehr gut, aber du kennst Lori. Dass sie mir vertraut, reicht dir hoffentlich, um das auch zu tun.«

Da sah Alex zu Lori. Sie sagte immer noch nichts, blickte ihr nur forschend in die Augen, in denen eindeutig Sorge lag.

Lori legte sanft eine Hand an ihre Wange. »Rede mit ihr, Alex, sie ist auf unserer Seite.«

Mit einem Seufzer drehte Alex sich zu Stella. »Weißt du von dem Anruf, den ich heute Morgen bekommen habe?«

Stella sah zwischen Alex und Lori hin und her. Dann nickte sie. »Ja. Ich hoffe, du hast nichts dagegen, dass ich auf der Wache angerufen und mit einem alten Kollegen und Freund geredet habe. Außerdem habe ich die Akte über deine Familie gelesen.«

»Glauben sie wirklich, dass er es war?«

Lori blickte sie beide verwirrt an. »Von wem redest du?«

Alex holte tief Luft, um es Lori zu sagen, entschied sich dann jedoch dagegen. Sie fand einfach nicht die richtigen Worte.

»Erzähl uns, was dein Freund gesagt hat.«

Stella erhob sich und lief auf und ab. »Ich habe mit Tim geredet, einem Sergeant und alten Freund. Er hat gesagt, dass Hannah, eine seiner Officers und außerdem seine Nichte, vor mehreren Tagen am Abend nach Dienstende über Nebenstraßen nach Hause gefahren ist und einen alten Mann im Morgenmantel aufgelesen hat, der allein umhergeirrt ist.«

Sie hielt inne und setzte sich auf den Tisch. »Er war verwirrt und hatte keinen Ausweis bei sich, also hat Hannah ihn auf die Wache mitgenommen. Dort sind ihnen dann einige Verletzungen aufgefallen, woraufhin sie ihn ins Krankenhaus gebracht haben. Tim meint, Hannah hätte ihn jeden Tag besucht, aber zuerst hätte der alte Mann nur Unsinn geredet. Er ist von einem Thema zum nächsten gesprungen, aber was er ständig wiederholt hat, war, dass er unbedingt zur Farm gelangen und ›dem Mädchen‹ helfen müsste.«

Lori sprach aus, was Alex nicht sagen konnte: »Beth?«

Als Alex den Namen hörte, begann sie wieder zu weinen. Es war auch nach all der Zeit nicht leichter, an das zu denken, was geschehen war, geschweige denn darüber zu sprechen. Die Vorstellung, dass der verantwortliche Mensch immer noch frei da draußen rumlief und Antworten hatte, die sie nicht kriegen konnte, frustrierte und ärgerte sie. Sie fühlte sich so hilflos wie damals nach dem Tod ihres Vaters und ihrer Schwester, als sie versucht hatte, sich um ihre Mum zu kümmern und zugleich Antworten zu suchen.

Nach einem Schluck Tee fuhr Stella fort: »Anscheinend hat der alte Mann mehrere Gehirntumore. Niemand hat ihn als vermisst gemeldet und sie behalten ihn unter Polizeischutz im Krankenhaus. Gestern Abend hat Hannah wieder mit ihm gesprochen und er hatte einen besonders klaren Moment. Aber sie meinte, letztendlich wäre er wütend geworden, hat geschrien und gesagt, sie dürfte Sean nicht anrufen und dass sie Beth helfen müssten, dass Sean nicht aufhören würde und dass es nicht seine Schuld wäre. Als sie nachhaken wollten, was denn nicht seine Schuld wäre, hat er einfach nur den Namen Beth wiederholt und dann darum gebeten, schlafen gehen zu dürfen.«

Lori schloss für einen Moment die Augen. Dann drehte sie sich zu Alex und schüttelte traurig den Kopf.

Alex entdeckte kein Mitleid in ihrer Miene, nur Sorge.

Lori ließ sich neben ihr auf das Sofa zurücksinken, bevor sie sagte: »Stella, was hat er noch gesagt? Hatte der Mann etwas mit dem zu tun, was passiert ist?«

»Das vermuten wir. Tim meinte, heute Morgen wäre der alte Mann wieder etwas klarer gewesen. Er hat immer wieder gesagt, dass er neue Pantoffeln bräuchte, also haben sie ihm welche besorgt, und das hat ihn beruhigt. Sie haben eine Fachperson hinzugezogen, um ihn zu beobachten und bei ihm zu sein, dann hat jemand von der Polizei die Befragung übernommen. Die Vermutung steht im Raum, dass der alte Mann vielleicht etwas Verstörendes gesehen oder erlebt und deshalb sein Zuhause verlassen hat.«

Alex schwieg. Sie hasste es, dass das gerade jetzt passieren musste. Eigentlich hätte alles besser werden sollen. Sie hatte eine wundervolle Frau kennengelernt. Eine Frau, die sie aus irgendeinem Grund ebenfalls mochte, und jetzt saßen sie hier, gemeinsam, in London. Alex wünschte sich von ganzem Herzen, sie wäre nicht der Grund für den bekümmerten Ausdruck auf Loris Gesicht.

Alex seufzte und starrte auf den Couchtisch, während sie Stella weiter zuhörte. Schon bald aber trat Stellas Stimme in den Hintergrund und Alex war zurück im Musikzimmer, Beth sang mit melodischer Stimme eine Ballade, ihre Mum und ihr Dad sahen unfassbar stolz zu und ihr eigenes Herz war voller Liebe für ihre kleine Schwester. Eine Liebe, die bis heute nicht verblasst war.

Dann legte Lori einen Arm um ihre Taille und Alex war wieder im Hier und Jetzt.

»Dann hat der alte Mann gefragt, ob sie seine Pantoffeln von der Farm geholt hätten und ob sie auch Sean gefunden hätten. Er hat gefragt, ob sie

Beth helfen konnten. Er meinte, er würde sich Sorgen um sie machen, weil da so viel Blut gewesen wäre.«

Alex schloss die Augen. Sie hatte das Gefühl, als müsste sie sich gleich übergeben. Ihre Hände zitterten, als sie Lori den Tee abnahm und in kleinen Schlucken trank, um ihren Magen zu beruhigen. Lori zog sie an sich, strich mit den Händen über ihre Arme, aber Alex schauderte trotz der dicken Decke immer noch.

»Wie haben sie die Verbindung hergestellt?«

»Bei der Erwähnung der Farm und des Namens Beth hat der Polizist, der ihn befragt hat, sich erinnert. So einen ungelösten Fall vergisst man nie. Aktuell haben sie ein Team abgestellt, das in der Gegend, in der er gefunden wurde, von Tür zu Tür geht.« Seufzend stand Stella auf und lief wieder auf und ab. »Er passt zu der Beschreibung, die deine Mutter von dem alten Mann abgegeben hat, der am Abend des Mords in eine Auseinandersetzung im Pub mit deinem Vater verwickelt war. Ich weiß, dass sie maskiert waren, als sie in die Farm eingebrochen sind, aber laut der Akte war deine Mutter felsenfest davon überzeugt, dass es dieselben zwei Männer waren, und ich würde mich nicht wundern, wenn sie recht hatte.«

Alex nickte und fand ihre Stimme wieder. »Ich habe ihr immer geglaubt. Es war ein zu großer Zufall.«

»Genau deshalb glaube ich ihr auch. Die ermittelnden Detectives haben es genauso gesehen. Sie haben dem Team die Phantombilder von ›Sean‹ mitgegeben, die damals angefertigt wurden, und ein Foto von dem alten Mann. Es ist nicht viel, aber bis wir einen Nachnamen haben, können sie nicht viel mehr tun.«

Jedes Wort von Stella brachte es wieder zurück. So, als wären die acht Jahre zwischen den Geschehnissen und heute Morgen einfach ausgelöscht worden. Die Wunde war erneut offen. Alex spürte, wie eine Zuschauerin, wie sie anfing, sich abzuschotten, den Schmerz und die Schuldgefühle auszublenden. Und die Menschen, die versuchten, sich ihr zu nähern und zu helfen, auszuschließen. Sie hatte immer noch keine Antworten, es war noch niemand festgenommen worden und nichts war sicher, abgesehen von der kalten nackten Gewissheit, dass ihre Familie tot war.

Sie musste weg von hier. Sie musste zurück zur Farm, weg von den Blicken und Versuchen, sie über etwas hinwegzutrösten, das nie besser werden würde.

Sie stellte die Tasse ab, kam unter der Decke hervor, löste sich aus Loris Arm und küsste ihre Hand, bevor sie losließ und aufstand.

»Ich brauche nur ein paar Minuten. Wenn ich zurückkomme, kannst du fragen, was du willst.«

⋙ ─── ⬦ ─── ⋘

Sobald die Badezimmertür zufiel, setzte Stella sich neben Lori auf das Sofa, zog sie in die Arme und drückte sie fest. »Süße, ist bei dir alles in Ordnung?«

»Nein, ist es nicht. Stella, ich weiß nicht, was ich tun oder sagen soll. Fuck. Wie um alles in der Welt helfe ich ihr da durch?« Lori hatte sich noch nie so hilflos gefühlt.

»Du hilfst ihr, indem du für sie da bist und ihr alles gibst, was sie will, was sie braucht. Und ich bin für euch beide da.«

»Bei dir klingt das so einfach. Ich fühle mich, als wäre ich in einem Albtraum aufgewacht, den ich nicht mal ansatzweise begreife, aber es scheint, als würde Alex schon seit acht Jahren darin leben.« Lori ließ sich zurücksinken und warf frustriert die Decke von sich.

Sie dachte an gestern Abend, wie wundervoll und perfekt alles gewesen war. Jeder Moment, den sie so nahe bei der Frau, in die sie sich gerade verliebte, verbracht hatte. Lori hatte Magie gefühlt und erlebt, Dinge, die sie sich nie hätte träumen lassen. Sie dachte daran, wie sie an diesem Morgen aufgewacht war, als ihr alles so klar erschienen war, aber jetzt fühlte sich das wie die Erinnerung an eine bereits ferne Vergangenheit an.

»Ich weiß nicht einmal, wo ich anfangen soll, zu helfen. Damals habe ich Alex nicht gekannt, ich habe Beth nicht gekannt. Wie kann ich das überhaupt verstehen?«

»Es geht nicht ums Verstehen, Liebes. Es geht darum, ihr Zeit zu geben, um damit klarzukommen, was gerade passiert. Du kennst sie jetzt oder jedenfalls lernst du sie allmählich kennen. Ich bin sicher, sie wird dir sagen, was sie braucht, aber ich denke, es wird ein langsamer Prozess sein. In der Zwischenzeit werde ich diesen Mistkerl schnappen, Lori, darauf kannst du wetten.«

»Wie? Du arbeitest doch gar nicht mehr in Schottland.«

»Ich habe mit meinem Chef gesprochen und Tim hat eine offizielle Bitte um meine Unterstützung eingereicht. Also fahre ich gleich morgen hin.«

»Das verstehe ich nicht. Warum sollten sie so etwas erlauben?«

»Tim ist mir ein, zwei Gefallen schuldig und die zusätzliche Hilfe lehnt er bestimmt nicht ab. Ich kann zwar nicht die Führung übernehmen, aber wenigstens kann ich helfen, dieses Untier zur Strecke zu bringen.«

Lori erwiderte den Blick ihrer Freundin und sah die Entschlossenheit darin. »Ich weiß, dass du das tun wirst, Süße, und ich habe solches Glück, dich zu haben.«

Stella zog sie wieder in eine Umarmung. »Ich weiß aus Erfahrung, dass die Familie in solchen Fällen einfach nur Antworten will und dass jemand dafür bezahlen soll, was passiert ist. Diese Antworten werde ich für sie finden und das gibt ihr hoffentlich den Anstoß, darüber hinwegzukommen.«

Lori konnte die Tränen nicht zurückhalten.

Stella griff nach einem Taschentuch und tupfte ihr mit einem leisen »Schhh« sanft über die Wangen, bevor sie lächelte.

»Warum zur Hölle lächelst du?«

»Du liebst sie, oder?«

Lori senkte den Blick. Als sie heute Morgen aufgewacht war, hatte sie keinerlei Zweifel daran gehabt, dass sie sich Hals über Kopf in Alex verliebt hatte. Daran hatte sich nichts geändert, aber Alex würde die Erste sein, die das hören würde. »Stella, ich kann nicht … ich …«

»Schh, Süße. Ich habe keine Antwort erwartet.« Sie drückte Lori an sich. »Ich verspreche, alles in meiner Macht Stehende zu tun, um Alex Frieden zu bringen. Und dann kannst du, meine Liebe, vielleicht auch endlich glücklich sein.«

Kapitel 37

Es gab nichts zu packen. Gestern Abend hatte sie keine Gelegenheit gehabt, auszupacken, und jetzt war Alex dankbar dafür. Sie duschte schnell und zog sich an, um möglichst bald zur Farm zurückzukommen.

Lori kam ins Zimmer, als sie gerade die wichtigsten Dinge checkte: Schlüssel, Geldbörse und Handy. Sie ertrug die Enttäuschung auf Loris Gesicht kaum, als diese erkannte, dass Alex sich zum Aufbruch fertig machte.

»Du fährst? Ich dachte, wir wollten reden?«

Ihre Stimme war leise und es tat Alex weh, dass sie nicht bleiben und auch nicht erklären konnte, warum sie zurückgehen musste. »Ich glaube, das ist das Beste. Wenn die Ermittlungen zu Hause stattfinden, sollte ich auch dort sein. Hier kann ich nichts tun.«

»Dann lass mich mitkommen. Ich kann bei der Arbeit anrufen und mir freinehmen. Ich würde dich gerne begleiten und helfen, so gut ich kann.«

»Nein.« Alex lehnte den Vorschlag rigoros ab, bereute die Vehemenz aber sofort.

Loris Miene verdüsterte sich.

»Ich meine, das musst du nicht tun. Danke für das Angebot. Aber das ist nicht dein Problem und ich muss einfach auf meine eigene Art damit fertigwerden.«

»Danke für das Angebot? Mit wem redest du hier? Ich dachte, dass ich es nach gestern Abend zu meinem Problem machen dürfte. Ich will für dich da sein, Alex.«

»Na, ich will dich aber nicht dahaben.« Sie hasste es, so grob zu sein, aber sie wusste, dass Loris Wunsch keine Option war. Die nächsten Worte sagte sie sanfter. »Es tut mir leid, aber es muss einfach so sein. Und glaub mir, du willst auch nicht in meiner Nähe sein.«

Sie wusste, dass ihr Verhalten Lori verletzte. Der letzte Abend war alles, was sie sich erhofft hatte. Sie hatte endlich losgelassen und sich erlaubt, die Zweisamkeit mit jemandem zu genießen – und nicht nur mit irgendjemandem. Lori war etwas Besonderes, das wusste sie. Aber das

Wichtigste war jetzt, den Mann zu schnappen, der ihre Familie zerstört hatte. Sie hatte für nichts und niemanden sonst emotionale Kapazitäten übrig.

»Sollte ich nicht entscheiden dürfen, ob ich in deiner Nähe sein will?«

Lori gab nicht so schnell auf, aber Alex blieb stur. »Nein. Hör mal, ich weiß, so sollte der Tag nicht enden. So sollte unser Abschied nicht aussehen. Du musst einfach versuchen, es zu verstehen und meine Wünsche zu respektieren. Ich will nicht, dass du mit mir kommst. Ich will nicht, dass du mir nach Schottland folgst. Ich will allein sein.«

Es brach ihr das Herz, als Lori Tränen über die Wangen liefen. Aber es war die richtige Entscheidung. Niemand sonst durfte verletzt werden und sie wusste, dass genau das passieren würde, wenn Lori an ihrer Seite blieb. Letztendlich würde Alex sie enttäuschen. Lori würde sehen, dass Alex nicht die Person war, die sie glaubte zu kennen. Innerlich bildeten sich bereits Risse und sie würde völlig zusammenbrechen, sobald sie zurück auf der Farm war. Dafür musste sie allein sein.

Sie warf sich den Rucksack über die Schulter und schob sich an Lori vorbei, um ihre Jacke aus dem Flur zu holen.

Lori lief ihr nach. »Rufst du mich an? Darf ich dich anrufen?«

Alex blieb an der Wohnungstür stehen und drehte sich um. Sie betrachtete Loris Gesicht, die Haare, die ihr über die Schultern fielen, und die noch nackten Beine, die nur zum Teil unter dem langen T-Shirt und den Shorts verborgen waren. Sie prägte sich alles ein. Ihr war bewusst, dass sie Lori gerade zum letzten Mal sah.

Sie legte sanft die Hände an Loris Wangen und wischte eine Träne weg. »Bitte wein nicht wegen mir. Das habe ich nicht verdient.« Und nach einem zärtlichen Kuss war sie weg.

Kapitel 38

Alex ließ ihren Rucksack auf den Küchenboden fallen. Sie selbst setzte sich daneben.

Dunkelheit umgab sie. Und Stille. Die Uhr tickte und sie zählte jede Sekunde mit: zwölf, fünfundzwanzig, sechsundvierzig. Als sie sechzig erreichte, stemmte sie sich wieder hoch.

Zeit war alles, was sie hatte, und sie war allein damit.

Frank war noch bei den Nachbarn und würde erst morgen zurückgebracht werden. Sie sah aus dem Fenster auf die Straße und überlegte, ob sie ihn holen sollte. Aber die Fragen nach ihrer verfrühten Rückkehr wären zu viel und sie war sowieso schon so nahe an ihrer Belastungsgrenze.

Alle möglichen Erinnerungen kamen gerade in ihr hoch: die gemeinsamen Familienessen am Wochenende, Weihnachtsmorgen, Geburtstagsfeiern, Grillabende im Sommer, sogar die Streitgespräche, zu denen es bei zwei starrköpfigen Teenagermädchen und besorgten Eltern nun mal unweigerlich kam.

Sie brauchte kein Licht, um die Bar oder die Flasche von ihrem Lieblingswhisky zu finden. Alex nahm die Flasche und ein Glas mit ins Wohnzimmer, wo sie den Fernseher einschaltete. Auf dem Beistelltisch blinkte das Lämpchen ihres Anrufbeantworters, aber sie ignorierte es. Die Polizei hatte ihre Handynummer und würde anrufen, wenn es Neuigkeiten gab.

Lori und Jess hatten versucht, sie auf dem Handy zu erreichen, und auch da hatte sie nicht abgehoben. Die Benachrichtigung über neue Sprachnachrichten hatte sie gelöscht und das Handy für die restliche Heimfahrt stumm gestellt. Als sie den Inhalt ihres Glases herunterstürzte, kam ihr Loris Gesicht in den Sinn. Wie sie Lori behandelt und dann stehen gelassen hatte, war nur ein weiterer Fehler, den sie sich nie verzeihen würde.

Der Bildschirm leuchtete auf und sie schaltete auf den BBC-Nachrichtensender um. Als das Fahndungsbild erschien, war sie bei ihrem zweiten Whisky angelangt. Es war eine Skizze von einer mehrere Jahre alten Beschreibung, aber zu sehen war auch das aktuelle Foto eines alten

Mannes, der schwach und gebrechlich in seinem Krankenhausbett lag. Sie lehnte sich vor und drückte auf ›Pause‹. Konnte dieser alte Mann wirklich zum Teil für die Tode in ihrer Familie verantwortlich sein? Er wirkte nicht, als wäre er dazu fähig, aber andererseits waren mehrere Jahre vergangen und seine angeschlagene Gesundheit trug bestimmt nicht zu seiner äußeren Erscheinung bei.

Je länger sie darüber nachdachte, desto weniger Zweifel hatte sie, dass er dort gewesen war. All die Fragen, die sie damals gehabt hatte, strömten erneut auf sie ein. Warum hatte er den anderen Mann nicht aufgehalten? Hatte er es genossen? Hatte er geholfen? Hatten sie von Anfang an vorgehabt, zu töten, oder hätte es nur ein Raubüberfall sein sollen? Die Aussage ihrer Mum war lückenhaft gewesen; sie hatte unter Schock gestanden, tief erschüttert, gab zu, dass sie die meiste Zeit über den Blick abgewandt hatte.

Das konnte Alex ihr nicht verübeln.

Dann stellte sie sich die Frage, die sie nie beantworten konnte: Was, wenn sie dort gewesen wäre?

Auf der Armlehne leuchtete wieder ihr Handy auf und sie sah Jess' Namen. Nachdem sie den Anruf weggedrückt hatte, folgte gleich darauf Loris. Sie stieß das Handy mit dem Ellbogen an und es fiel zu Boden. Das Klappern war seltsam befriedigend. Sie griff nach der Flasche, schenkte sich ein weiteres Glas ein, ließ den Fernseher weiterlaufen und drehte die Lautstärke auf.

⊱ ⋄ ⊰

Als wieder niemand abhob, schrie Lori frustriert: »Verdammt, Alex.« Sie hatte gerade mit einer sehr besorgten Jess gesprochen und ihr berichtet, was heute passiert war. Beide hatten im Fernsehen die Fotos der unbekannten Männer gesehen und beschlossen, es noch einmal bei Alex zu versuchen und nicht zuzulassen, dass sie sich wieder so abschottete wie zuvor.

Jess ging offener mit Lori um, als sie es auf der Farm getan hatte. Mittlerweile hatte sie ihr mehr davon erzählt, was vor all den Jahren passiert war. Das hatte gereicht, um Lori davon zu überzeugen, dass sie sich um Alex' mentalen Zustand sorgen sollten. Lori wäre sehr überrascht, wenn jemand solches Leid unversehrt überstand, und das Gespräch mit Jess hatte ihr geholfen, zu verstehen, dass Alex' Reaktion vorhin nachvollziehbar gewesen war.

Jess hatte ihr versprochen, dass sie zur Farm fahren würde, wenn sie Alex in den nächsten Tagen nicht erreichte. Sie kannte ihre beste Freundin gut und versicherte Lori, dass Alex anfangs etwas Zeit für sich brauchen würde, aber dass es dann an ihnen wäre, sie zu unterstützen und ihr zu zeigen, dass das Leben weiterging.

In der Zwischenzeit klebte sie am Fernseher und drängte die Polizei in Gedanken, den Mann zu identifizieren. Sie hatte Jess Stellas Nummer gegeben und darum gebeten, auch sie auf dem Laufenden zu halten, vor allem wenn Stella Alex nicht erreichen konnte.

Eine Nachricht von Jess leuchtete auf ihrem Display auf. Alex nahm auch ihre Anrufe nicht an, wie nicht anders zu erwarten gewesen war. Lori schaltete den Fernseher aus und versuchte ein letztes Mal, bevor sie für diesen Abend aufgab und ins Bett ging, Alex zu erreichen.

Schlaf entzog sich ihr hartnäckig. Sie konnte einfach nicht aufhören, an Alex zu denken. Aus dem wenigen, das Jess ihr erzählt hatte, war klargeworden, dass Alex lange gebraucht hatte, um aus dem dunklen Loch aufzutauchen, in das sie nach den Todesfällen in ihrer Familie gefallen war. Und jetzt hatte ein einziger Anruf sie genau dorthin zurückgeworfen.

In demselben dicken Morgenmantel, den Alex heute noch getragen hatte, ging Lori ins Wohnzimmer zurück. Alex' Duft hing noch in dem Stoff und das war ein kleiner Trost. Aber es war nicht einmal ein kleiner Ersatz für das Gefühl, das Lori hatte, als sie ihre Arme um die echte Alex gelegt hatte. Sie zog den Morgenmantel fest um sich und schauderte, konnte die Kälte einfach nicht abschütteln, die sich seit diesem Morgen in ihr eingenistet hatte.

Lori schaltete den Fernseher ohne Ton ein. Das Bild der beiden Männer erschien in einer Fünfzehn-Minuten-Schleife, während dazwischen immer wieder dieselben Nachrichten wiederholt wurden. Sie tippte auf das Display ihres Handys und wünschte nichts mehr, als dass Alex' Name dort aufleuchten würde.

Sie schrieb Stella eine weitere Nachricht, obwohl sie wusste, dass sie ihre Freundin damit nur nerven würde. Stella würde anrufen, sobald sie irgendetwas Neues hörte. Aber die Hilflosigkeit und das Gefühl, nutzlos zu sein, trieben Lori in den Wahnsinn.

Stella ließ nicht lange auf eine Antwort warten und teilte ihr mit, dass sie schlafen gehen sollte. Schlafen? Das würde heute nicht passieren. Alex machte vierhundert Meilen entfernt etwas durch, das Lori sich gar nicht vorstellen konnte und gegen das sie nichts tun konnte.

Die Endgültigkeit in Alex' letzten Worten hatte ihr Angst gemacht. Sie war im Flur zu Boden gesunken und hatte geweint, bis keine Tränen mehr übrig waren. Dann war ihr klar geworden, dass es hier um zwei Menschen ging, egal, was Alex gesagt hatte, und dass Lori immer noch ein Mitspracherecht hatte.

Sie würde Jess' Führung folgen, da niemand Alex besser kannte als sie. In der Zwischenzeit musste sie stark bleiben, darauf hoffen, dass die Polizei ihre Ermittlungen schnell vorantrieb, und dann bereit sein, wenn Alex endlich ihre Anrufe entgegennahm.

Frustriert schaltete sie den Fernseher wieder aus, ging in die Küche und nahm eine halb leere Weißweinflasche aus dem Kühlschrank. Normalerweise betäubte sie sich nicht mit Alkohol. Auch diesmal schenkte sie sich eher ein Glas ein, weil sie nichts anderes zu tun hatte. Es war eine Art Beschäftigungstherapie.

Sie griff nach ihrem Handy und ging ihre Kontakte durch, drückte auf die grüne Anrufschaltfläche und hoffte, dass die Person abhob, mit der sie jetzt sprechen wollte. »Jess? Hier ist Lori. Ich weiß, es ist spät, aber ...«

Jess fiel ihr ins Wort. »Schon gut, Süße. Du musst nicht mehr sagen. Ich habe auch nicht vor, heute viel zu schlafen. Was gibt's?«

»Ich will, dass du mir mehr über Alex, ihre Familie und Beth erzählst, von früher. Ich will wissen, wie Alex damals war. Bevor alles passiert ist.«

Kapitel 39

Die ersten Tage versuchte Alex, eine Routine beizubehalten: duschen, anziehen, essen, die Tiere füttern und mit Frank spazieren gehen. Aber jeden Tag ließ sie einen weiteren Punkt aus, schob eine weitere Erledigung auf, ließ eine weitere Rechnung unbezahlt liegen.

Sie hatte seit dem Anruf nicht mehr frei atmen können. Obwohl ihr bewusst war, dass sie immer tiefer in das emotionale Loch abrutschte, in das sie vor acht Jahren schon gefallen war, hatte sie keine Energie, um dagegen anzukämpfen.

Die Tiere fütterte sie regelmäßig. Aber sie selbst hatte in den letzten drei Tagen nicht viel mehr als Whisky im Magen gehabt. Bis Jess aufgetaucht war. Eine fuchsteufelswilde Jess, die so unendlich sauer gewesen war, weil Alex nicht nur ihre, sondern auch Loris Anrufe ignoriert hatte.

Alex wollte nicht über Lori reden. Sie wollte über gar nichts reden.

»Alex, das wird nicht passieren. Ich sehe nicht tatenlos zu, wie sich das alles wiederholt. Ich kann und werde nicht zulassen, dass du dir das antust. Hoch mit dir.« Jess riss die Vorhänge auf und ließ die Morgensonne herein.

Alex stöhnte in ihr Kissen. Bei der kleinsten Bewegung fühlte es sich an, als würde ihr Gehirn in ihrem Kopf herumscheppern. Sie war nicht einmal sicher, ob sie nüchtern war. Es fühlte sich eher so an, als sei sie noch immer betrunken und kämpfte gleichzeitig mit dem Kater von gestern.

Die Decke wurde zurückgezogen und Jess ragte über ihr auf. »Zwing mich nicht dazu, Alex. Das hatten wir schon mal und du weißt, dass ich es tun würde.«

Alex war klar, dass sie keine Wahl hatte. Also streckte sie die Arme aus und genau wie vor acht Jahren hob Jess sie hoch und schleppte sie ins Badezimmer.

Alex hob wieder die Arme, diesmal, damit Jess ihr das schmuddelige T-Shirt über den Kopf ziehen konnte. Dann blieb ihr die Luft weg. Der kräftige und nicht gerade warme Wasserstrahl der Dusche prasselte auf sie ein. Alex setzte sich auf den Boden der Duschkabine, zog die Knie ans Kinn und zitterte unter dem Strahl. Sie protestierte nicht, als Jess Shampoo in ihre schlaffen, fettigen Haare rieb. Als der Schaum ihr übers Gesicht lief, schloss Alex fest die Augen. Sie ließ alles über sich ergehen.

Jess packte ihre Hand und legte ein Stück Seife hinein. »Deine Haare kann ich übernehmen. Aber andere Teile von dir rühre ich nicht an. Schrubb schon, Ryan.«

Alex stöhnte, rubbelte aber demonstrativ die Seife schaumig, bis Jess sie im Badezimmer allein ließ. Vorsichtig stand sie auf, hielt das Gesicht unter den Strahl und wünschte sich, dass das Wasser die letzten Tage wegspülte, wünschte sich nach London zurück. Wie gern würde sie wieder in Loris Armen aufwachen, ohne dass das Handy an jenem Morgen geklingelt hätte.

Sie drehte das Wasser ab.

Als Alex den Wasserhahn zudrehte, kehrte Jess mit einem großen Handtuch ins Badezimmer zurück. Jess wickelte sie darin ein und rieb Alex' Arme, um sie gleichzeitig zu wärmen und abzutrocknen, bevor sie ihr in einen sauberen Schlafanzug und Morgenmantel half.

»Komm, ich mache dir was zu essen.«

Alex folgte ihr benommen. Sie hatte Hunger und ihre Knie zitterten vor Erschöpfung, aber bei dem Gedanken an Essen wurde ihr übel. Sie hatte noch nicht einmal große Hoffnung, dass sich das ändern würde, wenn Jess in der Küche ihre Magie wirkte.

»Also, hast du mit Lori gesprochen?«

Alex setzte sich an die Kücheninsel, während Jess die mitgebrachten Zutaten aus dem Kühlschrank holte.

»Nein und das habe ich auch nicht vor. Lass es sein, Jess.«

»Was? Ich habe doch nur gefragt. Du weißt, wie besorgt sie ist, oder?«

»Tja, ich habe gesagt, sie soll sich keine Sorgen machen. Kannst du ihr nicht einfach sagen, dass es mir gut geht und sie nicht mehr anrufen soll?«

»Ich lüge nicht für dich, Alex. Und wenn ich sage, dass es dir gut geht, was ist dann deine Ausrede dafür, dass du abgehauen bist und sie ignoriert hast?«

»Sie ist ohne mich besser dran.«

»Unsinn. Und solltest du ihr diese Entscheidung nicht überlassen? Du gibst ihr nicht mal eine Chance. Du glaubst, es ist genauso wie beim letzten Mal, aber das stimmt nicht. Du hast dich verändert, bist erwachsen geworden und du hast Menschen in deinem Leben, die dich lieben und sich um dich kümmern wollen. Ab und zu musst du ihnen das auch erlauben.«

Sie zeigte auf das Gemüse, das sie gerade schnitt. »Hier ist der Beweis. Dank mir wirst du nicht verhungern und das Haus als Leiche vollstinken.«

Alex musste kichern. »Okay, ich rufe sie an. Aber erst, wenn ich bereit dazu bin.«

Jess hielt inne und beäugte sie misstrauisch. »Entweder bin ich besser geworden oder du hast mich gerade dreist angelogen. Es ist besser nicht Letzteres.«

Alex hielt die Hände abwehrend hoch. »Ist ja gut. Darf ich mich jetzt aufs Sofa legen, während du kochst?«

»Unter einer Bedingung.«

»Jess, ich habe doch gesagt, dass ich sie anrufen werde.« Alex war frustriert und wollte einfach nur, dass die Welt sie in Ruhe ließ.

»Schon gut, du Kratzbürste. Ich wollte nur darauf bestehen, dass du auch wirklich was isst.«

Alex seufzte und bereute zutiefst, sich so zickig aufzuführen, obwohl Jess sich nur um sie kümmerte. Sie trat um die Insel herum hinter ihre Freundin, legte die Arme um sie, küsste sie auf die Wange und vergrub das Gesicht an ihrem Hals. »Es tut mir leid, liebe Jess. Danke. Ich werde alles brav aufessen, versprochen.«

Kapitel 40

Fast zwei Wochen waren vergangen, seit die Polizei Alex angerufen hatte.
Nachdem Jess stocksauer aufgekreuzt war und sie zusammengestaucht und mit Essen versorgt hatte, hatte Alex den Tritt in den Hintern akzeptiert. Ihr war klar, dass sie sich nicht erlauben durfte, zu den dunklen Tagen der Vergangenheit zurückzukehren – das Trinken, der Hass, der wilde, blendend weiße Zorn darüber, dass niemand je für die Tode ihrer Familie zur Rechenschaft gezogen worden war. Aber es war nicht leicht, dagegen anzukämpfen.

Als Stella anrief und erklärte, sie hätten die Verdächtigen identifiziert, glaubte sie ihr und Jess, dass das eine positive Entwicklung war und dass sie ihn finden würden. Aber ein gewisses Maß an Skepsis blieb.

»Stella, es ist jetzt fast zehn Tage her. Willst du mir erzählen, dass er sich wirklich noch im Land aufhält?«

Sie hatte Stella auf Lautsprecher gestellt und Jess beugte sich ebenfalls über das Handy.

»Aye, ich meine, er hat einen verdammt großen Vorsprung«, warf Jess ein.

»Na, solange er nicht irgendwie ohne Pass das Land verlassen konnte, befindet er sich noch in Großbritannien. Er hat einen Führerschein, aber keinen Reisepass, das schränkt seine Möglichkeiten generell ein. Und auf seinem Bankkonto gab es keinerlei Aktivitäten, nicht, dass dort besonders viel Geld liegen würde.«

»Aber ihr könnt euch nicht sicher sein, dass er die Insel nicht verlassen hat? Verdammt, mit einem Führerschein könnte er überall in Europa sein.« Alex hörte die Ungeduld und Wut in ihrer eigenen Stimme. Aber zu viel stand auf dem Spiel und alles schien so langsam voranzugehen.

»Alex, ich kann nachvollziehen, dass du frustriert bist, das bin ich auch. Aber wir können nur mit dem arbeiten, was wir haben, und auf etwas Glück hoffen. Mehr habe ich im Moment nicht anzubieten.«

»Und was ist mit Fahrzeugen? Haben sie sein Auto gefunden?«, fragte Jess.

Alex' Gedanken rasten, während sie überlegte, wo er nur sein könnte. Wie weit entfernt? Mit wem? Der Gedanke, dass er entkommen könnte, war ihr inzwischen völlig unbegreiflich.

»Bisher haben wir keine bestätigten Sichtungen von ihm. Wir bekommen ständig Anrufe und ich kann euch versichern, dass jedem einzelnen gewissenhaft nachgegangen wird. Wir prüfen weiterhin Überwachungs- und Verkehrskameras und gehen in seiner Nachbarschaft von Tür zu Tür. Und natürlich wird die ganze Sache stündlich in allen Nachrichten ausgestrahlt.«

»Okay, uns ist klar, dass ihr tut, was ihr könnt, Stella, und wir sind dankbar, auch wenn Alex das gerade nicht zeigen kann. Gibt es noch irgendetwas, das wir wissen sollten?«

»Ich weiß und das ist wirklich in Ordnung, Alex. Ich verstehe das.«

Alex, die immer noch tief in Gedanken versunken war, murmelte ein Danke.

Stella fuhr fort: »Wir haben tatsächlich etwas mehr Hintergrundinformationen herausbekommen und ich sage euch, der Mann hat eine bewegte Vergangenheit.«

»Bewegt, soll heißen kriminell?«, fragte Alex und tauschte einen Blick mit Jess. Ihnen war gar nicht in den Sinn gekommen, dass er bereits Vorstrafen haben könnte.

»Genau. Mehr darf ich euch leider nicht verraten, aber ihr könnt euch sicher sein, dass alle neuen Informationen hilfreich sind.«

Alex ließ zu, dass Jess den Arm um ihre Taille legte. Zu hören, dass auch andere unter Sean Murray gelitten hatten, verstärkte ihr Verlangen, ihn hinter Gittern oder noch besser tot zu sehen. »Da bin ich sicher. Sonst noch etwas?«

»Im Moment nicht. Seid einfach geduldig und wartet auf meinen Anruf. Ich weiß, es ist nicht leicht, Alex, aber glaub mir, wir haben die Allerbesten darauf angesetzt. Wir schnappen dieses Ungeheuer.«

»Ich weiß. Danke für alles, was du tust. Wirklich.«

»Gut, Süße, ich mache mal lieber weiter. Jess, hab auf jeden Fall ein Auge auf sie. Wenn sich irgendetwas Wichtiges ergibt, komme ich auf jeden Fall direkt auf die Farm. Und vergesst nicht, was ich schon gesagt habe: Bleibt wachsam. Wir können nicht mit Sicherheit sagen, ob er nicht doch in der Gegend geblieben ist und einen Besuch plant.«

Jess nickte und deutete Richtung Küche. Dann verließ sie den Raum.

Alex stellte den Lautsprecher aus. »Stella?«

»Ja, ich bin noch da.«

»Ich bin jetzt allein.« Alex senkte die Stimme. »Stella, wie geht es ihr?«

Sie hörte Stella seufzen und ein Augenblick verging, bevor sie antwortete. »Du weißt, dass ich hier versuche, Privates von Beruflichem zu trennen, wenn ich das also sage, dann als Loris beste Freundin.«

Alex nickte, bevor sie realisierte, dass Stella sie nicht sah, und ein »Okay« herausbrachte. Sie hatte Angst vor dem, was jetzt kommen würde.

»Was du Lori da antust, wenn du sie so ignorierst und von dir wegstößt, obwohl sie einfach nur für dich da sein will, das ist völlig daneben, Alex. Du bist völlig daneben. Sie ist echt fertig.«

Alex unterdrückte ein Schluchzen. »Es tut mir leid«, flüsterte sie.

»Ich bin nicht diejenige, bei der du dich entschuldigen musst. Tschüss, Alex.«

Alex hatte immer noch nicht das Gefühl, frei atmen zu können.

Sie schenkte sich einen Drink ein.

Das war zu einem abendlichen Ritual geworden, sobald Jess sich auf den Heimweg machte. Alex wollte niemanden zum Übernachten auf der Farm haben. Einen Drink einschenken, sich hinsetzen, grübeln, sich für jeden einzelnen Fehler geißeln. Das war das, was sie am besten allein konnte.

Seit die Polizei Sean Murray identifiziert und einen Haftbefehl ausgestellt hatte, blieb er verschwunden. Auf Jess' Drängen hin hatte Alex versucht, Fernsehen und Internet zu meiden, da man überall auf Berichte und Artikel über alle Details jener Nacht, die Folgen und den Selbstmord ihrer Mutter stieß.

Seans Gesicht war mittlerweile das bekannteste Großbritanniens geworden.

Die Möglichkeit, dass er auf der Farm aufkreuzen, dass es ihn an den Schauplatz seines Verbrechens zurückziehen könnte, sobald er wusste, dass die Jagd vorbei war, bereitete der Polizei und ihren Freunden Sorgen.

Alex allerdings nicht. Wenn er so dumm war, dann sollte er ruhig kommen.

Sie nahm ihren Drink mit ins Musikzimmer und strich mit einem Finger über Beths Foto, fuhr ihre Wange nach. Als sie es ins Licht drehte, flackerte ihr eigenes Spiegelbild in dem Glas auf. Tiefe Augenringe und Haare, die dringend wieder gewaschen werden sollten, sahen ihr entgegen. Trotz Jess' Bemühungen hatte es nur zwei Wochen gebraucht, um acht Jahre Wiederaufbau zu zerstören.

Sie schüttelte den Kopf und prostete dem schlafenden Frank zu, bevor sie ihr Getränk auf Ex herunterstürzte und in den Sessel zurücksank.

Sie wartete.

Sie wartete darauf, dass die Polizei Sean fand, dass die Suche nach seinem Aufenthaltsort endete, dass noch jemand von der Polizei John Murray befragte, um zu seinem von den Tumoren zerrütteten Verstand durchzudringen. Keine Operation konnte ihm helfen. Medikamente konnten ihm nur Linderung verschaffen und in der Zwischenzeit versuchten medizinisches Personal und Polizisten, so viel aus ihm herauszubekommen, wie nur möglich.

Alex wusste, dass die Murrays an jenem Abend auf der Farm gewesen waren. Ihre Mutter war fest davon überzeugt gewesen, dass es sich um genau die Männer handelte, mit denen ihr Vater zuvor im Dorfpub einen Streit gehabt hatte. Sie hatte der Polizei erzählt, dass der jüngere Mann anzügliche Bemerkungen über sie gemacht und wütend geworden war, als sie den Drink zurückgeschickt hatte, den er ihr spendiert hatte.

Sie hatten die Beleidigungen bewusst ignoriert, bis er ihr auf die Toilette gefolgt war. Dann war es zum Handgemenge gekommen. John Murray hatte offenbar nichts damit zu tun gehabt. Stattdessen hatte er still an der Bar gesessen und Alkohol getrunken, bis er zusammen mit seinem Sohn hinausgeworfen worden war.

Der Rest war bloße Spekulation, die auf den Worten ihrer Mum fußte – einer Frau, die so tief in dem Grauen, das sie in jener Nacht in ihrem Schlafzimmer erlebt hatte, versunken war, dass sie nie wieder Licht in ihrem Leben gesehen hatte. Annabelle Ryan hatte Alex zurückgelassen, sodass sie die Scherben allein aufsammeln musste.

Und jetzt? Jetzt war sie wieder allein. Sie starrte in das leere Glas, aber dort gab es keine Antworten. Vor all den Jahren hatte sie sie auch nicht auf dem Grund einer Flasche gefunden und wusste, dass es dumm von ihr war, das jetzt wieder zu versuchen. Aber wenn sie keine Antworten fand, würde wenigstens die Betäubung helfen, die der Alkohol bot.

Sie fragte sich, was Lori von ihr halten würde, wenn sie sie jetzt sehen könnte. So, wie Alex jetzt drauf war, konnte niemand sie lieben?

Die Erinnerung an die Schutzhütte brachte ein seltenes Lächeln auf ihre Lippen. Als sie an jenem Tag losgefahren war, hätte sie sich nie träumen lassen, dass eine zufällige Begegnung in den Bergen der Moment sein würde, der sie ins Leben zurückholte.

Genau so hatte sie sich bei Lori gefühlt: lebendig. Ihre gemeinsame Nacht in London hatte Gefühle in Alex geweckt, die sie lange verloren geglaubt hatte. Gefühle, die Rachel bei ihr nie entzündet hatte. Sie erkannte, wie dumm es von ihr gewesen war, sich mit Rachels Version von Liebe zu begnügen. Wie richtig es gewesen war, dem ein Ende zu setzen.

Alex klammerte sich an die Erinnerung an London und spielte diese Nacht Moment für Moment immer wieder im Kopf ab. Auch jetzt schloss sie die Augen, beschwor den für Lori so typischen Honigduft herauf, das Gefühl von ihrer Haut unter Alex' Lippen und ihrer weichen Haare, die Alex kitzelten. Wie richtig es sich angefühlt hatte, sich an sie zu schmiegen; dass es keinen Ort gab, an dem sie lieber sein würde.

Und jetzt war das alles weg. Sie hatte es weggeworfen, weil sie in diesem Moment zu nichts anderem in der Lage gewesen war, und konnte sich nicht vorstellen, dass Lori ihr vergeben oder diese Person wollen würde, in die sie sich gerade verwandelte. Sie hatte Jess angelogen. Sie hatte nicht vor, Lori anzurufen und ihr dieses Leid und die Verzweiflung aufzubürden. Es würde sie runterziehen und das würde Alex sich nie verzeihen.

Ihr Handy blinkte und das laute Klingeln riss sie aus den Gedanken. Sie sah auf das Display und ihr Puls beschleunigte, als sie Stellas Namen entdeckte. Mit zugekniffenen Augen versuchte sie, tief durchzuatmen, bevor sie abhob. »Bitte sag mir, dass ihr ihn gefunden habt.«

Kapitel 41

Stella hielt vor der Farm und atmete tief durch. Sie hatte den Anruf mit Alex kurzgehalten und darauf bestanden, stattdessen persönlich zur Farm zu kommen und mit Alex zu sprechen. Dafür hatte sie zwei gute Gründe: Sie hatte wichtige Neuigkeiten und wollte sie persönlich überbringen, aber Lori hatte auch darum gebeten, dass sie Alex besuchte und ihr dann später berichtete, wie es Alex wirklich ging. Der zweite Grund fühlte sich hinterlistig an, aber dank ihrer eigenen Neugier hatte sie eingewilligt.

Zuerst hatte Alex abgelehnt, aber dann eingelenkt, als Stella geradeheraus gesagt hatte, dass sie am Telefon nichts sagen würde. Da hatte Alex zugestimmt. Jetzt war Stella hier, wünschte sich allerdings, sie hätte es beim Telefongespräch belassen.

Abgesehen von einem kleinen, flackernden Licht am Ende des Gebäudes lag das Farmhaus im Dunkeln. Sie ging zur Hintertür, wie Alex sie angewiesen hatte. Die Dunkelheit verbarg die Silhouette hinter dem Glas und Stella zuckte zusammen, als die Tür aufschwang, noch bevor sie klopfen konnte.

»Entschuldige, ich wollte dich nicht erschrecken. Ich habe die Scheinwerfer gesehen.«

Stella schlug eine Alkoholfahne entgegen.

Ohne ein weiteres Wort drehte Alex sich um und kehrte ins Haus zurück. Ihre Kleider hingen locker an Hüften und Schultern und Stella fragte sich, ob sie nur trank oder gelegentlich auch mal etwas aß.

Das flackernde Licht, das sie gesehen hatte, stellte sich als zwei große Kerzen heraus, die mitten auf einem Couchtisch voller Zeitschriften, Spielkarten und Pokerchips standen. Daneben war ein Foto von Beth aufgestellt worden und eine fast leere Flasche Whisky befand sich ebenfalls in Reichweite.

Ein Hund, vermutlich Frank, rollte sich vor dem Sessel zusammen, auf dem Alex sich niederließ, bevor sie sich eine schottengemusterte Decke um die Schultern zog. »Ich nehme mal an, sie haben ihn nicht gefunden?«

Sie klang resigniert und Stella wünschte, sie hätte andere Neuigkeiten mitgebracht. »Ich fürchte nicht.« Stella zog sich einen gepolsterten Hocker heran und setzte sich.

Frank lag zwischen ihnen, seine Brust hob und senkte sich gleichmäßig im Schlaf.

Sie flüsterte über ihn hinweg: »Aber sie haben etwas gefunden.«

Alex rückte ihre Decke zurecht und griff nach der Flasche. Dann warf sie einen Blick zu Stella und musste es sich anders überlegt haben. Sie lehnte sich wieder im Sessel zurück. »Und?«, fragte sie ungeduldig.

Stella hatte fast das Gefühl, als wäre es Alex lästig, sie hier zu haben. Trotzdem schob Stella ihre eigenen Gefühle beiseite, verkniff sich einen bissigen Konter und entschied sich, Nachsicht mit Alex zu haben. Ja, Stella arbeitete hart, war kreuz und quer durch Großbritannien gereist und hatte jeden möglichen Gefallen eingefordert, um an diesem Fall mitarbeiten zu dürfen. Aber was erwartete sie von Alex? Dankbarkeit? Ihre Familie war immer noch tot und sie hatte nicht um Hilfe gebeten. Leid tat Stella all das vor allem für Lori.

Sie räusperte sich und sagte dann: »Die Hunde haben ein blutiges Taschentuch in einer kleinen Tabakdose gefunden. Sie war unter einer Bodendiele in John Murrays Schlafzimmer versteckt. Die Tests werden eine Weile dauern, aber wir sind ziemlich sicher, dass es von jener Nacht stammt.«

»Ich erinnere mich, dass in Mums Aussage ein Taschentuch vorgekommen ist.«

»Ich auch. Sie hat gesagt, der Mann, der ihr den Mund zugehalten hat, hat das mit einer in ein blutiges Taschentuch gewickelten Hand getan. Wenn wir nur John Murrays Blut daran finden, wird das nicht viel nützen, aber wir hoffen, dass wir auch auf die DNS deiner Mum stoßen, vielleicht sogar auf Beths, wenn sie …« Sie konnte den Satz nicht beenden.

Alex schauderte und zog die Decke fester um sich.

»So, wie wir das sehen, Alex, ist es entweder eine Art Trophäe oder eine Absicherung. Jedenfalls ist es unsere beste Chance, wenigstens John eindeutig mit dem Schauplatz jener Nacht in Verbindung zu bringen. Wir vermuten, dass es Letzteres ist, wenn man bedenkt, in welchem Zimmer es gefunden wurde. Und nach dem, was deine Mum gesagt hat, glauben wir inzwischen nicht mehr, dass John etwas damit zu tun hatte, was mit Beth passiert ist.«

»Fuck, natürlich hatte er etwas damit zu tun«, stieß Alex hervor. »Er war da. Er war Teil des Plans. Er hat meine Eltern gefesselt und geknebelt, genau wie sein Monster von einem Sohn. Er war vielleicht nicht …« Sie unterbrach sich, sah zum Foto und holte tief Luft. »Er hat sie vielleicht nicht erstochen, aber er ist genauso schuldig.«

Bei ihrem Tonfall zuckten Franks Ohren. Er stand auf und schnüffelte träge an Stella herum. Schließlich schien er überzeugt, dass sie freundlich war, und legte sich wieder hin.

Dann kamen die Tränen und Stella hatte sich noch nie so hilflos gefühlt. Sie selbst klammerte sich an die geringe Hoffnung, die das Taschentuch gebracht hatte, aber sie konnte erkennen, dass es Alex nicht so ging.

Stella rutschte zur Armlehne des Sessels, legte Alex einen Arm um die Schultern und versuchte, sie in eine Umarmung zu ziehen. Zuerst versuchte Alex, sie abzuschütteln, aber dann kamen die Tränen noch heftiger und schließlich ließ sie sich trösten. Sie klammerte sich an Stellas Pulli und vergrub das Gesicht in dem Stoff. Stella hielt sie fest, strich ihr über die Haare und murmelte Versprechen, bei denen sie nicht sicher war, ob sie sie halten konnte.

Plötzlich sprang Frank auf.

Alex zuckte zusammen. Sie wich zurück und wischte sich mit beiden Ärmeln übers Gesicht, ohne Stella in die Augen zu sehen. »Entschuldige. Ich weiß nicht, wo das jetzt auf einmal hergekommen ist.« Frank legte das Kinn auf Alex' Knie und sie kraulte ihn automatisch, während sie immer noch schniefte und sich über das Gesicht rieb.

Stella setzte sich wieder auf den Hocker. »Du musst dich dafür nie entschuldigen. Ich kann mir gar nicht vorstellen, wie du dich fühlst. Du weißt, dass ich tue, was ich kann, oder?«

Alex lächelte ihr zu. »Ja, Süße. Ich weiß, ich zeige es nicht gerade gut, aber ich bin dir sehr dankbar für alles.«

»Weißt du, wer noch gern helfen würde?«

Alex' Miene verdüsterte sich. »Bitte, Stella, lass es. Schau mich doch an. Wie kann ich mich ihr so zeigen? Ich bin ein Wrack. Diese ganze Sache ist doch Wahnsinn. Ich will nicht, dass sie da mit reingezogen wird.«

»Aber du siehst nicht, dass sie schon mittendrin ist, einfach weil du ihr wichtig bist, Alex. Du verletzt sie mehr, indem du sie nicht beteiligst, nicht helfen lässt. Und woher weißt du, dass sie nicht helfen kann? Diese Frau ist stark. Sie hat selbst einigen Mist durchgemacht, weißt du? Hast du mal daran gedacht, dass es diesmal vielleicht anders ist, weil du sie an deiner Seite hast?«

»Okay, jetzt wiederholst du nur, was Jess schon gesagt hat. Und ich gebe dir die gleiche Antwort wie ihr: Lori muss mich nur vergessen, muss das alles vergessen und weit hinter sich lassen. Es sind schon zu viele Tränen deshalb geflossen und ihre sollten nicht auch noch dazukommen.«

Stella stand auf. Sie würde hier nichts erreichen, das war ihr klar. Alex' Verletzlichkeit, auf die sie vor wenigen Augenblicken einen kurzen Blick erhascht hatte, war verschwunden. Die Mauer war wieder oben und niemand konnte sie überwinden.

»Ich mag dich, Alex. Ich behaupte nicht, dich zu kennen, aber in dieser Sache kann ich mit Sicherheit sagen, dass du dich irrst. Und es ist zu spät, sie schützen zu wollen. Sie ertrinkt ja schon in ihren Tränen.«

Stella drehte sich um und blickte nicht zurück. Wenn sie harsch gewesen war, dann nur weil Alex es gebraucht hatte. Stella verließ das Gebäude, stieg ins Auto und drückte die Kurzwahlnummer eins. Lori hob nach dem ersten Klingeln ab. »Und? Wie ist es gelaufen? Wie geht es ihr?«

»Oh, Lori, ich weiß nicht, was ich sagen soll. Ich wünschte, ich könnte dir sagen, dass sie sich gut schlägt, aber das wäre gelogen. Sie ist völlig aufgelöst.«

Sie hörte, wie Lori sich ein Schluchzen verkniff, und sie litt mit ihr. »Hey. Mach das nicht, Süße. Bitte. Sie hat Jess, also wird es bestimmt nicht so schlimm, wie es laut Jess beim letzten Mal war. Dieser Prozess hat verschiedene Phasen. Früher oder später wird sie auch aus dieser herauskommen und dann wird es hoffentlich besser werden.«

»Ich will einfach nur ihre Stimme hören, Stella. Mehr will ich gar nicht.« Ihre Stimme brach.

Stella hatte praktisch vor Augen, wie Tränen über Loris Gesicht liefen. »Ich weiß, Liebes. Ich habe so eine Ahnung, dass es ihr genauso geht, aber sie ist stur. Für den Moment hat sie ihre Entscheidung getroffen. Wir brauchen einfach Geduld.«

»Weißt du, dass meine Bewerbungsfrist für New York diese Woche endet?«

»Wirklich? Jetzt schon?« Stella gab sich große Mühe, nicht zu offensichtlich traurig darüber zu sein, dass Lori wegziehen könnte. Ganz sicher würde sie ihr dabei nicht im Weg stehen. Außerdem liebte sie New York und wenn ihre beste Freundin dort wohnte, könnten ihre Besuche dort ganz großartig werden.

»Ja. Adam hat mehr oder weniger meine Bewerbung für mich ausgefüllt. Er kennt mich beruflich am besten, unsere Karrieren sind fast immer parallel verlaufen.«

»Bist du sicher, dass du das wirklich willst? Trotz der Situation mit Alex?«

Lori seufzte in die Leitung. »Ich habe keine Ahnung. Aber es gibt eine Deadline und ich will nicht bereuen, nicht wenigstens herausgefunden zu haben, ob ich eine Chance gehabt hätte. Das kann ich nicht einfach aufschieben. Ich schätze, ich befasse mich damit, falls oder wenn es so weit ist.«

»Du hast recht.« Stella räusperte sich. Sie musste Lori unterstützen, anstatt ihr noch mehr Schuldgefühle zu bereiten, nur weil sie glücklich sein und sich ihre Träume erfüllen wollte. »Es geht hier um dich, Lori, und das war viel zu lange nicht der Fall. Es kann nicht schaden, die Bewerbung einzureichen und abzuwarten, was passiert.«

»Ich wusste, dass ich mich auf dich verlassen kann. Ich habe Adam gesagt, er soll sie mir schicken, damit ich sie mir vor Freitag noch ansehen kann. Aber ich wünschte, ich könnte mit Alex darüber reden.«

»Ich weiß, Liebes.« Stella verstand ihre Mutlosigkeit. Sie hatte so lange auf diese Gelegenheit gewartet und jetzt wurde sie ihr mit Unsicherheit und Liebeskummer verdorben.

»Aber was soll ich tun, wenn sie meine Anrufe ignoriert? Einfach schreiben: ›Hey, ich ziehe vielleicht nach New York, was sagst du dazu?‹ Und ich werde Jess oder dich bestimmt nicht in die Situation bringen, es ihr sagen zu müssen.«

Stella lächelte in sich hinein, weil Lori ihren Humor noch nicht ganz verloren hatte. »Ich glaube, was du tust, ist gerade das Beste. Ich bin sicher, du wirst dieses Bewerbungsgespräch und letztendlich auch eine der Stellen bekommen, aber jetzt ist nicht der richtige Moment, um Alex das zu sagen. Wie heißt es noch? Ein Schritt nach dem anderen.«

Lori schwieg einen Moment und sagte dann: »Ich dachte, sie würde sich genauso verlieben wie ich. Ich dachte, ich würde ihr etwas bedeuten. War das dumm von mir, Stella?«

Stella wusste, dass es Alex nicht gut ging. Aber Lori war die Person, die ihr wichtig war und sie war so wütend über das, was Alex ihr gerade antat. »Du bist nicht dumm, Lori. Sie ist diejenige, die sich etwas vormacht.«

»Es fällt mir schwer, das zu glauben.«

»Sie braucht dich, Lori.«

Lori war einen Moment still und Stella konnte hören, wie weitere Tränen flossen.

»Glaubst du wirklich?«

»Da bin ich mir sicher. Ruf Jess an. Sie wird dir dasselbe sagen. Ich denke, es wird Zeit, dass du ihr das auch klarmachst. Komm nach Schottland, Lori. Und zwar jetzt.«

Stella legte auf und sah zum Haus zurück. Sie hätte schwören können, am Fenster einen Schatten zu erkennen, der sie beobachtete. Sie schüttelte, startete den Motor und fuhr zurück. Auf der Wache angekommen, schrieb sie Jess in einer kurzen Textnachricht, was gerade los war und dass sie Lori anrufen sollte, um mehr zu erfahren. Dann rieb sie sich mit trockenen Händen über das Gesicht, kniff sich fest in die Wangen und gab sich einige leichte Klapse, was sie aber auch nicht wacher machte.

Sie sah zu den Bildern, die über den Fernsehbildschirm in der oberen Ecke des Großraumbüros flackerten. Ein aktuelles Foto von Sean Murrays Führerschein erschien. Daneben wurde ein altes Verbrecherfoto gezeigt und am unteren Rand scrollten die Eckdaten des Falls vorbei. Eine Reporterin kam ins Bild und da der Ton ausgeschaltet war, hörte Stella nicht, was sie berichtete. Aber am unteren Bildrand wurden die Schlagzeilen eingeblendet: eine landesweite Warnung vor Sean Murray, dass er gefährlich und möglicherweise bewaffnet war und unbedingt gemieden werden sollte.

Stella blieb für den Moments nichts anderes übrig, als abzuwarten. Sie war mittlerweile unruhig vor Nervosität, Anspannung und Frustration. Die letzten Tage waren sie dauernd in Sackgassen gelandet. Bisher hatte Sean sich gut versteckt, aber irgendwann musste er sich zeigen und Stella war fest entschlossen, in dem Moment da zu sein und ihn zu schnappen.

Sie las die gestelzten Untertitel dessen, was die Reporterin sagte, bestimmt schon zum hundertsten Mal an diesem Tag.

Dann vibrierte ihr Handy.

Sie griff danach und ließ die Schultern sinken, als sie Scotts Name auf dem Display entdeckte. Sie steckte es sich in die hintere Hosentasche, ließ den Anruf zur Mailbox springen, klemmte sich eine Akte unter den Arm und hielt auf die schäbige Personalkantine und den letzten Rest in der Kaffeekanne zu.

Seit ihrem Streit hatte Scott unermüdlich angerufen, aber sie weigerte sich, seine Anrufe auch nur anzunehmen. Er konnte warten. Wenn er sich die Mühe gemacht hätte, seine Schwester anzurufen, wie sie vorgeschlagen hatte, hätte sie sich ihm vielleicht anvertraut und er würde über die Situation Bescheid wissen.

Aber weil er nun mal ein selbstsüchtiger Arsch war, hatte er das immer noch nicht getan. Also hatte sie beschlossen, ihn in seiner Unwissenheit schmoren zu lassen, bis die Sache mit Lori und Alex gelöst war und Stella selbst etwas Raum hatte, um sich mit sich und auch mit ihm zu beschäftigen. Er wusste nicht einmal, dass sie in Schottland war.

Sie kippte Zucker in zwei Tassen des Gebräus, das an Teer erinnerte, und nahm sie mit in den Multimediaraum. Ihr bisheriger Beitrag zu dem Fall war eine Endlosschicht, in der sie stundenlang Aufnahmen von Überwachungskameras in und um Geschäfte und Straßen sichtete, wo Anrufer der Hotline Sean Murray gesehen haben wollten. Es war eine langweilige, aber notwendige Aufgabe und sie war froh, ihre Fähigkeiten einsetzen zu können.

Die Kollegin, die ihr zur Unterstützung zugeteilt worden war, war dieselbe, die auch John Murray aufgesammelt hatte, Hannah Wallace. Sie starrte mit tränenden Augen auf die zahlreichen Bildschirme und gähnte ausgiebig. Als Stella ihr eine Tasse reichte, lächelte Hannah dankbar.

Stella zog sich einen zweiten Stuhl heran. »Wir haben mehr zu Sean Murrays Vorgeschichte ausgegraben. Willst du eine Zusammenfassung?«

»Klar.« Hannah pausierte das Video und drehte sich zu ihr.

Stella zog die Akte unter dem Arm hervor und machte es sich so bequem, wie es auf den billigen Bürostühlen eben möglich war. »Wir wissen, dass er ein Exsoldat ist und eine gescheiterte Baufirma hatte. Er ist geschieden und hat zwei Kinder, aber die hatten seit knapp zehn Jahren keinen Kontakt mehr zu ihm. Er hatte einige Auslandseinsätze: in den Golfstaaten, Bosnien, Nordirland und Afghanistan. Da wird es interessant.«

Daraufhin nickte Hannah. »Die Anzeige wegen eines tätlichen Angriffs.«

»Genau. Er wurde beschuldigt, während eines Einsatzes gegen eine RAF-Soldatin übergriffig geworden zu sein. Die Anschuldigung wurde nie bewiesen, aber das hat ihn trotzdem nach neunzehn Jahren aus dem Militär befördert. Ein Mann wie er muss in seinem Stolz verletzt gewesen sein.

Er hat einen Deal akzeptiert, freiwillig zu gehen, während sie beschlossen hat, nicht zu klagen. Er wurde ehrenhaft entlassen, ohne seine Pension einzubüßen.«

»Also wissen wir, dass er eine Vorstrafe hat. Unbewiesen, aber so würden sie keinen unschuldigen Mann behandeln.«

»Ja, es klingt nicht gut«, stimmte Stella zu.

»Und was ist mit seiner Frau und den Kindern passiert? Haben wir dazu schon mehr?«

Stella konnte sich nicht vorstellen, wie irgendjemand mit der Last des Verbrechens, das er begangen hatte, nach Hause ging und ein glückliches Familienleben führte. Jedenfalls kein geistig gesunder Mensch. Leider wusste sie, dass genau das jeden Tag überall geschah. Sie hatte es selbst oft genug gesehen. »Ja, wir haben Gerichtsprotokolle zu seiner Scheidung erhalten. Mit seiner Ehe hatte er weniger Glück als mit seiner Pension.« Sie lächelte ironisch und las weiter. »Kurz nach seiner Entlassung ist seine Frau mit den Kindern zu ihrer Familie nach Bristol zurückgezogen. Sie hat einen Teil seiner Ausgleichszahlung mitgenommen, aber es sieht nicht so aus, als würde sie abgesehen davon irgendwelche Unterhaltszahlungen für die Kinder einfordern. Jemand vor Ort hat mit ihr gesprochen, aber sie behauptet, sie hätte seit Jahren nichts von ihm gehört.«

»Ich würde sagen, das ist gut für sie«, bemerkte Hannah.

Stella stimmte ihr zu.

»Wie es aussieht, ist er kurz nach der Trennung bei seinem Dad eingezogen und ins Familienunternehmen eingestiegen, aber die Rezession war nicht gerade gut zu ihnen. Seine Steuerunterlagen der letzten fünf, sechs Jahre sind bestenfalls sporadisch, es sieht nicht so aus, als hätte er irgendeinen Job länger als sechs Monate auf einmal behalten. Keine Kreditkarten. Kein Sparkonto.«

»Keine Spur, die man verfolgen könnte.«

Stella nickte bestätigend. »Aber er ist auch kein Geist. Es gibt vielleicht nicht viele Finanzunterlagen, aber da ist eine Vergangenheit, Verbindungen und Gründe, im Land zu bleiben. Mit seiner Ex-Frau und den Kindern ist er noch nicht fertig. Ich bezweifle stark, dass er da einfach kampflos abzieht.«

Hannah runzelte die Stirn. »Wäre es das wert, sie überwachen zu lassen? Wenn er glaubt, er wird bald geschnappt, könnte es ihn zu seinen Kindern ziehen.«

»Schon dabei. Die Leute vor Ort im Süden helfen, so gut sie können. Ich schätze, in der Zwischenzeit machen wir einfach weiter wie immer. Irgendwelche Fortschritte?«

Hannah drehte sich wieder zu den Bildschirmen und schüttelte den Kopf. »Tut mir leid, Detective, und die Liste der Sichtungen scheint einfach nicht kürzer zu werden.«

Stella fuhr sich mit beiden Händen durch ihre Haare und widerstand dem Drang, sie sich vor lauter Frust auszureißen. »Okay.« Sie schnappte sich ihren Kaffee. »Halten wir uns ran.« Sie schob ihren Stuhl an den Tisch und machte es sich für eine weitere lange Nacht neben Hannah bequem.

Kapitel 42

Zwei Wochen. Lori hatte zwei Wochen lang überlegt. Zwei Wochen, in denen sie zwischen Wohnzimmer und Küche, zwischen Sofa und Kühlschrank hin- und hergelaufen war. Zwei Wochen, in denen sie ihr Handy angestarrt und versucht hatte, mit reiner Willenskraft Alex' Namen auf dem Display heraufzubeschwören. Zwei Wochen, in denen sie eine Nachricht nach der anderen an Alex getippt und wieder gelöscht und nur eine Handvoll abgeschickt hatte. Zwei Wochen der Tränen, der Wut, Frustration und Verwirrung. Zwei Wochen der Unsicherheit.

Die ganze Zeit über gab es eins, das all die anderen Gefühle überschattete, das sie nachts wach hielt, das ihr wehtat, wie sie es noch nie erlebt hatte.

Sie vermisste Alex.

Ihr Kopf redete ihr ein, dass sie es vergessen sollte, dass es ein One-Night-Stand gewesen war und Alex sie zurückgelassen hatte. Dass sie Wichtigeres zu tun hatte. Ihr Herz sagte ihr, dass Alex Lori ebenso vermisste, aber schon so lange allein war, dass sie vergessen hatte, wie man um Hilfe bat.

Stellas Vortrag hallte in ihren Ohren wider. Darüber, dass sie tat, was erwartet wurde, und nicht, was sie wollte. Nun ja, jetzt war der Moment, in dem sie diesem Rat folgte und etwas wagte. Vielleicht würde Alex beschließen, Lori den Rücken zuzukehren, aber das war ein Risiko, das sie eingehen musste.

Andrew hatte ihr unbeabsichtigt bei der Entscheidung geholfen, nach Norden zu fahren. Erst wollte sie seine neue Nachricht direkt löschen, nachdem sie ein paar Worte gehört hatte. Aber dann hatte sie seinen niedergeschlagenen Tonfall gehört, und hatte sie zu Ende abgespielt. Er hatte sich für sein idiotisches Verhalten und die Szene vor ihrer Wohnung entschuldigt und zugegeben, dass sein Ego gesprochen hatte und ihm bewusst war, dass die Beziehung auch deshalb in die Brüche gegangen war. Er bat trotzdem um eine Gelegenheit, mit ihr zu reden, wusste aber, dass es zu spät war, um die Beziehung zu retten. Aber vielleicht konnten sie Freunde bleiben.

Damit konnte sie leben und fühlte sich etwas unbeschwerter in dem Wissen, dass er den ersten Schritt getan hatte, um über sie hinwegzukommen.

Lori fühlte sich frei.

Sie konnte nicht leugnen, dass sie auch traurig über den Verlust ihrer früheren Beziehung war und dazu noch Mitgefühl mit ihm hatte. Dass das mit ihnen nicht geklappt hatte, war nicht nur seine Schuld gewesen. Sie hatten einfach aus den Augen verloren, was wichtig war und was sie gemeinsam glücklich machen würde. Er war ein guter Mann, aber er war nicht mehr gut für sie, und offenbar erkannte er das auch allmählich.

Im Büro hatte sie Adam einen Überblick darüber gegeben, was vor ihrer Abreise erledigt werden musste, aber er wollte nur über New York reden. Jetzt, da ihre Bewerbungen eingereicht waren, wuchs seine Vorfreude auf das, was eventuell kommen würde. Er hatte von einem Kumpel gehört, dass sie beide in die engere Auswahl gekommen waren und in den nächsten Tagen ein Datum für ihr Vorstellungsgespräch genannt bekommen würden.

Lori wusste nicht so genau, wie sie mit diesen Informationen umgehen sollte. Die Chance auf New York schritt schneller voran als erwartet. Als Adam ihr von dem Job erzählt hatte, war Alex nur ein Tagtraum gewesen, aber jetzt war sie sehr real. Lori konnte nicht leugnen, dass sie immer noch Zweifel hatte, ob sie auf die andere Seite des Ozeans ziehen sollte.

Sie wechselte zwischen dem Gefühl, Alex heftig zu vermissen und allein den Gedanken an den Umzug unerträglich zu finden, und der hochkochenden Wut darüber, von Alex ausgeschlossen zu werden. In Gedanken sagte sie ihr ordentlich die Meinung und bläute sich selbst ein, dass sie auf jeden Fall nach New York ziehen würde.

Aber wenn sie sich dann vorstellte, Alex nie wiederzusehen, kamen die Tränen. Es war ein Muster, ein Kreislauf, der die letzten zwei Wochen beherrscht hatte, und sie hatte es satt. Der Kreis musste durchbrochen werden.

Sie sollte sich eigentlich mit Adam freuen, brachte aber nicht die Kraft auf. Als sein ständiges Geplapper ihr zu viel geworden war, hatte sie ihn aus Frust ziemlich rigoros auflaufen lassen. Hatte gesagt, dass sie sich noch nicht entschieden hatte und das bestimmt nicht durchziehen würde, wenn es bedeutete, dass sie ihn weiterhin ertragen musste.

Ihre Worte hätten ihn verletzen sollen. Stattdessen hatten sie ihn offenbar in die Realität zurückgeholt. Es schien ihm klar zu werden, dass seine Freundin, die er seit über fünf Jahren kannte, Probleme hatte. Probleme, die ihm gar nicht aufgefallen waren. Die Art, wie er sich in seinem Stuhl zurückgelehnt und sie gemustert hatte, mit leicht geneigtem Kopf und an einem Ohrläppchen zupfend, war so typisch für ihn. Sie kannte diesen Blick. Er hatte Fragen. Und seine Befragungen waren gnadenlos.

Aber trotz seines Drängens hatte sie geschwiegen. Es war durchaus möglich, dass sie an allem zerbrechen würde, aber jetzt musste sie für Alex stark sein. Für ihre Tränen war keine Zeit. Stattdessen nahm sie sein Angebot, einige Meetings für sie zu übernehmen, dankbar an und versprach, dass sie sich nach ihrer Rückkehr ausführlich unterhalten würden.

Als Lori nach der Arbeit zu ihrem Auto ging, wog ihr Herz mindestens so schwer wie ihr Koffer. Sie war den ganzen Tag lang mit den Gedanken in Schottland, bei Alex gewesen. Nach ihren letzten Telefongesprächen mit Jess und Stella hatte Lori beschlossen, mutig zu sein. Alex brauchte sie, ob es ihr nun bewusst war oder nicht.

Sie schaute immer wieder wie besessen auf ihr Handy; sie wartete auf Neuigkeiten zur Fahndung von Stella oder eine Antwort auf eine der wenigen Textnachrichten, die sie Alex geschickt hatte. Die geografische Problematik war ihre geringste Sorge, was die Distanz zwischen ihnen betraf, und sie hatte es leid, sich von Stella und Jess auf dem Laufenden halten zu lassen.

Lori würde nicht zulassen, dass Alex sie wieder von sich stieß, sich abschottete und ihren Kummer mit Alkohol ertränkte, wenn Jess die Wahrheit gesagt hatte. Jess kannte die Anzeichen, die sich bei Alex zeigten, wenn sie sich vor allen zurückzog, und hatte ihr gesagt, dass sie das nicht noch einmal zulassen würde, aber sie brauchte Loris Hilfe.

Also hatte Lori in letzter Minute einen Flug gebucht und Jess hatte versprochen, sie abzuholen und zur Farm zu fahren. Sie hatten sich darauf geeinigt, Alex nichts zu sagen, in der Hoffnung, dass sie Lori nicht abweisen würde, wenn sie erst einmal vor ihr stand.

Sie warf ihren Koffer in den Kofferraum, setzte sich ans Steuer und prüfte erneut ihr Handy, während sie es in die Halterung steckte. Immer noch nichts.

Auch zu Stella war der Kontakt nur sporadisch gewesen: Sie teilte ihr nur offizielle Neuigkeiten mit und wenn sie doch mal anrief, war sie ganz geschäftsmäßig, kam sofort zum Punkt und redete nur über Alex, ihre Sorge um sie und den Fall. Den einzigen Funken ihrer richtigen Freundin hatte sie gesehen, als sie über Loris möglichen Umzug gesprochen hatten und als Stella gemeint hatte, sie sollte nach Schottland kommen.

Abgesehen davon spürte sie nichts von der üblichen Herzlichkeit Stellas, auf die sie sich im Laufe der Jahre immer mehr verlassen hatte. Sie musste auch ihr in die Augen sehen können, mal wieder ein ordentliches Gespräch mit ihr führen. Sie wollte Rat und Trost. Sie wollte ihre beste Freundin, nicht Detective Roberts.

Lori war nicht besonders vertraut mit Stellas Arbeitsmodus und vielleicht verhielt sie sich immer so, wenn sie sich auf einen Fall konzentrierte. Aber diese Art von Distanz zwischen ihnen ertrug Lori kaum.

Kurz nachdem sie am Flughafen angekommen war, tippte sie eine Nachricht an Jess, dass sie bald ins Flugzeug steigen würde. Trotz der Möglichkeit, dass Alex sie nicht willkommen heißen würde, freute sich Lori, dass sie jetzt hier war. Vielleicht ging ja auch alles gut. Vielleicht würde Alex sich freuen, sobald sie Lori sah.

Sie schob die Dunkelheit der Nacht, die über ihr hing, in den Hintergrund und dachte wieder an ihre gemeinsame Nacht, an die Wochenenden, die sie miteinander verbracht hatten, und daran, was Alex ihr inzwischen bedeutete. Das tat sie immer, wenn sie kurz davor war aufzugeben.

Dass die Gefühle so tiefgreifend waren, machte ihr Angst. Sie begriff nicht, wie sehr Alex nach etwas mehr als einem Monat und nur einer gemeinsamen Nacht ihre Gedanken beherrschte oder wie stark sie den Verlust spürte, wenn Alex nicht in ihrer Nähe war.

War es Besessenheit? Schwärmerei? Konnte sie sieben Jahre mit Andrew so schnell vergessen und direkt in die Arme nicht nur einer neuen Person, sondern auch einer Frau fallen? Wäre ihre Familie einverstanden? War sie bereit dafür?

Sie hatte versucht, Scott zu erreichen, war aber nur auf seiner Mailbox gelandet und machte sich Sorgen, dass seine Nummer vielleicht nicht mal mehr aktuell war. Sie musste mit ihm sprechen, denn wenn sie nicht gerade über Alex nachdachte, stellte sie sich vor, wie alle anderen darauf reagieren würden, dass Alex und sie zusammen waren.

Alex und sie.

Lori zuckte zusammen, als eine Flugbegleiterin eine Hand auf ihre Schulter legte. Sie sah sich im Wartebereich um. Alle anderen Passagiere waren vor ihr unbemerkt eingestiegen.

Die Flugbegleiterin lächelte. »Sie müssen ja ganz weit weg gewesen sein.«

Lori erwiderte das Lächeln und folgte ihr zum Schalter, beobachtete stumm, wie ihr Boardingpass gescannt wurde. Dann ging sie zum

Flugzeug. Der Wind peitschte ihr ins Gesicht und sie hob den Kopf zu den Wolken, schloss die Augen und ließ zu, dass die Haare ihr Gesicht kitzelten, während sie in der Schlange wartete. Bei jedem Windstoß stieg ihr der Geruch nach Treibstoff in die Nase und das Brummen der Motoren nah und fern schien in ihrem Körper zu vibrieren und mit jedem Schritt in Richtung der Maschine ihren Puls weiter zu beschleunigen.

Sie öffnete die Augen und blickte über die Grünflächen zwischen den Rollfeldern. Sie beobachtete, wie ein wildes Kaninchen sich zu einem anderen gesellte und beide, offenbar ohne dem Lärm Beachtung zu schenken, ihr Gras knabberten und miteinander spielten.

Als sie an ihrem Fensterplatz saß, suchte sie wieder nach den Kaninchen, aber der Flügel versperrte ihr die Sicht.

Dann lehnte sie sich zurück und schnallte sich an. »Okay, damit machst du dich doch nur verrückt.«

Der Mann neben ihr sah von seinem Kreuzworträtsel auf. »Alles in Ordnung, Schätzchen?«

Sie nickte, was eine Lüge war. Glaubte sie wirklich, dass es für sie und Alex eine Zukunft gab? Empfand Alex überhaupt dasselbe? Sie hatte Lori von sich gestoßen, als es in ihrem Leben schwierig geworden war. Hatte sich auf dem Land verkrochen und dann in eine Version von Mensch verwandelt, die Jess für längst vergangen gehalten hatte. Das konnte Lori ihr nicht verübeln und sie gab sich große Mühe, zu verstehen und sich in Alex' Lage zu versetzen, egal, wie unmöglich es sein mochte.

Aber sie konnte nicht aufhören, darüber nachzudenken, ob Alex so wenig von ihr hielt, dass sie ihr nichts zutraute und die Hilfe und Unterstützung, die sie zweifellos brauchte und die Lori so offensichtlich anbot, erst gar nicht akzeptierte? Wenn sie eine gemeinsame Zukunft haben wollten, mussten sie an diesem Punkt arbeiten. Es ging nicht nur um Chemie und gegenseitige Anziehung. Sie wollte mehr. Brauchte mehr. Und sie hatten beide mehr verdient. Wollte Alex das immer noch? Würde sie sie hereinlassen … nicht nur in ihr Haus, sondern auch in ihr Herz? Zwischen ihr und den Antworten lagen vierhundert Meilen.

Die Vibrationen kribbelten in ihren Füßen, als der Motor hochdrehte und die Nase des Flugzeugs sich hob.

Lori stieß einen Atemzug aus und sah an dem Flügel vorbei nach unten, wo die Lichter Londons unter Wolken verschwanden.

Kapitel 43

Stella schob ihren Stuhl zurück, stand auf und lief erneut im Raum auf und ab. Ihr Kaffee war längst kalt und ihre Augen brannten. Sie war kaum noch in der Lage, sich auf die zahlreichen Monitore vor ihr zu konzentrieren.

Sie schob die Brille nach oben auf den Kopf und massierte die Stelle zwischen ihren Augen, bevor sie sich wieder auf den Stuhl fallen ließ und stumm betete, dass bald irgendetwas zu Sean Murray auftauchte.

Die Tür ging auf und sie zuckte zusammen.

Hannah Wallace erschien auf der Schwelle. »Stella, Entschuldigung, Detective Roberts.«

Stella winkte ab. »Nach den vielen Stunden, die wir zusammen hier abgesessen haben, kannst du mich unter vier Augen auch gern Stella nennen. Was gibt's?«

Hannah wurde ernst. »Wir haben einen Raubüberfall auf eine Farm in den Borders gemeldet bekommen. Es gibt Grund zur Annahme, dass es Sean Murray war.«

Stella sprang wieder auf die Füße. Adrenalin schoss durch ihren Körper. »Warum? Wurde er gesehen? Hat er irgendjemanden verletzt?« Sie winkte Hannah in den Raum.

»Nein, die Besitzer waren glücklicherweise zum vermuteten Zeitpunkt des Einbruchs auf einer Hochzeit, also wurde er nicht dabei gestört. Sie haben den Raub erst heute Nachmittag entdeckt, als die Frau ihr Auto aus dem Schuppen holen wollte und es nicht da war. Sie sagt, sie ist seit letztem Wochenende nicht damit gefahren.«

»Er hat ein Auto gestohlen? Das sind großartige Neuigkeiten. Ich nehme an, die Beschreibung wurde bereits verbreitet?« Sie lief wieder auf und ab, während sie über den nächsten Schritt nachdachte.

»Aye, die Suche nach dem Auto wurde priorisiert, aber er hat noch mehr mitgenommen.«

Stella hielt inne und schaute ihre Kollegin an. »Warum gefällt mir nicht, wie das klingt?«

»Die Polizisten, die sich den Schauplatz angesehen haben, wurden misstrauisch und haben angerufen, als ihnen klar wurde, dass sonst nichts

Wertvolles verschwunden ist. Tatsächlich sieht es so aus, als hätte er ganz bestimmte Dinge gesucht.«

Stella hielt ungeduldig eine Hand hoch. »Und diese Dinge wären?«

»Offenbar fehlen nur der alte Gebrauchtwagen aus dem Schuppen, einige Werkzeuge aus der Werkstatt ... und eine Schrotflinte.«

»Scheiße.« Stella zerrte sich die Brille vom Kopf und warf sie auf den Tisch.

Hannah nickte zustimmend. »Wenn er es wirklich war, können wir jetzt wenigstens sicher sein, dass er bewaffnet ist. Was er vorhat, ist allerdings eine andere Frage.«

Stella setzte sich. »Okay, wie weit ist diese Farm von Alex' Farm entfernt?«

Hannah runzelte die Stirn. »Warte mal, du glaubst doch nicht ernsthaft, dass er dorthin fahren würde?«

»Irgendetwas schmeckt mir hier nicht, Hannah, und die Tatsache, dass er nach über vier Wochen auf der Flucht jetzt immer noch in Schottland sein könnte, macht mir Sorgen. Ich glaube, dass er vielleicht genau das tun würde.«

»Warum? An den Tatort zurückzukehren steigert die Wahrscheinlichkeit, geschnappt zu werden. Warum sollte er das riskieren?«

»Ich kann mir natürlich nicht sicher sein, aber nach allem, was wir über ihn wissen, denke ich, dass Alex' Existenz wie eine unerledigte Aufgabe auf ihn wirken könnte. Als sie diesen Aufruf zu Augenzeugenberichten gemacht hat, wurde der überall ausgestrahlt. Ich habe mich von Anfang an gefragt, ob Beth sein einziges Opfer war, und etwas nachgeforscht. Ich dachte, vielleicht könnte ich in der Nähe seines Heimatorts an der Ostküste auf etwas stoßen, aber da war nichts, das auf eine Verbindung zu anderen ungelösten Morden hingedeutet hätte.«

»Glaubst du, nach Beth ist er auf den Geschmack gekommen?«

»Ich glaube nicht, dass er den Mord geplant hat, als er zur Farm gegangen ist, aber die Umstände von Beths Tod deuten nicht auf jemanden hin, der nur auf sie losgegangen ist, weil er um sein eigenes Leben gefürchtet hat oder nicht geschnappt werden wollte. Das hätte ich angenommen, wenn er einmal zugestochen hätte und dann geflohen wäre. Er wäre in den Überlebensmodus verfallen, wie ein in die Ecke gedrängtes Tier. Aber er hat neunmal auf sie eingestochen, Hannah. Neunmal.«

Hannah verzog das Gesicht.

»Das klingt nach Wut. Er hat es genossen, aber ich denke, es war auch eine Gelegenheit, auf die er schon gewartet und die er dann ergriffen hat.«

Hannah senkte den Kopf – zweifellos erinnerte sie sich an die Bilder, die Fotos vom Tatort, die sie diese Woche unter die Lupe genommen hatten. Sie rieb sich mit den Händen über das Gesicht, wie Stella es selbst heute schon so oft getan hatte. Diese Geste würde die Bilder nicht vertreiben, die für immer in ihr Gedächtnis eingebrannt waren. Das wusste Stella aus eigener bitterer Erfahrung.

»Ich verstehe immer noch nicht, warum er zur Farm zurückkehren sollte. Um alles mit Alex noch einmal aufleben zu lassen? Oder für den kranken Adrenalinkick, wieder am Tatort zu sein?« Hannah nahm sich einen Stift und kritzelte Notizen, die Stella von ihrem Platz aus nicht lesen konnte. Ihre Handschrift war schief wie die der meisten Linkshänderinnen und sie nutzte irgendeine Kurzschrift, die sie offensichtlich selbst entwickelt hatte.

»Na, ich habe nach der Ostküste nicht aufgehört. Als ich gehört habe, dass seine Ex-Frau in der Nähe von Bristol wohnt, und John Murray darüber geredet hat, dass Sean oft verreist, habe ich die Detectives dort unten im Süden kontaktiert. Sie hatten in den letzten acht Jahren mindestens fünf ungelöste Mordfälle mit ähnlichem Muster. Junge Frauen, alle mit nur wenig oder gar keiner Familie, bekannte Prostituierte und Drogenabhängige mit mehreren Vorstrafen: Anstiftung zu Straftaten, Kleindiebstahl und Drogenbesitz. Alle wurden zuletzt in Gegenden gesehen, die für zwielichtige Aktivitäten bekannt sind, aber es gibt keine Augenzeugen, die Autos oder Begleiter gesehen haben. Leider ist es bei diesen Frauen oft so, dass andere Fälle vorgezogen werden, wenn die Spur sich im Sand verläuft und niemand Gerechtigkeit fordert.«

»Also sollen wir uns nicht um sie scheren, nur weil niemand sonst es tut?« Hannah schüttelte den Kopf. »Ich hasse das.« Sie fuhr mit dem Stift immer wieder einen Kreis auf dem Papier nach, bis es riss und sie den Stift fallen ließ.

Stella konnte ihren Frust verstehen.

Hannah wippte ungeduldig mit dem Fuß.

»Ich weiß. Es ist grausam, aber so ist es nun mal. Ein Detective, mit dem ich gesprochen habe, ist überzeugt, dass es in allen Fällen derselbe Mörder ist, und denkt außerdem, er kann mindestens zwei weitere mit derselben Person in Verbindung bringen. Beide waren Frauen, die in Bars verschwunden sind, die Ehemann oder Partner hatten, aber die Methode war dieselbe. Diese Fälle haben weit mehr Medienaufmerksamkeit und Ressourcen bekommen. Er sagt, sie konnten bei beiden zwar DNS-Proben sammeln und die haben bestätigt, dass es sich um denselben Mörder handelt, aber es gab dafür keine Treffer in der Datenbank. Und die anderen Opfer hatten wegen ihres Berufs nicht gerade einen guten Ruf und es wurde kein Geld hineingesteckt, sie mit den anderen zwei Fällen zu vergleichen. Niemand will glauben, dass schöne, liebevolle Ehefrauen oder Partnerinnen in dieselbe Kategorie fallen könnten wie Ausreißerinnen, Drogensüchtige und Prostituierte. Nicht einmal die Polizei.«

»Das macht mich krank.« Hannah stand auf. Jetzt war sie diejenige, die auf und ab lief. »Gibt es bei diesen Fällen Augenzeugen?«

Stella blätterte eine dünne Akte mit den Stichpunkten durch, die ihr Kollege per Mail geschickt hatte. »Nichts Konkretes. Beide Frauen waren mit Freundinnen aus und wurden dabei gesehen, wie sie mit einem Mann redeten. Aber es schien immer Alkohol im Spiel gewesen zu sein und es war spät in einer dunklen Bar oder einem Klub. Die Freundinnen haben einen durchschnittlichen weißen Mann beschrieben, mittelgroß, kräftig gebaut, mit dunklen Haaren, nichts Außergewöhnliches.«

»Wo ist also die Verbindung? Glaubst du wirklich, es könnte in allen Fällen Sean Murray gewesen sein?«

»Es ist eine Theorie und im Moment eine ziemlich wacklige. Alle Frauen wurden mit Klebeband um Handgelenke und Knöchel gefesselt. Alle wurden von der Hüfte abwärts ausgezogen, vergewaltigt und höchstwahrscheinlich gewürgt, bis sie das Bewusstsein verloren, bevor sie durch mehrere Stichwunden in die Brust verblutet sind. Alle wurden in Plastik eingewickelt und an verschiedenen Orten, die keinem klaren Muster folgen, in Wäldern oder Feldern liegen gelassen. Er hat nicht versucht, die Leichen zu verstecken, hat sich nur genug Zeit genommen, sie loszuwerden und zu verschwinden.«

»Wow, das ist verrückt. Wie kann jemand von Raubüberfall zu Serienmord übergehen? Also, ich kann nachvollziehen, dass man jemanden erschießen könnte, wenn es gefährlich wird und Panik ausbricht, aber so, wie er auf Beth losgegangen ist, verstehe ich auch, was du meinst. Glaubst du, er hatte die Neigung schon immer in sich?«

»Ja. Ich glaube, es hat in seiner Militärzeit begonnen, vielleicht mit dem Vergewaltigungsvorwurf. Ich denke, diese erste Kostprobe hat sich in Besessenheit verwandelt. Und vergiss nicht die Mutter, die ihn verlassen hat. Ich denke, jeder Mord ist Rache für seine ruinierte Karriere, seine gescheiterte Ehe und den Verlust seiner Söhne. Jede einzelne Frau steht für eine andere, die ihn ungerecht behandelt hat.«

»Dass Alex also im Fernsehen zu Augenzeugenberichten aufgerufen und um Hilfe gebeten hat, das ist für ihn nur noch eine weitere Person, die sein Leben ruinieren will?«

»Genau. Ich glaube, er ist jetzt fuchsteufelswild, weil er erwischt wurde. Er dachte, er wäre schlauer als all die Frauen, die er ermordet hat. Unantastbar. Und jetzt ist da eine Frau im Fernsehen, die ihn und seine Taten beschreibt, die dem ganzen Land erzählt, dass er böse ist. Ich wette, er glaubt tief im Inneren, dass er gar nichts falsch gemacht hat. Dass sie es verdient hatten.«

Hannah stieß einen Seufzer aus. »Scheiße. Das klingt verrückt, aber du bist die Detective. Ich glaube dir und ich denke, Alex sollte es auch glauben.« Sie setzte sich vor einen Computer und rief eine Karte auf. »Beide Farmen liegen südlich von Glasgow, weniger als vierzig Meilen voneinander entfernt, würde ich sagen. Meinst du, er ist so dumm, so nah am ursprünglichen Tatort bei einer Farm einzubrechen?«

»Nein, für dumm halte ich ihn ganz sicher nicht. Ich denke, er ist verzweifelt und hat die Gelegenheit ergriffen. Er ist ein geborener Jäger und ausgebildeter Soldat, er ist an weit schlechtere Verhältnisse als das ländliche Schottland gewöhnt. Es würde mich nicht überraschen, wenn er bisher zu Fuß unterwegs gewesen wäre und in den Hügeln gezeltet hätte, deshalb hat er zwei Wochen gebraucht, um so weit zu kommen. Ich denke, als er die verlassene Farm gefunden hat, konnte er nicht widerstehen, das war genau das bisschen Glück, das er gebraucht hat.«

Hannah wiederholte: »Scheiße.«

»Das fasst es ganz gut zusammen.«

Hannah stand wieder auf, bereit zu handeln. »Ich habe den alten Mann gefunden und ihm etwas versprochen. Egal, wie viel er damit zu tun hat, ich habe gesagt, ich würde Beth helfen. Wenn ich dafür ihren Mörder schnappen muss, dann bin ich bereit dazu. Sag mir, was ich tun kann.«

Stella lächelte und dankte Tim im Stillen, dass er ihr Hannah zugeteilt hatte. Dass sie seine Nichte war, hatte die Entscheidung zweifellos beeinflusst. »Gut, ich brauche die Videoaufnahmen der letzten sieben Tage von jeder Tankstelle im Umkreis von fünfzig Meilen um Alex' Farm. Wir müssen bestätigen, dass Murray das Auto genommen hat, und die Chancen stehen gut, dass er irgendwann Sprit gebraucht hat. Sieh dir zuerst die Routen zwischen dem Tatort des Raubüberfalls und Alex' Farm an.«

Hannah salutierte mit einem Grinsen. »Kann ich sonst noch etwas tun, Detective?«

Stella lachte über die Geste. »Ja. Wappne dich für viele weitere Stunden mit schlechtem Kaffee und mir in diesem winzigen Raum.«

Hannah zwinkerte und drehte sich zur Tür. »Ach, ich bin sicher, man kann seinen Abend auch schlechter verbringen und wenn du Glück hast, spendiere ich dir sogar mal einen guten Kaffee.«

Sie war weg, bevor Stella klar wurde, dass Hannah gerade mit ihr geflirtet hatte. Geschmeichelt und amüsiert holte sie ihr Handy aus den Tiefen ihrer Tasche, wo sie es irgendwann vergraben hatte, um nicht jede Stunde Scotts Namen aufblinken zu sehen, wenn er sie anrief.

Während sie überlegte, ob sie Lori und Alex schon beunruhigen sollte, scrollte sie zu Jess' Nummer. Sie wollte keine Panik verursachen, solange sie noch nicht wussten, ob es Murray war, also tippte sie eine vage Nachricht, statt anzurufen.

Mögliche Spur: Wir haben vielleicht die Daten eines Autos, das er fährt. Hoffe, Lori kommt gut an. Pass auf die beiden auf und ich halte dich auf dem Laufenden. S x

Tolle Neuigkeiten. Hoffen wir, dieser Albtraum hat bald ein Ende. Ich hole Lori in zwei Stunden ab, sage Bescheid, wenn ich sie hingebracht habe. Oh, und natürlich passe ich auf. Mein Teil ist leicht. Hoffe, du konntest dich etwas ausruhen?

Danke, Jess. Stecke noch im Multimediaraum fest. Der Kaffee ist schrecklich, aber die Gesellschaft gut, eine hübsche, junge Polizistin, die mich mag, glaube ich. Sie ist blond mit blauen Augen und sehr begeisterungsfähig. Erinnere mich daran, euch einander vorzustellen.

Ha! Ich wusste ja, warum ich dich mag! Nach Regen folgt doch immer ...
x

Stella musste lachen. In den letzten zwei Wochen war Jess eine Freundin geworden und hatte Alex Informationen übermittelt, wenn die nicht ans

Telefon gegangen war. Stella rief ihre Anrufliste auf. Zwölf verpasste Anrufe von Scott. Seufzend warf sie das Handy wieder in die Tasche. Er konnte warten.

※———◇———※

Wenige Stunden später ruckelten Lori und Jess über die Schotterstraße zur Farm. Lori war nicht sicher, ob die Nervosität oder Jess' Fahrstil der Grund für ihre Übelkeit war. Sie griff in den Fußraum, um ihr Handy aus der Tasche zu holen, und stieß sich den Kopf am Armaturenbrett, als ein besonders großes Schlagloch das winzige Auto durchschüttelte. »Autsch, *merda*. Jess.«

»Tut mir leid. Ich will nur, dass du möglichst schnell dort bist.«

Lori rieb sich den Scheitel. »Na ja, in einem Stück wäre auch gut.«

Jess drosselte die Geschwindigkeit etwas. »Weißt du, ich glaube, sie lässt diese Straße nur aus dem Grund nicht richtig asphaltieren, weil es ihr sadistisches Vergnügen bereitet, mich darauf entlangrumpeln zu sehen.«

Während sie im dunklen Fußraum herumtastete, um den Inhalt ihrer Tasche zusammenzusuchen, musste Lori trotz der Beule am Kopf lachen. Das Herumwitzeln löste einen kleinen Teil der Spannung in ihr. »Vielleicht hat sie eher Angst davor, wie schnell du auf einer ebenen Straße fahren würdest.«

Jess lachte auf. »Da hast du wahrscheinlich recht. Ach, übrigens, es ist unhöflich, andere in einer Sprache zu beschimpfen, die sie nicht verstehen.«

Als sie alle Sachen gefunden und in ihre Tasche gestopft hatte, setzte Lori sich auf und tätschelte Jess beruhigend das Knie. »So verlockend es auch war, keine Sorge, ich habe dich nicht beschimpft. Es ist nur so, dass ich das Wort für ›Scheiße‹ in ungefähr zehn Sprachen kenne. Ich bringe es dir gern für deine Reisen bei, wenn du willst?«

Jess sah sie mit großen Augen an. »Heilige Scheiße, daran habe ich gar nicht gedacht! Du bist jetzt meine neue beste Freundin. Wenn Alex dich wegschickt, dann pfeif auf sie und komm mit mir nach Hause. Eigentlich könnte ich auch gleich zurückfahren.« Sie lachte.

Lori sah sie stirnrunzelnd an. »Das war doch bloß ein Witz. Als würde ich mich jemals zwischen euch Turteltäubchen stellen.«

»Hey, wir sollten uns nicht zu früh freuen. Vielleicht bekomme ich immer noch die Tür vor der Nase zugeknallt, weil ich einfach so hier aufkreuze.«

Jess trat auf die Bremse und sie kamen schlitternd vor dem Farmhaus zum Stehen. Abgesehen von einer einzelnen Glühbirne über der Hintertür war es dunkel.

Beide atmeten gleichzeitig tief ein.

Jess griff über die Mittelkonsole nach Loris Hand und drückte sie fest. »Sie weiß es vielleicht nicht, aber sie braucht dich. Du bist der Lichtstrahl, den sie früher nicht hatte, und ich weiß, dass du sie da herausholen kannst.«

Lori erwiderte den Druck. Sie traute ihrer Stimme nicht, also nickte sie einfach und stieg aus dem Auto.

Kapitel 44

Die Dunkelheit um Sean Murray wurde plötzlich von den Scheinwerfern eines Autos durchbrochen, das auf den Pfad zur Farm einbog. Schon bevor er den Wagen aus der Nähe sah, wusste er, wer da kam. Das Auf- und Abhüpfen der Lichter, während das Auto den Weg herauffuhr und jedes einzelne Schlagloch mitnahm, kannte er schon.

Er lauerte hinter einer Hecke und sein kastenförmiges, dunkles Auto war von der Straße aus unsichtbar. Trotzdem duckte er sich hinter das Lenkrad und riskierte nur einen kurzen Blick unter seinem Hut hervor, um sich zu vergewissern, dass es wieder die hübsche Blondine war.

Zufrieden, dass er recht behalten hatte und sie allein war, sah er auf die Uhr seines Armaturenbretts und wartete, bis die Scheinwerfer am Ende der Straße erloschen. Jetzt hieß es warten. Das Warten störte ihn nicht, er hatte sich beim Militär daran gewöhnt. Er hatte die Situation unter Kontrolle, solange er geduldig war und sein Temperament im Zaum hielt. Außerdem gehörte diese gespannte Erwartung auch dazu. Sie bewirkte, dass er sich lebendig fühlte, und schärfte alle Sinne.

Er beobachtete die Farm bereits seit einer Woche, versuchte, ein Muster in den Besuchen der Blondine zu erkennen und herauszufinden, ob er sich um einen Partner oder andere Verwandte Sorgen machen musste. Bisher war sie die einzige regelmäßige Besucherin und er fragte sich, ob sie die Partnerin war. Der Gedanke war eine angenehme Ergänzung seiner Fantasien. Abgesehen davon schien die Letzte der Ryans eher eine Einsiedlerin zu sein und verließ das Haus nur, um zur Scheune zu gehen und die Tiere zu füttern.

Wie immer, wenn er wartete, dachte er an jene Nacht zurück. Die Wut, die er damals gespürt hatte, als die dumme kleine Göre die Waffe auf sie beide gerichtet hatte, war genau dieselbe gewesen wie an jenem Abend, als seine Frau ihn verlassen hatte. Diese Hure hatte gedacht, sie könnte einfach gehen. Ihre Söhne mitnehmen und bei diesem Mistkerl leben, ohne einen Preis dafür zu bezahlen. Beth hatte gedacht, dass sie ihn überwältigen, dass eine Schusswaffe ihn aufhalten könnte.

Er rutschte tiefer in den Sitz und schloss einige Minuten lang die Augen. Die Blondine würde eine Weile brauchen. Er würde sie kommen hören. Er erinnerte sich, wie unschuldig Beth ausgesehen hatte – ein Kind, das in etwas hineingeraten war, wofür es nicht bereit gewesen war. Er sah die Angst auf ihrem Gesicht und ihre trotz der Waffe zitternden Schultern. Der restliche Raum war in den Hintergrund getreten, bis es so schien, als ob er und sie allein gewesen waren. Als der Lauf auf ihn gezeigt hatte, hatte er keine Angst verspürt, sondern Aufregung. In ihr hatte er das Gesicht jeder Frau gesehen, die versucht hatte, ihn zu Fall zu bringen.

Er griff in seine Hose und stellte sich vor, wie ihr der Schweiß von der Stirn in die Haare sickerte. Der Duft nach Erdbeeren stieg ihm in die Nase. Nicht einmal der Blutgeruch hatte ihn überdecken können, als er sich über ihren leblosen Körper gehockt hatte. Er atmete tief ein und erneut durchströmte ihn der Rausch, den er damals verspürt hatte, als der Moment gekommen war.

So nah an der Farm waren seine verblassten Erinnerungen zu neuem Leben erwacht. All die Wut war damals beim ersten Messerstich in ihre Brust aus ihm herausgeflossen. Er war sofort süchtig danach geworden und hatte wieder zugestochen. Beths Schreie konnte er heute noch hören. Er hatte ihr Blut förmlich im Mund geschmeckt und gespürt, wie es ihm seidenweich durch die Finger lief. Ihre aufgerissenen Augen hatten gebrochen an ihm vorbeigesehen, das Licht in ihnen war erloschen. Er spürte, wie sich in seiner Hose Druck aufbaute, als er sich an jeden einzelnen Stich erinnerte, bis das Geräusch seiner Klinge, die ein letztes Mal in die Haut drang, ihn befriedigt erbeben ließ.

Sie hatte gedacht, ihn überwältigen zu können. Sie hatte sich geirrt.

Sie war die Erste, aber nicht die Letzte gewesen. Eine süße Kirsche auf einem Berg namenloser Frauen. Eine wie sie hatte es danach nie wieder gegeben. Er hatte schnell erkannt, dass der Rausch seines ersten Mals nicht wiederkehren würde, aber das hielt ihn nicht davon ab, es weiterhin zu versuchen.

Er lehnte den Kopf zurück, zog ein Taschentuch hervor und säuberte sich. Er öffnete ein Fenster und zündete das Tuch an, beobachtete, wie es sich in den Flammen zusammenkrümmte, bevor er die brennenden Aschefetzen zu Boden flattern ließ.

Nicht zum ersten Mal tröstete er sich damit, dass sie es verdient hatte. Sie hatte ihm keine andere Wahl gelassen, als sie die Waffe auf seinen alten Herrn gerichtet hatte.

Und jetzt war sein Gesicht das bekannteste in ganz Großbritannien und er wusste, dass seine Zeit bald abgelaufen sein würde. Er hatte Alex auf der Titelseite einer Zeitung gesehen und die Ähnlichkeit mit Beth hatte ihn unerwartet erwischt. Die Gelegenheit war zu gut, um sie sich durch die Finger gleiten zu lassen. Er dachte an seine Ex-Frau. Er bereute nur, dass sie wahrscheinlich nie dafür bezahlen würde, was sie ihm angetan hatte.

Alex aber schon.

Schließlich hatte er immer noch die Kontrolle.

Er konnte sein Ende immer noch selbst wählen.

Kapitel 45

Alex hörte den Motor, noch bevor die Scheinwerfer im vorderen Fenster des Musikzimmers aufleuchteten. Sie seufzte, als sie Jess' winziges Auto an dem Geräusch erkannte, und wappnete sich für einen weiteren Vortrag. Im Dunkeln tappte sie in die Küche, kippte ihren Whisky in die Spüle und füllte das Glas mit Wasser. Da sie wusste, dass ihre Freundin ohne anzuklopfen hereinplatzen würde, hielt sie es für besser, ihr nicht noch Munition zu geben. *Es ist ja nicht so, als hätte sie davon nicht schon genug.*
Sie war überrascht, als die Hintertür aufging und zwei Stimmen zu hören waren. Sie lief in den Flur, als das Licht anging, und da stand Jess.
Und Lori.
Alex stand wie angewurzelt. Unfähig, sich zu bewegen.
Lori.
Nicht einmal die stete Zufuhr an Alkohol hatte geholfen, die Gedanken an Lori zu vertreiben. Irgendwann war Alex klar geworden, dass Lori das Einzige war, das das, was im Moment passierte, von ihrer Situation vor acht Jahren unterschied. Wenn Alex in ihren Albträumen von jener Nacht an Beths Stelle gefangen war oder Rachepläne gegen die Murrays schmiedete, konnte sie sich mit Gedanken an Lori beruhigen.
Und jetzt war Lori hier.
Zuerst hatte sie versucht, jener Nacht nicht nachzuhängen, die sie miteinander verbracht hatten. All diese Gefühle, die sie empfand, waren zusätzlich zu allem anderen, was im Moment in ihren Leben passierte, einfach zu viel. Sie konnte Lori nicht die Zeit und Energie widmen, die sie verdient hatte.
Aber in den letzten Nächten waren Stellas Worte durch den Nebel gedrungen und sie hatte sich erlaubt, sich an die simple Freude zu erinnern, in der Schutzhütte an Loris Schulter einzuschlafen, oder wieder dieses Kribbeln zu spüren, als Lori zum ersten Mal ihr Grübchen geküsst hatte. In Gedanken war sie immer wieder zu ihrer gemeinsamen Nacht in London zurückgekehrt und hatte fast Loris Körper dicht an ihrem gespürt. Wenn der Schlaf ausblieb, spielte sie diese Nacht immer und immer wieder durch

und wünschte, sie wäre wieder dort. Die Erinnerungen brachten ihr Trost. Halfen ihr wenigstens kurz, etwas leichter zu atmen, und vertrieben die düsteren Gedanken aus ihrem Kopf, wenn auch nur für wenige Sekunden.

Sie wusste, dass sie es war, die Lori von sich gestoßen hatte. Aber wie könnte Lori eine Frau lieben, die innerlich so kaputt war? Eine gemeinsame Nacht, egal, wie besonders sie gewesen war, verpflichtete Lori nicht dazu, sich mit Alex' endlosem Albtraum herumzuschlagen.

Sie hatte darüber nachgedacht, was sie hätten haben können und was sie sich in Loris Armen, mit ihrem warmen Atem im Nacken, für sie beide erhofft hatte. Bei dem Verlust hatte ihr Bauch protestiert und ihre Brust sich verkrampft.

Alex blinzelte.

Lori stand vor ihr.

Echt und greifbar. Im Hier und Jetzt. In ihren Augen schwammen Tränen, während sie nervös an ihrer Unterlippe kaute.

All die Gründe, Lori nicht mehr zu sehen, spielten keine Rolle mehr. Wie hatte sie so dumm sein können, zu denken, dass es richtig wäre, Lori zu ignorieren? Sie sagte kein Wort, trat einfach in die Geborgenheit der Arme, die Lori ausgestreckt hatte. Erleichterung durchströmte sie, als sie den vertrauten sanften Honigduft einatmete und Loris Wärme sie einhüllte.

»Es tut mir leid, Lori. Es tut mir so leid«, sagte sie immer wieder an ihrer Schulter, bevor die Tränen sie überwältigten und die Trauer ihren Körper schüttelte.

Lori hielt sie fest und drückte sanfte Küsse auf ihren Scheitel. »Schh, Süße, schon gut. Ich bin ja jetzt da.«

Alex sah kurz zu Jess, die sie anlächelte. Sie erwiderte das Lächeln und formte lautlos ›Danke‹ mit den Lippen, bevor sie die Arme fester um Lori schlang. Sie ließ nicht los, auch nicht, als Jess ihr einen Luftkuss zuwarf und zur Tür ging.

Kapitel 46

Es war nahezu Mitternacht, aber egal, wie müde sie war, ihr gemütliches Hotelbett war das Letzte, woran Stella dachte. Sie versuchte erneut, Jess telefonisch zu erreichen und fluchte, als sie direkt auf deren Mailbox landete. Wahrscheinlich war Jess noch im Auto, aber Stellas Geduldsfaden war kurz davor, zu reißen.

Sie tippte eine Textnachricht.

Wie ist es gelaufen? Bist du noch auf der Farm?

Als ihr Handy fast sofort piepte, gab sie mit fahrigen Fingern den PIN ein und vertippte sich zweimal. Sie zwang sich, tief durchzuatmen, um sich zu beruhigen, und versuchte es dann erneut.

Jess war zu Hause angekommen.

Stella rief sofort an und klickte wild mit einem Kugelschreiber herum, während sie darauf wartete, dass Jess abhob.

»Meine Güte, sind wir aber ungeduldig«, meldete sie sich. »Ich wollte anrufen, sobald ich pinkeln war. Ich bin gerade fast hingefallen, weil ich so schnell deinen Anruf annehmen wollte.«

»Wieso um alles in der Welt bist du …«

»Mein Zimmer ist ein verdammtes Chaos. Hör mal, das darfst du Alex nicht sagen, aber ich habe endlich meine Reise gebucht. Ich habe das nächste Jahr Urlaub bekommen und reise in ein paar Wochen ab. Daher das Chaos, ich bin schrecklich im Packen.«

»Du gehst weg?« Stella war überrascht. Laut Lori waren Alex und Jess unzertrennlich und Jess würde ihre Freundin doch nicht mitten in einer Krise allein lassen.

»Nein, natürlich nicht sofort. Aber wenn das vorbei ist, ja, dann bin ich weg. Ich habe so lange auf diese Reise gewartet.«

»Na klar, das habe ich falsch ausgedrückt. Ich schätze, in Loris Erzählungen hat es so geklungen, als kämen du und Alex immer nur im Doppelpack.«

»Na ja, normalerweise stimmt das auch und ich bin ziemlich sicher, dass ich sie schrecklich vermissen und in ein paar Wochen wieder zu Hause sein werde, aber ich werde es wenigstens versuchen. Sie steht bei mir an erster Stelle, aber weißt du, jetzt hat sie Lori. Sobald dieser Mistkerl hinter Gittern ist, wo er hingehört, können sie anfangen, sich gemeinsam ein Leben aufzubauen, und ich werde in dem Wissen gehen können, dass es ihr gut geht.«

»Ich verstehe, Jess. Wirklich. Ich nehme an, auf der Farm ist es gut gelaufen?«

»Stella, du hättest Alex' Gesicht sehen sollen, als sie uns beide gesehen hat. Ich bin nicht lange geblieben, aber ich mache mir keine Sorgen. Wie auch immer, ich wollte dich nicht ablenken. Was gibt's, Detective?«

»Schon gut. Ich bin froh, dass du auch auf dich achtest, Jess.«

»Na, ich halte mich mit der Vorfreude noch zurück, außer du rufst an, weil ihr ihn geschnappt habt?« In Jess' Stimme lag Hoffnung.

Stella konnte aber auch hören, dass sie nicht wirklich ein Ja erwartete. »Wir haben Infos zu Sean Murrays möglichem Verbleib und ich wollte zuerst mit dir sprechen, um zu hören, wie es mit Lori und Alex gelaufen ist.«

»Gott, Stella, warum hast du mein blödes Gerede übers Reisen nicht unterbrochen? Was ist los? Du klingst besorgt.«

»Hast du irgendwelche verdächtigen Fahrzeuge bemerkt, die in der Nähe der Farm geparkt waren? Vielleicht an einer Seitenstraße oder einem Feldweg?«

»Nein. Kannst du mir nicht einfach erzählen, was zum Teufel du weißt? Wo ist er?«

»Tut mir leid. Ja. Also, ich will dich nicht in Panik versetzen, aber wir glauben, Sean könnte vorhaben, zur Farm zurückzugehen. Tatsächlich besteht die Möglichkeit, dass er sie die ganze Zeit über beobachtet hat und in der Gegend ist.«

Am anderen Ende der Leitung war es still. Sie konnte sich gar nicht vorstellen, welche Gedanken Jess durch den Kopf gingen.

»Stella, woher weißt du das?«

»Na, im Moment ist es nur eine Theorie, aber zuerst einmal wurde auf einer Farm in der Nähe eingebrochen und wer auch immer es war, hat nur ein Auto, Werkzeug und eine Schusswaffe gestohlen.«

»Scheiße.«

»Genau das habe ich auch gesagt. Hannah und ich haben stundenlange Kameraaufnahmen von örtlichen Tankstellen und Supermärkten durchforstet und haben vielleicht einen Treffer. Der Kerl scheint der Kamera immer absichtlich den Rücken zuzudrehen, aber das Auto und die Beschreibung passen, auch wenn wir sein Gesicht nicht sehen konnten. Die Aussage des Tankstellenmitarbeiters hat es für mich entschieden. Er sagt, er erinnert sich an das Auto, weil der Fahrer weg ist, ohne zu zahlen, aber als er dann rausgerannt ist, hat er Bargeld auf der Zapfsäule gefunden. Er dachte, es wäre jemand, der nicht gut mit anderen Leuten zurechtkommt.«

»Ich verstehe nicht.« Panik hatte sich in Jess' Stimme geschlichen. »Warum sollte er an den Tatort zurückkehren? Alex war in jener Nacht nicht einmal da, sie könnte ihn gar nicht identifizieren.«

Stella stieß einen Seufzer aus und warf frustriert eine Hand in die Luft. »Fuck, wer weiß das schon, Jess? Meine Vermutung ist, dass er geschnappt werden will und vorhat, mit Pauken und Trompeten unterzugehen. Er muss Alex im Fernsehen oder in der Zeitung gesehen haben.«

Am anderen Ende der Leitung raschelte es dumpf. Dann sagte Jess: »Ich fahre wieder raus. Hast du Alex oder Lori angerufen? Hast du sie gewarnt?«

»Nein, Jess, fahr nicht zurück. Ich habe es schon bei beiden versucht, da bin ich nur auf der Mailbox gelandet.«

»Scheiße.«

»Keine Panik. Ich weiß, dass Lori dazu neigt, ihr Handy stumm zu stellen, wenn sie nicht gestört werden will. Ich wette, Alex hat es genauso gemacht, damit sie Zeit zum Reden haben.«

»Da draußen läuft ein Verrückter herum.«

»Ich weiß, aber Lori hat jetzt bestimmt andere Dinge im Kopf. Du hast sie gesehen, Jess. Ihre oberste Priorität ist Alex.«

»Das beruhigt mich nicht gerade, Stella.«

»Na, dann vielleicht das: Ich fahre jetzt zur Farm und rufe noch mal an, wenn ich unterwegs bin. Ich könnte mich irren und will nicht, dass sie sich unnötig Sorgen machen. Wir haben keine handfesten Beweise, dass das sein Plan ist, nur Indizien und Spekulationen. Ich konnte die hohen Tiere nicht mal davon überzeugen, einen Streifenwagen zur Farm zu schicken …«

»Machst du Witze? Erwartest du wirklich, dass ich einfach hier rumsitze und darauf warte, dass ich wieder so einen Anruf bekomme wie damals von Alex?«

Stella schloss die Augen. Sie konnte sich nicht einmal vorstellen, so einen Anruf von Lori zu bekommen. »Nein, natürlich nicht, Jess. Du hast recht. Ich bin in einer Stunde oder so auf der Farm, um die Uhrzeit sollten die Straßen nicht allzu voll sein.«

Stella schnappte sich ihre Schlüssel und machte sich auf den Weg. So, wie es sich anhörte, tat Jess es ihr gleich.

»Ich bin unterwegs. Beeil dich einfach. Okay?«

»Okay. Fahr vorsichtig, Jess. Anscheinend bist du eine schreckliche Autofahrerin.«

»Ja, ja, mach ich. Ach, und Stella?«

»Ja?«

»Bring diese heiße, junge Polizistin mit.«

Stella schüttelte den Kopf. Unglaublich, dass Jess trotz der Situation noch einen frechen Kommentar auf den Lippen hatte. Sie steckte das Handy weg und sammelte auf dem Weg zur Tür hinaus noch Constable Wallace ein.

Kapitel 47

Alex ließ die Arme im heißen Wasser hin und her gleiten. Sie hob eine Handvoll Seifenblasen in der hohlen Hand hoch und blies sie in Loris Richtung. »Das war eine gute Idee. Danke.«

Lori lächelte sie vom Rand der Badewanne aus an und wischte sich ein paar Seifenblasen von der Wange. Sie wedelte mit ihrem Handy vor Alex herum. »Ich habe beide auf Lautlos gestellt. Ich weiß nicht, wie es dir geht, aber ich brauche eine Nacht mit dir und nur dir. Ich hoffe, das ist in Ordnung?«

»Das ist mehr als in Ordnung.«

»Gut und das hier«, sie deutete aufs Wasser und fuhr fort, »ist nur Phase eins. Phase zwei beinhaltet eine warme Mahlzeit und ein großes Glas Rotwein.«

»Wow, du erlaubst mir Wein? Sag das ja nicht Jess, sonst schickt sie dich gleich nach London zurück.«

»Na ja, wenn ich ihn dir vorenthalte, dürfte ich wohl selbst keinen trinken und ich brauche dringend ein Glas Wein.«

Alex kicherte und sank bis zum Kinn ins Wasser. »Jess' Fahrstil?«

Lori strich mit einem Finger durch eine Traube aus Blasen und runzelte die Stirn. »Eher die Sorge, dass du mich vielleicht nicht sehen willst. Aber ja, Jess' Fahrstil habe ich auch nicht ganz unbeschadet überstanden.«

Alex konnte den Blick nicht von ihr abwenden.

Loris Augen leuchteten im Kerzenlicht auf eine Art und Weise, die Alex ganz warm werden ließ.

»Es tut mir so leid, Lori. Ich weiß, ich habe dich schlecht behandelt und hätte an dem Wochenende nicht weglaufen sollen. Tatsächlich verstehe ich noch immer nicht, warum du nach meinem Verhalten der letzten Wochen überhaupt hergekommen bist.«

Lori ertastete im Wasser ihre Hand und verschränkte ihre Finger miteinander. »Ich will ehrlich sein. Als du nicht mehr auf meine Nachrichten reagiert hast, habe ich fast aufgegeben. Ich habe mir eingeredet, es wäre nur ein One-Night-Stand und du wärst mit deinen echten Freunden hier und würdest mich nicht brauchen. Dass die Sache mit mir ein Fehler gewesen wäre, den du ganz offensichtlich bereust und mit dem du dich neben allem anderen nicht auch noch herumschlagen wolltest.«

Die Trauer auf Loris Miene traf Alex tief. Dass sie ihr das Gefühl gegeben hatte, so wertlos zu sein und nur benutzt zu werden, das würde sie sich nie verzeihen. Denn eigentlich war das Gegenteil der Fall gewesen: Jene Nacht hatte ihr Leben tief berührt. Lori machte ihr Leben besser. »Du weißt hoffentlich, dass das nicht stimmt?«

Lori küsste Alex' Hand und drückte sie fest. »Natürlich. Ich habe noch nie so empfunden wie in jener Nacht und irgendwie war mir auch klar, dass es nicht einseitig sein konnte. Die kalte Schulter, die du mir gezeigt hast, war schwer zu verkraften. Aber auf logischer Ebene verstehe ich sogar, warum du weggelaufen bist. Ich kann nicht behaupten, dass ich nachvollziehen kann, was du fühlst. Ich glaube, das kann niemand sagen, der oder die nicht an deiner Stelle war. Aber ich ahne, wie überfordernd das alles für dich sein muss. Allerdings muss ich auch gestehen, Alex, dass du so weggelaufen bist … das hat mir ein beschissenes Gefühl gegeben.«

Die Worte taten Alex körperlich weh. Sie verzog das Gesicht. »Ich glaube, ich kann gar nicht oft genug sagen, wie leid mir das tut, Lori. Es tut mir wirklich leid. Ich habe nicht klar gesehen und mir ist nie in den Sinn gekommen, dass mein Verhalten unseren Abend in ein so schäbiges Licht gerückt hat. In meinem Kopf war diese Nacht alles andere als das. Sie war etwas Besonderes und du bist auch etwas Besonderes. Das weißt du doch?«

»Ich weiß, aber in dem Moment …«

Alex zog eine Braue hoch. »Verwirrend, hm?«

Lori lächelte sie an. »Ich will nicht länger darüber nachdenken. Jetzt bin ich hier, wir sind zusammen und ich freue mich so, dich zu sehen. Aber ja, verwirrend ist es und da schwirren noch Tausende andere Gefühle durcheinander.«

»Willst du darüber reden?«

Lori blies ihre Wangen auf und stieß den Atem langsam aus.

Alex war nicht sicher, ob sie hören wollte, was gleich kommen würde.

»Ich habe mich gefühlt, als ob … oh, ich weiß nicht, Alex. Ich schätze, als wäre das gar nicht für mich bestimmt gewesen. Da war plötzlich diese ganz neue Geschichte in meinem Kopf, wie meine Zukunft aussehen könnte, und sie war so anders. Es war überwältigend.«

Jetzt war Alex verwirrt. »Würdest du mir das genauer erklären?«

Lori seufzte. Sie starrte in eine Kerzenflamme, während sie nach den richtigen Worten suchte. »Ach, komm, genießen wir einfach den Moment. Reden können wir später. Eigentlich sollte ich mich um dich kümmern und dir zuhören.« Sie lächelte Alex wieder an. »Wie wäre es mit Wein?«

Sie wollte aufstehen, aber Alex hielt ihre Hand fest und zog sie zurück. Sie setzte sich auf und strich Lori eine Haarlocke hinter das Ohr. »Lori, ich brauche nichts. Wir sind gerade ganz allein auf der Welt. Sag es mir.«

Lori setzte sich wieder und malte mit einem Finger Kreise ins Wasser. »Ich schätze, bevor das mit Andrew in die Brüche gegangen ist, habe ich meine Zukunft immer mit ihm gesehen, mein ganzes Leben vorgeplant wie das aller anderen. Ich dachte, früher oder später wäre ich bereit, meine Unabhängigkeit für etwas aufzugeben, das mir von allen Seiten als *besser* angepriesen wurde. Ich hätte dann einen Ehemann und ein Haus und Kinder. Haustiere und Fahrten zur Schule, Diskussionen darüber, wo wir Weihnachten verbringen sollten. Ich würde die ideale Mutter und Ehefrau sein. Ich würde Wochenenden in den Bergen opfern und glücklich jegliche Spontaneität aufgeben, weil all diese Dinge mich erfüllen würden. Ich fühlte mich sicher in diesen Gedanken, weil ich die klassische Familie haben würde, die ich als Kind nicht hatte.« Sie sah auf ihre verschränkten Hände hinab. »Was ich wohl sagen will, ist, dass der Gedanke daran, das alles loszulassen, entmutigend war. In meiner Zukunft hättest du nie auftauchen sollen. Und ich habe dich ganz sicher nicht kommen sehen.«

Alex ließ ihre Hand los und legte die seifigen Hände an Loris Wangen, damit ihre Blicke sich trafen. »Aber siehst du nicht, Lori, dass du das immer noch haben kannst? Ich meine, den Ehemann natürlich nicht.« Sie kicherte. »Sag mir, was uns davon abhält, uns so eine Zukunft aufzubauen? Was du gerade beschrieben hast, ist alles, was ich je wollte, seit ich meine Familie verloren habe, auch wenn ich es mir selbst nicht eingestehen konnte. Der einzige Unterschied ist, dass ich es mir mit einer Frau vorgestellt habe.«

Lori stiegen Tränen in die Augen. »Jetzt weiß ich das. Jetzt bin ich hier und bei dir. Aber ich hatte Angst, Alex. Obwohl ich mich jetzt albern fühle, weil du so tapfer mit allem umgehst, was passiert ist.«

»Ich? Tapfer? Machst du Witze, Lori? Ich habe mich die ganze Zeit nur versteckt. Du hast gerade das ganze Land für eine Frau durchquert, die dich nur weggestoßen hat. Du hast selbst gesagt, dass du Angst hattest. Aber du bist trotzdem hergekommen. Du bist diejenige, die nicht aufgegeben hat, verglichen mit dir bin ich also ein Feigling.«

»Aber ...«

»Ich bin noch nicht fertig.« Sie strich mit den Fingern durch Loris Haare und liebkoste ihren weichen Hals. »Ich habe die letzten acht Jahre im freien Fall verbracht, ohne mich an etwas festhalten zu können. Die ganze Zeit über habe ich nur so getan, als würde ich in der echten Welt leben, indem ich mein Haus mit Freunden und Tieren gefüllt, und gehofft habe, dass die Taubheit irgendwann vergehen würde. Aber am Ende des Tages fahren sie nach Hause und ich bin immer noch allein. Mir bleiben nur Wut und das Leid, zusammen mit der Frage, die mich jeden Tag wieder heimsucht: Warum meine Familie?«

Alex streichelte ihre Haare, als Lori ein Schluchzen unterdrückte. Sie wollte ihr unbedingt vermitteln, wie wichtig sie ihr war, etwas, das Alex vor Kurzem endlich selbst erkannt hatte. Nichts spielte mehr eine Rolle, außer dass Lori hier bei ihr war und dass sie zusammen waren. Sie war noch nicht geschlagen. Er hatte nicht gewonnen. Denn vor ihr saß eine Frau, die sie in ihrem Leben haben wollte, dank der sie begriffen hatte, dass das Leben weiterging und dass sie glücklich sein konnte. »Die Dunkelheit ist immer zurückgekommen, Lori. Die Leere und die Selbstzweifel und die Angst, weil alle meine Lieben mir genommen wurden.«

Behutsam wischte sie die Tränen von Loris Wangen und legte die Lippen auf ihre, schloss die Augen bei der Zärtlichkeit, die in dem Kuss lag, und versank darin wie vorhin im warmen Wasser.

»Wow«, hauchte Lori an ihrem Mund. Sie hielt die Augen noch geschlossen.

»Gleichfalls wow«, flüsterte Alex. Sie behielt die Hände, wo sie waren, und streichelte mit den Daumen über Loris Wangen, Augenlider und Lippen. »Du hättest deine Mum nicht mit fünf Jahren verlieren sollen. Du hättest auch nicht von deinem Dad getrennt und verlassen werden sollen. Beides ist schrecklich und es tut mir so leid, dass du das durchmachen musstest. Aber du warst tapfer und bist stärker daraus hervorgegangen.« Sie lächelte wieder. »Du sagst, das hätte nicht passieren sollen, aber ich bin anderer Meinung. Sei einfach weiterhin mutig und glaub mir, dass wir das durchstehen können. Ich möchte, dass du an uns glaubst. Weißt du, warum?«

»Warum?«, schniefte Lori und wieder flossen Tränen.

»Weil ich dich liebe«, flüsterte Alex ihren eigenen Tränen zum Trotz. »Und ich glaube, es war mir bestimmt, dich kennenzulernen.«

Kapitel 48

Sean hatte beobachtet, wie die Blondine singend weggefahren war, offensichtlich ohne etwas von seiner Anwesenheit zu ahnen. Über eine Stunde verging, in der verschiedene Lichter im Haus an- und ausgingen, bis nur noch ein schwacher Schein aus einem Zimmer drang, das vermutlich ihr Schlafzimmer war. Er kannte das Haus ja und wusste, dass sich an diesem Ende die Schlafräume befanden, die sie bei seinem ersten Besuch durchsucht hatten.

Es war inzwischen nach ein Uhr nachts. Sicherlich spät genug, dass keine weiteren Gäste auftauchen würden.

Er öffnete die Sporttasche im Kofferraum des Autos, prüfte erneut seine Ausrüstung, legte die Schrotflinte hinein und zog den Reißverschluss ganz zu.

Das Scharnier des Kofferraumdeckels knarzte, als er ihn langsam senkte, bis er ihn fallen lassen konnte, damit das Schloss einrastete. Nicht, dass es eine Rolle spielte, ob er verschlossen war oder nicht. Nichts darin war es wert, gestohlen zu werden, und er würde nicht zurückkommen. Er schlang sich die Tasche über die Schulter, zog das Messer aus seinem Gürtel und fand den vertrauten Pfad. Er hätte nie gedacht, dass er einmal dorthin zurückkehren würde, wo alles begonnen hatte, um seinen ersten Mord noch einmal zu durchleben.

Stetig lief er voran, behielt eine ruhige Atmung bei und blieb alle paar Meter stehen, um zu lauschen. Er wusste, dass sich ein Hund auf der Farm befand, und konnte nicht sicher sein, dass er sich im Haus aufhielt.

Sean erreichte schließlich die Scheune und fragte sich, ob die Hasenfigur noch an der Hintertür stand. Er glaubte nicht, dass es diesmal so leicht werden würde. Er wollte gerade zur hinteren Veranda sprinten, als ein vertrautes Klappern aus dieser Richtung ihn zurückhielt. Die Tür hatte eine Hundeklappe.

Er hörte das Bellen, bevor er den braunweißen Schatten auf sich zurennen sah. Mit dem Rücken zur Scheune wappnete er sich und als der Hund auf ihn zusprang, tat er es ihm gleich. Beim Aufprall zuckte die

Klinge in seiner Hand. Er hielt sie auch dann noch fest, als das Gewicht ihn hinabzog.

Einen Moment später war es vorbei.

Der Hund fiel mit einem Jaulen vor ihm zu Boden. Langsam zog er das Messer aus seinem Körper und wischte das Blut an seiner Militärhose ab. Dem Hund entkam ein kleiner Klagelaut, bevor er die Augen schloss und leise hechelnd zu winseln begann.

Es bereitete ihm kein Vergnügen, den Hund zu töten. Es war unwesentlich, nur ein Hindernis, das er überwinden musste. Er lauschte. Es war genau wie in jener Nacht. Wasser plätscherte im Bach und Eulenrufe hallten über das Feld.

Eine Gänsehaut, die nichts mit der Kälte zu tun hatte, überzog Seans Arme. Eine milde Brise brachte den Geruch feuchten Heus mit sich. Abgesehen davon war die Nacht ruhig. Er wartete einen Moment, unsicher, ob da draußen noch jemand oder etwas lauerte. Sean schob sich weiter an der Scheune entlang. Der Hund würde bestimmt nicht mehr bellen.

Zur Linken des Hofs flammte ein Licht auf.

Im Fenster erschien das Gesicht einer Frau, die für einen Moment in die Dunkelheit hinaussah. Er war sicher, dass sie ihn nicht bemerkte, hielt den Blick aber weiterhin auf das Fenster gerichtet, während er sich an der Scheunenwand bis zu einer kleinen Tür vortastete. Mit angehaltenem Atem schob er den Bolzen zurück. Als er die Tür aufschob, quietschten die Scharniere. Er hielt inne. Hatte sie es gehört? Als alles ruhig blieb, huschte er in die Scheune.

Während er durch einen schmalen Spalt lugte, hörte er, wie der Hund heftig zu hecheln begann. Die Frau sah sich ein letztes Mal um, bevor sie die Vorhänge zuzog.

Er war wütend auf sich selbst. Er biss die Zähne zusammen, schluckte gegen die bittere Galle in seiner Kehle an. Auf den Hund war er vorbereitet gewesen, aber die Frau, die er gesehen hatte, war nicht Alex Ryan gewesen und er verstand nicht, wie sie von ihm unbemerkt ins Haus gekommen war. Fuck. Er erlaubte sich einen Moment, um in der Scheune auf und ab zu laufen und den widerlichen Geschmack im Mund auszuspucken. Erneut stieg Galle hoch, zusammen mit der Angst, zu früh geschnappt zu werden. Er würde sie einfach in seinen Plan einbeziehen müssen. Er war ein Soldat, hatte in Kriegen gekämpft und gelernt, dass eine Mission nur selten nach Plan verlief. Aber er war klug genug, um sich anzupassen.

Sean blieb stehen, holte eine Taschenlampe aus der Tasche und sah sich im Licht des schmalen Kegels in der Scheune um. In einem Gehege in der Ecke hauste offenbar eine Ziege, die schlafend im Heu lag. Die Hühner gackerten leise in ihrem Haus, aber die Klappe nach draußen war geschlossen.

In einer Ecke stapelten sich ein paar Tische und Stühle. Er stellte zwei Stühle sowie einen Tisch für sein mitgebrachtes Werkzeug mitten im Raum auf. Dann räumte er die Tasche aus und legte auch die Schrotflinte auf den Tisch. Eine Pistole, die er seit seiner Zeit beim Militär besaß, schob er sich in den Hosenbund. Als weitere Waffe hatte er ein Messer, das immer in der Scheide an seinem Gürtel hing,

Sean schaltete die Taschenlampe aus.

»Frank«, rief eine Frauenstimme. »Wo bist du, Junge?«

Er erstarrte. Verdammt. Dann spähte er wieder durch den Spalt in der Tür, als die dunkelhaarige Frau, die er vorhin am Fenster gesehen hatte, auf die Scheune zuging.

»Komm schon, Frank! Die Chefin hat deine Klappe offen gelassen und du darfst heute im Haus bleiben, also nutz deine Chance. Pedro, bist du da draußen und schikanierst ihn?«

Er sah, wie sie plötzlich in Richtung des inzwischen reglosen Hundes stürzte und wieder seinen Namen rief, bevor sie offenbar das Blut bemerkte und aufschrie.

»Oh Scheiße, Frank, was ist nur passiert, Junge? Wer hat dir das angetan?« Sie schaute sich hektisch um und presste die Hände auf die klaffende Wunde. Sie zog ihren Kapuzenpulli aus und wickelte den Hund vorsichtig darin ein, bevor sie die Ärmel fest über der Wunde verknotete.

Der Hund jaulte auf. Die Frau zuckte zusammen.

Unglaublich, dass der verdammte Köter noch am Leben war.

Sie hatte der Scheunentür den Rücken zugewendet und rief nach Alex.

Schnell legte er ihr eine Hand fest über den Mund. Drückte ihr mit der anderen Hand die Pistole an den Kopf. »Wehe, du versuchst irgendwas«, stieß er leise zwischen den Zähnen hervor.

Er zog sie auf die Füße. Sie wehrte sich nicht. Macht strömte durch seine Adern, genau wie in jener Nacht damals. Er war unverwundbar. Und gierig. Bis jetzt hatte er noch nie zwei in einer Nacht gehabt.

Er zerrte sie ihn die Scheune. Dann warf er sie in Richtung der Stühle auf den Boden und zielte mit der Pistole auf ihren Kopf. »Hinsetzen«, knurrte er.

Während sie gehorchte, hielt er die Pistole weiterhin auf sie gerichtet und ging dann zu dem Klebeband, das auf dem Tisch lag. »Wir müssen reden, du und ich.«

Kapitel 49

Müde kletterte Alex ins Bett und machte es sich gemütlich.

Als draußen ein Schrei erklang, hob sie den Kopf. Suchte Lori noch nach Frank? Sie trat ans Fenster und starrte in den Hof – keine Spur von den beiden.

Sie öffnete das Fenster und lauschte wieder. Alles war still. Alex stellten sich die Nackenhaare auf. Es war zu still.

»Lori?«, rief sie in den Flur, obwohl sie ahnte, dass sie keine Antwort bekommen würde. »Frank?« Sie wartete noch einen Augenblick, aber auch er blieb verschwunden.

Als sie sich wieder ans Fenster stellte, legte sich die Dunkelheit auf der anderen Seite des Glases um sie, umfing sie mit festem Griff. Ihr Bauch verkrampfte sich. Sie versuchte, irgendetwas auf dem Hof zu erkennen, sah aber nichts außer Dunkelheit und Schatten.

Alex lauschte angestrengt, aber die Stille der Nacht wurde nur von ihren eigenen flachen Atemzügen durchbrochen. Sie erinnerte sich daran, wie ihre Mum die Stille beschrieben hatte, nachdem die Männer gegangen waren. Als ihr Mann und ihre Tochter leblos vor ihr gelegen hatten. Wie sie am ganzen Körper erstarrt war und sich verzweifelt gewünscht hatte, aus diesem schrecklichen Albtraum aufzuwachen.

Panik stieg in ihr auf. Alex drängte sie mühsam zurück. Die Angst, wieder jemanden zu verlieren, kehrte zurück. Würde es sich immer so anfühlen? Immer, wenn Lori das Haus verließ oder nicht bei ihr war? Würde die Angst jemals verblassen?

Sie schüttelte sich. Lori jagte wahrscheinlich nur Frank hinterher, der zweifellos die Fährte eines Fuchses oder Dachses aufgenommen hatte.

Das beruhigte sie vorerst etwas. Sie versuchte, die bekannten Schatten von den unbekannten zu trennen. Ihre Haut kribbelte erneut und das Adrenalin tat seine Wirkung. Irgendetwas fühlte sich falsch an und sie musste diesem Gefühl vertrauen. Das hier war keine unbegründete Paranoia.

Tief im Inneren hatte Alex immer gefürchtet, dass der Mörder ihrer Familie eines Tages zurückkehren würde. Also hatte sie sich vorbereitet. Sie hatte trainiert. Sie hatte gelernt. Kämpfen, Schießen, Jagen. Sie hatte sich auf den Tag vorbereitet, an dem sie Beths Mörder gegenüberstehen würde. Würde sie töten oder sterben? Sie wusste es nicht. In ihren dunkelsten Momenten fragte sie sich, ob sie stark genug sein würde, abzudrücken – wie Beth –, obwohl sie wusste, was ihrer Schwester in den verheerenden Sekunden danach zugestoßen war.

Würde sie einem Mann in die Augen sehen und seinem Leben ein Ende setzen können? Einem Mann, von dem sie wusste, dass er ein Mörder war ... Konnte sie gleichzeitig Richterin, Jury und Henkerin sein? Sie wusste es nicht. Sie hoffte, es nie herausfinden zu müssen. Aber wenn Alex etwas mit Sicherheit wusste, dann dass sie nicht kampflos untergehen würde. Und schon gar nicht würde sie zulassen, dass Lori etwas geschah.

Sie zog Jeans und einen Pulli über, ließ das Licht im Schlafzimmer brennen und steuerte das Musikzimmer an. Sie lief geduckt, hielt sich von den Fenstern fern und ließ das Licht überall sonst ausgeschaltet.

Lori war eindeutig nicht im Haus.

Ihr Blick fiel auf das Bild von Beth. Im schummrigen Mondlicht sah sie es nur verschwommen, als sie leicht auf einen schmalen Schalter im Schrankfach darunter drückte. Nachdem sie den Schlüssel abgezogen hatte, der hinten an das Bild geklebt war, öffnete sie die Metallkiste und holte die Pistole heraus, die darin versteckt war. Sie überprüfte sie routiniert, bevor sie sie lud und zusätzliche Munition einsteckte.

Dann zog Alex den Pulli aus, öffnete ein weiteres Schrankfach und zog die kugelsichere Weste heraus, die ein Kumpel bei der Polizei ihr besorgt hatte. Er hatte ihr auch den richtigen Umgang mit der Pistole beigebracht. Hastig schlüpfte sie in die Weste und zog den Pulli wieder darüber, bevor sie ein Messer in eine Knöchelscheide steckte, den Gurt festzog und die Turnschuhe überstreifte, die sie aus dem Flur mitgenommen hatte.

Nach dem Selbstmord ihrer Mutter hatte Jess monatelang bei ihr gewohnt. Irgendwann hatte sie aber an die Uni zurückkehren müssen und Alex war allein und verletzlich zurückgeblieben. Damals hatte sie kaum geschlafen, war beim kleinsten Geräusch in der Nacht hochgeschreckt. Jeder Schatten in der Ecke hatte wie der Mann ausgesehen, der zurückgekommen war, um sie genauso zu ermorden wie ihre Familie. In ihren schlimmsten Momenten hätte sie das als willkommene Erleichterung begrüßt. In manchen Nächten wünschte sie sich geradezu, von ihrem Elend erlöst zu werden. Wieder mit ihrer Familie vereint, anstatt mit den Schuldgefühlen und den Fragen allein zu sein.

Aber jetzt hatte sie wieder eine Person, für die sie leben konnte. Sie wollte das Leben, das Lori beschrieben hatte. Das war der Kampf, auf den Alex gewartet hatte, und sie wollte den Sieg mehr als alles andere.

Die Pistole hatte sie als Erstes gekauft. Damals war es ihr sinnvoll erschienen, sie in dem Raum zu verstecken, in dem sie meistens geschlafen hatte: im Musikzimmer. Nachdem sie zum ersten Mal mit der Polizei zusammengearbeitet und den Kontakt zu Simon, einem der ihrem Fall zugeteilten Detectives, wiederaufgenommen hatte, war die Weste dazugekommen. Das Messer hatte sie als Letztes und unter großem Widerwillen hinzugefügt. Alex glaubte nicht eine Sekunde lang, dass sie es je benutzen würde, aber offenbar konnte man nie gut genug vorbereitet sein.

Sie wackelte mit dem Fuß und spürte, wie die Knöchelscheide über ihre Haut kratzte. Sie würde sich bei Simon bedanken müssen, wenn sie ihn das nächste Mal sah. Falls sie ihn wiedersah. *Hör auf damit. Diese Denkweise bringt dich nur in Schwierigkeiten. Vergiss nicht, was du gelernt hast. Einschätzen, Planen, Ausführen. Du schaffst das, Ryan, du bist bereit, also beweg deinen Hintern verdammt noch mal da raus.*

Sie warf einen letzten Blick auf das Foto von Beth. Entschlossenheit machte sich in Alex breit. Wenn er endlich gekommen war, um sie zu holen, dann würde er auch nur sie bekommen. Lori würde überleben. Der Mistkerl würde nicht noch eine Person erwischen, die sie liebte. Heute nicht.

Sie schlich durch den Flur zur Hintertür und öffnete sie langsam, als in der Ferne Scheinwerfer auftauchten. »Scheiße.« Am Motorengeräusch konnte sie hören, dass es Jess war. Alex eilte in die Küche zurück, wo sie ihr Handy liegen gelassen hatte. Etwas ungeschickt, da sie die Pistole noch in einer Hand hielt, drückte sie auf *Anrufen*. »Komm schon, Jess. Geh ran.«

Es klingelte. Dann sprang die Mailbox an. »Fuck.« Sie wählte erneut und beobachtete über die Küchentheke hinweg, wie das Auto auf die Farm zuraste. Erneut meldete sich nur die Mailbox. Alex schleuderte das Handy in die Spüle, bevor sie sofort wieder danach griff. »Ich bin so verflucht dumm«, flüsterte sie, während sie den Notruf wählte. In ihrer Eile, Lori zu helfen, hatte sie nicht klar gedacht.

Die Panik drohte sie zu überwältigen, als sie Name, Adresse und Grund für den Anruf herunterratterte, während Jess' Scheinwerfer immer näher kamen. Sie nannte Stellas Namen und ihr wurde gesagt, dass sie im Haus bleiben und absperren und sich auf keinen Fall dem Verdächtigen nähern sollte.

Keine Chance.

»Ist nicht drin. Ich rate Ihnen, dranzubleiben.« Sie schob das Handy in die hintere Hosentasche und ging zur Tür.

Als Jess' Nummer auf ihrem Handy aufleuchtete, drückte Stella auf den Lautsprecher-Button. »Wo bist du?«

»Ich bin gerade bei ihr vorgefahren. Es wirkt alles ruhig und ich sehe Licht in Alex' Schlafzimmer.«

Stella atmete auf und nickte Hannah, die neben ihr saß, zu. »Hast du auf der Fahrt irgendwelche geparkten Autos bemerkt oder sonst irgendetwas Ungewöhnliches?«

»Nein, gar nichts. Moment, da hat noch jemand angerufen.«

Stella bremste nicht ab, sie musste die Farm erreichen und mit eigenen Augen sehen, dass alles in Ordnung war.

In der Leitung klickte es. Dann sagte Jess: »Stella, ich habe zwei verpasste Anrufe von Alex. Beide sind erst eine knappe Minute her.«

»Keine Nachricht?«

»Nein. Und jetzt frage ich mich, warum sie nicht zu mir rausgekommen ist. Sie muss mich kommen gehört haben.«

Stellas Haut kribbelte. »Fuck. Fuck. Fuck«, fluchte sie im Rhythmus ihres hämmernden Herzens. »Siehst du irgendwas, Jess? Irgendein Zeichen, dass jemand im Haus ist?«

Jess flüsterte: »Da sind nur Schatten. Keine Spur von ihnen oder Frank. Wie lange brauchst du noch?«

In Stellas Kopf rauschte es. Ihr wurde kalt. »Ungefähr zwanzig Minuten. Hör zu, Jess, du musst von da verschwinden.«

»Stella, ich glaube, er ist hier. Ich weiß nicht, wo, und ich weiß nicht, ob er seinen Zug schon gemacht hat, aber ich spüre es. Irgendetwas stimmt da nicht.«

»Scheiße. Jess, schmeiß den Wagen an und hau ab. Warte irgendwo in der Nähe auf uns, aber verschwinde von da.«

Leises Lachen drang durch den Lautsprecher. »Wenn du mich besser kennen würdest, wüsstest du, dass ich nirgendwohin gehe. Nicht, solange Alex noch hier und in Gefahr ist.«

»Jess, du weißt nicht, wo du da hineingerätst. Warte nur noch einen Augenblick, bis wir da sind. Mach nichts Dummes.«

»Tut mir leid, aber ich kann sie nicht im Stich lassen. Sie braucht mich. Bitte. Beeilt euch einfach.«

»Jess!«, schrie Stella.

Aber Jess hatte aufgelegt.

Sie trat fester auf das Gaspedal. »Hannah, wenn wir es nicht rechtzeitig schaffen …«

»Sag das nicht. Wir schaffen es.«

Stella warf einen Blick zu ihr und sah ihre Entschlossenheit. Sie umklammerte das Lenkrad und fuhr von der Autobahn ab auf die dunklen Landstraßen, während sie Hannahs Worte wiederholte: »Wir schaffen es.«

Kapitel 50

Das einzige Geräusch, das er abgesehen von seinem eigenen gleichmäßigen Atem hören konnte, war das Wimmern der dunkelhaarigen Frau.

Die Blondine saß immer noch im Auto und telefonierte. Sie schien nichts zu ahnen.

»Du bist so ein Idiot. Von allen Nächten, die du dir hättest aussuchen können, kommt sie natürlich gerade heute wieder zurück.« Er lief auf und ab, während er sich über sich selbst ärgerte. Adrenalin strömte durch seine Adern. Er musste die Lage neu einschätzen; er würde damit fertigwerden.

Er hielt inne, schüttelte den Kopf und warf einen Blick zu der Frau, die zehn Schritte entfernt festgebunden war. »Siehst du? Siehst du, was ihr Huren mir antut? Ich gebe mir wieder selbst die Schuld, obwohl allein du daran schuld bist, dass du an diesen Stuhl gefesselt bist. Mein Plan war perfekt. Und jetzt versucht auch sie, ihn verdammt noch mal zu ruinieren.«

Er spähte durch den Spalt in der Tür zum Haus. Im Schlafzimmer brannte immer noch Licht, aber nichts regte sich dort. Das restliche Haus schien still zu sein. Nach so langer Zeit wusste Alex Ryan mit Sicherheit, dass etwas nicht stimmte. Was er in all seinen Fantasien nicht vorhergesehen hatte, war ihre Reaktion, wenn ihr klar wurde, dass er da war. Was würde die Hexe tun? Wäre sie dumm genug, sich ihm stellen zu wollen? Oder würde er sehr bald Sirenen hören?

Die Blondine im Auto ließ das Handy sinken.

Er musste nachdenken. Zwei Frauen waren machbar ... aber drei? Wie sollte er mit drei fertigwerden? Was war der beste Angriffsplan? Bei dieser Herausforderung lief ihm förmlich das Wasser im Mund zusammen. Er konnte drei ausschalten. Niemand war besser darin, dreiste Hexen wie diese auszuschalten. Schnell und hart. Er würde sie packen, sobald sie die Autotür öffnete. Er ballte die Hände zu Fäusten. Es würde leicht sein, solange sie ihn nicht erwartete.

Dann kam ihm ein beunruhigender Gedanke. Was, wenn sie gerade mit Alex telefoniert hatte, die sie gewarnt hatte? Was, wenn seine Aktion gar keine Überraschung wäre? Würde seine Strategie aufgehen, wenn sie ihn kommen sah?

Er stellte sich die Frau vor: groß, schlank und schwach. Nein. Es würde funktionieren. Außerdem hätte sie sich bestimmt sofort aus dem Staub gemacht, wenn sie wüsste, dass er da war. Es wäre reiner Irrsinn, zu bleiben. *Vielleicht glaubt das Ryan-Miststück einfach, dass Prinzessin Schickimicki da drüben mit dem Hund Gassi geht. Vielleicht war sie so betrunken, dass sie eingeschlafen ist und gar nicht weiß, was hier passiert.*

Vielleicht. Vielleicht auch nicht. War es das wert, das Risiko einzugehen?

Er marschierte zu der gefesselten Frau und legte sich einen Finger an die Lippen. Die Waffe hielt er an ihren Kopf, bevor er den Knebel löste. »Wie heißt du?«

Sie leckte sich die Lippen und stotterte: »L-L-Lori.«

»Okay, Lori, du wirst mir einen kleinen Gefallen tun.« Er zog das Messer aus der Scheide an seinem Gürtel und lachte leise, als ihre Augen groß wurden. »Du wirst nach Blondie rufen, die da draußen in ihrem dummen, kleinen roten Auto sitzt.«

Sie wagte es, den Kopf zu schütteln, aber das Messer an ihrer Kehle ließ sie schnell wieder erstarren.

»Lass es mich anders formulieren.« Er drückte ein winziges bisschen fester zu, bis der Stahl sich in die Haut grub, aber noch kein Blut floss. »Ruf nach der verdammten Blondine oder ich werde dir mit diesem Messer dein hübsches Gesicht von einem Ohr zum anderen aufschlitzen.«

Sie schloss die Augen und schluckte.

»Niemand kommt dich retten, also sei jetzt ein braves Mädchen und tu, was ich dir sage.«

Sie öffnete die Augen und funkelte ihn an.

»Tu es.«

Sie lehnte sich in das Messer, drückte es damit herausfordernd fester an ihren Hals.

Der Blutstropfen, der träge zu ihrem Schlüsselbein hinunterrann, hypnotisierte ihn. Oh, wie leicht es wäre, das Messer durchzuziehen und zu beobachten, wie das Leben aus ihr herausströmte, ihr Blick sich trübte. Er genoss diese Fantasie. Aber er beherrschte sich. Jetzt war nicht der richtige Zeitpunkt dafür. Die Vorfreude brannte lichterloh in seinem Bauch. Mit Publikum würde er es später noch mehr genießen.

Sie biss die Zähne zusammen, ohne je den Blick abzuwenden.

»Tu es.«

Sie leckte sich wieder die Lippen und folgte seiner Anweisung.

Alex kaute auf der Innenseite ihrer Wange und widerstand dem Drang, nach Jess zu rufen. Sie öffnete die Hintertür einen Spalt und winkte ihr zu, obwohl sie ahnte, dass Jess es in der Dunkelheit wahrscheinlich nicht sehen würde.

Sie war nicht sicher, was genau da draußen gerade passierte oder wo die Person sich verstecken könnte. Mit nichts wollte sie verraten, dass sie mit ihm rechnete. Sie musste den beinahe überwältigenden Drang niederringen, wie eine Verrückte hinauszustürzen und mit der Pistole herumzuwedeln.

Alex war sich sicher, dass sich Sean irgendwo auf der Farm aufhielt. Daran hatte sie eigentlich keine Zweifel. Er war hier irgendwo. Und wo er auch war ... er hatte Lori. Sie spürte es tief in ihrem Inneren, wie die Kälte, die von dem harten Küchenboden in ihren Körper sickerte. Loris Leben lag jetzt in ihren Händen. Ebenso wie das ihrer Eltern in Beths Händen gelegen hatte. Die Last der Verantwortung war erdrückend. Sie presste ihr die Luft aus den Lungen. Und die Welt schrumpfte auf den winzigen Lichtpunkt zusammen, der im Auto aufleuchtete, als Jess nach ihrem Handy griff.

Beide. Beide Leben liegen in meinen Händen.

Alex holte ihr eigenes Handy aus der Tasche, das sie leise gestellt hatte. Am anderen Ende der Leitung hörte sie Stimmen von der Leitzentrale. »Bitte bleiben Sie dran und schicken Sie so schnell wie möglich jemanden her«, flüsterte sie. Sie ließ den Anruf weiterlaufen und stopfte es sich wieder in die Tasche. Sie wünschte, sie hätte auch Loris Handy mitgenommen. Dann hätte sie es noch mal bei Jess versuchen können. Aber das hatte sie nicht und jetzt war es zu spät, sich deswegen Sorgen zu machen.

Alex lugte um die Tür herum und sah, wie Jess die Lippen bewegte und offenbar mit jemandem telefonierte. »Verdammt, Jess, was machst du denn?«

Alex schlich weiter zur Tür hinaus, hinter einen kleinen Busch. Sie ließ ihren Blick über den Hof schweifen. War irgendetwas fehl am Platz? Ihre Augen hatten sich an die Dunkelheit gewöhnt und sie kannte die Umgebung so gut wie ihr eigenes Gesicht im Spiegel.

Bis zu Jess' Auto waren es vielleicht dreißig Meter und sie wog ab, ob sie riskieren sollte, dorthin zu rennen. Sie hatte keine Ahnung, wo Sean Murray sich befand. Sie wollte gerade losprinten, als eine vertraute Stimme Jess' Namen rief. Um Hilfe bat.

Alex wandte sich der Stimme zu. Ihr Puls beschleunigte sich, bis er in ihren Ohren dröhnte.

Lori. Sie war in der Scheune.

Alles lief wie in Zeitlupe ab.

Jess stieg aus dem Auto.

Lori rief wieder.

Alex hörte den Schmerz in Loris Stimme und versuchte, sich nicht vorzustellen, was der Mistkerl ihr bereits angetan hatte. Emotionen würden ihr jetzt nicht helfen. Emotionen würden sie leichtsinnig machen. Emotionen würden sie zu einem leichteren Opfer machen. Emotionen waren für später.

Sie schluckte die Wut herunter, die in ihr aufstieg, und winkte Jess zu, die sie endlich entdeckt zu haben schien. Sie zog die Pistole aus ihrem Hosenbund und hielt sie hoch, damit Jess sie sah. Das Weiße ihrer Augen leuchtete im Mondlicht auf, so überrascht war sie. Jess wusste von dem Messer, aber nicht von der Pistole.

»Jess, bitte. Hilf mir.«

Sie drehten die Köpfe zur Scheunentür. Es war eine Falle. Alex wusste es und Jess offenbar ebenso. Aber sie straffte die Schultern und hielt trotzdem auf die Tür zu.

Alex flüsterte: »Nein.«

Aber Jess schüttelte den Kopf. »Ich muss«, zischte sie zurück.

Alex suchte sich eine Stelle näher beim Auto, sodass es sich zwischen ihr und dem Scheunentor befand. Sie schlich vorsichtig zu der Stelle. So stand sie in einem besseren Winkel, um hineinspähen zu können, wenn das Scheunentor geöffnet wurde.

Vielleicht bekam sie ja so heraus, auf welche Waffen sie sich einstellen musste, oder zumindest, wo in der Scheune er sich aufhielt.

Dann entdeckte sie Frank, der reglos am Boden lag.

Ihre Ängste wurden bestätigt: Sean Murray war hier. Es war klar, dass Frank nicht einfach ein Nickerchen hielt. Der Kloß in ihrer Kehle, den sie gerade heruntergeschluckt hatte, war wieder zurück und drohte, sich zusammen mit der Galle in ihrer Kehle Bahn zu brechen. Einen Moment lang würgte sie. Dann bekam sie es unter Kontrolle und atmete tief durch.

Alex war hin- und hergerissen zwischen Wut und Trauer, aber keins von beidem war eine große Hilfe. Sie musste sich konzentrieren. Sie konnte jetzt nichts für ihn tun, ohne sich dabei zu verraten. Er liebte Lori und würde wollen, dass sie sie beschützte, wie er es offensichtlich auch versucht hatte.

Sie war nicht die Einzige, die ihn entdeckt hatte. Als sie den Blick von Franks leblosem Schatten abwandte, sah sie, wie Jess sich eine Hand vor den Mund schlug und einen kleinen Schrei ausstieß. Sie fing Jess' Blick ein, hielt sich einen Finger an die Lippen und bedeutete ihr, sich zu beruhigen. Selbst auf die Entfernung konnte Alex erkennen, dass ihr das schwerfiel.

Alex löste die Scheide von ihrem Knöchel und vergewisserte sich, dass das Messer sicher darin befestigt war, bevor sie es für Jess hochhielt.

Vielleicht beobachtete er sie. Vielleicht wusste er jetzt, dass sie Jess mit einer Waffe versorgte. Aber sie konnte Jess nicht mit leeren Händen hineingehen lassen. Falls sie Glück hatten und er nicht zusah, wäre die Überraschung auf ihrer Seite.

Alex warf ihr die Waffe zu.

In dem Moment, als sie auf den Schotter fiel, rief Jess: »Lori, wo bist du?« Dann schnappte sie sich das Messer und hielt die Klinge an ihren Arm, um sie zu verbergen.

Lori rief wieder mit erstickter Stimme: »Ich bin in der Scheune, Jess. Bitte hilf mir.«

Alex' Bauch verkrampfte sich.

»Was ist passiert? Soll ich Al…«

»Nein«, unterbrach Lori sie. »Sie schläft. Ich habe Frank gesucht und glaube, ich hab mir den Knöchel verstaucht. Weck Alex nicht. Sie braucht den Schlaf.«

Alex holte tief Luft. Dann packte sie die Pistole fester, während Jess eine Hand auf die Klinke der Scheunentür legte.

Jess nickte ihr zu und formte mit ihren Lippen die Worte »Hab dich lieb«.

Noch bevor Alex in irgendeiner Art und Weise reagieren konnte, schob Jess die Tür auf und verschwand im Inneren des Gebäudes.

Kapitel 51

Triumphierend kickte Sean die Tür zu, sobald die dumme Hexe drinnen war. Danach verpasste er ihr einen harten Schlag mit der Pistole, der sie mit dem Gesicht voran zu Boden warf.

Er beobachtete amüsiert, wie Lori an ihren Fesseln aus Klebeband zerrte und ihn durch den Knebel hindurch anschrie. Mit lautem Klappern kippte sie mitsamt dem Stuhl um.

Er lachte leise. Jetzt gehörten sie ihm. Beide gehörten ihm und es war verdammt noch mal viel zu einfach. *Hoffen wir, dass der Hauptpreis weniger enttäuschend ist.*

Blondie begann sich herumzuwälzen und stöhnte bei jeder Bewegung. Er stieß ihr ein Knie in den Rücken und griff nach ihren Handgelenken.

Spitzer Stahl blitzte auf, bevor er sich schmerzhaft in seinen Schenkel grub. »Fuck!« Entsetzt wich er zurück und trat wütend aus, wobei er sie hart in den Magen traf.

Er stand auf und zog sich ächzend das Messer aus dem Bein, während die Hexe auf dem Stuhl aufschrie. Er stellte sich über Blondie und sah zwischen beiden hin und her, wie sie sich hilflos auf dem Boden wanden.

Diese Scheißhuren hielten sich für so klug, obwohl sie immer nur alles ruinierten. Sie zerstörten seine Karriere, seine Ehe, seine Beziehung zu seinen Söhnen. Immer glaubten sie, es besser zu wissen als er. Hielten sich für etwas Besseres.

Er ignorierte seinen Schmerz und das Blut, das ihm am Bein entlanglief. Mit einem Grinsen im Gesicht stürzte er sich auf die Hexe, die ihn angegriffen hatte, packte sie an den Haaren und zerrte sie zu dem Stuhl, der schon neben seiner anderen Eroberung bereitstand.

»Du kannst es ruhig versuchen, du wertloses Stück Scheiße«, schrie er die geschlossene Tür an, laut genug, dass Alex es hören musste, sollte sie da draußen sein. Während er Blondies Arme auf den Rücken drehte und mit Klebeband fesselte, lachte er über ihre kläglichen Versuche, gegen sein Schienbein zu treten. »Ich gehe nirgendwohin, bis du neben deinen anderen Schlampen hier auf einem Stuhl sitzt. Sag mir, Alex, welche von ihnen fickst du? Oder sind es etwa beide?«

Er zog die Prinzessin und ihren Stuhl wieder hoch und rückte ihren Knebel zurecht.

»Sollen wir ein Spiel spielen, Alex?« Er lauschte. Wartete. Nichts, nur Stille. Er lächelte. Endlich. Eine würdige Gegnerin. Er wusste, dass sie dort draußen war. Wahrscheinlich bewaffnet. *Ich wäre es jedenfalls.* Zweifellos war die Polizei bereits unterwegs, aber egal. Das war sein letztes Gefecht, an das sich später alle erinnern würden. Offenbar hatte seine Frau sich doch geirrt, er war kein Taugenichts. Es gab etwas, worin er schon immer gut gewesen war. Beim Militär und auch jetzt am Ende. Er war immer gut im Töten gewesen.

Er wedelte mit der Klinge seines Messers zwischen beiden Frauen hin und her, während er rief: »Welche deiner kleinen Huren töte ich wohl zuerst?« *Sie kann mich hören. Ich weiß ganz genau, dass sie mich hören kann.* Er lachte. »Ich zähle bis fünf, damit du etwas Zeit zum Nachdenken hast, bevor ich die Entscheidung für dich treffe.« Er trat näher an die Frau, die er zuerst gefangen hatte. »Eins.« Er tippte der Prinzessin mit der Klinge auf die Nase. »Zwei«, rief er. »Was glaubst du, wird sie dich wählen?«, fragte er sie leise. »Drei«, rief er dann, ohne auf eine Antwort zu warten. »Oder wird sie sich für Blondie entscheiden? Vier.« Er zwinkerte Jess zu. »Es heißt, Gentlemen ziehen Blondinen vor, oder?« Er drückte den Stahl an ihre Wange. »Aber ich bin kein Gentleman. Fünf!«

Keine Reaktion.

»Ach du meine Güte. Zeit, den Einsatz zu erhöhen, schätze ich.« Er richtete sich auf und wiegte den Kopf hin und her, während er seine Entscheidung fällte. »Wie du willst, Miststück. Aber vergiss nicht, Alex, das ist allein deine Schuld.« Mit einer schnellen Bewegung rammte er Blondie das Messer in den Bauch. Der Rausch zuckte von seinem Kopf in seinen Schritt, als sie schrie. Er lachte und sah den puren Hass in den Augen der Prinzessin, als sie versuchte, näher heranzurücken und ihrer Freundin zu helfen. Vergeblich.

»Ich habe ohne dich angefangen, Alex. Wenn du willst, dass ich keine Löcher mehr in deine Freundinnen steche, solltest du deinen dürren Hintern lieber hierher bewegen.«

Er trat hinter Blondie. »Jetzt schön sitzen bleiben, das wird wehtun.« Er drückte auf die Wunde. Ihr Schrei war wunderschön. Dann wurde sie ohnmächtig.

»Jetzt ist es an dir, kleine Alex. Du hast die Wahl. Welche töte ich zuerst?«

Kapitel 52

Jess' Schrei war zu viel.

Alex zog die Waffe und rannte über den Hof auf die Scheunentür zu, stieß sie mit der Schulter auf und stand endlich Auge in Auge mit dem Monster, das ihre Schwester getötet hatte.

Sie hob die Pistole und zielte auf seinen Kopf.

Aber er war bereit für sie. Er stand hinter den zwei wichtigsten Menschen in ihrem Leben und ihr blieb nichts anderes übrig, als Abstand zu halten. Das Messer an Loris Kehle und sein nachlässiges Wedeln mit der Waffe in Richtung der verblutenden, bewusstlosen Jess sorgten dafür.

»Ah, endlich hast du beschlossen, dich zu uns zu gesellen. Für Blondie hier ist es etwas spät, aber deine Schickimicki-Prinzessin hat vielleicht noch eine Chance.« Er lachte leise. »Na ja ... vielleicht.«

Sie hielt die Pistole weiterhin auf ihn gerichtet, kämpfte darum, ihre Stimme zu beherrschen. »Waffen runter, Sean. Sonst werde ich auf dich schießen.«

Er zwang Loris Kopf mit dem Messer zurück und entblößte damit mehr von ihrer Kehle. Er drückte das Messer fest an ihre Halsschlagader. Ein kleiner Blutstropfen rann herunter. »Schieß und sie hat ihren letzten Scheißatemzug getan.« Höhnisch tippte er sich mit der Pistole an die Stirn. »Außer du glaubst, du bist wirklich gut genug, um mich hier zu treffen?«

Sie blickte kurz zu Lori. Sie musste für sie beide mutig sein. »Fuck, ich weiß, dass ich gut genug bin. Leg die Waffen weg. Ich sag's nicht noch mal.«

Er lachte und hielt die Pistole an Loris Schläfe. Mit weicher Stimme flüsterte er: »Deine kleine Beth war nicht gut genug.«

Beths Namen auf seinen Lippen trieb Alex die Luft aus den Lungen. »Es steht dir nicht zu, ihren Namen zu sagen.« *Emotionen helfen nicht. Emotionen helfen nicht!*

»Sie hatte eine Schrotflinte und war nur halb so weit weg von mir, aber sie hat mich trotzdem verfehlt.«

Ihre Hände zitterten, während sie sich langsam auf ihn zuschob. »Halt den Mund und geh weg von ihnen.« *Einschätzen, Planen, Ausführen.*

»Weißt du, das fühlt sich alles sehr vertraut an. Mein Vater hat deiner Mutter das Messer genauso an die Kehle gehalten. Dein Vater lag gefesselt und geknebelt neben ihr.«

Sie versuchte, seine Worte auszublenden, und konzentrierte sich auf ihr Ziel. *Einschätzen ... wir stecken alle in verdammten Schwierigkeiten.*

»Eins möchte ich wissen, Alex. Fragst du dich je, ob du noch eine Familie hättest, wenn Beth nicht danebengeschossen hätte?«

Wut kochte in ihr hoch. Aber sie hielt weiterhin Blickkontakt und unterdrückte ein Blinzeln. »Ich habe schon gesagt, dass es dir nicht zusteht, ihren Namen zu sagen.« *Planen ... den Mistkerl erschießen.*

Er sah als Erster weg und auf die Pistole hinab, die jetzt auf Lori zeigte. »Okay, dann habe ich noch eine Frage, Alex.« Er sprach ihren Namen höhnisch aus.

»Sei still.« *Ausführen.*

Als er wieder hochsah, verzog er zufrieden die Lippen. »Frag dich selbst, was passieren würde, wenn du danebenschießt.«

Sie sah erst zu Jess, dann zu Lori.

Jess' Kopf bewegte sich leicht und sie stöhnte, als sie allmählich zu sich kam.

Loris Kehle war immer noch entblößt und frisches Blut schloss sich der roten Spur an ihrem Hals an.

»Ich will nur dich, Hexe. Leg die Waffe weg und sie sind frei.«

Lori schüttelte trotz des kalten Stahls an ihrer Haut den Kopf. Ihre Augen wurden feucht, als sie Alex' Blick festhielt und sie stumm anflehte, den Schuss zu riskieren.

Das war der Moment. Richterin, Jury und Henkerin. Jetzt war der Moment, um den Plan auszuführen. Um zu überleben. Um zu retten.

Sie schüttelte den Kopf. »Ich werde nicht du sein«, flüsterte sie und ließ die Pistole zu Boden fallen. Sie hätte ohnehin nicht schießen können, ohne dass mindestens eine von beiden Sean Murray zum Opfer gefallen wäre. *Besser ist es, Zeit zu schinden. Ihn am Reden zu halten.* »Ich habe lange genug in deinem Schatten gelebt. Ich würde lieber sterben, als noch eine Sekunde länger darin zu bleiben. Ich lasse mich nicht mehr von dir kontrollieren. Ich bin keine Marionette zu deinem Vergnügen und auch keine Puppe, mit der du spielen kannst.«

»Nicht einmal den Mumm zum Kämpfen hast du. Ich bin enttäuscht, Alex. Deine kleine Schwester war mutiger als du.«

Alex schüttelte den Kopf. »Vielleicht. Aber ich habe einen Vorteil, den sie nicht hatte.«

»Und welcher wäre das?«

»Ich konnte jemanden anrufen.« Das Sirenengeräusch in der Ferne wurde schnell lauter. Ihr Herz pochte schneller.

»Du Miststück.« Er sah sie hasserfüllt an.

»Du hast noch Zeit.«

»Ich wusste es. Ich wusste, du würdest vor mir den Schwanz einziehen. Du rückgratlose Hure.«

In diesem Moment erkannte sie, dass sie einen Fehler gemacht hatte. Der abgrundtiefe Zorn auf seinem Gesicht jagte ihr Angst ein. Sie hatte seine Reaktion auf die nahende Polizei falsch eingeschätzt. Selbsterhaltung schien heute Abend nicht auf seiner Liste zu stehen. »Bitte lass sie einfach gehen. Du hast noch Zeit, um zu fliehen.«

Er starrte sie mit kaltem, hartem Blick an. »Du hältst mich wohl für einen verdammten Idioten, genau wie die anderen Huren, die mein Leben ruiniert haben.«

»Das tue ich nicht, Sean, wirklich nicht. Es muss nicht so enden. Bitte.« Ihr war schlecht vor Angst. Sie warf einen Blick auf die Pistole, die vor ihr auf dem Boden lag und fragte sich, mit wie vielen Schritten und wie schnell sie sie erreichen könnte.

»Hast du denn gar nichts gelernt, Alex? Alle guten Dinge müssen irgendwann enden.« Er lehnte sich zu Lori herunter und roch demonstrativ an ihren Haaren, während er den Knebel aus ihrem Mund zog. Dann drückte er die Pistole an ihre Schläfe.

Alex verzog das Gesicht, als er sie auf den Scheitel küsste.

»Sag deine letzten Worte, Prinzessin.«

Alex sah nichts als Entschlossenheit in Loris Augen.

Sie lächelte Alex an. »Ich liebe dich.« Dann katapultierte sie sich brüllend zusammen mit dem Stuhl hoch. Ihr Kopf knallte gegen Murrays Kinn. Als sie wieder auf dem Boden aufkam, zerbrach der Stuhl unter ihr.

Seans Kopf schleuderte zurück. Blut spritzte aus seinem Mund. Er geriet kurz ins Stolpern, als Lori vom Boden aus gegen seine Knöchel trat. Fest trat er ihr in die Rippen. Dann konzentrierte er sich auf Alex, wirbelte herum und bewegte seinen Arm, als würde er Wasser durchpflügen, während er erneut auf sie zielte.

Sie nahm das alles nur seltsam verschwommen am Rand ihres Blickfeldes wahr, denn auch sie war in Bewegung. Ihr Fokus verlagerte sich.

Einschätzen, Planen, Ausführen.

Vier.

So viele Schritte brauchte Alex, um die Pistole zu erreichen.

Dann hallten ohrenbetäubende Schüsse durch die Scheune.

Kapitel 53

Alex konnte nicht aufhören, auf ihn einzuschlagen.

Zuerst nahm sie Rufe wahr, dann zog jemand an ihr, versuchte, ihre Handgelenke zu packen, aber erst als Lori die Arme um sie schlang, kam sie wieder zu sich und erkannte, was sie tat.

Sie hockte breitbeinig über Sean Murrays leblosem Körper, dessen Arme und Beine blutüberströmt waren. Und sein Gesicht war von ihren Schlägen geschwollen.

Alex ließ sich von Lori wegführen, während sie sich an sie klammerte. Durch die Tränen war alles verschwommen. War es wirklich vorbei? Waren sie in Sicherheit? Ihr Verstand konnte die letzten paar Minuten nicht verarbeiten, ließ sie nicht glauben, dass er endlich für seine ungeheuerlichen Verbrechen bezahlt hatte.

Als sie ihren Namen hörte, erinnerte sie sich plötzlich. Jess.

Lori führte sie zu der Trage, die gerade in Begleitung einer jungen Polizistin in einen Krankenwagen verladen wurde.

»Oh Scheiße, Jess.« Alex ergriff Jess' Hand. »Es tut mir so leid, Süße. Das hätte nie passieren dürfen. Es tut mir so leid, dass du da mit reingezogen wurdest.«

Jess hielt die andere Hand hoch. Sie schüttelte den Kopf und hob ihre Sauerstoffmaske an. »Ich glaube, nach dieser Sache habe ich mir Urlaub verdient.«

Alex lachte trotz der Tränen und nickte. Sie küsste Jess auf die Stirn und legte ihr die Maske wieder an. »Einen richtig langen Urlaub, würde ich sagen.«

Sie wollten gerade in den Krankenwagen klettern, als ein Sanitäter sie aufhielt. »Tut mir leid, es kann nur eine Person mitkommen.«

Stella trat hinter sie und stieß Alex leicht an. »Ich denke, meine Kollegin Wallace hier wird sie gerne begleiten. Ich kann mit euch beiden hinterherfahren.«

Hannah lächelte Stella an und sprang nach einem dankbaren Nicken in Richtung von Alex in den Krankenwagen. »Nach allem, was Detective

Roberts mir in den letzten Wochen über Jess erzählt hat, und nach den Gesprächen, die ich mitgehört habe, glaube ich nicht, dass ihr euch Sorgen um sie machen müsst, aber ich verspreche, gut auf sie aufzupassen.«

Alex zog die Brauen hoch. Irgendetwas hatte sie offenbar verpasst. Aber sie vertraute Stellas Einschätzung und war dankbar, dass sie bei Lori bleiben konnte. Sie drückte bestätigend Jess' Hand. »Wir sind gleich hinter dir, Jess. Ich hab dich lieb.«

Jess erwiderte den Druck und schloss die Augen, als der Sanitäter die Türen schloss.

⸻

»Wir müssen noch etwas tun, bevor wir ihnen ins Krankenhaus folgen.« Lori kämpfte wieder gegen Tränen an, als sie Alex' Hand nahm und sie zu einem Streifenwagen führte.

Ein Polizist stand neben dem Wagen Wache. Auf dem Rücksitz lag Alex' treuer Hund in eine karierte Decke gewickelt.

Lori strich sein Fell glatt. »Er war so mutig, Alex.«

Alex streichelte sanft über seinen Kopf und küsste ihn. »So ist Frank nun mal. Mutig, bis die Ziege ihn zurückjagt ...«

Der Polizist ergriff das Wort: »Ich habe angeboten, ihn zum Tierarzt zu fahren, damit Sie direkt ins Krankenhaus können, Ms. Ryan. Der Sanitäter hat die Wunde fest verbunden und ihm etwas gegen die Schmerzen gegeben.« Mit einer Kopfbewegung deutete er auf das Blut an Loris Gesicht und Hals und fuhr fort. »Sie sollten sich wahrscheinlich auch verarzten lassen.«

Alex stimmte dem Angebot nickend zu. »Danke ...«

»Constable Allen, Steve Allen.«

»Danke, Constable Allen. Sie sind ein Gentleman.«

Errötend beugte er sich vor, um Frank noch einmal zu streicheln, bevor er die Autotür schloss. Lori legte den Arm um Alex, während sie dem Wagen hinterhersahen. »Um Frank kümmern wir uns morgen. Ich habe so eine Ahnung, dass Constable Allen ihm nicht von der Seite weichen wird. Und jetzt gerade braucht Jess uns.«

Alex nahm ihre Hände und strich mit den Daumen über die großen blauen Flecken, die die Fesseln an ihren Knöcheln verursacht hatten.

Auf einmal gaben Loris Knie nach. Ihr ganzer Körper kribbelte und die Kälte sickerte ihr bis in die Knochen. Alles hätte so viel schlimmer enden können.

»Geht's dir gut?« Alex berührte ihre Wange unterhalb des Schnitts, ihre Arme, ihre Seiten und hob ihr Kinn an, um sich den Hals anzusehen, bevor sie die Hände an Loris Gesicht legte. »Es tut mir so leid, das ist allein meine Schuld. Ich habe mich geweigert, zu gehen, hab mich allein hier verkrochen. Ich war so entschlossen, allein damit fertigzuwerden ...«

»Hey!« Lori schüttelte sie und hielt Alex' Hände fest. »Hör sofort damit auf. Die einzige Person, die hierfür verantwortlich ist, ist Sean Murray. Und jetzt hat er den Preis dafür bezahlt.«

»Aber ...«

»Nichts aber. Niemand verlangt von dir, die Schuld zu tragen, Alex. Das muss heute aufhören. Du hast gesagt, dass du entschlossen warst, selbst damit fertigzuwerden?«

»Ja.«

»Na, sieh dich um. Das ist der Beweis, dass du das nicht musst. Ich, Jess, Stella, Hannah, Frank, das ganze Polizei- und Rettungsteam. Alle, die gerade hier sind ... Du hast vielleicht nicht um Hilfe gebeten, aber wir sind trotzdem gekommen.«

Alex strich vorsichtig mit einem Finger unter dem Schnitt an Loris Wange entlang. »Ich kann gar nicht glauben, dass ich dich fast verloren hätte.«

Lori legte die Stirn an ihre und nahm sie wieder in die Arme. »Geht mir genauso«, flüsterte sie. »Aber das hast du nicht.« Sie küsste neue Tränen von Alex' Lippen und erwiderte lächelnd ihren Blick. »Ich gehe nirgendwohin, Alex. Es ist Zeit, andere wieder an dich heranzulassen.«

Kapitel 54

In den frühen Morgenstunden sah Alex im Wartebereich in die Runde ihrer Familie. Denn das waren sie jetzt. Nachdem diese tragische Nacht sie zusammengeschweißt hatte, leistete Alex einen stummen Schwur. Von jetzt an würde sie nur nach vorne blicken, niemals nach hinten. Kein Verstecken. Keine Schuldgefühle. Keine Verbitterung.

Sie würde ihren Mut, ihre Freundschaft und ihre Liebe für sie würdigen, indem sie von jetzt an jede Gelegenheit wahrnahm, glücklich zu sein. Sie würde Beth stolz machen.

James Hunter betrat mit einem Tablett voller Kaffeebecher den Raum. Lächelnd reichte er ihr einen. Lori saß zwischen ihm und ihrem Bruder, der finster auf seine Füße starrte. Beide waren unerwartet aufgetaucht, nachdem Stella sie angerufen und ihnen erzählt hatte, was passiert war. Offenbar waren sie bereits unterwegs zur Farm gewesen, aber abgesehen davon hatte es keine weiteren Erklärungen gegeben. Das konnte warten.

Durch den Dampf ihres Kaffees beobachtete Alex, wie Lori zwischen den beiden hin- und hersah, und nahm an, dass die ganze Situation für sie ebenso surreal war wie für sie selbst. Sie fing Loris Blick auf und lächelte. »Alles gut?«, formte sie mit den Lippen, da es still im Raum war.

Lori antwortete lautlos: »Ja.« Sie nickte und zuckte leicht mit den Schultern, um ihre eigene Verwirrung über das plötzliche Auftauchen ihres Vaters und ihres Bruders auszudrücken.

Stella drückte Alex' Hand und lehnte sich an sie. »Ich habe es Lori schon gesagt: Ich bin ziemlich sicher, dass ihr aufgeflogen seid.« Sie kicherte, als Alex leise stöhnte, und stand auf. »Schau nicht so besorgt. Ich habe gehört, dass sie ehrenwerte Absichten haben, und ich muss jetzt ein Gespräch führen.«

Stella nickte Scott zu und verließ dann mit ihm den Raum.

Alex tauschte einen verwirrten Blick mit Lori aus. Die zuckte nur mit den Schultern.

Hannah, die neben Alex saß, wippte wie verrückt mit ihrem Bein. Alex legte eine Hand darauf und lächelte sie an. »Sie wird sich wieder erholen, Hannah. Ich kenne meine Jess und das wird sie nur noch stärker machen.«

Hannah stürzte ihren Kaffee herunter. »Das hoffe ich.« Sie stand auf und folgte dann Stella und Scott zur Tür hinaus. Wahrscheinlich, um frische Luft zu schnappen.

Wie es schien, hatte Jess mit ihrer Magie bereits die Aufmerksamkeit der jungen Polizistin erregt, ohne, dass sie sich je gesehen hatten. Alex nahm sich fest vor, Stella später zu fragen, wie das passiert war.

Hannah hatte sich als eine sehr praktische Person herausgestellt und es fühlte sich nicht falsch an, dass sie mit allen anderen auf den Ausgang von Jess' Operation wartete, nachdem sie zusammen mit Stella so viele Stunden an dem Fall gearbeitet hatte. Sie war es auch gewesen, die Jess' Eltern angerufen hatte. Sie hatten sich vor einigen Jahren in Spanien zur Ruhe gesetzt, würden aber heute mit dem schnellstmöglichen Flug ankommen.

Lori stand auf und setzte sich auf Hannahs Platz, während ihr Dad die Kaffeebecher nachfüllen ging. »Also, laut Stella sind wir aufgeflogen.«

Alex stieß ihre Schulter an, hielt den Blick aber weiterhin auf die Tür gerichtet, hinter der Jess vor Stunden verschwunden war. »Und wie geht es dir damit?«

Lori schob die Hand in ihre.

Alex wandte sich ihr zu. Ihre Miene war sanft und Alex entdeckte keine Sorge oder Bedenken darin, nur Liebe. »Ich bin glücklich, dass meine ganze Familie hier ist und dass ich dich an meiner Seite habe.«

※ ━━ ◈ ━━ ※

»Du hast also deinen Dad angerufen?« Stella lief auf und ab. Sie wollte sich nicht von Scott besänftigen lassen. Sie wollte die ganze Geschichte hören, musste es verstehen.

»Ja. Ich habe ihn gestern vom Flughafen aus angerufen. Stella, ich weiß jetzt, wie gründlich ich mich geirrt habe. An dem Tag in deiner Wohnung, das war nicht wirklich ich. Du musst mir glauben.«

»Sag mir, warum, Scott! Sag mir, warum ich das tun sollte, denn im Moment bist du immer noch nur ein homophober Arsch.«

Er ließ den Kopf hängen, fuhr sich nachdrücklich mit den Händen über das Gesicht. Das Knistern seiner Bartstoppeln übertönte fast das Schluchzen, das ihm entkam. Aber Stella nahm es wahr und ihr Herz verkrampfte sich leicht. Sie merkte, wie sie nachzugeben drohte, aber sie wusste immer noch nicht mehr als an jenem Tag in ihrer Wohnung.

Sie kniete sich vor ihn und zog seine Hände weg. Er holte tief Luft, bevor er schließlich ihren Blick erwiderte. »Es tut mir so leid, Stella. Ich habe ein paar unverzeihliche Dinge gesagt, aber ich hoffe, du wirst es verstehen. Diese Dinge über Lori zu hören, hat mich in die Vergangenheit zurückkatapultiert, zu einem unschönen Moment. Und ich konnte es nicht ertragen, mir vorzustellen, dass sie das Gleiche durchmachen muss wie ich.«

»Scott, das ergibt keinen Sinn, was ist los?«

Er atmete noch einmal durch und die Worte, die ihm dann über die Lippen kamen, hatte Stella am wenigsten erwartet. »Ein Junge hat mir das Herz gebrochen.«

Er weinte heftiger.

Stella setzte sich neben ihn, ergriff seine Hände und brachte ihn dazu, sich zu ihr zu drehen. »Erzähl mir davon.«

Er wischte sich mit dem Ärmel über das Gesicht. »Ach, inzwischen scheint das alles so dumm und unwichtig, aber damals war mein Leben die reinste Hölle. Es war auf dem Internat, ich war fünfzehn und da war dieser ältere Junge, Jacob, der mir plötzlich eine Menge Aufmerksamkeit geschenkt hat. Wir waren zusammen in Sportmannschaften, schliefen im selben Wohnheim, verbrachten zusammen Zeit im Dorf, wenn wir sonst nichts zu tun hatten. In seiner Gang waren alle sechzehn oder siebzehn und ich fühlte mich besonders, weil ich als Einziger meines Jahrgangs dabei war. Verstehst du, das waren die Jungs, in die alle Mädchen verknallt waren und die alle anderen Jungen bewundert haben.«

Stella nickte. »Ich glaube, so eine Gang gibt es an jeder Schule. Was ist passiert?«

»Na, zuerst bekam ich nur hier und da diese Einladungen. Ich war gut im Football, habe regelmäßig in der Mannschaft gespielt, und ich schätze, da hat es angefangen. Nach einer Weile bemerkte ich, dass Jacob immer wieder Gründe fand, Zeit mit mir allein zu verbringen. Zum Beispiel meinte er, wir würden alle zusammen ins Kino gehen, aber dann kam er allein. Oder er besorgte zwei Karten für ein Footballmatch in der Nähe und lud mich ein. Es fühlte sich gut an und ich fragte mich allmählich, ob er an mehr als nur Freundschaft interessiert war.«

»Und hat dich das gestört? Hat er dir wehgetan, Scott?«

»Nein. Nein. Nicht so, wie du denkst. Ich glaube, er hatte Interesse an mir, und mir ging es genauso. Mir wäre nie in den Sinn gekommen, dass wir schwul sind, ich hatte ihn einfach nur gerne um mich. Ich war ganz erstaunt. Da war diese Verbindung zu ihm, wir haben einander verstanden und die Art, wie wir miteinander redeten, war ganz anders als in der Gruppe mit den anderen Jungs. Damals war ich mehr an Sport und an meiner Kamera interessiert als an Mädchen und er war der Erste, dem meine Fotos zu gefallen schienen. Er ging mit mir wandern und ich liebte es, ihn zu fotografieren.« Er lachte.

»Was ist so witzig?«

»Eigentlich ist es gar nicht witzig. Aber rückblickend ist es so klar, wie eines zum anderen geführt hat. Eines Abends sind wir viel länger weggeblieben, als wir durften, konnten uns aber durch die Küche reinschleichen. Dort angekommen, beschloss Jacob, dass wir etwas von dem Wein der Lehrkräfte stehlen sollten. Am Ende haben wir uns im Keller betrunken und ...«

»Und?« Stella ahnte, was kam, wollte es aber von Scott hören.

»Und ich habe ihn geküsst.«

»Wow. Ich nehme an, das ist nicht gut ausgegangen.«

»Oh, es war gut, ungefähr dreißig Sekunden lang. Dann hat er mich weggeschubst und angefangen, mich zu schlagen. Er hat mich auf widerlichste Weise beschimpft und behauptet, ich hätte mich ihm aufgedrängt.«

»Was für ein kleiner Mistkerl.« Stella konnte kaum glauben, was sie gerade gehört hatte und sie fühlte mit dem jungen Scott – was für eine traumatisierende und verwirrende Situation das gewesen sein musste!

»Ja, ich versuchte, ihn zu beruhigen, und meinte, es wäre der Alkohol, es wäre nur ein Witz gewesen. Ich habe alles versucht. Aber er hat allen Jungs in unserem Wohnheim davon erzählt. Er hat meine Fotos von ihm benutzt, um zu beweisen, dass ich ganz besessen von ihm wäre. Es hat sich herumgesprochen, aber es war nur Getuschel, niemand wollte laut über so etwas reden. Glücklicherweise hat Lori nie davon erfahren oder wenn doch, hat sie nie etwas gesagt. Aber das war's dann. Im Wohnheim, in der Umkleide, beim Sport, im Unterricht, im Speisesaal. Bis Jacob im Jahr darauf von der Schule gegangen ist, war ich immer nur die Schwuchtel, die Kerle abfüllt und sich dann über sie hermacht.«

»Das tut mir leid, Scott, das ist schrecklich. Warum hast du nicht mit jemandem darüber geredet? Er hätte rausgeworfen oder versetzt werden können.«

»Das habe ich mich selbst gefragt. Rückblickend glaube ich, dass er mir wirklich etwas bedeutet hat. Er war mein erster richtiger Schwarm. Ich habe zu ihm aufgesehen und er hat mich wie Dreck behandelt. Aber das Traurige ist, ich glaube, er hat mich auch wirklich gemocht. Er war nur nicht bereit, es zuzugeben. Dank der sozialen Medien weiß ich, dass er inzwischen nicht mehr so schüchtern ist, was das betrifft.« Ein schiefes Lächeln trat auf sein Gesicht.

»Deshalb hast du also all diese Dinge über Lori gesagt?«

»Ich schätze ja, aber das ist keine Entschuldigung. Ich war sauer, weil ich mich an die Geschehnisse mit Jacob erinnert habe, aber ich hatte auch diese schrecklichen Bilder im Kopf, wie Lori genauso fallen gelassen wird. Ich weiß, die Welt ist jetzt eine andere, aber sie hatte es ohnehin schon so schwer. Ich konnte die Vorstellung einfach nicht ertragen, dass irgendwelche Mistkerle wie die aus der Schule dasselbe mit ihr anstellen könnten, was ich durchgemacht habe.«

Stella nahm seinen Arm, legte ihn sich um die Schultern und setzte sich auf seinen Schoß. Sie strich mit den Fingern über eine kratzige Wange und wischte die letzten Tränen weg. »Es tut mir leid, dass du das erleben musstest, Scott. Und ich verstehe jetzt besser, warum du so reagiert hast. Aber du musst mit Lori darüber reden. Und wir müssen mit ihr über uns reden.«

Sein Lächeln machte sie glücklich und sie protestierte nicht, als er sie küsste. Es war ein zaghafter und sanfter Kuss, als könnte sie ihre Meinung vielleicht noch ändern. Sie drückte sich an ihn und ließ ihn wissen, dass sie es ernst meinte.

»Also gibt es noch ein ›uns‹, über das wir reden können?«

Zur Antwort küsste sie ihn noch einmal und spürte, wie ihr selbst die Tränen kamen. Es gab kein Zurück, sie liebte diesen Mann und war bereit, ein Risiko einzugehen, damit das mit ihm klappte.

Hannahs Auftauchen brach den Bann. Ein Grinsen trat auf ihr Gesicht, als sie sie entdeckte, und Stella legte warnend einen Finger an die Lippen. »Später.«

»Das Pflegepersonal hat gesagt, der Arzt wird bald mit Neuigkeiten herauskommen.«

Stella löste sich von Scott und zog ihn auf die Füße. »Komm, da will ich dabei sein.«

Scott ging voran.

Stella ergriff Hannahs Arm. »Hast du kurz Zeit?« Sie nickte Scott zu und sagte ihm: »Ich bin gleich da.« Dann drehte sie sich zu Hannah, auf deren Gesicht ein breites Grinsen zu sehen war.

»Ist das nicht Loris Bruder?«

Stella stieß sie mit einem Finger an der Schulter an. »Du weißt ganz genau, dass er das ist, und ich vertraue darauf, dass du den Mund hältst, bis ich mit ihr reden kann, okay?«

Hannah salutierte. »Aye, Detective, was auch immer Sie sagen.«

Stella schlug ihre Hand leicht weg, musste aber gleichzeitig lachen. »Im Ernst, Lori wird ziemlich sauer auf mich sein, deshalb muss ich es auf meine Art angehen. Wie auch immer, du hast gut reden. Wie ich sehe, hat die feurige Jess deine Aufmerksamkeit erregt. Was ist da los?«

»Aye, das kann man so sagen.« Ein sehnsüchtiger Ausdruck huschte über ihr Gesicht. »Sagen wir einfach, im Krankenwagen wurde eine gewisse Verbindung geknüpft.«

Stella rümpfte die Nase. »Wie um alles in der Welt schaffst du es, das schmutzig klingen zu lassen?«

Hannah lachte. »Das ist eine Kunst. Natürlich kenne ich sie kaum, aber das möchte ich ändern. Ich wahre dein Geheimnis, wenn du meines wahrst?«

Jetzt war es Stella, die salutierte. »Abgemacht.«

Hannah und Stella kehrten zurück, gerade als Jess' Arzt den Raum betrat.

Alle standen erwartungsvoll auf.

Alex ergriff für die Gruppe das Wort: »Wie geht es ihr?«

Er lächelte und die Anspannung wich aus ihren Schultern.

Lori schob wieder die Hand in ihre, als sie an ihre Seite trat.

Der Arzt sagte sachlich: »Wir mussten ihre Milz entfernen, aber das ist heutzutage mit Medikamenten gut in den Griff zu bekommen. Allerdings mussten wir offen operieren, denn wir konnten aufgrund der heftigen Blutung nicht minimal invasiv arbeiten. Mit den zusätzlichen Gewebeschäden, den Prellungen der Leber und angeschlagenen Nieren wird sie sich sehr schlecht fühlen und eine Menge Ruhe brauchen. Aber sie sollte in sechs bis acht Wochen wieder auf den Beinen sein.«

»Können wir zu ihr?«, fragte Alex.

»Sie muss sich jetzt erholen, aber jemand vom Pflegepersonal wird Sie holen kommen, wenn sie wach und in ihrem Zimmer ist. Sie hatte auf jeden Fall eine Menge Glück.«

Alex schüttelte ihm die Hand. Sie sah in die erleichterten Gesichter im Raum und sagte dann zum Arzt: »Das könnte man von uns beiden sagen, Herr Doktor. Danke.«

Kaum war er gegangen, sackte sie schwer auf ihrem Stuhl zusammen. Lori war sofort an ihrer Seite und Stella ebenso, aber sie brachte kein Wort heraus, es kamen nur Tränen. Beide trösteten sie, hielten ihre Hand und strichen ihr über den Rücken. Erleichterung durchflutete sie von Kopf bis Fuß.

Beinahe hätte sie ihre Jess verloren. Dass sie Menschen hatte, die sich opfern würden … dass sie Lori hatte, die ihr Leben riskiert hatte, indem sie Sean in jenen letzten Momenten angegriffen hatte, erfüllte sie zu gleichen Teilen mit Liebe und Schuldgefühlen. Sie liebte beide, Lori und Jess. Ob das schlechte Gewissen jemals verblassen würde, weil beide aufgrund ihrer Vergangenheit in diese Lage geraten waren, das wusste Alex nicht. *Wie stark und fehlbar wir doch sind. Dass wir die Macht haben, das Leben und das Glück anderer Menschen in der Hand zu halten.*

Dann sah sie auf, in das Gesicht der Frau, die eben diese Macht über ihr Leben und ihr Glück besaß. »Er ist wirklich weg. Es ist vorbei, oder?«

Lori nahm sie in die Arme. »Es ist vorbei, Schatz. Es ist vorbei.«

Epilog

Vier Monate später

Die ersten Wochen nach jener Nacht auf der Farm waren in einem Wirbelwind aus Zeugenaussagen, Krankenzimmern, Terminen beim Tierarzt und Anrufen und Besuchen von Freunden vergangen. Seit Jahren war auf der Farm nicht mehr so viel los gewesen.

Die Versionen der drei Frauen, der von Alex' Handy aufgenommene Anruf sowie Stellas und Hannahs Aussagen darüber, was nach ihrer Ankunft am Tatort geschehen war, waren viele Male wiederholt worden. Forensische Beweise bestätigten, dass Sean Murray Beths Mörder war.

Der Fall war endlich gelöst.

Es gab niemanden, der ihn begraben wollte. Seine Ex-Frau war informiert worden, wollte aber nicht, dass sie selbst oder ihre Söhne mit ihrem mörderischen Exmann in Verbindung gebracht wurden. Er hatte schließlich ein schlichtes Begräbnis bekommen und Alex war zufrieden damit, nicht zu wissen, wo er unter der Erde lag.

John Murray hatte die Diagnose Hirnkrebs im Endstadium bekommen und wurde in einem Hospiz untergebracht. Sein Blut war zusammen mit Beths auf dem Taschentuch gefunden worden. Aufgrund seines Zustands würde er nicht ins Gefängnis kommen, aber dafür hatte er das Verbrechen beinahe täglich in Gedanken wieder durchlebt, bis ihn vor einem Monat nachts ein heftiger Schlaganfall ereilt hatte.

Jetzt standen Alex und Lori am Flughafen und verabschiedeten sich von Jess und Hannah.

»Wir sind weit gekommen, nicht wahr?« Alex ließ den Blick über die Frauen schweifen, die um sie herum standen: Lori, Jess und Hannah. Seit ›jener‹ Nacht auf der Farm waren sie fast ständig zusammen gewesen und dieser Tag würde für sie alle schwierig werden. »Wenn das überhaupt möglich ist, Hannah, werde ich deine Kochkünste noch mehr vermissen als Jess'.«

Für die Bemerkung bekam sie von Jess einen Klaps auf die Schulter. »Hey, ich hab deine Kühltruhe wieder aufgefüllt, schon vergessen? Ich schätze, das Heldenabzeichen ist schon verblasst und ich bin wieder nur die Köchin«, schmollte sie.

Hannah lachte. »Oh, für mich wirst du immer die Heldin sein, auch wenn du die schlimmste, herrischste Patientin aller Zeiten warst.«

»Ich habe dich ja nicht dazu gezwungen, wochenlang an meinem Bett zu sitzen. Gib doch zu, dass es meine großartige Tapferkeit trotz aller Widrigkeiten war, die dich immer wieder zu mir zurückgetrieben hat.«

»Okay, okay, ihr zwei. Beruhigt euch wieder, mir wird schon übel.« Alex zwinkerte Lori zu. »Außerdem wissen wir alle, wer von uns mit ihren genialen Moves den Tag gerettet hat.«

»Jaja, Lady Hunter gewinnt.« Jess verdrehte die Augen.

Sie diskutierten immer wieder darüber, wer die größte Rolle dabei gespielt hatte, Sean Murray zu Fall zu bringen. Dass Alex den Schuss abgefeuert und seinem Leben ein Ende gesetzt hatte, darüber war nie gescherzt worden. In den Nächten, wenn der Moment sie in ihren Träumen heimsuchte, lag Lori neben ihr, tröstete sie und hörte ihr zu. Nur dann sprach sie darüber.

Sie lächelte wieder in die Runde. »Ich bin froh, dass wir so reden können. Wir haben gewonnen, meine Damen. Wir dürfen weiterleben. Wir dürfen glücklich sein.«

Die anderen erwiderten ihr Lächeln.

»Und wir dürfen tolle Abenteuer erleben.« Sie sah zu Jess und Hannah. »Ihr zwei passt besser verdammt gut aufeinander auf. Die andere Seite der Welt ist weit weg, aber nicht so weit, dass ich euch nicht hinterherkommen und in den Hintern treten könnte, wenn ich irgendetwas von Ärger höre.«

Hannah salutierte. »Versprochen. Ich habe die letzten Monate zugehört, wie sie über jedes kleine Wehwehchen und jede Pille gejammert hat. Ich glaube, ich ertrage sie auch im Urlaubsmodus.«

Jess zog einen Schmollmund. Aber Alex sah das Lächeln in ihren Augen. Sie war Hannah richtig verfallen und hatte in ihr wohl endlich die Richtige gefunden.

Alex machte sich überhaupt keine Sorgen. Sie würden unfassbar viel Spaß haben und Jess' Reise war ohnehin längst überfällig. Alex durfte sie nicht länger davon abhalten.

Lori hakte sich bei Hannah unter. »Gehen wir uns einen Kaffee holen, damit die zwei sich vernünftig verabschieden können.« Sie warf beiden einen Luftkuss zu und schlenderte mit Hannah in Richtung des Kaffeewagens davon.

»Wie ist das?« Jess legte einen Arm um Alex' Schultern und nickte in die Richtung, in die Lori gerade gegangen war.

»Wie ist was?« Alex begriff nicht.

»So oft eine geliebte Person an deiner Seite zu haben?«

Alex lächelte und umarmte Jess, während sie über ihre Antwort nachdachte. »Es fühlt sich an, als würde man meilenweit von zu Hause ohne Geld in den Regen geraten und zufällig kommt eine Freundin vorbei und nimmt dich mit. Dir ist noch immer kalt, du bist tropfnass und vom Sturm durchgerüttelt, aber das spielt keine Rolle, denn du bist in Sicherheit und weißt, dass dir gleich warm wird. Also bist du dankbar, dass diese Person gerade rechtzeitig da war, um dich zu retten, und schwörst dir, dich nie wieder vom Regen kalt erwischen zu lassen.« Sie nickte in die Richtung von Hannah. »Aber ich glaube, du kennst dieses Gefühl.«

Kurz darauf standen Jess und Hannah vor der Sicherheitskontrolle.

Alex hielt Loris Hand, lehnte den Kopf an ihre Schulter und beobachtete seufzend ihre Freundinnen. »Sie sind so unverschämt süß. Denkst du, sie wissen das?«

Lori kicherte. »Oh, sie wissen es. Aber sie wissen auch, dass sie nicht so süß sind wie wir.« Sie gab Alex einen Schmatzer auf den Kopf und wischte ihre eigenen Tränen weg. »Komm, wir müssen zum Bahnhof.«

Alex erhaschte noch einen kurzen Blick auf Jess' Hinterkopf, bevor die beiden schließlich außer Sichtweite waren. »Was für ein furchtbarer Tag.«

⸻ ⟡ ⸻

Loris Wunden waren mittlerweile verheilt. Nun ja, die körperlichen zumindest. Die Schnitte an Wange und Hals waren mit wenigen Stichen genäht worden und es waren zwei winzige weiße Narben zurückgeblieben, neben zwei angeknacksten Rippen und einer Gehirnerschütterung dank ihrer heroischen Kopfnuss.

»Unglaublich, dass es schon so weit ist. Wohin ist die Zeit verschwunden?« Alex drückte sie fest an sich, ohne auf die Welt um sie herum und die zahllosen Leute, die an ihnen vorbei durch den Bahnhof eilten, zu achten.

»Hmm ... na ja, ich erinnere mich an einen langen Heilungsprozess, Gespräche bis tief in die Nacht am Lagerfeuer, eine Menge Wein, deine schrecklichen Kochversuche, ach ja, und meinen Lieblingsteil ... Stunden in deinem Bett, die zu Tagen geworden sind.«

Alex stöhnte. »Warum sind wir eigentlich nicht genau da? Bitte, ich habe meine Meinung geändert. Du gehst nirgendwohin außer in mein Bett zurück.«

Alex fühlte sich am sichersten, wenn Loris warmer Körper dicht an ihrem gekuschelt lag. Dann fühlte sie sich zu Hause, aufgehoben und umsorgt. Die Angst davor, was als Nächstes kam, war von ihr abgefallen. Sie sahen der Zukunft gemeinsam und erwartungsvoll entgegen.

Lori antwortete mit einem Kuss.

Alex könnte sie den ganzen Tag und die ganze Nacht lang küssen. Jedes Mal schmolz sie wieder dahin und jedes Mal wurde es nur noch besser.

Als sie den Kuss beendet hatten, war Alex atemlos. »Habe ich dir heute schon gesagt, wie sehr ich Adam hasse?«

Lori lachte und sah auf die Uhr. »Es ist zwei Uhr und das war gerade das erste Mal. Wir machen Fortschritte.«

»Er weiß, dass ich ihm die Schuld daran gebe, oder?«

»Ja, aber er kann es trotzdem kaum erwarten, dich kennenzulernen, wenn du nach New York kommst. Und du hast versprochen, nett zu sein, schon vergessen?«

»Aye, na gut. Aber das war, bevor ich dich dummerweise dazu überredet habe, zum Bewerbungsgespräch zu gehen und den Job anzunehmen. Das war alles gelogen, dreist gelogen, sage ich dir.« Sie stampfte mit dem Fuß auf.

Lori lachte wieder. »Du bist so eine Dramaqueen.«

»Ja, bin ich, aber das meine ich ernst. Ich weiß nicht, ob ich bereit bin, dich gehen zu lassen.«

Lori legte die Arme um sie und damit war sie wieder an ihrem sicheren Ort, getröstet und glücklich mit der Entscheidung, die sie getroffen hatten.

Lori hatte von der UNO einen Jahresvertrag in New York angeboten bekommen. Zuerst hatte sie abgelehnt, aber Alex hatte gesehen, dass ein Teil von ihr diese Entscheidung schnell bereut hatte. Lori hatte Alex beruhigt, dass sie genau da war, wo sie sein sollte. Aber Alex wollte so sehr, dass Loris Träume wahr wurden und dass sie selbst ein Teil davon sein konnte.

Sie hatten darüber gesprochen, gemeinsam umzuziehen, aber dann beschlossen, dass dafür immer noch Zeit genug war. Alex war noch nicht bereit, die Farm zu verlassen, und auch für Lori war dieser Ort zu einem Zuhause geworden.

Also zog Adam jetzt gemeinsam mit Lori nach New York, nachdem er eine feste Stelle bekommen hatte, und das hatte Alex beruhigt. Wenigstens würde sie dort einen Freund haben. In einem Jahr würden sie die Lage neu einschätzen. Sie hatten bereits davon geträumt, dass Alex dann vielleicht bereit wäre, zu ihr zu ziehen, oder dass Lori Schottland endgültig zu ihrem Zuhause machen könnte.

Wenn sie eines gelernt hatten, dann dass ihr restliches Leben nicht sofort geplant werden musste. Alex und Lori waren zusammen, jetzt, in Zukunft und für immer. Sie würden jeden Tag gemeinsam angehen.

»Es ist nur ein Jahr. Es ist nur ein Jahr«, wiederholte Alex die Worte, die in den Wochen vor Loris Abreise zu ihrem Mantra geworden waren.

»Siehst du, da irrst du dich. Es sind nur drei Wochen. Drei Wochen, dann sind wir im Big Apple wieder vereint und ich kann dich wieder in die Arme schließen. Denk an die Abenteuer, die wir erleben werden.«

Loris Zug wurde aufgerufen und Alex stieß einen Seufzer aus. »Scheiße. Ich kann immer noch nicht fassen, dass es schon so weit ist.«

»Und ich kann dich wirklich nicht davon überzeugen, mit mir durchzubrennen?« Lori zog sie fest an sich.

Alex lachte trotz der Tränen, die ihr in die Augen stiegen. »Heute nicht, meine wunderschöne Lori. Vielleicht morgen?«

Lori lächelte. »Da gibt es kein *Vielleicht*. Du gehörst morgen immer noch zu mir, egal, wo wir dann sind.«

Alex empfand ebenso und küsste Lori. Sie spürte die Wahrheit der Worte tief im Herzen. Das war erst der erste Schritt in ihre Zukunft und sie war voller Freude, auf das, was kommen würde. Sie waren ein Team und würden es immer sein.

Der letzte Aufruf für den Zug erklang.

Lori lehnte sich dicht an Alex' Ohr und flüsterte: »Eines Tages werde ich dich heiraten, Alex Ryan.« Dann drückte sie einen zärtlichen Kuss auf Alex' Wange, genau wie in jener ersten Nacht auf der Farm.

Lori lief langsam rückwärts davon, ohne den Blick von Alex abzuwenden. Glückliche Tränen glitzerten in ihren und auch in Alex' eigenen Augen. Bevor Lori sich zum Bahnsteig umdrehte, sagte Alex lautlos »Ich liebe dich« und konnte den Tag des Wiedersehens kaum erwarten.

Ebenfalls im Ylva Verlag erschienen

www.ylva-verlag.de

Um uns nichts als das Meer

Wendy Hudson

ISBN: 978-3-96324-683-8
Umfang: 311 Seiten (101.000 Wörter)

Kelsey Campbell braucht dringend eine Auszeit. Da kommt ihr ein Team-Survival-Kurs in Schottland gerade recht. Vor Ort trifft sie auf Georgia Hamilton, die den Kurs leitet und ihr vor Jahren einmal das Leben gerettet hat. Doch gerade als Georgia und Kelsey sich langsam wieder näherkommen, wird das Überlebenstraining zu einem Kampf ums Überleben.

Die Tote im Marschland

Andrea Bramhall

ISBN: 978-3-95533-740-7
Umfang: 281 Seiten (90.000 Wörter)

Eine Frauenleiche wird an einem Küstenweg in Norfolk gefunden – erschossen durch die Linse ihrer Kamera.

Kate Brannons Ermittlungen führen in die Abgründe eines Fischerdorfs, das eingesponnen ist in ein Netz von Lügen. Kate weiß nur eins: Hier ist niemand das, was er zu sein behauptet. Auch Georgina nicht, zu der Kat sich hingezogen fühlt.

Das Geheimnis der roten Akten

Lee Winter

ISBN: 978-396324-555-8
Umfang: 322 Seiten (110.000 Wörter)

Getrieben von dem Wunsch, in die Politikredaktion zu wechseln, stößt die ehrgeizige Klatschreporterin Lauren King auf eine Story: Was haben 34 Prostituierte aus Nevada auf einer Party in L.A. zu suchen? Zusammen mit ihrer Rivalin, der einschüchternden Catherine Ayers, macht sie sich auf die Suche nach der Wahrheit ...

Eine Lady mit Leidenschaften

Lola Keeley

ISBN: 978-3-96324-498-8
Umfang: 197 Seiten (68.000 Wörter)

Wenn eine selbstbewusste Tierärztin und eine arrogante Großgrundbesitzerin aufeinandertreffen, bleibt die Spannung nicht aus.

Ein lesbischer Liebesroman aus den schottischen Lowlands.

Über Wendy Hudson

Die aus Nordirland stammende Wendy ist schon als Kind immer mit einem Buch unterwegs gewesen und hat sich auf dem Dachboden eine Lesehöhle gebaut, um ihren zahlreichen jüngeren Geschwistern zu entkommen und in Ruhe lesen zu können.

Mittlerweile lebt Wendy in Schottland und liebt es, das Land zu erkunden, das sie zum Schreiben inspiriert hat. Im Sommer geht sie campen, wandern und auf Musikfestivals. Im Winter meidet sie das Fitnessstudio, fährt Ski, spielt Fußball und tanzt nicht auf Konzerten.

Bibliografische Information der Deutschen Bibliothek
Die Deutsche Bibliothek verzeichnet diese Publikation in der Deutschen Nationalbibliografie; detaillierte bibliografische Daten sind im Internet über www.dnb.de abrufbar.

1. Auflage

Taschenbuchausgabe 2024 bei Ylva Verlag, e.Kfr.
ISBN: 978-3-96324-871-9

Dieser Titel ist als Taschenbuch und E-Book erschienen.

Copyright © der deutschsprachigen Ausgabe 2024 bei Ylva Verlag

Übersetzerin: Vanessa Tockner
Übersetzungslektorat: Quinn Falkenhain und Astrid Ohletz
Korrektorat: Tanja Eggerth
Satz & Layout: Ylva Verlag e.Kfr.
Bildrechte Umschlagillustration vermittelt durch Shutterstock LLC; iStock; AdobeStock
Coverdesign: Streetlight Graphics

Kontakt:
Ylva Verlag, e.Kfr.
Inhaberin: Astrid Ohletz
Am Kirschgarten 2
65830 Kriftel
Tel: 06192/9615540
Fax: 06192/8076010
www.ylva-verlag.de
info@ylva-verlag.de
Amtsgericht Frankfurt am Main HRA 46713